Newton Compton Editores

Título original: *Unnatural Ends*

© 2023, Christopher Huang
© 2026, de la traducción por Miquel Gómez Besós
© 2026, de esta edición por Antonio Vallardi Editore S.u.r.l, Milán

Todos los derechos reservados

Primera edición: febrero de 2026

Newton Compton Editores es un sello de Antonio Vallardi Editore S.u.r.l.
Pl. Urquinaona, 11 3.º 1.ª Izq., Barcelona, 08010 (España)
www.newtoncomptoneditores.com

Gruppo editoriale Mauri Spagnol S.p.A.
www.maurispagnol.it

ISBN: 979-13-87575-81-6
Código IBIC: FA
DL: B 16.717-2025

Diseño de interiores:
David Pablo

Composición:
Ailen Abdala i Nodicia

Impreso en febrero de 2026 en Puntoweb s.r.l., Ariccia (Roma), en Italia.

Christopher Huang

La extraña muerte
de Sir Lawrence Linwood

Traducción de Miquel Gómez Besós

Newton Compton Editores

Barcelona, 2026

En memoria de:
David Liu
Francis Ow
Mary Ryan
Hans Schweizer
Agatha Wilhelm
Sing Keng Ng
Thomas Ow

«Conocí a un hombre –dijo– que comenzó por arrodillarse ante el altar junto a los demás, pero que se aficionó a los lugares altos y solitarios para rezar, rincones o nichos en el campanario o la aguja. Y una vez, en uno de esos lugares de vértigo, donde todo el mundo parecía girar bajo él como una rueda, su cerebro también se dio vuelta y se imaginó que era Dios».

G. K. CHESTERTON
El martillo de Dios

Prólogo

En el principio era Linwood Hall, y Linwood Hall era el mundo. Así era como lo veían los niños de Linwood: Alan, Roger y Caroline. La habitación en lo alto de la torre, que habían usurpado como su sala de juegos, era el centro de la casa: un vestigio de las ruinas normandas de las que había surgido Linwood Hall, y desde sus ventanas se podía ver a kilómetros a la redonda. El aullido de los vientos les traía olor a brezo, tojo y humo de turba, y no había más luz que el oro líquido del sol que se derramaba sobre los antiguos suelos de tablones de roble. Justo al este, el pueblo de Linwood Hollow, con sus tejados cubiertos de musgo, se encajaba en una hondonada en medio del paisaje, pero más allá de este y sus alrededores no había nada aparte de las gaviotas del mar del Norte, sobrevolando en círculos, y la extensión abierta y azotada por el viento de los páramos de North Yorkshire, que se prolongaban hasta el infinito.

Cualquier medio convencional de acceso a la sala de la torre se había perdido hacía mucho tiempo a causa del afán de reconstrucción de algún antepasado. La única forma de llegar allí ahora era a través del pasadizo de los sirvientes, una red de angostos corredores detrás de las paredes, en su mayor parte sin usar y sin explorar, hasta una puerta oculta detrás de uno de los armarios del cuarto de lavado del primer piso. Desde allí, una escalera serpenteaba en la oscuridad con desgastados peldaños en un peligroso ángulo, para alcanzar finalmente la gloria de la sala de la torre, iluminada por el sol: Camelot.

Una niña de unos siete u ocho años caminaba apresurada por aquel pasillo. Era una niña elegante, con unos ojos tan oscuros que las pupilas parecían fundirse con el iris, y una larga melena negra que le caía por la espalda en dos gruesas trenzas. Se trataba de Caroline Linwood, quien se imaginaba a sí misma como el fantasma de algún Linwood del pasado, deslizándose silenciosamente a través de las paredes de la casa. Su entrada preferida al pasadizo era un panel secreto situado detrás de la gran escalera del salón principal, pues era magnífico para las desapariciones dramáticas; sin embargo, ese día había iniciado su recorrido desde la cocina, ya que había tenido que sustraer algo de la despensa para el juego de hoy. La entrada a la cocina no era más que un arco abierto, prosaico, poco romántico y que no permitía una aparición dramática, pero, al fin y al cabo, los sirvientes no tenían por qué ocultarse los unos de los otros.

Un poco más adelante, detrás de la puerta de la torre, estaba Roger Linwood, el hermano de Caroline, año y medio mayor que ella. Estaba engrasando las bisagras de la puerta porque se había hartado de que chirriara al abrirla, con el consiguiente riesgo de alertar a todos los sirvientes que estuvieran en las inmediaciones. Quería arreglarla, del mismo modo que había arreglado el panel secreto de su habitación, su entrada favorita al pasadizo de los sirvientes, por ser solo suya. Por supuesto, Caroline no lo sabía. Acurrucada detrás del armario de la ropa blanca, abrió la puerta de un golpe, y el estruendo fue suficiente para acabar con cualquier pretensión de ser un fantasma de un Linwood pasado.

--¡Eh! ¡A ver si miras por dónde vas!

Roger miró a su hermana frunciendo el ceño, en una imitación perfecta de su padre. Era ampliamente sabido que todos los hijos de Sir Lawrence Linwood eran adoptados, por lo que nadie esperaba mucho parecido familiar; pero Roger, más moreno que Caroline y con un exotismo difícil de identificar, prometía ser al menos tan alto como Sir Lawrence cuando creciera, y su ceño fruncido era realmente un calco del que lucía su padre en sus momentos de mayor severidad. Por supuesto, no era más que una imitación: un instante después, se había fundido en una sonrisa alegre.

–¿Qué te parece? –dijo, señalando la puerta con la cabeza–. Suave como la seda, ni un ruido. Siempre digo que con cola y grasa se puede arreglar casi cualquier cosa.

–Puedes hacer lo que quieras –le respondió Caroline, fijándose en sus manos manchadas de grasa–. Pero no me toques.

–¡Como si quisiera!

Roger empujó a un lado el bote de grasa para ejes. Tendría que devolverlo al taller del encargado antes de que lo echaran en falta. De momento, se conformó con subir corriendo las escaleras hacia la resplandeciente luz del sol que se veía arriba mientras le gritaba a su hermana:

–¡Vamos! Alan nos está esperando.

Alan era el mayor de los tres, también adoptado, como Roger y Caroline, pero rubio y de tez clara. Estaba sentado en la ventana del lado oeste de la habitación de la torre; el sol de la tarde perfilaba su silueta en oro y su cabello brillaba como un halo. Una larga pierna se balanceaba contra la mampostería angevina de la pared exterior, mientras leía un tomo que había tomado de la biblioteca al subir. Su entrada favorita al pasillo de los sirvientes era a través de una estantería giratoria que había en la biblioteca, precisamente porque le permitía pescar alguna lectura ligera –o lo que él consideraba como tal– mientras subía. De hecho, empezaba a ser un poco mayor para sus habituales juegos de fantasía, pero eso no le iba a impedir echarle una mano a sus hermanos siempre que la necesitaran. Su papel era el de narrador; dirigía la historia y daba vida a los personajes secundarios o, como él mismo decía:

–Yo soy el rey Arturo.

–Siempre eres el rey Arturo –se quejó Roger, aunque con buen humor.

Cogió un trozo de trapo de entre los valiosos restos acumulados tras años de juegos en este edén privado y se dispuso a limpiarse la grasa de los dedos.

Alan le miró por encima del libro con aspecto de mochuelo.

–Yo he llegado primero –replicó– y soy el mayor. Así que yo seré el rey Arturo.

–Bueno, vale.

Roger probó sus manos en una parte relativamente limpia del retazo, luego lo arrojó a un lado y cogió una vieja espada de entrenamiento que, aunque ellos no lo supieran, debería haber sido enviada a un museo hacía mucho tiempo.

–Yo seré Lancelot. ¿Y tú, Caroline? ¿Ginebra?

–Ginebra no es nada divertida –dijo Caroline mientras se deshacía las trenzas.

Se anudó dos mechones de su largo pelo debajo de la nariz, y los dejó caer como un velo sobre la boca, creando una larga barba negra.

–Soy Merlín.

–No puedes ser Merlín. Eres una chica.

–Claro que puedo ser Merlín. Tengo barba.

Caroline sacó lo que había traído a escondidas de la cocina: un frasco de harina, que espolvoreó sobre su improvisada barba. El efecto se echó un poco a perder cuando la harina se le metió en la nariz y la hizo estornudar.

Alan rio. Cerró el libro y pasó ágilmente ambas piernas hacia el lado de la estancia.

–Caroline puede ser quien ella quiera –sentenció firmemente Alan, zanjando la cuestión con un tono que no admitía réplica–, pero lo que no queremos son más romances sensibleros, en caso cualquiera…

–En cualquier caso –le corrigió Caroline, volviendo a estornudar.

–En cualquier caso. –Alan inclinó ligeramente la cabeza en una señal de reconocimiento–. ¡Parece como si Morgana le Fay le hubiera echado una maldición diabólica a su rival Merlín para que estornude sin parar!

–¡Por todos los cielos! –gritó Roger, blandiendo su espada–. ¡Hay que encontrar a la villana y romper el hechizo!

Roger ya estaba listo para lanzarse a una nueva aventura, de la misma manera que se abalanzaba sobre sus proyectos.

Caroline tosió fuerte, esta vez por dramatismo, dando comienzo a la acción.

Afuera, el sol de la tarde descendía hacia el ocaso mezclando el dorado con el púrpura de los brezos, logrando que incluso los matorrales más humildes resplandecieran envueltos de gloria. Por encima de ellos, no había más que el cielo azul, ni había nada entre la torre y el lejano horizonte, allá donde miraras, salvo por los páramos azotados por el viento. No había nada fuera de la habitación de la torre que importara, ni dentro de ella, salvo Alan, Roger y Caroline, sus risas y los mundos que sus palabras conjuraban.

PRIMERA PARTE

Y dijo Dios: «Hagamos al hombre a nuestra imagen, conforme a nuestra semejanza, y que tenga dominio sobre los peces del mar, las aves del cielo, el ganado, toda la tierra y todo lo que se arrastra sobre ella».

Génesis 1:26

Alan

Abril de 1921

Alan supuso que había mejores motivos para volver a casa que el funeral de su padre. De pie en el andén de la estación de Linwood Hollow, esperó a que el tren hubiera pasado la curva; luego, se volvió hacia el pueblo y respiró profundamente el aire fresco de Yorkshire. Lo retuvo en los pulmones, dejando que Yorkshire se infiltrara por todo su ser, y luego expulsó el aire y, con él, todas sus preocupaciones previas.

Era poco después del amanecer de una clara mañana de primavera de un lunes, una semana después de Pascua. Los capullos amarillos colgaban densos y pesados de los tojos, como si alguien hubiera derramado una cantidad descomunal de mostaza Colman's sobre el campo, y su aroma, con reminiscencias de coco, hizo que Alan arrugara la nariz. Durante los últimos dos años se había dedicado a explicar a cualquiera que quisiera escucharle la versión opuesta, que los cocos desprendían un aroma que le recordaba al tojo, a los páramos de Yorkshire, a su hogar.

Sí. Había mejores razones para volver a casa.

Linwood Hollow estaba situado en lo que probablemente era el cráter de un impacto de meteorito prehistórico. Alan imaginó aquel suceso ocurriendo en plena noche: un destello de luz en los cielos y, a continuación, una llamarada descendiendo sobre el mundo salvaje y primitivo que se extendía debajo de ella, el suelo estremeciéndose con el impacto y grandes pedazos de tierra saliendo disparados por los aires mientras el polvo se posaba sobre la temblorosa vegetación. Luego, rodeado de silencio, un agujero yermo donde antes se hallaba un bosque frondoso, que fue recuperando lenta y progresivamente el verde durante los milenios siguientes. La selva cedió paso a los páramos; pequeñas coníferas retorcidas y densamente enmarañadas se elevaron desde el suelo del cráter, con matas de tojo y brezo extendiéndose por sus laderas. Y finalmente, con el paso del tiempo, llegó el ser humano: primero los británicos celtas, que ascendieron desde el sur para encontrarse con los pictos del norte, y luego los daneses, desembarcando en la costa noreste.

Contemplando el valle tal y como era en ese momento, en dirección a Linwood Hall, esa maraña medieval de muros de piedra torcidos que se alzaba en la cresta opuesta, Alan se sintió invadido por una extraña sensación de familiaridad: no aquella esperada de un hombre que regresa al hogar de su infancia, sino la familiaridad de una experiencia paralela. Tras dos años de estudios arqueológicos en Perú, había llegado a ver su propio hogar con una mirada de arqueólogo o historiador.

Vio Linwood Hall tal como había sido en sus inicios: un puesto militar construido apresuradamente en los tiempos en que Guillermo el Conquistador asolaba el norte. Un hermano menor –y más modesto– del castillo de Pickering, situado más al sur, con un torreón de base casi cuadrada, un espacio abierto para reuniones rodeado por una empalizada de madera y una torre baja –donde ahora se encontraba el estudio de su padre– desde donde los centinelas vigilaban el valle. Observó las empalizadas de madera, que habían empezado a deteriorarse antes de su refuerzo y sustitución por piedra bajo el reinado de Eduardo I, transformando la zona de reunión en patio, ampliando la torre del homenaje y dejando la alta torre, el Camelot infantil de Alan, elevarse en su centro. La hiedra se abalanzó sobre la piedra cuando la fortaleza cayó en desuso. La guerra de las Dos Rosas quedó atrás y, posteriormente, Enrique VII desposó a Isabel de York, uniendo la rosa blanca de York con la rosa roja de Lancaster en la casa Tudor, y otorgando, en virtud de un oscuro acuerdo, este cuenco de tierra y esta fortaleza en ruinas a sir Robert Linwood. La fortaleza se amplió aún más, convirtiéndose en la residencia rural que es hoy en día. Los ingresos procedentes de las tierras anexas permitieron a Edward Linwood, ciento veinticinco años después, obtener una carta patente del rey Jacobo I que consolidó el estatus de la familia como baronets de Linwood.

Edward engendró a John, John a William, William a...

Alan bajó del andén del tren y fijó con firmeza los pies en el suelo, ansiando que la estirpe de los Linwood fluyera desde la tierra hasta su sangre. Las gestas de sus antepasados titilaban en su mente como llamas de velas mientras sus nombres emergían fugazmente. Thomas. Lawrence. Alan.

Imaginó la casa derrumbándose de nuevo en un futuro lejano. La torre baja, el estudio de su padre, deslizándose acantilado abajo; el techo cediendo, pero la torre alta permaneciendo intacta en su sitio, porque ni siquiera en sus fantasías más descabelladas Alan podía soportar la idea de su Camelot destruido.

El hombre volvería a maravillarse ante este antiguo edificio mucho después de que Alan no fuera más que una simple piedra en el muro de los Linwood. Otros deambularían por los pasillos sin techo y se asomarían a la amplia terraza que aún se aferraría al lado del acantilado, y mirarían hacia el valle cubierto de tejos, donde antes estaba la estación de tren, tal como Alan había hecho una vez desde Machu Picchu, contemplando la lejana Urubamba. Sentirían, al igual que había sentido él, el frío peso de los siglos cerniéndose sobre ellos, y fantasmas de generaciones pasadas tirándoles de la manga para hacerles retroceder.

No era capaz de lamentar lo que aún no había sucedido. Y tampoco, se dijo con repentino ímpetu, podía llorar por lo que ya formaba parte del pasado. No, no si realmente formaba parte de ese linaje. La historia seguía viva porque él seguía vivo. Un día le pasaría el testigo a su sucesor y la historia seguiría su curso.

Repitiéndose todo esto a sí mismo, Alan apretó con fuerza su maleta y comenzó a descender hacia el valle.

Roger

El camino desde Pickering serpenteaba hacia el norte a través de kilómetros de amplios páramos abiertos. Una vez fuera de los límites de la ciudad, Roger pisó a fondo el acelerador y dejó que la bestia que había construido con sus propias manos se desatara. El rugido vibraba con fuerza en sus pies y los dedos, el sol del mediodía le calentaba cada centímetro descubierto del rostro y el viento, impregnado de una mezcla terrosa de tojo y ovejas, se lo purificaba. Mantuvo la velocidad, volando por la carretera con la misma suavidad con la que lo hacía por el aire, hasta que llegó al valle en forma de cuenco en el que se encontraba el pueblo de Linwood Hollow. En ese momento, se detuvo en el margen de la carretera y salió para observar el paisaje.

El terreno se precipitaba a sus pies, cayendo abruptamente hacia el valle. Un paso más y volaría libre; tuvo que recordarse a sí mismo que a ese paso nunca le seguiría otro. Linwood Hall se alzaba en la cresta opuesta: una maraña de muros de piedra gris salpicados de ventanas altas y estrechas. En algún momento del siglo pasado se habían abierto unas puertas francesas en la planta baja, que daban a una amplia terraza que se proyectaba sobre el acantilado. Una alta torre, el Camelot de la infancia de Roger, se erguía en el centro de la casa, mientras que el muro irregular y derruido del patio se extendía a lo largo de la cresta hasta una torre más baja, cuyos cimientos de piedra se adentraban hasta la mitad del alto peñasco. En esa pequeña torre estaba el estudio de su padre y su única ventana le guiñaba el ojo a Roger desde el otro lado del valle. Atrapadas entre ellos, las casas de piedra del pueblo dejaban escapar perezosas columnas de humo por chimeneas torcidas sobre cubiertas de tejas de barro salpicadas de manchas de musgo negro.

—Ahí está la posada —dijo, señalando el edificio más grande del pueblo—. La Collier's Arms. Desde aquí se puede ver el letrero: un par de picos cruzados bajo una lámpara de aceite. Linwood nunca ha tenido nada que ver con la minería de carbón, pero supongo que a nadie le importa mientras fluya la cerveza. —Echó una mirada al interior del coche—. No es Mayfair, pero no está tan mal, ¿verdad?

Le hablaba a Iris Morgan, la chica que a estas horas ya sería su prometida si la noticia de la muerte de su padre no hubiera echado por tierra sus planes de pedirle matrimonio. Era una criatura delicada y, en su estado natural, se podría decir que sencilla, pero Iris nunca estaba del todo en su estado natural. Bajo su acampanado sombrero llevaba un peinado corto y graciosamente rizado a la moda, y su vestido, aunque sobrio para la ocasión, era de corte elegante y sofisticado. Era una mujer brillante y moderna, una cosmopolita londinense hasta la médula, y tan alejada como era posible de las trincheras lodosas que Roger se negaba a recordar. Y si parecía desentonar en la campiña de Yorkshire, solo sería hasta que Linwood Hollow alcanzase al resto del mundo. La modernidad siempre acababa por alcanzarlo todo, tarde o temprano.

De pie en el coche, Iris se apoyó en su hombro para mantener el equilibrio y contempló el valle. ¿Lo veía ella como lo hacía él?, se preguntó Roger. Debía ver las ovejas que salpican las laderas por lo menos, y las volutas de humo que se elevan desde las chimeneas mientras las señoras del pueblo preparan la cena para sus familias. Pero no debía reconocer el olor a fuego de turba y, en cambio, ahí estaba, evocando las cálidas y hogareñas reuniones que él siempre había imaginado de niño.

—Querido —dijo Iris con voz arrastrada—, ¿dónde está la iglesia? ¿Cómo se va a celebrar un funeral sin iglesia?

Roger dirigió su atención hacia los tejos que crecían al pie del acantilado, bajo Linwood Hall.

–La única iglesia que hay aquí es una vieja ruina, justo allí. No, no podrás verla desde aquí. Ya no se utiliza. Ya te comenté que a mi padre no le interesaba la religión, ¿verdad? Bueno, pues a los lugareños tampoco. Mi padre nunca quiso una gran despedida con todas las frivolidades que cabría esperar; siempre decía que no estaría allí para disfrutarla. Dejaremos que todos se pasen un rato y hablen de lo buen tipo que era, pero solo porque es lo que ellos quieren, no porque mi padre le hubiera dado importancia. Y luego lo meteremos en una de las criptas del mausoleo.

El mausoleo familiar se hallaba empotrado en el acantilado, a mitad de camino entre Linwood Hall y la iglesia en ruinas. Desde donde ellos estaban, su entrada arqueada parecía un agujero negro en la mejilla del acantilado.

–Te noto sombrío –exclamó Iris–. ¿Todo bien?

Roger esbozó rápidamente una sonrisa alegre.

–Todo va bien –respondió, volviendo a entrar en el coche–. Linwood Hall puede parecer una ruina medieval, pero no te dejes engañar. Mi padre hizo que llenaran el lugar de cables eléctricos tan pronto como fue posible. Hay un teléfono en su estudio y calefacción en todas las habitaciones, así que creo que verás que somos todo lo modernos que se puede ser. Mi padre sabía que lo único importante era mirar siempre hacia adelante, nunca hacia atrás.

Se detuvo a contemplar el montón de piedras en constante evolución que era Linwood Hall y los páramos que se extendían más allá, tan abiertos como una vitela recién desplegada sobre una mesa de dibujo.

Finalmente, dijo:

–Tenemos tiempo de sobra. Vamos, que han pasado meses y quiero asegurarme de que la vieja Jenny no se ha oxidado por completo.

«Jenny» era una avioneta Curtiss JN-4. Roger no la había vuelto a tocar desde aquel desafortunado incidente con Sopwith Aviation el pasado mes de septiembre, pero ahora era un buen momento para dejar atrás el pasado y mirar hacia el futuro. Con la mirada fija al frente, Roger apretó con fuerza el botón de arranque del vehículo –aquel sistema de manivela de otros modelos no estaba hecho para él– y el coche dio un fuerte salto hacia atrás, volviendo a la carretera y dejando tras de sí una nube de polvo.

Caroline

Caroline salió del Collier's Arms y parpadeó ante el sol de la tarde. Tenía que ser una ilusión óptica, estaba segura, pero los acantilados que se alzaban alrededor del pueblo parecían más altos y más cercanos que hacía una hora, cuando su tren había entrado en la estación. En lugar de ir directamente a Linwood Hall –su hogar, tuvo que recordarse– se había refugiado en la posada del pueblo para tomar una taza de té y un bollo, pero ciertas cosas no podían posponerse indefinidamente. No quería seguir en el pueblo cuando el sol comenzara a ponerse por detrás de Linwood Hall y su sombra se extendiera por el valle como una garra celosa y ávida.

Desde su ángulo, la alta torre que una vez albergó el Camelot de su infancia no era más que un montículo de piedra gris medio oculto por la mole del tejado. La terraza, que sobresalía como una cornisa sobre el valle, parecía un balcón real desde el cual el señor feudal podía contemplar a sus súbditos. Pero la torre más baja, el estudio de su padre, construida lejos de la casa y a caballo sobre la cresta donde el terreno caía en picado hacia el valle, era, con mucho, el elemento más destacado. Incluso ahora, Caroline creía sentir la mirada de su padre sobre ella, de pie junto a la ventana, contemplando todo sobre lo que era dueño, no con la pompa refulgente del hipotético señor feudal asomado a la terraza, sino con el aire sombrío y taciturno de algún conde de Ruritania salido de una novela gótica.

–El taxi está a punto, Miss.

Caroline apartó la mirada de la imponente silueta de Linwood Hall y se volvió hacia el hombre que se encontraba a una distancia respetuosa, con los hombros ligeramente encorvados, como si estuviera haciendo una reverencia. Era Giles Brewster, el posadero, un hombre pálido y corpulento cuyo cabello ralo parecía, como un camaleón, adoptar los colores de su entorno. Caroline se sorprendió al saber que ahora también trabajaba como taxista, con un vehículo negro y destartalado que, según le dijo, había sido un regalo de su hermano Roger.

Su maleta ya estaba en el asiento trasero.

—Gracias, Brewster. Podía haber llevado mi maleta yo misma.

—¡No pretendí insinuar que no pudiera, Miss! Es tan solo que...

Era tan solo que en el pueblo tenían en tan alta estima a la casa Linwood que no le permitían valerse por sí misma.

Comparando impresiones con sus iguales, Caroline dudaba que ni siquiera el rey contara con una lealtad tan férrea por parte de los pueblos vinculados a fincas reales como Sandringham o Balmoral. La relación entre Hall y Hollow era decididamente feudal. En los dos años transcurridos desde su última visita, había olvidado esa sensación de estar constantemente vigilada, aquella silenciosa expectación que la perseguía cuando caminaba por el pueblo. Se encontró a sí misma erguida, con la cabeza aún más levantada, si cabe, y hablando con más decisión, como si realmente fuera la princesa que los aldeanos deseaban ver en ella.

Después de todo, era el papel que su padre había concebido para ella.

—La hemos echado de menos —dijo Brewster, mientras se sentaba al volante del taxi—. Mr. Roger nos visita muy de vez en cuando, pero con Mr. Alan en Sudamérica y usted en París, ya no es lo mismo.

Sentada detrás, Caroline esbozó una sonrisa pálida y murmuró:

—¿De verdad?

Su padre desalentaba las visitas espontáneas al pueblo. Caroline creía que era para darle un aura de misterio a la casa, si bien su padre habría desdeñado semejante idea por considerarla indigna de un Linwood.

–¿Sigue escribiendo para los periódicos franceses, Miss? Sir Lawrence solía decir que a usted le iría mejor en Londres.

–Pero así tengo una mejor perspectiva del mundo, Brewster.

–Supongo que eso es cierto. –Él la miró, sonriendo con entusiasmo–. Pero volverá, ¿no es así?

Y así debía ser. Su padre esperaba que se presentara al Parlamento en algún momento. El periodismo era solo un medio para alcanzar ese fin. Algunos podrían haberlo tachado de loco por esperar eso de una hija, pero Lady Astor era ahora diputada y, técnicamente, también lo era la condesa Markievicz; no había razón para que Caroline no siguiera sus pasos. Sin embargo, probablemente su padre hubiera preferido que hubiera sido ella misma quien abriese el camino antes que las demás. Así era su padre. Creía que las mujeres eran perfectamente capaces de recorrer sin reparo los mismos caminos que los hombres transitaban, y si el pueblo mostraba su deferencia hacia Caroline Linwood, entonces más le valía esforzarse por merecerla.

Una sombra negra se cernió sobre el taxi cuando atravesó las puertas de Linwood Hall y entró en el patio. Las grandes puertas, casi portones y tan sólidas como la piedra en la que se encontraban encastradas, se alzaban ante ellos. A su alrededor, el muro del patio, que se caía a pedazos, parecía delimitar un espacio más amplio del que Caroline recordaba, cerniéndose sobre ella tan asfixiantemente que apenas lograba respirar. No necesitaba poder ver la torre baja para saber que el estudio de su padre quedaba a un lado, y creyó percibir su presencia observándola desde la puerta abierta.

Caroline no sentía el menor deseo de bajarse del taxi de Brewster.

Alan

Alan recordó el momento en que había vuelto a Linwood Hall después de la guerra, hacía ya casi dos años. Recordó haber respirado el aroma inconfundible de los páramos, igual que lo hacía ahora, tratando de borrar de su mente el recuerdo de las trincheras. Era pleno verano y hacía mucho calor; llevaba esperando ese momento desde que se anunció el armisticio, varios meses atrás, y le irritaba la lentitud del proceso de desmovilización. Recordó el zumbido de los insectos en los oídos y el sol ardiente sobre su espalda mientras se detenía en el patio amurallado para ver si su padre se encontraba en su estudio –no fue así– y recordó la ráfaga de aire fresco que lo envolvió al entrar en la casa, pasando del calor al frío, de la luz a la oscuridad.

Recordó la decepción.

Al fin y al cabo, ¿qué otra cosa esperaba? ¿El cálido aroma del pan recién horneado y los rostros felices y medio olvidados de aquellos a quienes había dejado atrás? Todo eso no era más que tonterías sentimentales. Linwood Hall estaba hecha de piedra, dura, fría e insensible, pero sólida. Era su vínculo con el mundo. La historia de Linwood Hall era *su* historia, apilándose como los pesados paneles de madera Tudor sobre la aún más pesada mampostería gótica del gran salón.

Y ahora lo llamaba de vuelta para ocupar su lugar como nuevo amo. Se habían acabado las expediciones a Perú, a Egipto o a cualquier otro lugar remoto de alguna civilización antigua. Era el precio a pagar por su lugar en la estirpe de los Linwood.

Los pasos de Alan resonaron en el gran salón recubierto de paneles Tudor que se erigía como el corazón de Linwood Hall.

Las demás habitaciones se distribuían desde allí: el comedor, la pequeña sala de estar, la biblioteca, el gran salón… Cada una de ellas se construyó, se añadió o se separó del conjunto en diferentes momentos de la historia de la casa, y todas conservan aún la impronta de su época. Una gran escalera subía hasta la galería en penumbra y, si entrecerraba los ojos en la oscuridad, podía ver dónde terminaban los paneles, dejando al descubierto la piedra desnuda, que continuaba más allá de las ventanas altas y estrechas hasta el techo artesonado. En el extremo más alejado había una enorme chimenea, lo suficientemente grande como para asar un jabalí entero, flanqueada por armaduras y enfrentada a una variopinta colección de sofás y sillones.

No salió nadie a recibirlo ni a darle la bienvenida a casa.

Alan cerró los ojos y volvió a pensar en su regreso a casa después de la guerra. Roger y Caroline le esperaban junto a la chimenea, recordó. Podía verlos allí ahora y el recuerdo le trajo la memoria fugaz de la calidez que había sentido entonces.

Allí estaba Roger, alto, marcial, junto a la gran chimenea del salón, con un cigarrillo en la mano y la actitud despreocupada de quien se ha vuelto indiferente a los repetidos intentos de la muerte por llevárselo. Y allí estaba Caroline, recostada en uno de los sofás, volviéndose para mirarlo con unos ojos mucho más adultos de lo que correspondía a una chica de su edad: había crecido y madurado mientras él no miraba. Y fue como si los años de guerra se desvanecieran, llevándose consigo las pequeñas rivalidades entre hermanos que aún perduraban desde su juventud. Se había alegrado de perder de vista a sus hermanos cuando se marchó rumbo a Flandes, pero el hombre y la mujer que encontró a su regreso se parecían muy poco al molesto rival que le pisaba los talones y a su remilgada hermanita. Ambos le eran ajenos y familiares, como un templo estudiado intensamente a través de los escritos desgastados de los antiguos, pero nunca visto en persona.

–Os tengo una sorpresa –les había dicho Roger, una vez agotada la charla trivial, sintiendo la seguridad de haber vuelto al mundo que habían dejado antes de la guerra–. Caroline, sé que tienes pensado seguir trabajando como periodista durante un tiempo, y, Alan, sé que quieres partir a explorar ruinas desconocidas tan pronto como te sea posible. Seguro que querréis hacer fotos de todo, así que os he comprado una Autographic Kodak Jr. a cada uno. Estoy convencido de que encontraréis su función de inscripción especialmente útil.

Alan esperaba que Caroline dijera algo como que su padre no aprobaba los regalos, pero ella le dio las gracias a Roger de todo corazón y le dijo:

–Casualmente aprendí a revelar películas fotográficas durante la guerra. Si queréis, puedo enseñaros a los dos, suponiendo que aún no sepáis cómo. Primero tendremos que hacer algunas fotos. ¿Qué opinas, Alan? ¿Una foto de estas ruinas antiguas para ir entrando en materia?

Alan sintió una punzada amarga en el estómago.

–Tengo una idea mejor –dijo–. Los tres en la terraza, con el valle de fondo. ¿Qué decís?

La idea fue recibida con risas y aprobación, una especie de ocurrencia antes de que Caroline tuviera que regresar a París y Alan partiera hacia Perú. Consiguieron todo lo necesario para revelar la película y Caroline les enseñó cómo hacerlo. Alan hizo tres copias de la foto de grupo, una para cada uno de ellos. No sabía qué habían hecho Roger y Caroline con las suyas, si es que las conservaban, pero él guardaba la suya en un marco, bien protegida, siempre cerca, viajara donde viajara.

Desde la galería del piso superior, Alan vio a su hermano de pie, una vez más, junto a la chimenea. El bigote fino era nuevo, pero, por lo demás, era el mismo Roger de siempre: había algo de su padre en su estatura, a pesar de que no compartían sangre, y ese extraño *je ne sais quoi* en sus rasgos que, que Alan supiera, nadie había sido capaz de identificar.

Alan quería bajar corriendo las escaleras y darle una palmada en el hombro a su hermano, tal vez incluso abrazarlo con fuerza y exigirle que le contara qué había estado haciendo durante los últimos dos años, pero eso hubiera sido inapropiado. En lugar de eso, bajó con paso tranquilo hasta el suelo de losas y optó por un tono ligero y neutro para decir:

—Hola, Roger. Estaba sentado en Camelot y te vi llegar. Tienes un coche fantástico.

Roger le dedicó una sonrisa.

—Lo he diseñado y montado yo mismo, con las mejores innovaciones que la industria automovilística puede ofrecer, además de algunos toques personales para hacer la vida en la carretera un poco más fácil.

Ninguno de los dos dijo una sola palabra sobre cuánto se alegraban de verse. Alan supuso que se daba por sentado y no hacía falta decirlo. Su padre no soportaba semejantes banalidades emotivas.

—Déjame presentarte a mi amiga —dijo Roger, acercándose a un sillón, del cual una joven muy elegante acababa de levantarse—. Miss Iris Morgan, mi hermano Alan, el aventurero. Míralo ahora tan elegante, vestido de lana y *tweed*, pero fíjate que está aún más moreno que yo, así que recuerda lo que te conté por el camino. Mi hermano ha pasado los últimos dos años vagando por las selvas más profundas y oscuras de Perú, y probablemente se sentiría mucho más cómodo colgado de una lámpara de araña, vestido solo con una piel de animal a modo de taparrabos.

Los labios de Miss Morgan se curvaron en una jovial sonrisa cuando Alan le tomó la mano. Finalmente, dijo:

—Roger está siendo un idiota, presumo. ¿Cuánto de eso es cierto?

—Solo lo de ir de un lado a otro por la selva peruana, pero no es en absoluto tan emocionante. La mayoría de los días consisten en pasarse horas limpiando pequeños trozos de cerámica con el pincel. Verás, me dedico a estudiar el Imperio inca. Tengo una exposición sobre mis hallazgos hasta la fecha en el Museo Británico, ese es el motivo por el que estaba en Inglaterra. —Hizo una pausa incómoda y añadió—: Padre vino a verla el día de la inauguración. Todavía no me lo creo… Ha sido tan repentino.

La mención del padre proyectó un velo sombrío sobre aquel momento. Alan creyó sentir el frío y la humedad de la piedra tras los austeros paneles. La sonrisa de Miss Morgan se desvaneció y dijo, en un tono mucho más sobrio:

–Siento mucho su pérdida, Mr. Linwood.

–Llámame Alan. Y en cuanto a nuestro padre... Bueno, no le des más importancia.

–Ya te lo dije, Iris –intervino Roger, volviéndose para avivar el fuego–. Los Linwood somos gente recia. No verás a ninguno de nosotros derramar una lágrima.

Alan decidió que no era posible que Roger sintiera tanta indiferencia como fingía. Incluso desde el otro lado del mundo, la presencia de su padre se había cernido sobre la vida de Alan, escrutando cada una de sus decisiones por encima de su hombro. Cualquier cambio en ese aspecto significaba necesariamente un impacto devastador de una forma u otra. Cuando recibió la notificación del funeral –¿fue apenas ayer?–, lo primero que pensó Alan fue que debería estar triste, pero no lo estaba. Entonces pensó que debería sentir alivio, pero tampoco fue así. No tenía ni idea de lo que sentía, solo que el mundo se veía con colores más intensos que antes y los suaves susurros que rondaban por el Museo Británico resonaban en sus oídos como niños golpeando ollas y sartenes. Tenía la sensación de haber cruzado un umbral solo para que el pasadizo se derrumbara tras él. Cuando Matheson, su asistente, se le acercó para informarle de un artefacto mal etiquetado, casi perdió los estribos, aunque no sabía muy bien por qué.

No podía ser muy distinto para Roger.

Pero su padre les había enseñado la importancia de controlar las emociones, y Alan supuso que él mismo debía parecer igual de indiferente a los ojos de los demás.

–Qué detalle por parte de madre haberlo organizado todo antes de avisarnos –comentó Roger, mirando hacia el gran salón donde yacía el ataúd de su padre, aún cerrado, rodeado de una gran cantidad de lirios de empalagoso aroma.

–Probablemente quería ahorrarnos la molestia –respondió Alan. Creyó leer irritación en el duro trazo de la boca de Roger; sin duda, él había sentido lo mismo cuando se dio cuenta de que su padre llevaba ya una semana muerto para cuando alguien consideró oportuno publicar la esquela o informar a sus hijos. Pero así era su madre y no convenía enfadarse con ella, no en ese momento.

–Debería haber estado aquí para ayudar –se quejó Roger–. Puede que esté bien para ti y Caroline, los dos os habéis forjado una vida en tierras extranjeras y nadie espera que mováis un dedo en los asuntos familiares, pero yo sigo aquí.

–Querido, Londres son tierras extranjeras en lo que a todo esto respecta –bromeó Iris.

En cualquier otra ocasión, Roger habría respondido a un chiste así, pero esta vez se conformó con encogerse de hombros.

–Por cierto, ¿dónde está Caroline? –continuó Roger, volviéndose hacia Alan–. ¿Y madre? ¿Has visto a alguna de ellas?

–Caroline aún no ha llegado. Yo he tomado el tren nocturno desde Londres, pero ella tendrá que viajar hasta Calais, coger el ferry a Dover y luego venir en tren desde allí. Me sorprendería que llegara antes del anochecer, si es que llega. Y en cuanto a madre, creo que se ha encerrado en su habitación. No estaba aquí para recibirme cuando llegué esta mañana, y sabes perfectamente que no se llama a su puerta.

Los aposentos de sus padres ocupaban el ala sur de la casa, con vistas al patio; las únicas habitaciones de la casa, si no contabas el estudio del padre, que no tenían acceso al pasillo de los sirvientes. Su padre era muy celoso de su intimidad y ni Alan ni Roger ni Caroline habían visto nunca el interior de esas habitaciones.

Roger asintió con la cabeza.

–Supongo que estará afligida. Espero que no se derrumbe delante de todo el mundo.

Su madre siempre parecía estar a punto de «derrumbarse», tal como había dicho Roger, pero era algo que Alan no había visto que ocurriera ni una sola vez.

Alan vio que Iris los observaba desde un flanco, con el rostro transformado en una elegante máscara de esfinge. Se preguntó qué pensaría de ellos, hablando de la muerte y el dolor como si fueran trivialidades cotidianas que debían gestionarse con eficiencia. Quizá estaba acostumbrada a la forma de ser de Roger y sabía a qué atenerse, pero su expresión no revelaba nada.

–Me vendría bien una copa –aventuró Alan, dirigiéndose hacia el comedor–. Supongo que sigues tomando el whisky solo, ¿no?

Fue interrumpido por el chirrido de las bisagras de la puerta principal, seguido de una ráfaga de aire frío que les recorrió los tobillos. Una voz femenina y familiar les llegó desde el vestíbulo:

–Gracias, Brewster, pero, de verdad, puedo arreglármelas perfectamente sola...

¡Caroline! Debió dejarlo todo en cuanto recibió la noticia en su casa. Al igual que con Roger, Alan se contuvo y se dirigió a la entrada con más contención de la que hubiera deseado.

En la puerta abierta estaba Giles Brewster, más pálido y servil que nunca, con una maltrecha maleta entre las manos. Caroline estaba a su lado, alta y elegante, con los ojos oscuros, tristes y severos. Desde la última vez que Alan la había visto, se había cortado el pelo en una melena corta y sobria, sin ninguno de los rizos u ondulaciones con los que la mayoría de las mujeres solían realzar su peinado. «Práctico para una expedición por la selva», pensó Alan, «quizá padre lo hubiera aprobado». También resaltaba sus rasgos asiáticos: a diferencia de Roger, no había duda de que al menos uno de los padres biológicos de Caroline procedía del Lejano Oriente, tal vez de China o Japón.

Un recuerdo lejano, hace tiempo olvidado, pasó ante los ojos de Alan: una mujer con el mismo cabello negro y brillante, y una cascada de encaje blanco cayendo desde el camafeo en su garganta, junto con el polvo perfumado de jazmín que usaba para aclarar sus facciones...

–¡Alan! –gritó Caroline, interrumpiendo su conversación con Brewster–. ¡Y Roger! Qué alegría veros a los dos. Probablemente, lo único agradable de todo este horrible asunto. Brewster, ya puedes dejar la maleta.

Su voz llenó todo el vestíbulo con su presencia: parecía mucho más que una simple versión adulta de la niña con coletas de la infancia de Alan, o incluso que la madura corresponsal de guerra de hacía dos años.

–Sí, Miss –Brewster, complaciente, dejó la maleta en el suelo como si estuviera llena de cristalería y comenzó a retroceder, pero Caroline lo detuvo en la puerta.

–¿Cuánto te debo, Brewster? Por haberme traído hasta aquí y por el té.

Brewster se quedó aún más pálido, si cabe. Se quitó la gorra y balbuceó:

–No me debe nada, Miss. No me atrevería a…

–No te atreverías a negarte. –El sol poniente brillaba sobre tres medias coronas de plata que ella apretaba contra las manos reacias de Brewster–. Lo que es justo, es justo, y no quiero oír ni una palabra más.

Brewster no tuvo más remedio que aceptar el pago y retirarse. Alan fue hasta la puerta y lo vio subirse al taxi y alejarse por el portón, como huyendo de la mismísima ira de Dios. Era el efecto de vivir bajo el yugo de su padre, reflexionó Alan. Su padre inspiraba respeto y, les gustara o no, ellos habían heredado esa carga.

Roger no debería ser el único responsable de gestionar los asuntos familiares. Alan cerró la puerta y se dio la vuelta. Roger acababa de hacer las presentaciones entre Iris y Caroline, y Caroline le estaba expresando a Iris su exasperación con Brewster.

–Alguien debería informarle que no es nuestro sirviente –estaba diciendo–. Roger te ha dicho que siempre nos hemos arreglado con muy pocos sirvientes, ¿verdad, Roger? Solo un cocinero y unas cuantas criadas para mantener la casa limpia. Estoy convencida de que Brewster se imagina que es nuestro mayordomo, y ahora también nuestro chófer, lo cual, Roger, estoy segura de que es culpa tuya. –Roger se rio al oírlo y Caroline se volvió para incluir a Alan en la conversación–. Espero que ninguno de los dos se haya estado aprovechando de ese pobre hombre.

Alan esperaba que el bronceado que había adquirido en Perú ocultara el rubor culpable que le subía por el cuello.

–Veo que te sigues preocupando por el bienestar de los demás –dijo, cogiendo la maleta de Caroline–. Seguro que acabarás en el partido laborista.

–Justo lo que necesita nuestro distrito electoral –se rio Roger–. Alguien capaz de sacudir todas nuestras viejas creencias. Hace tiempo que has dejado de ser nuestra hermanita pequeña, ¿verdad, Caroline?

–Oh, cállate ya –murmuró Caroline.

Alan pensó que Roger se comportaba con demasiada jovialidad, un indicio evidente de que sus verdaderos sentimientos distaban por completo de ello. Con un tono un poco más brusco de lo que pretendía, Alan levantó la maleta de Caroline y dijo:

–Vamos. Subamos esto a tu antigua habitación y luego nos sentaremos a hablar tranquilamente.

Empezó a moverse antes de que los demás pudieran mostrarse de acuerdo, confiando en que seguirían su ejemplo como siempre habían hecho de niños, pero se detuvo a los pocos pasos de entrar en el gran salón. Su madre había emergido de su retiro y se había quedado en lo alto de las escaleras, mirándolos.

Estaba muy rígida y erguida, con un vestido negro que se fundía con las sombras que la rodeaban. Su rostro estaba mortalmente pálido, tan blanco como su cabello, y sus ojos, que Alan recordaba como de un azul pálido, habían adquirido un tono gris ausente de vida. Al verla, el grupo se quedó en silencio, y Alan creyó sentir el frío del moribundo invierno llegándole a los huesos.

Dejó caer la maleta de Caroline sobre las baldosas y dio un paso adelante.

–Madre –dijo–. Estamos en casa.

Su madre no respondió. Bajó un escalón, y luego otro. Su falda rozaba la barandilla, pero sus pasos eran silenciosos.

Alan creyó notar que Iris se movía incómoda detrás de él y que Roger le tomaba la mano.

Alan dio otro paso hacia su madre y ella se detuvo donde estaba.

–Debéis saber –dijo de repente, con una voz que resonó en el gran salón como el estruendo de cristales rotos–, que Sir Lawrence Linwood, vuestro padre, fue asesinado. Un inspector de policía de Pickering vendrá por la mañana, antes del funeral, para hablar con cada uno de vosotros, así que os sugiero que os preparéis.

Alan sintió que se le hacía un nudo en el estómago. Detrás de él, alguien –probablemente Iris– dejó escapar un chillido horrorizado. ¿Cuánto más aterrador le debió resultar a su madre, quien probablemente había descubierto el cadáver? No era de extrañar que le hubiera llevado una semana reunirlos a todos en casa y organizar el funeral. ¿Acaso no había habido también una investigación judicial, a la que no habían podido asistir porque, como era comprensible, su madre no había sido capaz de recuperarse a tiempo para informarles? Abandonando cualquier pretensión de mantener las formas, Alan se acercó a ella, pero su madre lo detuvo en seco con una mirada fría y dura.

–Vuestro padre no era partidario de los remilgos –les dijo, con un ligero tartamudeo que contrastaba extrañamente con la dureza de su tono y sus palabras–, y yo no los toleraré.

Girando sobre el escalón, acompañada por el susurro de la tela negra, su madre inició el lento ascenso hacia las sombras.

Alan

El inspector Clarence Mowbray era un hombre fornido y canoso, con un bigote espeso y salpicado de gris. Tenías las manos callosas, con el dorso cubierto de pelo oscuro y áspero, y su apretón de manos era firme y sereno. Alan reconoció rápidamente de qué tipo de persona se trataba. Uno de esos oficiales que habían ascendido desde lo más bajo y cuya vocación de sargento seguía intacta: hombres duros y trabajadores que gritaban y gruñían y se aseguraban de que todo se hiciera como es debido. Alan incluso creyó percibir en él un olor de cordita y sangre, y la luz del amanecer que inundó la habitación cuando entró por la puerta le pareció un presagio divino.

—Muchas gracias por venir —dijo Alan—. No sé qué podríamos contarle que pueda resultarle de ayuda, pero espero que pueda resolver este asunto cuanto antes.

—Puede estar seguro de que nadie quiere que esto se alargue más de lo necesario —respondió el inspector, con los ojos duros y fríos a pesar de la sonrisa que le curvaba el bigote.

¿Consideraba a Alan un sospechoso? De ser así, sería algo bueno, se apresuró a pensar Alan. Significaría que era minucioso, que no se dejaba influir fácilmente por nada que no fueran pruebas sólidas y contundentes. Significaría que no le tomaría mucho llegar a una respuesta.

—Eso espero —dijo Roger—. No hemos dejado de darle vueltas a este asunto desde el momento en que nos enteramos. La muerte de padre es una cosa, pero ¿un asesinato? Eso es algo horrible.

Roger lo había expresado con poca elegancia, pero tenía toda la razón. El acto del asesinato los atormentaba de una manera que el simple hecho de su muerte no había hecho. La cena de anoche había sido una prueba de resistencia, pues todas las conversaciones acababan centrándose en ese acto. ¿Cómo había ocurrido? ¿Cómo podía haber ocurrido? ¿Sabía la policía quién lo había hecho? Bueno, obviamente no, si aún tenían preguntas que hacer a la familia. Pero ¿tenían alguna idea de quién podría haberlo hecho? Era absolutamente indecente. Todos se habían retirado pronto y, por primera vez, Alan se encontró deseando haber instalado una cerradura en la puerta de su dormitorio.

Se suponía que Linwood Hall era un lugar seguro. Y aunque la manera intransigente de su padre de afrontar la vida seguramente le había granjeado más enemigos que amigos, Alan no podía imaginar ninguna diferencia de opinión lo suficientemente grave como para motivar un asesinato. ¿O sí? Había algo que le daba vueltas por la cabeza, algo que se le había ocurrido mientras se quedaba dormido, pero que no lograba recordar.

Mowbray no había venido solo. La persona de aspecto enclenque que estaba detrás de él extendió la mano hacia Alan.

–James Oglander jr. –dijo, aclarándose la garganta–. De Oglander & Marsh, los abogados de Sir Lawrence.

–Sé quiénes son los abogados de mi padre –dijo Alan, tratando de no fruncir el ceño mientras le estrechaba la mano a Oglander.

El abogado contrastaba claramente con la solidez terrenal del inspector. Era alto y desgarbado, con algo en el labio superior que algún día podría llegar a convertirse en un bigote pelirrojo. Su apretón de manos resultó ser un intento insustancial, y Alan se preguntó si esas palmas tan suaves habrían trabajado duro alguna vez. Su padre trataba exclusivamente con James Oglander sr., el Oglander al que aludía el nombre de la empresa, quien era un tipo alegre, de pelo castaño rojizo, que parecía más real incluso en la memoria de Alan que el espécimen que tenía delante.

Este Oglander había venido por el testamento de su padre.

–¿No puede esperar? –preguntó Caroline–. No queda mucho tiempo antes de que empiece a llegar todo el mundo y, bueno…

–Inclinó la cabeza en dirección a Mowbray–. Tenemos asuntos más urgentes que atender.

Sin embargo, Mowbray parecía dispuesto a dejar que Oglander tomara la iniciativa.

–Me temo que pueda tratarse de un tema de importancia –dijo, dirigiéndose a las sillas reunidas alrededor de la gran chimenca del salón.

Alan intercambió una mirada aprensiva con sus hermanos y luego siguió al policía. Roger se sentó en un sofá junto a Iris y le tomó la mano, no tanto por afecto, pensó Alan, como por la necesidad de anclarse de algún modo y no levantarse de nuevo. Alan, de pie detrás de ellos, clavó los dedos en los cojines del sofá por la misma razón y Caroline se encaramó a un brazo del sofá con las piernas fuertemente cruzadas.

Su madre se sentó en un sillón a una cierta distancia. Estaba muy quieta y en silencio, pero apretaba entre las manos un pañuelo blanco, retorciéndolo con tanta fuerza que, incluso desde donde estaba, Alan podía ver cómo sus dedos tomaban un tono rosado al hacerlo.

Mowbray se colocó frente a una armadura y le indicó a Oglander que comenzara.

Oglander se dio por aludido. Se acercó a la chimenea, como dándose importancia, y se volvió hacia ellos. Se aclaró la garganta y miró a su alrededor para comprobar que todos estaban presentes, como si no lo supiera ya. Posó el maletín y sacó un grueso documento. Lo alisó con la mano y volvió a mirar a su alrededor. Alan le hubiera gritado que entrase ya en materia, si no hubiera creído que tal interrupción causaría aún más retraso.

Y entonces Oglander abrió la boca y su voz llenó sin esfuerzo todo el vacío del gran salón.

–Gracias por estar aquí hoy –dijo Oglander. Declamó. Recitó–. Uno hubiera preferido que nos hubiéramos conocido en circunstancias más agradables. Sir Lawrence Linwood era un gran hombre y todos le echaremos mucho de menos. Como albaceas de su patrimonio, el bufete Oglander & Marsh ha sido el encargado de su liquidación incurriendo en la menor cantidad de molestias posible; en circunstancias normales, habríamos distribuido los diversos legados de Sir Lawrence de forma discreta y silenciosa, entre bastidores, por así decirlo. Nos habríamos puesto en contacto con cada uno de ustedes separadamente a fin de informarles de su parte de la herencia. Sin embargo, las circunstancias no son normales. –En ese momento, lanzó una mirada a Mowbray antes de continuar–. Por lo que es mi deber darles a conocer a ustedes, sus herederos, algunos de los detalles más pertinentes del testamento de Sir Lawrence, en lo que es, esencialmente, un acto público.

Oglander hizo una pausa para hojear las páginas del testamento y Alan se dio cuenta de que había olvidado que se suponía que debía estar impaciente por que todo aquello terminara. Todos se habían inclinado hacia delante con expectación, más por el modo en que Oglander se expresaba que por el contenido, salvo su madre, quien aún retorcía el pañuelo entre las manos.

–Tras varias disposiciones a diversas instituciones y particulares, el patrimonio restante de Sir Lawrence Linwood se distribuirá de la siguiente manera. A su esposa, Rebecca, Lady Linwood, Sir Lawrence le deja el usufructo vitalicio de todo el resto de su patrimonio. A su fallecimiento, todos los bienes, muebles e inmuebles serán liquidados y el producto de la liquidación se dividirá en partes iguales entre sus hijos sobrevivientes: Alan, Roger y Caroline.

Primero vino la conmoción.

No era lo que Alan esperaba. Si bien era cierto que prefería volver a sus excavaciones en Perú antes que cargar con las responsabilidades que conllevaba Linwood Hall, no dejaba de ser el mayor. De hecho, había pasado el último día tratando de convencerse a sí mismo de que convertirse en el dueño del lugar era algo justo y correcto, hasta el punto de casi creer que era lo que realmente quería, y ahora todo eso se había esfumado.

Luego vinieron las justificaciones.

El derecho de primogenitura podría haber sido la resolución esperada, pero eso ciertamente no era lo que acababa de ocurrir. No formaba parte del linaje Linwood, por mucho que se repitiera a sí mismo que sí. No era más que un niño abandonado que su padre había acogido. Debería estar agradecido. Su padre no les debía nada, porque en realidad nunca fueron hijos suyos, y esa era la amarga verdad. El libro que abrió Sir Robert Linwood quedaría cerrado y la estirpe de los Linwood terminaría con Sir Lawrence.

Linwood Hall, junto con toda su historia, sería vendido.

Desde un punto de vista objetivo, esta disposición de los bienes de su padre era perfecta. Beneficiaba a los tres por igual y permitía a Alan volver a sus excavaciones en Perú sin ningún tipo de remordimientos. Y, sin embargo, algo centelleaba tras todas esas justificaciones, algo amargo, lleno de resentimiento y rabia.

Alan imaginó a algún millonario estadounidense con más dólares que sentido común tomando posesión de la propiedad, quejándose tal vez, con su horrible acento americano, de que el lugar era demasiado frío y estaba mal acondicionado, derribándolo todo para construir una monstruosidad moderna con piscina. ¡Qué espanto vivir prácticamente encima de gente muerta y enterrada! Vaciemos las criptas, llenemos el mausoleo con cemento y borremos el nombre de los Linwood del valle. A Roger, con la mirada siempre puesta en el futuro, quizá no le importara tanta «innovación», y tal vez Caroline pensara que era la solución más justa, pero a Alan se le revolvía el estómago de solo pensarlo.

Iris se agitó, apartándose de Roger, y susurró:

—Me estás haciendo daño en la mano.

Roger apenas parecía darse cuenta de su presencia. Al mirar a Caroline, Alan vio que fruncía el ceño con consternación. Su madre, por su parte, continuaba inmóvil en su asiento, salvo por la constante tensión que ejercía sobre el pañuelo que sostenía entre las manos.

—«Sin embargo…».

La expresión sonó de manera oportuna. Si alguien tenía intención de interrumpir y decir algo, ese «sin embargo» lo congeló en su sitio.

—«Sin embargo» —Oglander apretó los labios con disgusto mientras alcanzaba la última página del testamento y leía en voz alta—, «en caso de que mi muerte se deba a causas no naturales, encargo a mis hijos la tarea de desenmascarar a mi asesino. Si alguno de ellos lo hiciera a satisfacción de la policía y de los tribunales, declaro nulas y sin efecto las disposiciones previamente establecidas para la distribución del remanente de mi herencia. En ese caso, cederé la totalidad de dicho remanente de la herencia, siguiendo las disposiciones del primer apartado, a ese hijo, para que disponga de él como mejor le parezca. Firmado, Sir Lawrence Linwood, 14 de diciembre de 1914».

Alan

Su madre no se dignó a reaccionar, pero Alan, junto con Roger, Caroline e Iris, se volvieron hacia Mowbray. Ninguno dijo una palabra; Alan, por su parte, se había quedado mudo por la sucesión de golpes que le había asestado la voluntad de su padre. Oglander, una vez cumplido su cometido, se alejó de la chimenea e hizo un gesto con la mano para indicar a Mowbray que ocupase su lugar, pero el policía permaneció inmóvil donde estaba. La luz del fuego titilaba sobre su perfil, recordándole a Alan el sol peruano filtrándose a través de las enredaderas sobre un relieve de piedra maciza.

–Soy el primero en respetar los últimos deseos de un hombre –dijo Mowbray–, pero entenderán que no me entusiasma la idea de que se pongan a jugar a los detectives como si esto fuera una novela barata. –Las sombras acentuaban las arrugas de su rostro mientras miraba con el ceño fruncido a los Linwood allí reunidos–. El asesinato no es un juego, y hubiera preferido que Sir Lawrence nunca hubiera incluido esa cláusula en su testamento. Aun así, me han dicho que es vinculante, y si quieren curiosear y hacer preguntas, no hay mucho que pueda hacer para impedírselo. Solo les pido que no causen molestias. Si finalmente el caso queda anulado por el tribunal por alguna actuación imprudente de su parte, ustedes asumirán las consecuencias.

Alan recuperó la voz.

–Por supuesto. Ni se nos ocurriría interponernos en su camino.

–Pero nuestro padre quería que investigáramos –interrumpió Roger–. Me atrevería a decir que su intención era involucrarnos directamente en la búsqueda de justicia, eso es todo. Siempre fue muy insistente en que fuéramos los dueños de nuestro propio destino.

Se levantó y se enderezó la chaqueta, con los labios apretados en señal de determinación. La última vez que Alan había visto esa mirada, Roger estaba a punto de irse a la guerra como zapador. Roger era un hombre de acción: mientras tuviera algo que hacer, una misión que cumplir, el miedo no podía llegar a tocarlo, y ahora tampoco podía hacerlo el dolor.

Detrás de él, Caroline asintió lentamente con la cabeza, arrugando la frente, pensativa. Roger miró su reloj de pulsera.

–Todavía queda una hora antes de que lleguen los invitados al funeral. Propongo que aprovechemos ese tiempo para echar un vistazo y ver qué podemos averiguar. Padre estaba… Ocurrió en su estudio, ¿verdad? Ayer, cuando entramos, me fijé en que había un candado en la puerta.

La pequeña torre que albergaba el estudio de su padre estaba alejada de la casa principal, conectada únicamente por el muro derruido del patio. De este lado, la puerta se encontraba a unos cinco o seis escalones del pavimento de piedra agrietada; del otro, el suelo caía en un acantilado casi vertical hasta el valle, unos veinte metros más abajo. Alan también había visto el candado; al principio había pensado que se trataba de una ocurrencia para preservar la intimidad de su padre, pero la conclusión de Roger tenía más sentido.

Bajo el bigote, la boca de Mowbray se endureció formando una mueca de descontento.

–Supuse que dirían algo así –murmuró. A continuación, subiendo el tono de voz, añadió–: Muy bien, entonces. Veamos si ustedes encuentran algo que se nos haya pasado por alto.

Sin más ceremonias, Mowbray salió, seguido de cerca por Roger e Iris y con Caroline unos pocos pasos más atrás. Alan se quedó mirando cómo se marchaban, luego se sentó y se frotó la cabeza. Oyó un murmullo de tela cuando su madre se levantó de su sillón y, por un momento, pensó que quería hablar con él, pero el roce de la falda se alejó a toda velocidad hacia las escaleras y la seguridad de su habitación.

—No es exactamente la selva peruana, ¿verdad?

Alan levantó la mirada. De algún modo, había logrado olvidarse de Oglander en los pocos minutos que duró su conversación con Mowbray. El abogado parecía haber vuelto a la tierra en ese momento, con su aspecto pálido y enclenque… No, eso no era del todo cierto. Si la lectura del testamento de su padre había dejado entrever algo, era que debía haber un fuego oculto tras esa fachada complaciente y que aquel abogado era más de lo que parecía.

Oglander cerró su maletín de un golpe y suspiró.

—Todo esto —dijo, haciendo un gesto con la mano para abarcar el gran salón con sus paneles de roble y las antiguas losas, con todo el legado histórico que encarnaban—. Propiedades que pasan de una generación a otra. Todos los trámites legales necesarios para facilitar la transición. La atención constante que requiere gestionar los asuntos de una familia, por no hablar de los de toda una cartera de clientes. Imagino que debe ser un alivio estar… tan lejos, donde nada de esto puede afectarle.

Alan no pudo evitar asentir con la cabeza.

—Algo así —admitió.

No podía fingir que su infancia aquí había sido un paraíso de calidez y afecto, y esos recuerdos formaban parte de Linwood Hall tanto como la presencia de su padre, pero tampoco podía simplemente huir de todo eso. Había personas que dependían de que él ocupara el lugar de su padre, y las palabras que Roger pronunció ayer seguían resonando en su cabeza: no debería recaer solo sobre Roger el peso de tales responsabilidades.

No. El testamento de su padre lo había dejado todo claramente dispuesto. No debería haber sido así, pero así había sido.

—Hace tiempo que tengo ganas de acudir a Londres para ver su exposición en el Museo Británico, ¿sabe? —continuó Oglander, sentándose con el maletín en el regazo—. Desde que oí hablar de ella. El Imperio inca…, las alturas andinas hasta la costa del Pacífico sur... Hace volar la imaginación, ¿verdad? Pero me temo que tendré que conformarme con redescubrir a los incas en los relatos de Hiram Bingham. Mi padre me tiene tan ocupado que dudo que pueda encontrar tiempo para visitar Londres.

Alan volvió a mirar a Oglander. El abogado era joven, decidió. No era culpa suya si era demasiado joven para haber vivido la guerra como otros hombres, o si su bigote aún no había alcanzado todo su esplendor. Tenía la cabeza en su sitio y, con eso, todo lo demás llegaría con el tiempo.

—¿Volverá a Perú cuando haya terminado la exposición? –preguntó Oglander.

—Eso espero. Llevará un tiempo organizarlo todo, pero, sin duda, en algún momento.

Se trataba de un asunto de financiación. Alan había esperado que la exposición ayudara a recaudar los fondos necesarios. Y si bien una cosa era obtener el patrocinio de quienes esperaban un rendimiento de su inversión, pedirle dinero a su madre, que ahora controlaba las finanzas de la finca, era pedir limosna; y la opinión de su padre sobre la caridad lo convertía en un insulto a su memoria.

—Ojalá pudiera ir con usted, pero mi lugar está aquí.

Oglander dejó escapar un suspiro melancólico y luego miró a su alrededor como si se diera cuenta por primera vez de que los demás se habían ido.

Arrugó la frente.

—¿No quiere saber qué tiene que decir el inspector de policía sobre la muerte de su padre?

—No quiero oír todos los detalles desagradables sobre su muerte –dijo Alan, con un tono un poco más brusco de lo que pretendía. Se obligó a relajarse–. Creo que es mejor dejar esto en manos de la policía. No le haré ningún favor si me entrometo.

—¿No? Pero Sir Lawrence dijo... Quiero decir... –Oglander bajó la mirada hacia su maletín y Alan leyó en esa vacilación todo lo que el abogado quería decir. Se refería a la última cláusula del testamento de su padre, en la que ofrecía la herencia a quien identificara al asesino.

No era propio de su padre dejar ningún aspecto de su vida tan completa y absolutamente en manos del destino. ¿Sabía, cuando redactó su testamento en 1914, que su vida corría peligro?

Una vez más, Alan sintió algo inquietándole en el fondo de la mente. Debía tener constancia de algo. La muerte de su padre –su asesinato– era algo que se había puesto en marcha hacía mucho tiempo, y la clave estaba encerrada en algún recuerdo de su infancia. ¿Sabía algo su padre? O ¿lo sospechaba, quizás?

–Sir Lawrence tenía la intención de cambiar su testamento –dijo Oglander, midiendo cuidadosamente sus palabras–. Estaba preparando algo para que mi padre lo ratificara. Todos pensábamos que usted, como el primogénito…

–Eso es irrelevante –dijo Alan, haciendo callar a Oglander con la palma de la mano levantada y aquella mirada severa que había aprendido de su padre–. Mentiría si dijera que no esperaba ser nombrado único heredero. Mi padre incluso me dijo… –Pero, después de todo, solo era un niño abandonado que habían adoptado–. Nuestro padre siempre insistió en que todos recibiéramos el mismo trato –dijo finalmente–. Roger y Caroline se merecen tener su parte. De hecho, era el mejor testamento que nuestro padre podía escrito. Solo que…

Se había puesto de pie y caminaba de un lado a otro frente a la chimenea. En su mente, sus zapatos se convertían en botas de vaquero, y su dicción académica, clara y concisa, se transformaba en un acento tejano. ¡Linwood Hall en manos de extraños! Quizá no el estadounidense de su imaginación –su padre sentía una profunda admiración por el pueblo estadounidense–, pero casi con toda seguridad algún nuevo rico que consideraría que cualquier cosa que se remontara más allá de cien años pertenecía a una prehistoria irrelevante. ¿Por qué había acogido su padre a los tres bajo su techo si no era para evitar precisamente ese destino? Las paredes se derrumbaban a su alrededor, mucho antes de lo previsto, no porque tuvieran que hacerlo, sino porque él lo había permitido.

Por mucho que anhelara la libertad de Perú, por más que los salones resonantes de Linwood Hall le dejaran indiferente…, no era lo mismo recorrer el mundo con una larga cuerda a la que agarrarse y andar a la deriva de un lado a otro sin un ancla.

–Simplemente –dijo Oglander– me preguntaba si eso es lo que realmente quería Sir Lawrence.

Su padre quería vengar su muerte, eso era lo que realmente quería.

«¿Qué tengo que ofrecerte», creyó oír Alan que le susurraba, «para que por fin dejes ese orgullo y te acerques a mí?».

«No era necesario que me ofrecieras nada», Alan pensó con cierta amargura.

Oglander se levantó de nuevo y se sacudió la ropa.

–Pasaré la noche en el Collier's Arms –dijo–. Es solo por cortesía, por si tuvieran alguna pregunta.

–Lo tendré en cuenta.

Dando media vuelta, Alan se alejó a grandes zancadas hacia el vestíbulo de entrada antes de que Oglander pudiera decir nada más. Abrió las puertas del patio de un tirón. La brillante luz del sol casi lo cegó; por un momento creyó poder ver a través de las paredes del patio el valle que se extendía debajo y la pequeña aldea que había estado unida a Linwood Hall desde Enrique VII.

«Encuentra a mi asesino», oyó decir a su padre desde la oscuridad detrás de él. «Hazlo, y todo esto será tuyo».

Alan

Marzo de 1920

Alan dudaba de que Machu Picchu hubiera sido alguna vez un lugar destinado al culto, como afirmaba Hiram Bingham III. Como hijo de misioneros, Bingham no podía evitar tener siempre presente la religión.

De todas formas, contemplando el verde paisaje desde aquellas vetustas piedras –el río Urubamba serpenteando a través de hectáreas de frondoso bosque y las colinas lejanas desvaneciéndose en la niebla matutina–, no era difícil imaginar la presencia de algo divino.

–Es la altitud –dijo Matheson, el asistente principal de Alan, un joven pálido, de aspecto intelectual y con gafas, quien había resultado ser sorprendentemente resistente en el salvaje entorno de la selva–. Altera la forma en la que se ve el mundo. Hay una razón por la que una de las tentaciones de Cristo lo llevó a un lugar elevado para contemplar el mundo desde lo alto. «Todo esto te daré si te postras y me adoras», le dijo el diablo.

Alan, que lo había leído todo excepto la Biblia, no tenía ni idea de lo que Matheson estaba hablando.

–Se parece un poco al lugar donde crecí –dijo, tratando de restarle importancia a la situación–. Mis hermanos y yo solíamos jugar en una habitación en lo alto de una torre, y la casa estaba situada sobre un acantilado con vistas al pueblo. Se podía ver a kilómetros de distancia.

–Y os sentíais dueños de todo lo que veíais.

–Lo éramos.

Para Alan, aquella habitación de la torre alta siempre sería Camelot, un lugar donde dejaban de ser simples chiquillos en edad escolar para convertirse en reyes y héroes. Tal vez Machu Picchu fuera lo mismo para sus gobernantes incas. Quizá Bingham se equivocaba y Machu Picchu era, en última instancia, un centro de poder secular. No todo en las civilizaciones tenía por qué ser una cuestión religiosa. Linwood Hollow era prueba suficiente de ello, pensó Alan, recordando las ruinas de su iglesia abandonada.

Pero recordar aquella iglesia en ruinas le trajo a la mente otras iglesias en ruinas que había visto durante la guerra, una letanía de esqueletos de piedra bombardeados en la campiña francesa, con los techos derruidos por la despiadada artillería y los ventanales destrozados en un fino polvo cristalino. ¿Qué dirán de ellas los arqueólogos del futuro? No verían, como él había visto, las parroquias aferradas a esas ruinas con una tenacidad desesperada, los sacerdotes que insistían en celebrar misa incluso con el agua hasta las rodillas en medio de la devastación. ¿Habría visto Machu Picchu lo mismo? Independientemente de si Bingham estaba equivocado o no, era innegable que los incas debían profesar algún tipo de religión. Incluso ahora, sus descendientes y sucesores acudían en masa a sus iglesias y capillas como si les fuera la vida en ello. Era algo universal, y Alan no lo entendía en lo más mínimo.

–Forma parte de la naturaleza humana la búsqueda de algo superior a uno mismo –dijo Matheson.

Alan se sacudió los recuerdos de la cabeza y se echó a reír. Esas ideas no eran para él, y sin duda los aldeanos de su pueblo se las arreglaban perfectamente sin nada más que ellos mismos. «Soy el dueño de mi destino», citó. «Soy el capitán de mi alma».

«*Invictus*». Según su padre, el concepto de un poder superior era solo que una ilusión reconfortante para aquellos demasiado débiles como para reclamar el dominio de su propia suerte. Pero en Flandes aprendió algo muy distinto. En el sombrío y gélido panorama que siempre quedaba tras una inutilidad bélica más, una idea comenzó a rondarle por la mente: que el control del propio destino no era más que una ilusión reconfortante para aquellos que se negaban a reconocer la verdad de su propia flaqueza.

Matheson, por su parte, se limitó a encogerse de hombros.

–Como ya he dicho, es la altitud. Altera la forma en la que se ve el mundo.

Al volverse, los dos hombres contemplaron una vez más el valle y el lejano hilo plateado del Urubamba. En un lugar tan elevado como este, uno podría llegar a convencerse de que no hay nada más arriba, de que no tiene que rendir cuentas a nadie y de que todo lo que está a su alcance es suyo y puede hacer con ello lo que le plazca. Era una ilusión reconfortante.

–Me pregunto –murmuró Alan– si fue por eso que los incas construyeron esta ciudad aquí arriba.

Roger

La ventana del estudio de su padre ofrecía una vista impresionante del valle. Al asomarse, Roger pudo incluso ver parte de los escombros de las ruinas de la antigua iglesia, medio ocultos por la maleza que crecía al pie del acantilado. ¡Qué satisfacción debía sentir su padre al contemplar aquella imagen! Si no fuera porque a su padre lo habían asesinado –palabras que se repetían en la mente de Roger con tanta insistencia que creía que le iba a reventar el cráneo– Roger pensó que también él podría haber permanecido allí de pie durante horas, contemplando los tejados que se alargaban hasta la cresta opuesta del valle, trazando una línea nítida en el paisaje, y los páramos abiertos que se extendían más allá, hasta perderse de vista.

Linwood había prosperado bajo el cuidado de su padre, gracias a su enfoque científico en la cría de animales. Roger recordó cómo los granjeros locales levantaban las copas en su honor, con los bolsillos bien llenos por los beneficios obtenidos, cuando bajaban a Malton los días de mercado. Era el fruto del ingenio humano y quizá había sido precisamente ese ingenio el que había dado origen a Linwood Hollow.

Este valle en forma de cuenco pudo haber sido un lago en el pasado, formado por el deshielo de los glaciares de la Edad de Hielo, hasta que fue vaciado por el hombre –no había nada que la humanidad no pudiera hacer siempre que aplicara su ingenio y se empeñara en ello– para que sus familias pudieran prosperar en el fértil suelo que quedó bajo el azote del gélido viento del norte.

Alan probablemente sabría más al respecto, pero no estaba allí.

–No creo que vaya a venir –dijo Roger, apartándose de la ventana y volviendo a la cruda realidad del escollo que tenían ante sí.

El asesinato de su padre.

–Puede empezar cuando lo desee –dijo asintiendo con la cabeza hacia el inspector Mowbray.

El estudio de su padre, más allá de las magníficas vistas, no era más que una prisión espartana con paredes de piedra desnuda y suelo de madera de roble. El radiador situado debajo de la ventana solo proporcionaba calor suficiente para calentar la zona inmediatamente circundante –la tabla de madera que servía de escritorio a su padre y la sencilla silla que había detrás–, dejando el resto de la habitación helada, pero al menos el techo bajo impedía que el calor se disipara hacia arriba. Un par de altas estanterías, con los libros que su padre consideraba los más importantes para su filosofía de vida, quedaban enfrentados a ambos lados de la sala circular, y la puerta que daba al patio se encontraba justo delante. Solo una alfombra persa colocada en el centro exacto de la habitación proporcionaba algún respiro a aquel utilitarismo austero, fiel reflejo del alma de su padre.

Había una enorme mancha oscura delante de una de las estanterías, vagamente oblonga, con espigas irregulares y afiladas que se extendían por donde la sangre se había filtrado a través de las vetas de la madera, filtrándose en el tejido de Linwood Hall como lo había hecho la influencia de su padre en el pueblo mismo. Hasta ese momento, había percibido el asesinato de su padre como una tragedia lejana, como la noticia de un terremoto ocurrido al otro lado del mundo. La mancha de sangre lo convertía en realidad.

Tendrían que abrir el ataúd para el funeral, pensó Roger con una punzada de dolor. No creía que pudiera creer realmente que todo esto era verdad a menos que viera el cuerpo de su padre. Caroline se había situado frente a la estantería opuesta, con los brazos cruzados en actitud defensiva. Mientras tanto, Iris se había quedado en la puerta, claramente incómoda por estar allí. ¡Pobre

Iris! Ella había venido tan solo para acompañarle, pero cualquier ayuda que pudiera ofrecer resultaría innecesaria o insuficiente. Roger mantuvo la mirada fija en la mancha; temía que si la apartaba por un instante, se derrumbaría, y si su padre deseaba que encontrara a su asesino, esa era la única forma de dar sentido a toda aquella locura.

Mowbray se quedó de pie junto a la mancha con los pies tan firmemente encastrados en el suelo que ni siquiera un huracán habría podido derribarlo. Le devolvió el gesto a Roger y comenzó a hablar, adoptando un tono firme y pragmático, muy adecuado para comunicar malas noticias a personas con las que no simpatizaba.

–Sir Lawrence Linwood fue hallado en la mañana del veintinueve de marzo, el martes pasado, aquí, en su estudio. Mr. James Oglander sr., el padre de nuestro amigo Oglander jr., se había personado aquí a las nueve y media de la mañana para reunirse con Sir Lawrence, pero al llamar a la puerta nadie respondió. Se dirigió a la casa contigua para pedir noticias de Sir Lawrence y Lady Linwood le informó que Sir Lawrence no se había presentado a desayunar. En ese momento, alarmados, los dos regresaron y trataron de abrir la puerta, pero la encontraron cerrada con llave. Lady Linwood fue a buscar sus llaves y abrió la puerta, por lo que ambos encontraron a Sir Lawrence tendido en el suelo, delante de la estantería. –Señaló la mancha como si no fuera ya dolorosamente evidente–. Alguien le había agredido repetidamente con un objeto contundente, reduciendo tanto el pecho como el cráneo a una masa de huesos fragmentados y sangre.

Ferris, pensó Roger.

Ferris, quien había volado por los aires al pisar una mina; o Jones y Browning, quienes habían recibido el impacto directo de un proyectil, o las innumerables personas anónimas que había visto mutiladas y destrozadas por la guerra. Se había enfrentado a todos ellos sin pestañear, así que debería ser capaz de hacer lo mismo con su padre. Aun así, le parecía oír la risa seca de su padre en sus oídos, socavando su confianza: «Ah, Roger, si tienes que convencerte a ti mismo…».

Iris, por su parte, nunca había visto nada parecido en su vida. Tragó saliva de forma audible y se dio la vuelta con la intención de marcharse, pero antes de que Roger pudiera apartar el recuerdo de su padre e ir tras ella, Alan entró apresuradamente y casi chocó con Iris en la puerta.

—Lo siento —dijo Alan, a pesar de las estrictas normas de su padre acerca de no pedir perdón nunca—. Me he retrasado un poco… Iris, ¿estás bien?

Iris le restó importancia a su sobresalto —y al de Roger— murmurando una disculpa, y salió por la puerta.

Mowbray dejó escapar un gruñido de fastidio.

—No repetiré lo que ya he dicho —le dijo malhumoradamente a Alan—. Puede preguntarle a su hermano o hermana si quiere conocer más detalles.

Pero Alan se había quedado mirando la mancha frente a la estantería.

—Doy por hecho que fue allí donde murió nuestro padre —dijo, con una voz que se esforzaba por mantenerse firme.

—Con un instrumento romo —le explicó Caroline y, volviéndose hacia Mowbray, dijo—. Entiendo que eso significa que aún no saben qué se utilizó realmente.

—No lo hemos encontrado —gruñó Mowbray—. Un elemento grande y pesado con una forma distintiva. Probablemente una maza medieval con protuberancias, según el médico.

Roger se sobresaltó.

—Teníamos algo así en la casa. Esas dos armaduras en el gran salón, flanqueando la chimenea, ¿no se suponía que una de ellas debía tener una maza?

Roger no le había prestado mucha atención, solo era parte del decorado, pero… allí estaba, en su mente, la armadura, exactamente igual que hacía unos instantes, con Mowbray de pie ante ella como el reflejo contemporáneo del antiguo centinela… y sí, faltaba la maza. Alan seguía mirando fijamente la mancha, mientras los ojos pensativos de Caroline se clavaban en el techo. ¿Se habrían dado cuenta ellos también?

Mowbray continuó:

–Filgrave, el médico forense, dice que Sir Lawrence recibió un golpe por detrás y que ese primer golpe fue casi seguro mortal. A continuación, lo giraron boca arriba y le propinaron varios golpes más. Su agresor parecía dispuesto a darle una paliza hasta reducirlo, y lo digo literalmente, a una masa sangrienta. –Mowbray hizo una pausa, tal vez esperando una reacción; al no obtenerla, retomó su tono impasible y dijo–: La hora de la muerte se estima no más tarde de las nueve de la noche anterior, el lunes. Sir Lawrence fue visto con vida por última vez a las siete, cuando se levantó de la mesa y se dirigió a su estudio. Lady Linwood se quedó tomando el té durante otra media hora antes de retirarse a su habitación. En cuanto a los sirvientes, todos estaban ocupados con la limpieza vespertina y preparándose para el día siguiente, así que no parece posible que el asesino fuera uno de ellos. Todos tienen coartadas sólidas.

Roger asintió. ¡Como si pudiera haber sido el cocinero o una de las criadas, o incluso uno de los aldeanos! O Brewster, con la actitud servil y devota hacia la casa… Una simple mirada de su padre, incluso no demasiado severa, y Brewster habría retrocedido profusamente pidiendo perdón. No, el asesino de su padre tenía que ser alguien de fuera. Aparte de la puerta, la única otra entrada a la habitación era la ventana que quedaba a sus espaldas, lo implicaba una escalada tremendamente difícil, pero…

Mowbray añadió:

–La ventana estaba cerrada y con el pestillo echado, si es eso lo que está pensando. Me atrevería a decir que algún ladrón astuto podría haber entrado de esa manera, pero cómo habría salido ya es otra cuestión.

Roger frunció el ceño. Alan y Caroline quizá se conformaban con aceptar las cosas tal y como eran, pero para él siempre era importante visualizar la secuencia de los acontecimientos: la causa y el efecto, el mecanismo que los hacía funcionar. Imaginó a alguien trepando por el lateral de la torre hasta llegar a la ventana. No parecía fácil, pero tampoco imposible. El pestillo de la ventana era rígido y pesado; Mowbray tenía razón: parecía imposible que alguien pudiera abrirlo desde fuera, pero entonces, ¿qué prueba había de que hubiera estado cerrado? Las pruebas solo demostraban que había quedado cerrado después. Así pues, supongamos que la ventana había quedado desatrancada, que el asesino de su padre entró por ahí y que, tras cometer el crimen, pasó el pestillo de la ventana y cerró la puerta con llave.

—Debió coger la llave de padre —dijo Roger.

—Sir Lawrence tenía la llave en el bolsillo.

—Entonces debió tratarse de alguien capaz de manipular una cerradura. Se puede cerrar una puerta con la misma facilidad con la que se abre si se dispone de las herramientas y los conocimientos necesarios.

Pero si el asesino de su padre era tan hábil con las cerraduras, ¿por qué arriesgarse con la ventana y la posibilidad de que estuviera cerrada con llave, cuando podía entrar por la puerta? Roger apartó ese misterio por un momento; volvería a él más tarde, cuando tal vez empezara a ver las cosas con más claridad. Y, como había dicho Mowbray, era mucho menos importante saber cómo había entrado el asesino de su padre que entender cómo había salido.

Roger se alejó de la ventana, se acercó a la mancha que había frente a la estantería y se arrodilló junto a ella para verla más de cerca. Según la descripción que Mowbray había hecho del cadáver de su padre, debió haber mucha más sangre y trozos de masa encefálica cuando se descubrió el cadáver. Sin embargo, las salpicaduras carmesí aún se distinguían fácilmente: había bastante en los estantes inferiores de la estantería y también en algunos de los libros de su padre; la traducción al inglés que él mismo había hecho de *Así habló Zaratustra*, de Nietzsche, estaba especialmente afectada. Destacaba una gran mancha oscura, en cuyo interior se distinguía otra, con la forma vaga de un torso, donde la sangre se había derramado y acumulado. Roger apartó de su mente la imagen de su padre tendido en medio de aquella gran mancha y la sustituyó por una de los maniquíes de madera de la sastrería del padre de Iris. Le hizo sentir mejor. Era más fácil imaginar cómo se debieron mover las extremidades del cuerpo sin la carne blanda y la ropa ocultándolas, o sin el rostro de su padre recordándole que se trataba de un ser humano muerto.

Muy bien. Había manchas en la estantería.

Roger se imaginó al maniquí allí, de pie, y una maza descendiendo sobre su cabeza… No, la cabeza debería estar más baja… un poco más… Sí, el maniquí tendría que estar arrodillado delante de la estantería para que un golpe en la cabeza provocara un patrón de salpicaduras como ese. ¿Habría estado su padre buscando algo en la estantería? ¿La traducción de Nietzsche, tal vez?

Roger miró a su alrededor. Debajo de su escritorio quedaba un espacio abierto y las estanterías no ofrecían ningún tipo de protección. No había ningún lugar donde esconderse. Si su padre estaba buscando algo aquí, significaba que le estaría dando la espalda a su agresor. Lo que significaría que no consideraba a esa persona una amenaza.

Lo que indicaba que…

–Padre conocía a su agresor –dijo Caroline. Había estado observando atentamente a Roger y había seguido sus pensamientos hasta llegar a la misma conclusión–. Es la única explicación.

Desde la puerta, Alan asintió con la cabeza en señal de estar de acuerdo.

–Probablemente fue padre quien le dejó entrar.

Mowbray carraspeó.

–Hay una cosa más. Hemos encontrado bastantes huellas dactilares en la habitación. Algunas pertenecían al propio Sir Lawrence. Otras, a Lady Linwood. Pero hay otras huellas que aún no hemos identificado…

–¿Del asesino, tal vez? –dijo Roger, abalanzándose sobre esa nueva información.

–O de algún comerciante que habría venido a saldar cuentas –añadió Caroline–. O incluso del propio Mr. Oglander.

Alan se había perdido la descripción de los acontecimientos que Mowbray había hecho, por lo que Caroline añadió:

–Mr. Oglander sr. había acudido aquí ese día para encontrarse con padre. Así fue como se descubrió el asesinato.

Alan frunció el ceño.

–Oglander jr. me dijo que padre estaba redactando un nuevo testamento. Padre no era de los que se reunían y se ponían a hablar sobre lo que querían, así que si Oglander sr. se iba a reunir con él ese día, supongo que le tendría algo preparado para que Oglander lo revisara. Inspector, no habrá encontrado nada por el estilo entre los papeles de padre, ¿verdad?

Mowbray pareció molesto. Probablemente pensaba darles la noticia del nuevo testamento de su padre más adelante, cuando hablara con cada uno de ellos por separado, y Alan le había arruinado la oportunidad de ver cómo reaccionaban.

–No –respondió–, pero si Sir Lawrence había redactado un nuevo testamento y este ha desaparecido, tendrán que reconocer que eso los convierte en sospechosos a los tres.

Roger ignoró la provocación del inspector. Había empezado a abrir los cajones del escritorio de su padre y estaba revolviendo los papeles que había dentro. Caroline se unió a la búsqueda e incluso Alan se acercó para mirar lo que hacían por encima del hombro, pero no encontraron nada que se pareciera ni remotamente a un nuevo testamento, ni siquiera un simple trozo de papel con unas notas preliminares garabateadas.

Mowbray se limitó a observarlos, inmóvil, con una expresión socarrona en el rostro.

–Aquí no hay nada –concluyó Caroline, cerrando de un golpe el cajón y dirigiendo la mirada a Alan–. Quizá padre no tuviera nada escrito para esa reunión.

Cualquiera que conociera a su padre no creería esa idea ni por un segundo. Su padre habría entregado el documento terminado a Oglander sr. y le habría pedido que lo revisara para ver si había alguna laguna o algo parecido.

–El asesino debe habérselo llevado –dijo Alan–. Probablemente ya no sea más que un montón de cenizas en la rejilla de alguna chimenea.

Una chimenea.

Roger podía sentir el calor del radiador de su padre contra los pantalones, y eso le hizo pensar. La torre era tremendamente vieja, ¿cierto? Y el radiador era algo mucho más reciente, una de las innovaciones tecnológicas introducidas por su propio padre.

–Alan –dijo–, una vez me dijiste que los centinelas normandos solían vigilar el valle desde lo alto de esta torre y que hacían turnos para descansar en esta sala. ¿Cómo se mantenían calientes en invierno? No hay chimenea.

Tanto Alan como Caroline se volvieron hacia él.

–¿A dónde quieres ir a parar, Roger? –preguntó Alan.

–A que probablemente usaban un brasero de carbón…

–El techo es demasiado bajo. Necesitarían un agujero en el techo para que saliera el humo y, de haberlo, significaría que habría algo más permanente para tal fin, como una construcción de piedra para el carbón.

Roger los apartó con un empujón y se dirigió con paso firme hacia la alfombra persa.

–Si hay algo que Iris me ha enseñado es que a la gente le gusta moldear el mundo que les rodea según su propio estilo personal y esta alfombra no es del estilo de padre. Así que si nuestro padre la puso aquí es porque le hacía falta, no porque la quisiera como adorno.

Cogió la alfombra por una esquina y la apartó a un lado. Una nube de ceniza se elevó hacia el aire desde el círculo de piedras ennegrecidas por el hollín que había debajo, provocando que Mowbray soltara un improperio.

—Creo que van a rodar algunas cabezas en el departamento por haber pasado esto por alto —dijo el inspector furioso, acercándose para ver mejor lo que Roger había descubierto. Se arrodilló y tocó el montón rectangular de cenizas—. Papel, o lo que solía serlo. A juzgar por su tamaño, podría ser un documento legal. No me cabe duda de que se trataba del nuevo testamento de Sir Lawrence.

Se levantó de nuevo y miró a Roger, a Alan y a Caroline, que seguían de pie detrás del escritorio de su padre. Les de dedicó un desganado gesto de respeto, pero acto seguido frunció el ceño con recelo.

—Me pregunto —sentenció—, cuál de los tres tenía más que perder con el nuevo testamento de Sir Lawrence.

Roger

Cuando Roger pensaba en su padre, pensaba en líneas duras y rectas, en bosques oscuros y densos, y en piedra, nunca en los elegantes paneles tallados del gran salón ni en sus altas puertas francesas que dejaban entrar la cálida luz del sol sobre el suelo de parqué marrón dorado. Pero ahí estaba el ataúd de su padre, cerrado, para ocultar el manto de horror que había descrito el inspector Mowbray, colocado sobre un bastidor y envuelto por un aroma de demasiados lirios. A su alrededor, los afligidos visitantes circulaban con exagerada cautela, como si temieran romper aquel silencio que suponían sagrado.

Pandilla de hipócritas. Todo ese teatro era en su propio beneficio, no en el de su padre, y Roger estaba harto de tener que poner el rostro triste que todos esperaban de él. Se refugió detrás del ataúd y las nubes de lirios que lo rodeaban; estaba junto a la chimenea de mármol de la estancia, y le pareció que la nota siniestra que confería el retrato de su padre cerniéndose sobre él desde lo alto casi le ofrecía un bienvenido respiro.

Iris estaba allí, contemplando el cuadro. Miró a su alrededor cuando Roger se unió y, a continuación, asintió con la cabeza.

—Según me han dicho, se trata de tu padre, en su juventud, justo después de heredar Linwood Hall de sus progenitores. Su aspecto es el de un viejo y severo tártaro, querido, ¿o es tan solo la interpretación del artista?

—Digamos que se le parece bastante.

En el cuadro, el cabello de su padre era rubio y rizado, aunque para Roger siempre había sido blanco. Había orgullo en su perfil aquilino y en su barba tupida; sus ojos azul pálido, varios tonos más fríos de lo que los de Alan podrían llegar a ser jamás, se clavaban en la multitud vestida de negro congregada más allá de los lirios. Si Roger jamás se había preguntado qué pensaría su padre de los acontecimientos de hoy, ahí tenía la respuesta.

–No sé si Alan, Caroline y yo juntos podríamos llenar sus zapatos aunque lo intentáramos –le dijo a Iris–. Los granjeros de aquí todavía celebran los cerdos que crio para ellos, y dicen que nunca hubo un caballo que no nuestro padre pudiera domar, por muy salvaje que fuera. Le bastaba con mirarlo para que el animal se acobardara como una rata acorralada. Solíamos fingir que él no sabía nada de la habitación en la torre donde jugábamos a Camelot, pero creo que, en el fondo, todos sabíamos que la única razón por la que podíamos jugar allí era porque él nos lo permitía. Si te decía que hicieras algo, lo hacías sin rechistar.

«Encuentra a mi asesino».

Los ojos pintados de su padre seguían atravesando con su fuego la memoria de Roger, resplandeciendo en los márgenes de recuerdos medio olvidados en los que él mismo había tenido que encogerse ante la ira de su padre… ¿O era solo su imaginación? La brutalidad del asesinato de padre era todo menos inexplicable: si se miraba demasiado fijamente a esos ojos, incluso Roger empezaba a sentir la necesidad de empuñar algo contundente.

A su lado, Iris temblaba y se acercó más a él.

–Cuanto más oigo hablar de tu padre –le dijo–, más aterrador me parece. Tengo la sensación de que me habría devorado viva si nos hubiéramos llegado a conocer.

–Oh, estoy seguro de que le habrías gustado.

–Sí, como desayuno.

Roger parpadeó y apartó la mirada del retrato de su padre. No quiso decirle que, al menos a su madre, le había caído mal. Cuando regresaban del estudio, su madre lo había interceptado para decirle entre balbuceos que cualquier chica que no tuviera estómago para afrontar un asesinato no era digna del linaje de los Linwood y que su padre no la habría aprobado. Roger esperaba que ese comentario nunca llegara a oídos de Iris. A él nunca se le había dado bien mentir, así que, en lugar de eso, dijo:

—Cualquiera que haya vivido la guerra sabe lo duro y cruel que puede ser el mundo. Mi padre lo entendía mejor que la mayoría, incluso antes de la guerra, y se preocupó por que todos fuéramos lo suficientemente fuertes como para hacer frente a ese mundo, para aceptar todo lo que la vida nos deparara y convertirlo en algo bueno. Míralo otra vez, Iris. Esa línea tan dura y severa de su boca no es crueldad. Es determinación. Solo crees que lo es porque ese carácter, con tanta fuerza, siempre intimida, y luego la imaginación inventa todo tipo de razones para tenerle miedo.

Iris lo miró con curiosidad y dijo:

—No he mencionado la crueldad en ningún momento.

Pero Roger estaba pensando ahora en las cosas que su padre le había enseñado.

Sus estrictas normas sobre cómo ser fuerte le habían ayudado a superar lo peor de la guerra. No había lugar para debilidad en las trincheras. Su comandante lo había elogiado por «poder confiar en él bajo presión, capaz de mantenerse firme mientras todo a su alrededor se derrumbaba», porque su padre siempre le había exigido ser así de duro, así de fuerte. Sí, era necesario depender de la propia fuerza para sobrevivir; pero para prevalecer también había que depender de la cooperación de miles de personas. El ejército no era tan solo una maquinaria económica como Linwood Hollow, donde un solo hombre podía ser el eje alrededor del que todo giraba. En un mundo en el que los engranajes individuales sumaban millones, no había lugar para el «gran hombre solitario» que predicaba su padre. Un hombre fuerte puede resistir un poco más que uno débil, pero no tanto como aquel que sabe entrelazar las manos con el prójimo.

Roger había regresado a casa de la guerra con un nuevo aprecio por su hermano y su hermana. Ahora se daba cuenta de que, si había sobrevivido para convertirse en el hombre fuerte que su padre quería era porque ellos habían estado a su lado, ayudándole a superar las lecciones. Recordó que se detuvo en Londres en el camino de regreso, preguntándose cómo ponerse en contacto con ellos, antes de decidirse finalmente por un regalo, unas cámaras portátiles. Era algo que pensaba que les vendría bien a los dos, y cuando Alan sugirió que probasen el regalo con una foto de los tres juntos, le pareció bien. Los demás quizá pensaron que era solo una tontería, pero Roger mantuvo su copia de la foto clavada en una esquina de su mesa de dibujo como recordatorio de las dos personas en las que debía poder confiar si su fuerza personal resultaba insuficiente para afrontar cualquier reto.

Si él dependía de ellos, entonces ellos dependían de él.

Al otro lado de la sala, Roger vio a Mowbray observándolos a todos sin tratar de fingir la menor simpatía.

—Mowbray nos considera sospechosos —le susurró Roger a Iris sin perder de vista a su nuevo enemigo desde el refugio que le proporcionaban los lirios funerarios—. No se ha creído ni por un momento que ninguno supiera nada de la chimenea de piedra escondida bajo la alfombra del estudio de papá, y no sé si puedo culparle. Es un poco difícil de creer que pudiéramos haber vivido aquí toda nuestra vida sin saberlo, mientras que el asesino de papá evidentemente sí lo sabía, pero a ninguno de nosotros nos gustaba visitar a padre en su estudio si podíamos evitarlo. Y se puede decir que Linwood Hall es bastante grande. Hay partes de la casa que nunca llegamos a explorar completamente.

Iris frunció el ceño.

—Me estabas contando cómo era tu padre…

—Mi padre era utilitarista. Creía en hacer lo que había que hacer, por orden de prioridad, sin sentimentalismos exagerados que nublaran el juicio. Y ahora mismo, resolver su asesinato es la máxima prioridad. Ninguno de nosotros está a salvo mientras siga siendo una incógnita.

No se trataba solo de que su padre les hubiera pedido que lo hicieran. Quizá eso le bastaba a Roger al principio —nunca había tenido mucha paciencia para desentrañar lo que debía o no debía hacerse en el mundo–, pero comprender la amenaza que se cernía sobre su familia convirtió esa idea en un imperativo al que permitió, gustoso, que se apoderara de su mente. Al igual que la llamada a la guerra en su inocente juventud, esta cruzada para dar caza al asesino de su padre iluminaba el camino ante él como una farola londinense.

Al mediodía, el reloj de pie de estilo barroco del salón dio la hora con un repique musical, convirtiendo los susurros en un silencio sepulcral. Seis corpulentos hombres del pueblo cargaron el ataúd de su padre sobre los hombros. Su madre, Alan y Caroline los siguieron y Roger también tomó su lugar, junto a Iris.

Poco a poco, salieron del salón y se dirigieron a la terraza con vistas al valle para luego bajar por un sendero excavado en el acantilado. Nadie dijo una palabra hasta que llegaron al arco abierto del mausoleo. En ese momento, Giles Brewster, aparentemente en representación de todo el pueblo, se abrió paso entre la multitud hasta llegar al frente y se volvió para dirigirse a ellos.

–Estimados, creo que hablo en nombre de todos cuando digo que Sir Lawrence Linwood era un gigante entre los hombres que guio a nuestro pueblo en todos los aspectos, con una sabiduría sin precedentes desde el rey Salomón. Nos tenía en alta estima y lo hacía desde el corazón…

Roger dejó de escuchar. Nada de eso importaba realmente. Brewster podía hablar todo lo que quisiera sobre lo maravilloso que era su padre, pero lo único importante ahora era su asesinato y que la investigación policial se estuviera centrando en la familia. Su padre habría despachado a Brewster en cuanto hubiera abierto la boca, habría gruñido algo sobre lo trivial que era todo aquello y habría ordenado a los portadores del féretro que siguieran adelante.

Junto a él, Iris se movió incómoda y cuando Roger la miró, ella le susurró:

–Lo siento. Nunca he sabido qué hacer en los funerales.

–Nadie lo sabe –murmuró él.

Se le ocurrió que el asesino de su padre podría ser fácilmente uno de los supuestos amigos y conocidos que estaban reunidos tras ellos, y deseó poder darse la vuelta y ver sus reacciones ante los disparates de Brewster.

El hecho de no poder hacerlo aumentaba su creciente frustración con lo que estaba sucediendo, esa inquietud que había aparecido cuando se dio cuenta de una vez de cuán diferente era el funeral de su propio padre; tan edulcorado, falso y carente de esa vitalidad que acompañaba a la sencillez más sincera.

Brewster finalmente guardó silencio y los portadores del féretro pudieron llevar a su padre al mausoleo. Solo la familia, además de Iris, les siguieron. Lo introdujeron en una cripta ya preparada y cerraron la entrada con una placa de bronce con su nombre.

Con eso, terminó todo.

Roger pudo oír los susurros al salir del mausoleo. «¿Ya está?». Algunos de los dolientes parecían bastante sorprendidos por la relativa falta de ceremonia. Bueno, aquellos que estaban más familiarizados con el ateísmo de su padre explicaron a los demás que Sir Lawrence siempre había sido un tanto excéntrico. Podían considerarse afortunados de haber tenido siquiera eso. Como una gran serpiente negra, la multitud comenzó a deslizarse por el camino hacia la terraza superior y el gran salón, sin duda para seguir parloteando sobre lo raro que era su padre. Roger vio cómo Alan tomaba a su madre del brazo para acompañarla de vuelta arriba. Caroline pareció contenerse unos instantes, pero finalmente se acercó para tomarle el otro brazo. La situación le resultó un tanto extraña; por cómo conocía a sus hermanos, habría sido de esperar que fuera el instinto de Caroline el que la hubiera empujado a tomar la iniciativa con su madre, mientras que Alan se hubiera apresurado a unirse a los amigos académicos del padre. Se dio cuenta de que algo había cambiado en ellos y, ahora que lo pensaba, no de la noche a la mañana, sino gradualmente, desde la guerra, de un modo que le había impedido darse cuenta hasta ese momento…

Notó que Iris se había detenido algunos pasos más adelante para observarlo. Eran los únicos que quedaban en la cornisa fuera del mausoleo.

–Si quieres pasar unos minutos con tu padre... –empezó a decir ella, pero Roger negó firmemente con la cabeza.

–No. ¿De qué serviría eso? Lo único que sé es que si tengo que pasar un minuto más callado, rodeado del hedor de los lirios y de todos esos hipócritas santurrones diciéndome lo mucho que lamentan mi pérdida, podría acabar haciendo alguna tontería.

Respiró profundamente. No se había dado cuenta de cuánto le estaba afectando todo aquello hasta que lo expresó con palabras. Una vez recuperada la calma, dijo:

–Aquí hay otro camino, uno que baja hasta el pie del acantilado, debajo de la ventana del estudio de mi padre. Voy a ver si descubro algo que la policía hubiera podido pasar por alto.

No había dado ni dos pasos cuando Iris lo llamó:

–¿Quieres que te acompañe?

Quería encogerse de hombros y decir que no hacía falta, pero, a decir verdad, la necesitaba. Era así de sencillo. Volviéndose, le tendió la mano y le dijo:

–Sí. Por favor.

Roger

El Curtiss JN-4 «Jenny» era una bestia magnífica. En realidad, para Roger todas las aeronaves eran máquinas magníficas, pero esta Jenny en particular era especialmente magnífica porque era suya. Era uno de los pocos miles de aviones construidos por los estadounidenses para entrenar a sus pilotos durante la guerra, por lo que nunca había entrado en combate, pero como vehículo de entrenamiento era mucho más fácil de manejar que la mayoría de los aviones similares. Y como era un excedente del ejército ahora que la guerra había terminado, le había costado menos de setenta libras.

En realidad, difícilmente podía seguir llamándola una Curtiss JN-4. Roger había pasado los últimos dos meses desmontándola y volviéndola a montar, mejorando su viejo diseño. El motor era completamente nuevo, él mismo lo había diseñado y construido por prácticamente lo mismo que le había costado la propia Jenny.

En menos de una hora, iba a hacer una demostración de esas mejoras ante uno de sus héroes personales, Thomas Sopwith, comendador de la Orden del Imperio Británico: deportista, pionero de la aviación y fundador de la Sopwith Aviation Company. Roger se sentía casi mareado de la emoción. El cielo estaba despejado de este a oeste, la hierba lucía su color verde esmeralda y se mecía con el viento, el olor del verano inglés le inundaba las fosas nasales y nada parecía perturbar la paz del mundo.

Y entonces apareció la nota discordante: Miss Iris Morgan, secretaria de Mr. Julius Hammond, de Hammond & Oakes Engineering, acababa de bajarse del taxi y se abría paso entre los matojos hacia el aeródromo, tratando de fingir que sus altos y poco prácticos tacones no se hundían en el barro a cada paso.

Para Roger, Hammond & Oakes no era más que una parada en la que ganar experiencia en el sector, algo sobre lo que construir a medida que avanzaba hacia metas más ambiciosas. El propio Mr. Hammond entendía la ambición de Roger y parecía incluso algo impresionado por ella. Iris, sin embargo, siempre parecía más divertida que impresionada. Su inteligencia había despertado el interés de Roger y su sentido del estilo le resultaba atractivo. Pero, en fin… si ella no le hacía caso alguno, ¿qué podía hacer él?

Roger miró su reloj de pulsera –faltaban al menos quince minutos para que Sopwith llegara– y salió a recibir a Iris.

—Pensaba –le dijo– que no te interesaban estas cosas.

—Dije que tenía otros planes, cariño. No es lo mismo en absoluto. –Acto seguido, le entregó un largo rollo de papel y el hedor a amoníaco de los planos le golpeó en plena cara–. Te dejaste esto en la oficina.

—¿Pero…?

Las palabras se perdieron en los labios de Roger al desplegar parte del rollo y ver el título. Eran los planos del motor que había diseñado, construido y montado en su avión, los mismos planos que pretendía entregar a Sopwith tras el vuelo de demostración. Si Iris había tenido que traérselos, entonces… debió de coger los planos equivocados cuando salió. Lo último en lo que había estado trabajando era un sistema de suministro de agua para máquinas de vapor. A Thomas Sopwith, comendador de la Orden del Imperio Británico y héroe personal de Roger, quizá le hubiera resultado divertida la idea de un avión propulsado por vapor, pero a Roger no le parecía probable.

Iris sonrió burlonamente.

—Incluso el niño predilecto puede cometer algún error de vez en cuando, ¿no crees?

Roger decidió ignorar el sarcasmo.

—En cualquier caso, me has ahorrado una situación muy embarazosa. —En un arrebato de impulsividad, añadió—: ¿Por qué no te quedas, ya que estás aquí? Sopwith debería llegar en cualquier momento y te aseguro que el espectáculo será digno de contar. Y cuando acabe… Creo que te debo una cena, como mínimo. Hay un restaurante bastante bueno no muy lejos de aquí…

Pero Iris negó con la cabeza.

—Ya te lo he dicho, niño predilecto. Tengo otros planes para hoy, y esos otros planes no están especialmente contentos de que haya tenido que venir corriendo a salvarte el pellejo.

—¿Por qué lo has hecho, entonces? —preguntó Roger, sintiendo una oleada de resentimiento. Solo había tratado de mostrar su gratitud.

Iris levantó la vista hacia él. Sus ojos marrones desprendían una calidez que no había visto nunca en ningún otro lugar, y le dijo:

—Porque era lo correcto, cariño. Porque, aunque no lo creas, no tengo ningún deseo de que las cosas te vayan mal, puedes estar seguro de eso. Pero no esperarás que lo deje todo solo porque has chasqueado los dedos, ¿verdad? No soy algo de lo que puedas disponer cuando te apetezca, Roger Linwood.

A Roger no se le ocurrió nada que responder e Iris se dio la vuelta para regresar a la carretera, donde la esperaba el taxi.

—El martes estoy libre, si te viene bien —le gritó ella desde el taxi y Roger se encontró levantando el pulgar en señal de aprobación.

A continuación, el taxi se alejó a toda velocidad, dejando tras de sí una nube de polvo y a Roger más ansioso por que llegara el martes que por la inminente aparición de Thomas Sopwith, comendador de la Orden del Imperio Británico.

Roger

El camino que bajaba desde el mausoleo hasta el valle quedaba oculto tras una espesa maleza de tojos y se iba estrechando a causa de la vegetación. Nadie lo había usado en décadas, por lo que Roger tuvo que abrirse paso entre los arbustos en aquellas zonas donde el camino se había vuelto casi intransitable. Tras él, Iris le advirtió que le debía un par de medias nuevas, aunque, afortunadamente, parecía más interesada en descubrir el mundo oculto al final del sendero que en las carreras que había acumulado para recorrerlo.

—Te hablé de la vieja iglesia, ¿verdad? —dijo Roger, señalando el montón de escombros que finalmente se vislumbraba a través de los árboles—. Pues aquí está.

Gran parte de la piedra que en su día había formado las paredes de la iglesia había sido reutilizada como material de construcción para otras estructuras del pueblo, dejando lo que desde arriba podría asemejarse a un plano de planta trazado en la tierra. No quedaba nada del techo. Solo el campanario parecía intacto, aunque en la parte superior, donde se encontraban las campanas, estaba agrietado como un huevo, y la pesada puerta de roble reforzada que impedía la entrada estaba cerrada con llave o atascada. Roger tuvo que levantar la vista hacia Linwood Hall, encaramado en el acantilado, para recordarse dónde se encontraba. Los vetustos tejos los envolvían en un silencio casi sobrenatural. Por mucho que le hubieran molestado los murmullos en el salón, ahora su ausencia le hacía tensar el oído para captar el más mínimo ruido, aunque solo fuera para asegurarse de que no habían atravesado una puerta mágica que les hubiera transportado a otro mundo envuelto en niebla.

El espacio donde antes se encontraban las puertas principales quedaba ahora bloqueado por escombros, pero había un hueco en la pared por el cual se podía acceder a la nave central de las ruinas. Roger lo atravesó, contemplando la pintoresca estampa de esa reliquia del pasado. No estaba seguro de qué veía Alan en ruinas como aquellas: lo único que él veía era algo que había dejado de tener un propósito.

Mientras tanto, Iris había dado una vuelta completa a las ruinas antes de reunirse con él en la nave central. Ambos miraron hacia el campanario y luego más arriba, hacia el acantilado. Desde allí solo podían ver la torre baja de Linwood Hall; las nubes que pasaban por detrás hacían que pareciera que estuviera a punto de derrumbarse en cualquier momento.

—¿Qué opinas? —le preguntó Roger.

Iris volvió a mirar a su alrededor antes de responder.

—Me recuerda a esas otras ruinas que me mostraste ayer, antes de llegar aquí, arriba, en… ¿cómo se llamaba el pueblo?

—¿Grosmont? ¿Te refieres a la vieja fundición?

Roger recorrió con la mirada la longitud de la pared más cercana y tuvo que reconocer cierto parecido en ambas estructuras. Pero esta iglesia lleva aquí siglos, mientras que la fundición de Grosmont había aparecido gracias a la construcción del ferrocarril hacía menos de cien años. La gente vino aquí porque la fundición prometía puestos de trabajo, nadie lo hizo nunca porque hubiera una iglesia. Y la iglesia acabó por desaparecer porque la gente del lugar dejó de darle un uso, mientras que con la fundición ocurrió todo lo contrario. En el caso de la fundición, primero cayo en desuso y, finalmente, la gente acabó por irse. Roger se detuvo. Ahora había otras industrias, pero Grosmont nunca había recuperado la prosperidad de la que había disfrutado cincuenta años atrás, cuando la fundición producía varios cientos de toneladas de hierro a la semana, destinado a formar parte del conjunto industrial de North Yorkshire. La repentina pérdida de esa estructura supuso un desastre, pero su padre logró evitar lo peor en Linwood Hollow, centrando sus esfuerzos en las granjas.

Al fin y al cabo, el mundo estaba siempre en constante cambio, ¿no?

Todas esas granjas locales podrían seguir fácilmente el mismo camino que la fundición de Grosmont. Se podría argumentar que la gente siempre tendrá que comer y que la demanda de productos agrícolas nunca desaparecerá pero, aunque la demanda de hierro era mayor que nunca, la fundición de Grosmont había acabado siendo cosa del pasado. No, no se trataba de si existía la demanda, sino de si se era capaz de satisfacerla. Cuando su padre decidió ocuparse de las granjas, no se limitó a sentarse y confiar en que todo saldría bien: las estudió y las renovó de pies a la cabeza.

Roger se sentó a horcajadas sobre un trozo de pared derruida y se aferró a ese pensamiento. No era precisamente dado a filosofar, pero casi podía sentir a su padre asintiendo con la cabeza, como animándolo a seguir con ese razonamiento y ver adónde le llevaba. En su mente, un avión sobrevolaba líneas de trincheras embarradas, en las que hombres luchaban contra armas modernas con tácticas de combate propias de la Edad Media.

O hacías todo lo posible por adaptarte o no sobrevivías.

Ahora recordaba a su padre con mayor claridad. Se movía delante de ellos como un tigre enfurecido y Roger podía oler el papel viejo y el olor metálico de la tinta. Estaban en sus clases en la biblioteca, su padre se había hecho cargo porque ninguno de sus tutores sabía nada sobre ese particular tema de historia que él insistía en que aprendieran…

–¿Roger?

–Iris, ¿has oído hablar de la Restauración Meiji en Japón? –dijo Roger–. Tiene que ver con un comodoro americano que navegó a Japón en la década de 1850 para exigir su apertura al comercio exterior. El Japón feudal vio los modernos acorazados que se erguían frente a ellos y decidió que o se modernizaban o perecían, así que en treinta años hicieron lo que al resto del mundo le había costado trescientos. Padre los admiraba por ello. Iris, al final, creo que eso es lo que padre realmente quería. Por eso consideraba tan importante estudiar la Restauración Meiji. Quería que lideráramos Linwood Hall y todo lo que la acompaña hacia el futuro, del mismo modo que hicieron los japoneses con su país.

Roger volvió a mirar a su alrededor. Esta vez, en lugar de los muros derruidos de la vieja iglesia, vio las paredes recién encaladas de una hilera de casas nuevas, en las que vivían familias que habían venido a compartir lo que Linwood Hollow tenía para ofrecer. Justo al oeste había una franja de páramo abierto que pedía a gritos que se la convirtiera en un aeródromo. La incipiente industria automovilística era un mundo nuevo lleno de promesas y la industria aeronáutica, aún más. El desarrollo y la industria significarían empleo y prosperidad, una recuperación definitiva tras el cierre de la fundición de Grosmont.

Había hablado con Iris a menudo sobre todo eso, pero nunca como algo más que sueños llenos de esperanza.

—Mi padre sabía que yo tenía razón —dijo Roger—. Por eso quería que fuera yo quien se quedara con Linwood Hall.

Se quedó en silencio, pensando en las últimas conversaciones que había compartido con su padre.

Siempre había dado por sentado que Linwood Hall acabaría en manos de Alan, pero, al parecer, eso no era lo que Sir Lawrence quería.

Y tampoco lo contemplaba el testamento actual.

El sonido de ramitas y hojas secas rompiéndose bajo unas pisadas interrumpió los pensamientos de Roger. Miró hacia atrás, a través de un hueco entre los escombros, y vio a James Oglander jr., la viva encarnación del destino de Linwood Hall, abriéndose paso hacia ellos por entre los árboles.

¿Qué quería ahora ese abogado enclenque? Roger hizo un gesto a Iris para que se apartara y se preparó para enfrentarse al hombre, pero Oglander se detuvo a cierta distancia de la iglesia, se sentó en una lápida torcida, lanzó un suspiro y sacó una petaca de plata para echar un trago. Parecía no darse cuenta de la presencia de Roger y este se relajó. Quizá no los estaba espiando después de todo.

Aun así, no tenía sentido mantenerse escondidos.

–¡Oglander! ¿Qué hace merodeando por aquí?

Oglander dio un respingo, derramando algo de whisky sobre el pecho de su camisa.

–¡Mr. Linwood! No me di cuenta, pensé… –Se detuvo para limpiarse el pequeño estropicio con el pañuelo–. Lo siento. Solo necesitaba alejarme un poco de la multitud. Desde la guerra, con todos esos pobres diablos apiñados en las trincheras, ya sabe, las multitudes me ponen nervioso…

La opinión que Roger tenía de Oglander cambió en un instante hacia una mayor simpatía. Roger conocía a más de un soldado para quien las multitudes se habían convertido en algo que era mejor evitar, y Oglander parecía el tipo de persona que habría sido objeto de burlas despiadadas por parte del resto de su regimiento. Podía entenderlo.

–Puede quedarse aquí el tiempo que desee –le dijo–. Iris y yo ya nos íbamos. ¿Iris?

Pero Iris se había adentrado más en las ruinas de la iglesia y no le oyó.

–No se preocupen por mí. –Oglander dio otro trago a su petaca y se la ofreció a Roger–. Mi padre quería que conociera la propiedad –dijo mientras Roger probaba su whisky–. Como albaceas del testamento de Sir Lawrence, nos encargaremos de gestionar la venta de la propiedad una vez que… Lo siento, supongo que no querrá oír nada de eso.

–Tengo la piel más gruesa que el cuero para botas –respondió Roger, devolviéndole la petaca. El whisky de Oglander era realmente muy bueno–. Puede decir lo que le plazca.

Oglander se encogió de hombros.

—A riesgo de parecer grosero, su padre ha dejado una herencia muy cuantiosa y próspera. Espero que pase mucho tiempo antes de que tengamos que liquidarla, pero seguro que será una pesadilla y dudo que consigamos ni la mitad de su valor real a dividir entre los tres hermanos.

—Seguro que habrá algún industrial adinerado en busca de un refugio al que escapar de su vida cotidiana.

Alguien que vería Linwood Hall y las tierras que lo rodean como un trofeo para presumir ante sus amigos y no como un lugar con personas y problemas reales que necesitan ser resueltos. A la mayoría de los industriales no parecía importarles lo más mínimo la gente a la que ocupaban.

Un recuerdo de la guerra afloró en su mente: el capitán Pryce cayendo bajo el fuego enemigo y el sargento Billings saltando inmediatamente para ocupar su lugar, atrayendo la atención y los disparos enemigos. Le costó la vida a Billings, pero mantuvo unidos a sus hombres y quién sabe cuántos más podrían haber perdido la suya de no haber sido por él. En este caso, a Roger no se le pedía que diera la vida, pero la idea era la misma: el bien del pueblo dependía de que él tomara el mando, de que liderara en lugar de dejarse liderar.

—Esa cláusula que Sir Lawrence añadió —dijo Oglander jr.— acerca de encontrar a su asesino…

—¿Roger? ¡Roger! —El grito de Iris interrumpió lo que Oglander estaba a punto de decir—. Roger, ¡creo que he encontrado algo!

Roger se precipitó por el hueco hacia el centro de las ruinas de la iglesia, con Oglander pisándole los talones. Iris estaba de rodillas, con las medias de seda ya completamente destrozadas, oteando bajo los arbustos próximos al campanario. Levantó la vista cuando Roger se acercó y señaló.

—Parece un viejo reloj, con parte de la cadena todavía unida a él.

—Déjame verlo.

Iris tenía razón. Cuando apartaron suavemente los arbustos, vieron cómo la luz del sol brillaba en la parte posterior de un reloj de bolsillo que yacía en la tierra. La cadena estaba rota y parte de ella se había enredado en el arbusto.

Por la forma en que había caído, Roger pudo imaginar a alguien trepando por el muro de la iglesia, alguien a quien se le quedaría enganchada la cadena del reloj en algún saliente de piedra para acabar rompiéndose y cayendo al vacío. Pero seguramente algo así no le habría pasado desapercibido al dueño y lo habría recuperado inmediatamente, ¿no?

A menos que esa persona tuviera prisa, quizá huyendo de la escena de un crimen.

—Bien hecho —dijo Roger, lanzándole una sonrisa a Iris—. No sé qué haría sin ti.

—Me sigues debiendo un par de medias. No creas que vas a irte de rositas tan fácilmente.

Roger rio entre dientes y extrajo con cuidado el reloj de su escondite. Se observaba una mancha de óxido en la zona que había estado en contacto con el suelo, pero por lo demás parecía estar en bastante buen estado. En la parte posterior había una inscripción de algún tipo, medio oculta por la suciedad.

Asomándose por encima del hombro de Roger, Oglander dijo:

—¿Cree que tiene algo que ver con el asesinato? No acabo de ver muy bien cómo. Creía que estaba demostrado sin lugar a dudas que el asesino de Sir Lawrence entró y salió por la puerta que da al patio, así que cualquier cosa que pudiera encontrarse aquí abajo…

—No sabemos nada con certeza —respondió Roger—. ¿Qué más dan las suposiciones de Mowbray si encontramos pruebas de que el asesino de mi padre pasó por aquí? Todo podría cobrar sentido muy pronto.

Una vez que logró limpiar la inscripción del reloj, Roger lo sostuvo hacia la luz. «Comandante Harold Buchanan, Duodécimo Regimiento de Fusileros Gurkhas de Su Majestad».

Un fuerte estruendo, como una explosión, resonó en las paredes del acantilado, haciendo que por poco se le cayera el reloj. Iris y Oglander se volvieron, desconcertados, para buscar el origen del sonido, pero Roger ya estaba corriendo hacia el camino que llevaba de vuelta a la casa, con la mente atravesada de recuerdos que prefería olvidar.

Conocía ese sonido muy bien.

Había sido un disparo.

Caroline

El brazo de su madre parecía una extraña serpiente en el de Caroline; la tela de su vestido de luto era como una piel escamosa a punto de desprenderse y dejar al descubierto la carne que había debajo. También había un olor extraño a humedad, mezclado con el intenso hedor químico del desinfectante. «¿Cuándo se ha vuelto así madre?», se preguntó Caroline mientras regresaban en procesión por el sendero que llevaba del mausoleo a la casa. «¿O siempre había sido así y ninguno se había dado cuenta?». Caroline intentó recordar la última vez que había tenido contacto físico cercano con su madre, pero solo pudo evocar vagos recuerdos infantiles de cuando le revisaban su estado de salud general.

Las alabanzas fúnebres de Brewster habían resultado ser una experiencia incómoda, y no podía culpar ni a Alan ni a Roger por sus expresiones de educado aburrimiento; pero los demás rostros que miraban a Brewster tenían un brillo beatífico que no veía desde aquella misa en la que coincidió con un grupo de monjas. Su padre se enorgullecía de decir que los habitantes de Linwood Hollow no necesitaban la religión, pero, en estas circunstancias, Caroline se daba cuenta de que uno no se volvía ateo simplemente por haberle dado la espalda a Dios, a menos que hubiera elegido conscientemente el ateísmo. En lugar de eso, uno acababa aferrándose a lo primero que le pasara por delante… Una nube tapó el sol y Caroline se estremeció ante el repentino frío. Protegido por las crestas que lo rodeaban, el aire del valle permanecía inmóvil, aferrándose a la piel como el abrazo húmedo de un muerto. Se sorprendió pensando que debía tratarse de la sombra de su padre, y que no había forma de escapar de ella.

«La sombra de Sir Lawrence», había dicho Brewster al concluir sus alabanzas, «es demasiado profunda y extensa como para desvanecerse jamás. Seguiremos sintiendo las muchas formas en que tocó nuestras vidas y nos hizo lo que ahora somos, por los siglos de los siglos».

Caroline estaba lo suficientemente cerca como para oír a algunos de los aldeanos repetir en voz baja «Por los siglos de los siglos». Incluso el recuerdo de ese susurro le recorrió la espalda como una araña de hielo. Independientemente de si uno creía o no en lo divino, Caroline estaba segura de que ciertos pedestales no estaban destinados a ser ocupados por hombres mortales.

Brewster era su principal adorador, y ella recordaba muy bien lo que le había dicho cuando la trajo en su taxi desde el pueblo.

–Pero regresará, ¿verdad?

Su padre podría haber dicho lo mismo, pero no en forma de pregunta. Caroline podía sentir su mano sobre ella, así como sus ojos, desde algún lugar del oscuro mausoleo.

«Has nacido para esto. Este es tu pedestal».

Si el gesto de Alan de tomar a su madre del brazo no le hubiera recordado que tenía un deber para con los vivos, tal vez Caroline hubiera echado a correr hacia la casa sin pensarlo dos veces. Al verlo ahora, junto a su madre, no podía evitar pensar que si alguien había nacido para que lo pusieran en un pedestal, ese era su hermano Alan. Solo se llevaban unos tres años, pero él siempre le había parecido distante, como si la brecha que los separaba fuera cuestión de siglos en lugar de años. Por otra parte, él siempre había sabido que sería el heredero. ¿Qué podía estar pensando ahora que la voluntad de su padre lo había trastocado todo? Caroline aventuró una mirada atrás, pero Roger parecía haber desaparecido. Seguramente se habría escabullido en cuanto todos le dieron la espalda. Caroline podía recordar una docena de ocasiones en las que Roger había sido Roger, desafiando la furia de su padre con todo tipo de travesuras y trifulcas. Y, sin embargo, Caroline siempre había sospechado que su padre, a pesar de su defensa de la igualdad entre sus hijos y su insistencia en las normas, en secreto quería más a Roger. Después de todo, era Roger quien parecía encarnar mejor que nadie todo lo que su padre esperaba de ellos.

Caroline, en cambio, nunca fue capaz de hacerlo.

Su madre le soltó el brazo en cuanto llegaron a la terraza, y Caroline, aún perdida en sus pensamientos, no pudo más que mirarla con sorpresa. No les dio las gracias, ni siquiera los miró. En vez de eso, atravesó apresuradamente el salón hasta el gran vestíbulo, subiendo las escaleras para, presumiblemente, regresar a su habitación.

—Tiene que pasar el duelo —dijo Alan con cierta vaguedad—. Debemos disculparla.

—Y supongo que nosotros no hemos perdido a nadie importante, ¿no?

Alan se limitó a encogerse de hombros. Lo sentía más frío y distante que nunca.

—Olvídalo, Caroline. Tenemos cosas más importantes que hacer.

Sin siquiera darle una caricia tranquilizadora en el brazo, entró en el salón para jugar a ser *le grand seigneur* con sus invitados, dejando a Caroline sola en la terraza.

—Yo diría que usted es más fuerte que su madre —oyó decir a una voz a su lado—, y su hermano es consciente de ello.

Era Oglander jr. Le sonreía de una manera que ella interpretó como tratando de ser comprensiva, pero el mero hecho de que «pretendiera» ser algo le resultó inmediatamente poco sincero. Que su padre lo considerara digno de confianza le parecía la octava maravilla del mundo.

—Es evidente que no tuvo la suerte de recibir la misma educación —prosiguió Oglander, mirando a través de las puertas francesas abiertas hacia el salón.

Los últimos invitados habían desaparecido, dejándolos completamente solos en la terraza, pero Caroline seguía sintiéndose observada.

Ella avanzó por la terraza, alejándose del salón, y Oglander la siguió.

–Al menos podría tratar de recuperar la compostura –dijo Caroline–. No es más de lo que han tenido que pasar todas las viudas de este mundo.

Pero algunas personas lo lograban peor que otras, y su madre siempre había parecido estar al borde del colapso.

Innumerables recuerdos le pasaron por la mente, todos de su madre a la sombra de su padre –como Oglander acechando detrás de Mowbray–, sin que ella llegara a ser del todo real. Recordó una vez en que Roger se había caído de un árbol mientras jugaba. Su padre le gritaba a su madre que lo atendiera y ella se apresuraba a obedecer, no porque Roger lo necesitara, sino porque su padre se lo había ordenado. O en otra ocasión, cuando Alan, durante el desayuno, había comentado el camino que quería seguir después de la universidad, y cada palabra que salía de la boca de su madre no era más que un eco de las de su padre.

Oglander seguía hablando, diciendo algo así como que la singular fortaleza de Caroline era fruto de la educación que había recibido. Caroline solo había oído la mitad y no estaba segura de si pretendía ser un halago hacia ella o hacia su padre. En cualquier caso, no eran más que tonterías.

–Mi madre era doctora, ¿lo sabía? –dijo Caroline, interrumpiendo a Oglander–. Antes de casarse con mi padre. Hoy en día ya es bastante difícil que se tome en serio a una mujer como médica, pero ella se licenció en la década de 1880, justo después de las siete de Edimburgo. Todo el mundo sabe lo que tuvieron que pasar para poder ejercer la medicina, y mi madre tuvo que vivir lo mismo. Se alejó de su familia porque no aprobaban su decisión y se enfrentó a los desprecios, burlas y calumnias. Eso es verdadera fuerza, Oglander. Solo estoy disfrutando de los privilegios y ventajas que ella construyó para mí.

En su cabeza, su madre se dejaba intimidar cada vez que su padre le mostraba su irritación, con solo fruncir ligeramente sus cejas erizadas, por algo que ella había dicho. Oglander la miró sorprendido y luego se volvió hacia el salón, pero se habían alejado tanto que las puertas francesas no eran más que unas rendijas a través de las cuales solo se distinguía un ligero movimiento.

–¿Qué le ocurrió? –le preguntó.

Caroline se encogió de hombros.

–Conoció a mi padre y su mundo cambió.

Esa parecía ser la explicación más sencilla y probable.

–«Y pondré toda mi fortuna a sus pies» –citó Oglander, casi para sí mismo–, «y le seguiré, mi señor, por todo el mundo».

Caroline lo miró severamente. La admiración con la que citó a Shakespeare le pareció más real y sincera que cualquier otra cosa que hubiera dicho antes, pero la referencia a la devoradora pasión de Julieta la hizo reflexionar. ¿En qué podría haberse convertido Julieta si Romeo no se hubiera cruzado en su camino? ¿Se habría sentido decepcionado su padre porque su madre había decidido, de hecho, poner toda su fortuna a sus pies en lugar de seguir adelante con su camino inicial, como su igual, intelectualmente hablando? La insistencia de su padre en el trato igualitario llevó a Caroline a creer que así había sido. Le tocaba a ella convertirse en un icono feminista, subirse a ese pedestal para beneficio de la humanidad, porque su madre había fracasado en el intento, aunque para ello no hiciera más que seguir el camino que algún hombre le había trazado.

«Ningún otro hombre haría eso por su hija».

Estaba siendo injusta. Se lo debía todo a su padre, literalmente.

Mientras tanto, Oglander parpadeó para disimular su asombro y le dedicó otra sonrisa fingidamente comprensiva.

–Ese parece ser el dilema de la mujer moderna, ¿no es así? –dijo con voz untuosamente aduladora–. Tener que renunciar a todo por el matrimonio. No parece que sea algo justo en absoluto.

–No lo es –consintió Caroline.

La cita de *Romeo y Julieta* le trajo ahora a la memoria *La fierecilla domada*. Siempre había odiado esa obra. Debería estar agradecida de que su padre no la hubiera empujado a casarse con algún Petrucio autoritario, sin ningún otro propósito.

—Lady Astor parece arreglárselas bastante bien en el Parlamento —continuó Oglander— a pesar de estar casada. Pero claro, ella es Lady Astor, al fin y al cabo. Imagino que su posición social contribuye en gran medida a que la gente se la tome en serio como persona por derecho propio.

Algo había cambiado en el tono de Oglander, y Caroline sintió que apretaba con fuerza la barandilla de la terraza. ¿Era Roger el que se abría paso entre los escombros al pie del acantilado? En lugar de mirar a Oglander, fijó la atención en su hermano y respondió con dureza:

—¿Qué quiere decir con eso?

—Oh, era tan solo un comentario. Pertenecer a la nobleza con un gran patrimonio territorial confiere mucha respetabilidad y credibilidad. Si alguien tuviera aspiraciones políticas de cualquier tipo, un lugar como Linwood Hall… Lo siento, seguro que lo estoy expresando torpemente, pero yo hubiera creído que Sir Lawrence…

—¿Hubiera querido que yo tuviera Linwood Hall, solo porque albergaba grandes aspiraciones para mi futuro?

Caroline tragó la acidez que le subía por la garganta. Su padre no llevaba más de diez minutos bajo tierra. Una conversación como esta, en ese momento, no solo era de mal gusto: era totalmente indecente. Se volvió hacia Oglander, que fingía estar avergonzado a pesar de que sus pálidas mejillas no mostraban ni una pizca de rubor.

—Le diré qué es esto —dijo Caroline—. Todo esto. No es más que la obra de Shakespeare *Como gustéis*, en la que «Todo el mundo es un escenario y todos los hombres y mujeres, meramente actores».

La terraza con vistas al valle parecía realmente un escenario con todo el pueblo como público. Caroline casi podía sentir la fulminante mirada de su padre desde entre bastidores, sujetando con fuerza el guion que había escrito para ella. ¿Por qué los únicos papeles que se le ofrecían eran los de feroces reinas guerreras o de dóciles esclavas? ¿Qué había de la gran mayoría de mujeres normales que se encuentran entre ambos extremos?

–¿Está usted satisfecho con el papel que se le ha asignado, Oglander? –le preguntó–. Porque yo no lo estoy.

Oglander pareció desconcertado.

–Yo… no sé a qué se refiere.

–Tampoco esperaba que lo entendiera.

Caroline se volvió para contemplar la vista del valle. Para un aldeano mirando hacia la casa, los Linwood, enfrascados en sus actividades, debían parecer dioses increíblemente lejanos.

Trató de volver a ubicar a Roger, pero, o bien había desaparecido entre los árboles, o había desistido de la imprudente aventura que lo había llevado hasta allí. Quizá había ido a presentar sus últimos respetos en la cripta de su padre, aunque realmente no se lo imaginaba haciendo algo así. Roger no era de los que pensaban que los muertos podían oírle.

Cuando volvió a levantar la vista, Oglander ya se había ido.

Caroline

—Ah, *la gaie Paris* —dijo David Fitzgerald Thompson, Davey para sus amigos, mientras se ponía de pie y levantaba una copa de vino hacia la lejana Torre Eiffel, recortada contra el cielo estrellado. En algún lugar fuera del pequeño bistró, alguien tocaba *La marsellesa* con un acordeón entre ovaciones bulliciosas.

Solo había pasado un mes desde el armisticio y todavía no habían empezado las negociaciones de paz, pero todos lo consideraban un hecho consumado. París estaba inmersa en un ambiente de fiesta.

—Está tal y como la recuerdo hace cuarenta años —continuó Davey, volviéndose hacia Caroline—. Mis amigos que estuvieron aquí durante la guerra me contaron que pasaron una época de gran preocupación, pero es evidente que la ciudad se está recuperando. Será *une nouvelle époque*, una nueva era. Se vestirá con ropa nueva y se entregará a la alegría que le negaron durante los últimos cuatro años, pero en el fondo seguirá siendo la misma París que conocí, una artista pobre y hambrienta.

Caroline sonrió.

No había pensado mucho en su hogar —correr detrás de historias sobre la guerra la mantenía demasiado ocupada para eso—, pero la visita de Davey había sido una sorpresa muy agradable. Lo había conocido como el director escénico del Malton Repertory, una compañía teatral semiprofesional y la más cercana a Linwood Hollow. Allí, él era casi una pieza más del decorado —un pequeño caballero enjuto con pantalones de pana manchados de pintura—, pero en el pasado había sido un aclamado retratista, e incluso ahora el regreso de la paz al epicentro del mundo del arte era un canto de sirena al que no podía resistirse.

—Veo que te han puesto a hacer de adivino en *Julio César* —dijo Caroline—. O de una de las brujas de la obra escocesa, ya me entiendes.

Davey se rio.

—En absoluto. Nadie sabe lo que depara el futuro. Pero puedo tratar de adivinarlo —dijo él con un guiño, dejando que sus ojos verdes salpicados de oro por la luz de las velas del bistró devolvieran el brillo—. Tú, en cambio, siempre has sabido cuál iba a ser tu futuro. ¿Ha habido algún cambio?

—Primero el periodismo —respondió Caroline—, para entender qué está pasando en el mundo; luego la política, para arreglarlo. No, no ha cambiado absolutamente nada. Estoy segura de que mi padre ha encontrado la manera de grabar mi nombre en el respaldo de una silla de la Cámara de los Comunes, como un moderno *siege perilous*.

La luz de los ojos verdes de Davey se desvaneció levemente y volvió a sentarse frente a ella.

—Debe ser fantástico mirar hacia adelante y ver exactamente cómo va a ser tu vida —dijo.

Y lo era, ¿no? Tener un plan para el futuro hacía que uno se sintiera seguro. Caroline cogió su copa de vino, y por un momento le pareció que el rostro que se reflejaba en ella no era el suyo, sino el de su padre.

Caroline bebió con rapidez más vino del que era prudente o educado y dijo:

—¿Harías las cosas de otra forma, sabiendo lo que sabes ahora?

En la calle, el acordeonista debía haberse alejado, pues ya no se le oía, y el silencio se apoderó de ellos.

Davey bebió un sorbo de vino con aire pensativo y miró por la ventana hacia la silueta de la Torre Eiffel que se erguía en el cielo nocturno.

–No lo creo –dijo lentamente–. Hay cosas de las que me arrepiento, sí. Los errores que cometí. Pero creo que cometerlos me hizo más fuerte. En su mayor parte, he dedicado mi vida a hacer lo que me gusta y he construido un presente que me hace feliz. Al final, eso es lo único que importa. Espero que puedas decir lo mismo cuando tengas mi edad.

–¿Y por qué no debería poder decirlo? –preguntó Caroline secamente.

Davey levantó las manos.

–Calma –dijo–, no pretendía insinuar nada. Es solo que... –Suspiró y volvió a dirigir la mirada a la ventana. Las luces estaban encendidas en el bar del otro lado de la calle, pero no se oía ningún rumor de fiesta–. Los cambios también pueden dar miedo. Si tus planes siguen su rumbo a buen ritmo, bueno, supongo que es una buena noticia.

–¿Ha pasado algo en casa?

A Caroline no se le había ocurrido pensar que algo pudiera pasarle a su padre o a Linwood Hall. Eran los dos pilares inmutables de su vida.

Los «golpes y envites de la cruel fortuna» eran algo que solo ocurría en el mundo exterior.

Pero Davey negó con la cabeza.

–Nada más preocupante que un ajuste en el repertorio. Hace unos años empezamos a hacer Gilbert y Sullivan en lugar de Shakespeare, algo ligero para que la gente se olvidara de la guerra. La próxima producción será *Los piratas de Penzance*.

Los piratas de Penzance, o El esclavo del deber.

Davey había cambiado de tema, y Caroline se obligó a dejarlo pasar.

La guerra había terminado, la gripe española estaba remitiendo y ella se encontraba en París, contemplando el amanecer y sus infinitas posibilidades, con un visitante inesperado, procedente de uno de los pocos aspectos de su vida en casa que era solo suyo y de nadie más. Aunque Davey hubiera expresado, en un descuido, lo que Caroline estaba segura de que pensaba –y ahora se dedicara a parlotear sobre ópera ligera para disimular su metedura de pata–, no había ningún motivo para que ella no se relajara y disfrutara del momento.

La vida era demasiado corta para no hacerlo.

Caroline

Abril de 1921

Caroline no sabía cuánto tiempo llevaba allí, en la terraza, viendo cómo sus opciones se reducían a una sola: encontrar al asesino de su padre. Era lo que él quería que hiciera, y la presión que le imponía su presencia, impregnando cada una de las piedras de Linwood Hall, no era menos apremiante, aunque solo existiera como un eco en lo más profundo de su subconsciente. Cuando su padre fijaba en ella su mirada penetrante, la misma que aquel artista había capturado en su retrato, no podía hacer otra cosa que obedecer.

Creía que había dejado todo eso atrás cuando empezó a vivir según sus propias reglas en París, pero eso solo parecía empeorar las cosas.

«¿Creías que no lo sabía? Fui yo quien lo permitió, Caroline».

Entendió que lo que pasaba entre su madre y su padre no tenía nada que ver con que su madre fuera débil. Su madre nunca había sido débil. El problema era que su padre era demasiado fuerte. La sumisión de la madre hacia el padre no era más que un reflejo de la necesidad de Caroline de someterse a la autoridad paterna. Nunca lo había visto así hasta ahora, hasta que Oglander le obligó a pensar en las dos cosas al mismo tiempo, pero tenía mucho sentido.

¿Qué le debía su madre a su padre? No era como si la hubiera arrancado de la nada, como había hecho con Alan, Roger y la propia Caroline. Ahora que él se había ido, su madre era libre, si tan solo pudiera convencerla de dar ese primer paso vacilante para salir de las sombras. Entonces, pensó Caroline, quizá ella misma podría hacerlo también…

Un movimiento en las puertas francesas del salón llamó la atención de Caroline. Una figura con un largo vestido negro acababa de salir sigilosamente, echando una mirada furtiva hacia el salón, como si temiera que la siguieran. Llevaba el velo echado hacia abajo, pero Caroline supuso que era su madre, que quería estar a solas con su padre, aunque eso no sirviera de mucho. Su madre se adentró en el camino que bajaba al mausoleo. Volvió a mirar hacia el salón y emprendió el descenso; no se había girado lo suficiente como para ver a Caroline, que estaba más atrás en la terraza.

Realmente daba la sensación de que su madre estaba perdida sin su padre, pero había sido fuerte en el pasado y, con el tiempo, podría volver a serlo.

Caroline cruzó la terraza hasta el sendero y miró hacia abajo. Llegó justo a tiempo para ver cómo sus negras faldas se deslizaban hacia el interior del mausoleo.

Alguien tenía que hablar con ella, pensó Caroline mientras bajaba por el sendero.

Sin la ceremonia del cortejo fúnebre y la multitud siguiéndolos, el descenso parecía mucho más fácil que antes. Un vistazo a su reloj le indicó que solo había pasado media hora desde el entierro, pero había sido tiempo suficiente para que el sol se moviera y el mausoleo quedara sumergido en la sombra del acantilado. La temperatura también había bajado, más rápido de lo que Caroline habría esperado, pero lo que antes parecía ser un frío húmedo ahora se sentía más como un frescor reconfortante. Cada paso que daba parecía poner sus pensamientos en orden y cuando apoyó la mano en el arco de la entrada del mausoleo, gran parte de su ansiedad y desconcierto parecieron no ser más que un sueño febril.

Hablaría con su madre. Había logrado asimilar sus propios sentimientos hacia su padre, su muerte y el hecho de que lo hubieran asesinado. Hablaría con Alan y Roger también, si fuera necesario;

lo importante era zanjar todo este asunto antes de retomar la vida que se había construido.

Sus ojos tardaron unos instantes en acostumbrarse a la relativa oscuridad del interior del mausoleo.

La figura vestida de negro se encontraba de pie frente a la cripta de su padre, balanceándose ligeramente. Algo se movía entre sus manos entrelazadas; la luz que entraba por el arco abierto brillaba sobre el crucifijo al final del objeto. ¿Un rosario? Pero, a menos que su madre hubiera mantenido oculto un fervor religioso secreto, era muy improbable que se presentara ante su padre con algo así. Finalmente, Caroline se dio cuenta con decepción de que la figura era demasiado alta.

No era su madre.

Caroline dio un paso atrás y se alejó del arco. Quienquiera que fuera, había venido desde muy lejos para despedirse de su padre y probablemente quería pasar un rato a solas con sus oraciones. Puede que a su padre le importara poco, pero él ya no estaba, y Caroline había conocido a suficientes personas con creencias religiosas similares en los últimos años como para respetar la fe ajena, aunque no la compartiera.

Estaba a punto de darse la vuelta cuando una risa ronca la detuvo en seco. La mujer del mausoleo se inclinó bruscamente hacia la cripta de su padre.

Y escupió.

La claridad exterior desapareció y el mundo de Caroline se redujo de repente a la placa de bronce sobre la cripta de su padre, ahora sucia y ultrajada. Por supuesto, no podía ver mucho desde donde estaba, pero podía imaginarse el resto. Todo el resentimiento acumulado hacía un rato hacia su padre –por el camino que le había marcado, por la sumisión de su madre hacia él– quedó borrado con ese acto de profanación.

–¡Cómo se atreve!

El grito provenía de lo más profundo del mausoleo y tanto Caroline como la misteriosa mujer se giraron hacia la fuente del sonido:

su madre. Su rostro, blanco como la cera, estaba desencajado por la furia y su voz temblaba de rabia.

—¡Cómo se atreve! —gritó de nuevo, avanzando como una tormenta de cuervos, de un negro intenso sobre un negro aún más intenso, con los ojos pálidos tan encendidos que incluso Caroline se quedó paralizada.

La misteriosa mujer se dio la vuelta y echó a correr.

Caroline trató de detenerla, pero llegó una fracción de segundo demasiado tarde. El velo se desgarró y Caroline alcanzó a ver un destello de cabello rubio rojizo y los ojos más intensamente azules que había visto en su vida. La mujer pasó como una exhalación junto a ella, rehaciendo al camino que llevaba a la terraza, al gran salón, y escapó.

Sujetándose al marco del arco, Caroline giró en seco para salir tras ella.

—¡Espere! —gritó—. ¡Deténgase!

Se oyó un estallido en el aire detrás de ella: el tan familiar sonido de un arma de fuego. Caroline se tiró al suelo, reaccionando por puro instinto, y apretó los ojos con fuerza. Otro disparo retumbó en sus oídos y se encontró pensando que si abría los ojos no vería el fresco valle verde de Linwood debajo de ella, sino las cálidas aguas del Egeo bañando la ensangrentada costa de Kabatepe.

Se oyó un portazo.

Unos pies corrieron, haciendo crepitar la grava.

Con cautela, Caroline abrió los ojos y miró hacia arriba.

Su madre estaba casi encima de ella, tan temblorosa que era un milagro que pudiera mantenerse en pie. Un pesado revólver le colgaba de una mano enfundada en un guante negro y jirones de humo se elevaban del cañón, enroscándose alrededor de su muñeca.

Sus ojos, casi incoloros, estaban tan desorbitados que parecían a punto de salirse de sus cuencas.

Arriba, en la terraza, varios curiosos se habían asomado para ver qué era todo aquel alboroto. Parecía que estuvieran gritando alarmados, pero los disparos aún resonaban en los oídos de Caroline y no podía oír prácticamente nada.

La misteriosa mujer no se veía por ninguna parte.

–¡Madre! ¡Caroline!

Los gritos de Alan mientras recorría el camino hacia ellas solo llegaron débilmente hasta Caroline. La ayudó a ponerse en pie mientras Mowbray, que llegaba pisándole los talones, arrebataba con delicadeza el revólver de los dedos entumecidos de su madre. Caroline se fijó en la mirada de Mowbray mientras sostenía con cautela el revólver, con los ojos oscilando entre el arma y su madre, sin duda preguntándose de dónde había podido sacar tal objeto.

Un momento después, Roger irrumpió de entre los arbustos que cubrían con maleza el camino que subía desde el valle. Se detuvo en seco, mirándolos a todos y, finalmente, dijo:

–He oído disparos. ¿Qué ha pasado? ¿Está todo el mundo bien? ¿Madre? ¿Caroline?

Su madre tartamudeó:

–Ha sido un accidente. Yo... No sé muy bien qué ha pasado...

Mowbray entrecerró los ojos mirando a su madre, luego bajó la vista hacia el camino donde Caroline había quedado tendida al oír el primer disparo y, finalmente, miró a Caroline. Caroline decidió que lo último que necesitaban era explicarle que su madre acababa de intentar dispararle a alguien. Liberándose de Alan, dijo con la mayor frialdad que pudo:

–Madre parece a punto de desmayarse. Será mejor que la llevemos dentro.

Casi como si le hubieran dado una señal, su madre pareció desfallecer. Mowbray la agarró antes de que pudiera caer al suelo y luego Alan y Roger la tomaron entre ambos para ayudarla a regresar a la casa. Caroline les siguió los pasos. La gente se apartaba para dejarlos pasar y Caroline podía sentir los penetrantes ojos de Mowbray, con el mismo fuego que solía ver en los ojos de su padre, clavados en su espalda mientras avanzaban.

Mientras Alan y Roger ayudaban a su madre a subir las escaleras, Caroline corrió hacia las habitaciones que madre y padre habían compartido en el ala sur de la casa, con vistas al patio. Sus dormitorios estaban en extremos opuestos, cada uno con su propia puerta al pasillo, y la distancia entre ellos sugería que había otras habitaciones en medio: un cuarto de baño, un vestidor, tal vez incluso una sala de estar privada. A pesar de que su madre los había criado sin ayuda de una niñera, Caroline nunca había entrado allí.

De niña se había preguntado a menudo qué había más allá de la puerta de su padre, si dormía tras cortinas de terciopelo en una cama victoriana con dosel, o bajo una pila de pieles, como el jefe de alguna tribu prehistórica. Por algún motivo, nunca se había parado a pensar en la habitación de su madre, al igual que jamás se había parado a pensar en las habitaciones del servicio. La única vez que intentó correr hacia su madre, cuando tenía cinco años y acababa de tener una pesadilla, su padre la detuvo y la amedrentó con cosas peores que cualquier pesadilla si volvía a mostrarse tan débil y tonta. Después de aquello, nunca lo volvió a intentar.

Ahora estaba llena de dudas, con la llave de su madre en la cerradura, al recordar esa furia, pero contuvo el aliento y abrió la puerta de golpe.

La habitación de su madre era pequeña para una mansión rural del tamaño de Linwood Hall. Cualquier elemento susceptible de tener color era de un blanco clínico, sin ninguno de los adornos que cabría esperar de la opulencia del siglo pasado. El mobiliario era funcional, espartano incluso para la estética de cromo y cristal más minimalista, tan popular en los círculos artísticos modernos, y estaba dispuesto con una precisión casi marcial. No había alfombras que aportaran calidez al suelo de baldosas de cerámica, ni cuadros que sugirieran una personalidad, ni cortinas que filtraran la implacable luz. Caroline casi podría jurar que olía el jabón carbólico y el desinfectante característicos de las salas de hospital.

–Tal vez sea mejor que te hagas a un lado para que podamos pasar –dijo Roger detrás de ella, lo que permitió a Caroline darse cuenta de que se había quedado paralizada en la puerta.

Se movió a un lado y sus hermanos ayudaron a su madre a llegar hasta la cama, provista de un armazón de metal, un colchón extremadamente fino y unas sábanas perfectamente alisadas. Si la habitación les había resultado inquietante, no permitieron que se les notara.

–Será mejor que vaya a ocuparme de Mowbray –dijo Alan, lanzando a Caroline una mirada severa. Era sobrecogedor lo mucho que se podía llegar a parecerse a su padre a veces, a pesar de no tener ningún vínculo genético–. Pero ¿qué se supone que debo explicarle, Caroline? ¿Qué estabais haciendo tú y madre, y de dónde ha sacado esa pistola?

–Creo que le corresponde a ella contar esa historia. Pero si prefiere mantener la discreción…

–¡Discreción! ¡No es momento de ser discretos! Por si lo has olvidado, nuestro padre ha sido asesinado…

Un gemido de su madre, tumbada en la cama, interrumpió a Alan a mitad de la frase. Ambos la miraron, y a Caroline le llamó la atención lo frágil que parecía, frágil y desvalida. Contra las sábanas blancas, su vestido negro contrastaba de tal manera que, incluso en su propia habitación, su madre parecía una intrusa a la que se le permitía estar allí por compasión.

Alan tomó a Caroline, alejándose hacia la puerta, lejos de ella, y continuó en un susurro áspero:

–Mowbray está buscando cualquier excusa para meter a uno de nosotros en el calabozo como legítimo sospechoso. Si no podemos darle una explicación plausible de lo que pasó, a madre le espera un interrogatorio de lo más incómodo en la comisaría de Pickering. ¿Es eso lo que quieres?

Caroline sacudió la cabeza con resignación.

–Había otra mujer allí. Debió pasar corriendo a tu lado cuando bajabas. Escupió sobre la cripta de padre y madre le disparó.

—¿Quieres que le diga a Mowbray que madre usó el arma para dispararle a alguien? ¡Caroline, eso es intento de asesinato!

—¿Crees que no lo sé? —Tal vez, si esa mujer resultara ser la asesina de su padre, daría igual, pero ni siquiera sabían adónde se había ido—. ¿Se te ocurre algo mejor?

Alan se pasó una mano por el pelo, tirando de él con frustración.

—Está bien —dijo por fin—. El revólver... no sabemos de quién es. Creemos que es de padre. Madre lo encontró en algún sitio. En el pasillo de los sirvientes. Debe haber una entrada al pasillo de los sirvientes desde el mausoleo; de otro modo, ¿cómo podría haber llegado allí madre sin ser vista? Lo encontró en el pasillo y te lo enseñó. Se disparó por accidente y las dos os asustasteis.

—Eso explica el primer disparo, pero...

—Madre no sabe nada de armas. Ha oído decir que las pistolas tienen un mecanismo de seguridad y pensaba que ese mecanismo era el martillo del revolver. Eso es lo que ocurrió con el segundo disparo. —Alan hizo una pausa—. Será mejor que seas tú quien le cuente esta historia a Mowbray. No va a sonar igual de convincente viniendo de mí.

Eso era cierto. Alan podía ser muy hábil a la hora de inventarse una mentira convincente, pero era un desastre contándola.

Roger carraspeó detrás de ellos. Apareció del vestidor con una bolsa negra que les resultó familiar: el maletín médico de su madre, una reliquia de su pasado profesional con el que había atendido todas las dolencias y lesiones de su infancia.

—Si ya habéis terminado —dijo, sacando un frasco del barbitúrico Veronal, que lucía una curiosa mancha en forma de conejo en la etiqueta—, madre necesita descansar y esto la ayudará a lograrlo.

Caroline

A Mowbray no le pareció del todo convincente la historia que Alan se había inventado, pero Caroline fue capaz de presentar los hechos de tal manera que acabó por reconocer que era más probable que fuera cierta que no lo contrario. Terminó la conversación tomando el revólver y dijo:

–Si lo que me ha contado es cierto, es muy posible que esto lo haya dejado olvidado el asesino de Sir Lawrence. Aunque me pregunto por qué habría utilizado un mazo si tenía una pistola. Tendré que confiscarla como prueba.

–Por supuesto, inspector.

Caroline sonrió, esta vez con sinceridad. Quería ese miserable objeto bajo llave lo más lejos posible de la casa.

Cuando Caroline regresó a las celebraciones fúnebres, tan solo quedaba un puñado de académicos desconectados de la realidad interrogando a Alan sobre sus planes de futuro y un par de granjeros completamente ebrios que brindaban por los programas de cría de cerdos de su padre. Roger estaba en el patio con Iris, conversando sobre el funcionamiento de su automóvil con un Oglander aparentemente fascinado. El sol se encontraba ahora en el lado oeste de la casa, dejando el salón inundado de lirios en una penumbra apagada; pero, enmarcada por las puertas francesas, la cresta opuesta del valle resplandecía con la intensidad de un paisaje impresionista. Caroline salió a la terraza a través de la biblioteca, evitando a los invitados que aún quedaban, y luego regresó al mausoleo.

Alan había sugerido la posibilidad de que hubiera allí una entrada al pasillo de los sirvientes y eso es lo que Caroline le había contado a Mowbray, pero quedarían todos en ridículo –además de resultar altamente sospechoso– si se descubría que no existía.

El mausoleo estaba aún más oscuro que antes. Nunca se había instalado iluminación eléctrica, por lo que Caroline tuvo que recurrir a la llama de un mechero para ver algo más que sombras y formas difusas. La luz parpadeaba como la mecha de una vela convirtiéndola en Lady Macbeth, sonámbula por Dunsinane, tratando infructuosamente de limpiarse la culpa de las manos. La comparación resultó ser una bienvenida distracción, si bien rehuía hacer frente a la cuestión de la culpa. Se sentía como si ella también caminara sonámbula. «Sin embargo, aquí hay una mancha», citó en voz baja. Entonces, se detuvo.

Había, en efecto, una mancha, una mancha inmunda donde aquella mujer, fuera quien fuera, había escupido sobre la cripta de su padre. Caroline sacó su pañuelo y la frotó con furia. Quizá hubiera sido apropiado seguir adelante con el monólogo de Lady Macbeth: «¡Fuera, maldita mancha! ¡Fuera, digo!». Pero el nombre de su padre en la placa de la cripta la silenció. Habría resultado irrespetuoso, aunque él no estuviera allí para oírlo.

La mancha no se iba.

Caroline dio un paso atrás. Entendió que a estas alturas la saliva ya se habría secado, y la placa era demasiado nueva como para que la humedad pudiese dejar un rastro a través del polvo. La mancha no era más que una imperfección natural del bronce. Aun así, plegó el pañuelo y frotó la placa, esta vez por toda la superficie. El hecho de que ya no se viera la mancha no significaba que no estuviera allí, mancillando la memoria de su padre.

La mente de Caroline volvió a la mancha de sangre en el suelo del estudio de su padre. «¿Quién hubiera pensado que el hombre tendría tanta sangre en el cuerpo?».

Caroline dio un paso atrás y se quedó mirando la placa.

–Ya sé lo que quieres –dijo en voz alta, tapándose luego la boca con la mano. Su padre estaba muerto. No podía oírla. Era una tontería tratar de hablar con él.

Eso no cambiaba absolutamente nada. Vivo o muerto, su padre exigía venganza.

Caroline se aferró a ese pensamiento, mirando fijamente el nombre de su padre en la placa y la mancha oscura en la superficie del bronce que no se podría borrar ni con todos los perfumes de Arabia.

–Está bien –susurró–. Lo haré. Y con eso estaremos en paz.

«No intentes regatear conmigo».

Caroline tragó saliva.

–Ya te he dicho que lo haré.

Dio otro paso atrás y, esta vez, el tacón de su zapato golpeó algo que había en el suelo, haciéndolo rodar por el mármol. Bajó la mirada. Era un rosario.

La mujer que había escupido sobre la cripta de su padre… parecía sostener un rosario, ¿cierto? Caroline recordaba haber pensado que era extraño que su padre contara con alguien tan religioso entre sus amigos y conocidos, al menos hasta que la hostilidad se hizo evidente. La mujer debió dejarlo caer al salir corriendo.

Caroline lo cogió para examinarlo más de cerca. Había visto rosarios con frecuencia durante su estancia en Francia: cinco grupos de diez cuentas dispuestas en un bucle con una cadena con algunas cuentas más que se prolongaba hasta terminar en un crucifijo. Este tenía quince decenas en lugar de las cinco habituales, si bien Caroline ya había visto rosarios de quince decenas anteriormente. Era más habitual que los usaran las monjas.

¿Acaso la misteriosa visitante de su padre era una monja sin hábito? Caroline levantó la vista del rosario y volvió a mirar la placa de bronce de la cripta. La llama parpadeante del mechero hacía que las sombras de las letras grabadas en ella se retorcieran como gusanos negros y casi le pareció oír el eco de la risa seca de su padre.

Caroline esperó hasta que Roger y Oglander terminaron de admirar el automóvil. Parecía claro que, independientemente de lo

103

que Roger hubiera pensado del abogado cuando se conocieron, ahora se despedían como dos buenos amigos. Caroline recordó que Oglander había tenido un efecto similar en Alan y le parecía igual de claro que sus intentos anteriores por hablar de Lady Astor y del papel de la mujer en la arena política tenían como objetivo congraciarse con ella.

En cuanto Roger se dio la vuelta, Caroline se apresuró a interceptar a Oglander y lo condujo a la biblioteca.

–Miss Linwood. ¿En qué puedo ayudarla? –dijo, mostrando una sonrisa vacilante–. Espero no haberla hecho esperar, pero su hermano tenía tantas ganas de hablar de su coche…

–No me diga, así que fue todo cosa de Roger, ¿no? –Caroline sacudió cabeza–. Señor mío, permítame decirle que es usted un completo fraude.

Oglander se quedó pálido, devolviéndole una sonrisa aún más amplia en un intento por ocultar su desconcierto.

–No estoy seguro de a qué se refiere –balbuceó.

Caroline cerró la puerta del gran salón y luego revisó la estantería giratoria por si pudiera haber alguien acechando en el pasillo de los sirvientes. La terraza exterior, con sus altos ventanales, estaba despejada, y las paredes cubiertas de libros ofrecían una barrera adicional de silencio, por si la gruesa piedra que había detrás no fuera suficiente.

–Ha tratado de conquistar a Alan con la arqueología –dijo Caroline–. Y a Roger con alabanzas a su coche. ¿Realmente le interesa alguno de esos temas o simplemente ha leído lo suficiente como para convencerlos de que sí?

–Miss Linwood…

Caroline lo detuvo.

–Supongo que su padre le está preparando para que se convierta en el abogado de la familia y por eso le ha enviado hoy en lugar de venir él mismo, y supongo que usted cree que eso significa que tiene que ser nuestro mejor amigo en el mundo. Permítame tranquilizarle: no me importa en absoluto. Está aquí para representarnos en nuestros asuntos legales. Eso es todo. Y, sinceramente, me sentiría mucho mejor sabiendo que ha sido completamente sincero con nosotros en todas nuestras relaciones.

Oglander pasó de pálido a carmesí y se dejó caer con pesadez sobre la mesa de la biblioteca.

—Permítame un segundo —murmuró mientras se secaba la frente con un pañuelo.

Caroline se dio cuenta de que estaba en la misma posición y postura que su padre cuando les impartía sus lecciones. Justo a sus pies se encontraba la mancha violácea descolorida donde, en una ocasión, él había derramado un tintero en su pasión por el aprendizaje y su frustración porque no le seguían el ritmo como debían. Caroline se alejó de la mancha y trató de relajar los hombros. Había un poder que emanaba de tomar el lugar de su padre, pero ella aún no lo quería.

Oglander pareció haberse calmado por fin.

—Tiene usted razón —dijo avergonzado—. No tengo ningún interés real en el Parlamento más allá de lo que podría ser normal. Lady Astor y la condesa Markievicz eran solo nombres que aparecían en el periódico hasta ayer, cuando leí todo lo que pude para impresionarla. Fue un error por mi parte y le pido disculpas. ¿Podríamos empezar de nuevo?

Eso estaba mucho mejor.

—Quiero ver el testamento de mi padre con mayor detenimiento —dijo Caroline—. Tiene una copia aquí. Muéstremela.

—¿Puedo preguntar por qué? —Pero Oglander ya había colocado su maletín sobre la mesa y estaba sacando el testamento.

—Sabemos que el asesino de padre era alguien cercano a él —respondió Caroline, cogiendo el testamento y hojeándolo—. Parece razonable pensar que podría tratarse de alguien a quien él hubiera incluido entre sus legados, los que usted pasó por alto cuando nos lo leyó antes.

—Pensé que no era algo que preocupara demasiado a la familia en ese momento.

Oglander esperó a que ella terminara de leer y luego añadió:

–Entonces, ¿piensa dar caza al asesino y satisfacer así la cláusula a ese respecto?

Al no recibir respuesta de Caroline, añadió:

–Sabe que su padre quería cambiar el testamento, ¿no?

–Sí. Roger encontró pruebas de la destrucción de otro borrador.

–Si tan solo pudiéramos saber lo que tenía en mente…

–Iba a dejarme Linwood Hall a mí.

Oglander se quedó sin palabras. Caroline sacó una carta que le había enviado su padre, en la que le comunicaba sus intenciones, y la arrojó sobre la mesa. Le había estado quemando las entrañas desde que la recibió en su casa de París el mes pasado.

–Supongo –dijo ella mientras Oglander leía la carta–, que pensó que Alan y Roger ya tenían suficiente ventaja, siendo mayores, y se las arreglarían fácilmente en la vida por ser hombres mientras que yo necesitaba algo de ayuda para igualar la partida. –Dejó escapar una risa amarga–. Tenía toda la razón en lo que señaló antes. La propiedad de Linwood Hall sería sin duda ese tipo de cosa que daría credibilidad a una mujer política ante los desconfiados ojos del mundo.

Los ojos de Oglander se iluminaron.

–Vaya. Así que se propone impugnar el testamento…

–No pienso a hacer tal cosa. No quiero este maldito lugar. Estoy muy satisfecha con los términos del testamento anterior, vender la propiedad y dividir las ganancias en tres partes, muy agradecida.

No pudo evitar sentirse comprada. Era un pacto faustiano, y el documento que estaba hojeando bien podría estar firmado con sangre. Por muy útil que fuera el dinero, ella hubiera preferido que la hubieran dejado completamente al margen.

–Padre quiere que descubramos quién lo mató –dijo– y que entreguemos a esa persona a la justicia. Y merece justicia, la haya pedido o no. Eso es lo único que importa.

Caroline se echó hacia atrás, dejando a un lado el testamento. En los legados no se nombraba a ninguna persona concreta, ni a ninguna organización de la que pudiera haber salido la mujer que había venido hasta allí a escupir sobre la cripta de su padre. ¿Podría tratarse de alguien a quien debería haberse incluido, pero no se hizo? ¿Algún pariente lejano, tal vez? Caroline sentía el rosario caído como un bulto extraño en su bolso. Parecía una pista decisiva, pero Caroline esperaba tener algo más antes de intentar localizar a esa mujer.

Afuera, el sol de la tarde teñía todo lo que se extendía más allá de la sombra de Linwood Hall de vibrantes tonos verdes bajo un cielo azul brillante, tal y como ocurría en aquellas largas tardes en las que, de niña, tenía que sentarse allí a estudiar, tratando de ignorar el esplendor que inundaba el mundo exterior. Primero venían los tutores, empeñados en meterles en la cabeza más de lo que era humanamente posible; luego era el turno de padre, cruzando a grandes zancadas el suelo de parqué para ponerlos a prueba sobre todo lo aprendido. Recordó cómo Alan se había escapado a Oxford y cómo Roger lo había seguido dos años después. Recordó aquel largo e interminable año que pasó atrapada allí, sola con su padre, antes de poder huir a Edimburgo. Todo niño en edad escolar se siente atrapado en sus clases, pero Caroline estaba segura de que su experiencia había ido mucho más allá de eso.

Y ahora sentía esa misma sensación, como si su padre los estuviera poniendo a prueba. Poniéndola a ella a prueba. Lo sentía caminando de un lado a otro, justo detrás de ella, con el cuaderno en la mano y una mirada inquisitiva en los ojos.

«Consigue hacer esto bien de una vez y podrás ser libre».

—No le importará que me quede con la carta, ¿verdad? —dijo Oglander sacándola de su ensimismamiento—. Podría resultar esclarecedora.

—Adelante. —Caroline no quería volver a verla—. Y si en ella descubre algo más acerca de los últimos días de mi padre de lo que yo he sabido ver, le ruego que me lo comunique.

Mowbray

El inspector Clarence Mowbray, de la policía de Pickering, se entretuvo hasta ser el último en marcharse. Había vuelto a poner el candado en la puerta del estudio después de que llegaran los primeros dolientes y ahora era el momento de retirarlo definitivamente.

No le gustaba nada la idea de permitir que los Linwood jugaran a los detectives. Nada en absoluto. Se le ocurrió que era como poner al zorro a cuidar del gallinero, pero había que respetar la última voluntad del hombre.

Los tres le parecían personas decentes, pero Mowbray había visto demasiados monstruos sanguinarios ser perfectamente encantadores en su vida privada. Le constaba que todos ellos tenían un juego de llaves de la casa, incluida una llave de la puerta del estudio de Sir Lawrence, ¿y en quién iba a confiar más Sir Lawrence que en uno de los suyos?

Mr. Alan Linwood –¿o era Sir Alan Linwood?– estaba acompañando personalmente a los últimos invitados hasta la puerta. No había duda de que había pasado los últimos dos años en un clima más tropical: nadie se ponía así de moreno en Inglaterra, a Mowbray no le cabía ninguna duda al respecto.

–Ha sido muy amable al quedarse al funeral –dijo Mr. Linwood, regresando de la puerta. Se comportaba de manera agradable y educada, parecía estar hablando de tomar el té y no de la muerte de su propio padre. Probablemente había sido uno de esos oficiales que se encendían tranquilamente la pipa mientras llovían las bombas, una sangrienta inspiración para sus hombres, hasta que se escondía tras una puerta cerrada con llave. Entonces, se derrumbaría como un castillo de naipes, porque nadie es realmente tan estoico y frío sin algo monstruoso en su interior.

–No sé si ha visto algo que yo no viera –continuó Mr. Linwood–. Padre confiaba en muy pocas personas, como seguramente ya le habrán dicho todos. Me hace preguntarme si alguno de nuestros invitados de hoy podría ser nuestro hombre. O mujer.

–Solo en el caso de que su ausencia. de él o ella, fuera a levantar sospechas –respondió Mowbray–. De lo contrario, lo más prudente sería mantener la distancia. Pero, como en tantas ocasiones, rara vez la gente es tan prudente como debería ser.

Mr. Linwood asintió con calma y le indicó a Mowbray que le acompañara a la gran chimenea del salón.

–Usted mencionó que mataron a padre con algo parecido a una maza medieval –dijo señalando una de las armaduras–. Esta debería sostener una, pero ha desaparecido. ¿Nadie ha mencionado nada al respecto?

–Su hermano, Roger, lo comentó cuando estuvimos hablando antes del funeral. ¿Le acaba de venir a la mente?

O realmente acababa de pensar en ello, o había preferido callárselo hasta que se dio cuenta de que la policía ya lo sabía.

Mr. Linwood se limitó a encogerse de hombros y Mowbray volvió a mirar la armadura. La había examinado inmediatamente después de que Roger Linwood le comentara lo de la maza, pero habían pasado demasiados días desde el asesinato como para que sirviera de mucho. Los sirvientes, en mala hora, habían limpiado ambas armaduras para prepararlas para el funeral, así que no había muchas posibilidades de encontrar huellas dactilares ni nada por el estilo.

–Uno pensaría que alguien se habría dado cuenta y habría dicho algo antes –se quejó Mowbray.

–Este grandullón no siempre ha empuñado una maza –empezó a decir Mr. Linwood, pero se detuvo y frunció el ceño–. No, eso fue hace demasiado tiempo como para que importe ahora.

Parecía haber olvidado que Mowbray estaba a su lado.

He aquí alguien que vive con un pie en el pasado, pensó Mowbray, observándolo con curiosidad. No era raro que se hubiera dedicado a la arqueología, pero esa mirada retrospectiva podía conducir con facilidad a un resentimiento melancólico. Oculto tras esa máscara serena y estoica, nadie se daría cuenta hasta el momento en que perdiera el control y el castillo de naipes se derrumbara.

Como era el mayor, esperaba heredar toda la propiedad y Mowbray supuso que esas expediciones arqueológicas no costaban precisamente lo que un trayecto en taxi. Los sirvientes podrían haber guardado silencio sobre la maza si hubieran pensado que su nuevo amo era culpable; Mowbray ya había visto lo suficiente como para adivinar que el espíritu feudal del Medioevo aún seguía vivo en Linwood Hollow. Y parecía ser demasiada coincidencia que hubiera vuelto del extranjero justo a tiempo para el asesinato de su padre.

Mowbray carraspeó y dijo:

–Bueno, sea lo que sea lo que esté pensando, no se olvide de comunicármelo en cuanto lo tenga claro.

Mr. Alan Linwood asintió distraídamente, sin apartar la mirada de la armadura, como si esperara que levantara la visera y hablara.

Miss Caroline Linwood esperaba en la puerta de la torre baja cuando Mowbray cruzó el patio. Su postura era como la de una modelo de revista, capaz de atraer las miradas como un imán. Sus rasgos orientales sin duda también ayudaban, si bien en ese momento parecía estar absorta en algún pensamiento desagradable. Bueno, al fin y al cabo era el funeral de su padre: no se la podía culpar por estar un poco de mal humor. Ese mal humor desapareció tan pronto como lo vio, hasta el punto en que él se preguntó si solo se lo había imaginado. Le hizo un gesto cortés con la cabeza y se dirigió a introducir la llave en el candado.

–Estaba impaciente por volver a registrar el lugar, ¿verdad? –dijo Mowbray.

Ella le dedicó una sonrisa radiante.

–Oh, no es eso. Padre tiene, tenía, un teléfono ahí dentro y me gustaría usarlo. Espero que no sea un problema.

Su tono, aunque amistoso, solo admitía una respuesta.

–Por supuesto, Miss. Por eso iba a retirar el candado, ¿ve?

Una vez más, quedó deslumbrado por esa brillante sonrisa. El candado se abrió sin esfuerzo y la cadena traqueteó a través del pomo de la puerta hasta quedarle entre las manos. Empujó la puerta y le indicó a Miss Linwood que pasara. Fue entonces cuando se fijó en el cuaderno y el mapa de carreteras que ella sostenía en la mano.

–¿Se trata de algo que yo debería saber? –le preguntó.

–Probablemente no sea nada –respondió ella con suavidad–. Pero si descubro algo relevante, no dude de que usted será el primero en saberlo.

Mowbray observó cómo se acomodaba detrás del escritorio. Su mano se dirigió al teléfono, pero no levantó el auricular. Estaba esperando a que él volviera a salir. Mowbray apoyó el hombro contra el marco de la puerta y se relajó, como si su intención fuera la de pasar la siguiente hora allí con ella, envueltos en una conversación ociosa.

La expresión de Caroline no se alteró en absoluto.

–¿Quería algo, inspector?

–Lo que ocurrió antes fuera del mausoleo, ¿está usted segura de que fue un accidente?

–Mi madre difícilmente me dispararía a propósito, inspector.

–Al parecer, alguien vio a una mujer huyendo de la escena –dijo Mowbray, sin quitarle el ojo de encima–. Una testigo.

–¿Ah, sí? ¿Ha hablado con ella?

Mowbray llevaba el tiempo suficiente en el oficio como para saber captar todos los pequeños matices en las reacciones de un sospechoso ante las pruebas, por muy bien puesta que llevase la máscara. Ciertamente, la fachada de Miss Linwood se había resquebrajado, aunque solo un poco, pero lo que vio a través de la grieta no fue la consternación que esperaba. Había aprensión, sin duda, pero también una expectación curiosa, como si le acabara de presentar una solución al caso.

Era un enigma.

Esa historia sobre el hallazgo del revólver le resultaba poco creíble. Miss Linwood, pensó Mowbray, podría simplemente ser una mentirosa muy convincente, siempre y cuando no bajara la guardia. Ahora se mostraba en guardia, tranquila, serena y en calma, pero las primeras impresiones de Mowbray le contaban una historia diferente.

Recordó haber pensado que daba la impresión de sentirse resentida por estar en casa, y también recordaba el ceño fruncido que se le dibujó en la frente cuando Oglander dijo que acabaría recibiendo un tercio de la herencia.

Era más de lo que esperable, siendo la menor de tres hermanos y mujer y, sin embargo... ¿acaso le disgustaba tener que esperar a que falleciera Lady Linwood para poder disponer del dinero? ¿O acaso esperaba mucho más que una simple tercera parte? Recordó haberla observado durante el funeral y haber pensado que parecía sentirse culpable por algo.

Esas impresiones no servían de nada ante un tribunal, pero Mowbray no había llegado hasta donde estaba ignorándolas.

Sacudió la cabeza.

—Al parecer, se desvaneció en medio de la de la confusión.

—Ya veo. Bueno, supongo que si hubiera visto algo extraño, habría dicho algo.

Mowbray sabía reconocer una frase vacía cuando oía una. Observó a Miss Linwood un momento más y, al ver que no se quitaba la máscara, acabó por alejarse de la puerta.

—Supongo que tiene razón. Buenas noches, Miss Linwood.

Al volver al patio, pudo ver que Roger Linwood acababa de salir de la casa con su equipaje en una mano y la maleta de su amiga en la otra. Dejó una en el suelo para saludar a Mowbray y luego se dispuso a cargar ambas maletas en su automóvil. Miss Morgan apareció un momento después, caminando hacia el coche a un ritmo más tranquilo.

Sin duda formaban una pareja muy interesante: Miss Morgan, con su sofisticada elegancia, y Roger Linwood, alto y marcial, con ese aire peculiar y exótico que no era ni chino ni indio ni, desde luego, del todo inglés. La energía con la que metió las maletas en el coche tenía un encanto juvenil, como el héroe adolescente de una novela de R. M. Ballantyne.

−¿Se marcha tan pronto, Mr. Linwood?

−Solo a Londres. −Sacó una tarjeta de visita del bolsillo y se la entregó a Mowbray−. Si me necesita, puede enviarme un telegrama a mi club; casi nunca estoy en casa, así que es el mejor sitio para dar conmigo. Ah, sí, hay una cosa más, algo que podría hacer por mí. Eche un vistazo a esto.

El objeto que le mostró era un reloj de bolsillo de latón deslustrado y desgastado por el tiempo.

Mowbray lo giró entre sus manos y leyó la inscripción que había en la parte posterior.

−Comandante Buchanan, Duodécimo Regimiento Gurkha. El nombre no me suena de nada. ¿De qué se trata?

−Iris lo encontró al pie del acantilado, bajo la ventana del estudio de mi padre. Nos preguntamos si podría ser una pista, algo que el asesino pudiera haber perdido. De hecho, es por ese motivo que me dirijo ahora a Londres. Pretendo buscar información en los distintos clubes militares. Seguro que hay algún gurkha del Duodécimo que sabe algo de nuestro comandante Buchanan, o quizá incluso pueda encontrar al propio comandante. Pero me preguntaba si usted podría averiguar algo sobre él por su parte.

Mowbray sopesó el reloj.

−En mi opinión, se trata de una posibilidad muy remota. Pero si esto tiene la más mínima posibilidad de ser una prueba, voy a tener que quedármelo.

−Lo voy a necesitar si quiero averiguar algo en Londres −respondió Roger Linwood, con el ceño fruncido por la consternación.

–¿Y si lo pierde?

–No lo haré.

Miss Morgan posó una mano conciliadora sobre el brazo de su joven acompañante.

–Deja que el inspector se lo quede –dijo–. No es una batalla que puedas ganar.

La muchacha lo había captado perfectamente. Roger Linwood era un sospechoso y Mowbray no podía permitir que un sospechoso desapareciera en Londres llevándose una posible prueba. Linwood dirigió la mirada hacia ella y luego hacia Mowbray. Su ceño se relajó y colocó la maleta en el capó del coche. De las profundidades de la maleta sacó una pequeña y elegante cámara de caja y dijo:

–Muy bien, entonces. Permítame al menos esto, ¿le parece? Tan solo un par de fotos del reloj, tanto por delante como por el reverso.

A Mowbray le pareció que eso era algo que le podía conceder. La naturaleza abierta y sincera de Roger Linwood, en marcado contraste con la frialdad y la distancia de sus hermanos, le inspiraba confianza. Pero, según la experiencia de Mowbray, esa clase de personas solía gastar el dinero como si creciera en los árboles, y ahí estaba él, perfectamente dispuesto a malgastar película fotográfica en un reloj de bolsillo.

Quizá creía que la causa merecía el gasto, pero Mowbray observó que no había dudado ni siquiera por un momento una vez que se le ocurrió la idea.

Mowbray miró de reojo a Miss Morgan.

Mantener una chica así a tu lado debía costar ya de por sí unas cuantas libras, y el coche tampoco parecía barato. Incluso la tercera parte de la herencia habría sido una ganancia inesperada muy bienvenida, improbable para un segundo hijo; además, como único hermano que vivía en Inglaterra, Roger Linwood era el que tenía más probabilidades de enterarse de los detalles del testamento y de si Sir Lawrence tenía planes de excluirlo de la herencia.

Era él quien lo tenía más fácil para presentarse en la casa y hacer lo que fuera necesario.

Mowbray se dio cuenta de que todo eso se podía aplicar casi de la misma manera a Miss Morgan.

—Muy bien, entonces –dijo Roger Linwood, dando un paso atrás con la cámara–. Quédese el reloj. ¿Quiere que le acerquemos a Pickering? No será ninguna molestia.

Mowbray tomó el reloj, y habría aceptado también su oferta de no ser por el destello de disgusto en los ojos de Miss Morgan. Puede que simplemente quisiera tener a su chico para ella sola durante un rato... o puede que fuera por remordimiento. En cualquier caso, parecía más sensato rechazar la propuesta.

—Como quiera –dijo Roger Linwood, subiéndose al asiento del conductor–. Tratará de averiguar si este tal comandante Buchanan ha estado por aquí, ¿no? Quiero decir, no puede reclamarme el reloj como prueba y luego no hacer nada con él. Al fin y al cabo, todos buscamos lo mismo y trabajando juntos llegaremos más lejos que por separado.

—Supongo que sí.

—¡Estupendo! Quedo a la espera de su telegrama.

El automóvil abandonó el patio con un rugido mucho más potente de lo que cualquier medio de transporte debería ser capaz de emitir. Roger Linwood tenía la atención puesta en la carretera, pero Miss Morgan, en cambio, se volvió para mirar atrás y sus ojos se encontraron con los de Mowbray a través de las nubes de polvo que se levantaban tras ellos.

Ella sabía, por supuesto, que todos eran sospechosos a sus ojos. Había en su actitud una cautela que él solía ver en los familiares de quienes pasaban tanto tiempo durmiendo en las celdas de la policía como en sus propias camas. Padres de ladrones, esposas de cazadores furtivos, hijos de borrachos y alborotadores: todos miraban a la policía con la misma expresión, siempre de la mano de una coartada falsa, de la negación de cualquier conocimiento sobre los hechos o de un resignado «¿Qué ha hecho ahora?».

De cualquier modo, su trabajo era sospechar de ellos. Los propios Linwood –Alan, Roger y Caroline– quizá lo sabían conceptualmente, pero, recluidos en sus privilegiadas altas esferas, no lo entendían en lo más profundo de su ser, como parecía hacerlo Miss Morgan. Y Mowbray sentía curiosidad por descubrir qué significaba esa mirada en sus ojos.

SEGUNDA PARTE

Había gigantes en la tierra en aquellos días, y también después que se unieron los hijos de Dios a las hijas de los hombres, y les engendraron hijos. Estos fueron los valientes que desde la antigüedad fueron varones de renombre.

Génesis 6:4

Alan

Noviembre de 1904

El humo de la Noche de las Hogueras aún flotaba en el aire,
mezclándose con el humo de las hogueras de turba del pueblo
y el característico olor a tierra húmeda del campo. Alan levantó
la nariz y respiró hondo, llenándose los pulmones con el aire de
noviembre de los páramos y exhalando la misma niebla blanca
que envolvía el lejano horizonte. Un viento frío y cortante se
llevó su aliento, despertando un impaciente anhelo en su sangre
y afirmando su lugar en el mundo.

Linwood Hall quedaba justo delante. Estaban en el lado occidental, donde los páramos se extendían hacia la brumosa lejanía.
El pueblo quedaba oculto a la vista, detrás de la elevación sobre
la que se alzaba Linwood Hall. Mr. Michael Warren, el tutor
favorito de Alan, trazó su contorno en el aire con el dedo y dijo:

—Todavía se puede apreciar gran parte de la fortaleza original,
¿verdad? No se trata, por supuesto, de la misma almena desde
la que los centinelas de Guillermo el Conquistador vigilaban a
los rebeldes del norte, sino del muro de piedra que la sustituyó.
Más tarde, durante la Reforma anglicana, esos mismos muros
de piedra protegieron a los sacerdotes católicos a los que se les
prohibió celebrar misa, por lo que la iglesia se trasladó al pie del
acantilado, debajo de la casa: para poder escapar rápidamente en
caso de una redada. La posada del pueblo incluso tiene su propio
escondite para sacerdotes, en el que estos podían refugiarse. Pero
a tu padre no le gusta hablar de esas cosas, ¿no es así?

Alan negó con la cabeza.

—Me encantaría echar un vistazo a esa antigua iglesia –dijo. A él y a sus hermanos no se les permitía alejarse mucho de Linwood Hall, por lo que cualquier aventura que se les pudiera presentar merecía la pena–. ¿Qué tal mañana después de clase? Seguro que podrá convencer a padre para que nos deje ir.

Mr. Warren se rio. A Alan le parecía un tipo alegre, con unos brillantes ojos azules detrás de unas gafas de montura metálica y una melena de rizos dorados. También era más joven que los demás tutores –Mr. Gresham, por ejemplo, era probablemente lo suficientemente viejo como para recordar de primera mano las historias que enseñaba Mr. Warren–, lo que hacía que fuera más fácil conversar con él. Y siempre tenía tiempo para hablar con Alan sobre cualquier cosa. A Roger y Caroline no les gustaba tanto, por eso habían decidido salir corriendo después de las clases de la mañana en lugar de ir de paseo con Mr. Warren por los alrededores, pero eso ya era cosa suya. No eran precisamente buenos juzgando el carácter de las personas.

Al doblar la esquina del muro del patio, Mr. Warren dijo:

—Me temo que tu confianza en mis capacidades podría estar sobrevalorada, pero si realmente lo deseas, creo que al menos podría preguntarlo.

—¡Por favor, hágalo! Mi padre siempre dice que solo hace falta un argumento bien razonado para que acepte cualquier cosa.

Así que Mr. Warren se adelantó para llamar a la puerta del estudio de su padre, mientras Alan cerraba el portón detrás de ellos. Alan se sentía muy satisfecho consigo mismo y con el mundo en general mientras esperaba a que Mr. Warren saliera con el consentimiento de su padre.

No era su intención escuchar, pero la puerta estaba entreabierta y pudo oír el gruñido de su padre:

—¿Solo para Alan? –Era un tono que Alan reconocía perfectamente como el preludio de un desastre, provocando que le abandonara toda sensación de bienestar y sumiéndole en lo que se avecinaba.

La respuesta de Mr. Warren no fue lo suficientemente alta como para que Alan la oyera, pero su padre estaba furioso:

–Si solo estuviera Alan, no tendría nada que objetar, pero Roger y Caroline representan dos tercios de sus honorarios y su negligencia hacia ellos es inexcusable.

Esta vez, la voz de Mr. Warren sonó apasionada y Alan pudo oírla con claridad:

–Les enseño lo mismo que le enseño a él. No es culpa mía si no muestran interés…

–No muestran interés porque usted no muestra interés –dijo su padre, y el tono gélido de su voz hizo que Alan se estremeciera–. ¿Cree que no he observado ninguna de sus supuestas lecciones? Usted responde a las preguntas de Alan, pero no a las de ellos. Le concede el beneficio de la duda más a menudo de lo que sería apropiado, pero a ellos nunca. Eso es inaceptable…

–¿Qué importancia tiene? –espetó Mr. Warren, y si estaba dispuesto a interrumpir a su padre, entonces debía saber que todo estaba perdido–. No son más que un par de mestizos que nunca llegarán a nada y me niego a perder más tiempo del necesario con ellos. Incluso si no lo fueran, Alan es su hijo mayor y su heredero…

–¡Nombraré como mi heredero a quien me plazca! –oyó rugir su padre, e incluso Alan sintió la tentación de abandonarlo todo y salir corriendo–. Está usted despedido, con efecto inmediato y sin referencias. ¡Ahora salga de aquí!

Atónito, Alan apenas tuvo la presencia de ánimo para salir corriendo de la puerta del estudio antes de que Mr. Warren, con el ceño tan fruncido que casi no se le reconocía, saliera furioso. Ni siquiera parecía recordar o darse cuenta de que Alan lo estaba esperando en el patio cuando abrió el portón y se dirigió hacia el pueblo. Alan esperó hasta que se hubo alejado lo suficiente antes de volver sigilosamente hacia la casa.

–Alan.

Alan se quedó paralizado y levantó la vista. Su padre estaba de pie en el umbral del estudio, un gigante imponente con unas cejas pobladas como nubarrones sobre una nariz aristocrática y aguileña, que por sí sola podría comandar legiones.

–Alan –repitió su padre, clavándole una mirada penetrante–. ¿Estabas escuchando detrás de la puerta?

Alan bajó la cabeza.

–Lo siento, señor. Yo…

–Enderézate –le apremió su padre–. Mírame a los ojos y responde sí o no. No te disculpes ni pongas excusas, eso es señal de debilidad.

Alan enderezó los hombros, levantó la barbilla y dijo:

–Sí, señor. Estaba escuchando.

–Entonces ya sabes que Mr. Warren ha sido despedido y por qué. Me encargaré de vuestras clases de historia a partir de mañana hasta que contratemos a un nuevo profesor.

Su padre hizo una pausa y añadió, casi para sí mismo:

–Es mejor así. Ninguno de esos idiotas parece tener interés en ir más allá de la historia europea y ya es hora de que hablemos de la Restauración Meiji.

–Sí, señor –respondió Alan vacilante.

Aunque la idea acerca de aprender sobre tierras lejanas le entusiasmaba, quería expresar su enfado por el despido de Mr. Warren. Quería decir que nunca había notado nada extraño en el trato que Mr. Warren les dispensaba, pero sabía que hablar con su padre en ese momento solo empeoraría las cosas. Y ahora que lo pensaba, era cierto que Caroline se había quejado una o dos veces. Alan nunca le había dado importancia, simplemente por el hecho de que él mismo no tenía nada de qué quejarse.

En vez de ello, dijo:

–¿A qué se refería cuando le dijo a Mr. Warren que nombraría como heredero a quien usted quisiera?

Su padre se había dado media vuelta, con la intención de dejarlo marchar, pero se volvió y miró a Alan con la misma mirada fría y evaluadora que utilizaba cuando examinaba a sus hijos en sus lecciones.

–¿Qué crees tú que significa, Alan?

–Yo creo que… Creo que lo que quiere decir es que, cuando usted ya no esté, Linwood Hall podría pasar a manos de Roger o de Caroline, y no necesariamente a las mías, aunque yo sea el mayor…

–¿Eres tú realmente mi hijo mayor, Alan?

Bueno… no necesariamente. Los tres eran adoptados, así que, técnicamente hablando, padre no tenía un hijo mayor. Alan estaba tan acostumbrado a la idea de ser el mayor que ese recordatorio de que no era nadie en el linaje Linwood lo dejó sin palabras.

–La primogenitura es una convención –le dijo su padre–. ¿Y qué opinamos sobre las convenciones, Alan?

–Que son la muleta de los débiles de mente, señor.

–Exactamente. Ahora vuelve a la casa. Mr. Gresham debería llegar en unos minutos y no quiero que te distraigas de sus sumas. ¿Entendido?

–Sí, señor.

Su padre asintió con la cabeza y cerró la puerta, dejando a Alan solo en el frío y ventoso patio.

Alan

La armadura del gran salón no siempre había sostenido una maza. Alan recordaba ahora que hubo un tiempo en que sostenía una espada, igual que su compañera al otro lado de la chimenea. Cuanto más lo pensaba, más seguro estaba de su recuerdo. En aquel entonces, él debía tener unos tres años. Recordaba tratar de alcanzar la espada y sentir cómo lo levantaban suavemente del suelo y lo llevaban de vuelta al espacio abierto frente a la chimenea. Recordaba el polvo con aroma a jazmín y el cosquilleo de los volantes de encaje contra su mejilla.

–No, Alan, no toques eso. Está afilado y podrías cortarte.

Alan se sentó un momento antes de volver a levantarse para investigar la espada de la otra armadura, pero el sonido de una risa alegre y musical le hizo volver sobre sus pasos. Ese era el único recuerdo de Alan que le demostraba que, en otro tiempo, ambas armaduras habían estado provistas de espadas.

Esa mujer no era su madre.

Era una mujer más dulce y hablaba con una cadencia inusual, muy diferente del acento de Yorkshire que se hablaba fuera de casa y del inglés regio y pulido que se hablaba dentro. Le gustaba hacerle mimos, algo que su madre nunca hacía, y le dejaba jugar con los volantes de encaje que le caían por delante hasta… hasta llegar a un vientre redondeado.

Era la madre de Caroline. Por supuesto que lo era. Se había olvidado de su existencia, o, al menos, que alguna vez había vivido en Linwood Hall.

Recordaba el día en que Caroline fue llevada a la habitación infantil. Recordaba haber tenido una rabieta: no quería a esa criatura llorona, quería a la tía Sue. Así es como él la llamaba, ahora lo recordaba. Pero le dijeron que la tía Sue se había ido para siempre y que si seguía gritando, se iba a ganar unos azotes. La rabieta terminó con la primera vez en su vida que su padre recurrió al castigo físico para disciplinarlo y con él gritando durante todo el proceso.

–No es más que un niño –dijo alguien, y de alguna manera eso le dolió más que la vara en las manos de su padre. Alan no podía recordar el rostro que acompañaba esas palabras, pero ahora se le ocurría que ni su madre ni los sirvientes se habrían atrevido a cuestionar los métodos de su padre. Recordaba haber culpado a esa persona por la aparición de Caroline y la desaparición de la tía Sue, con toda la irracionalidad de un niño de tres años, y recordaba a su padre rugiendo de una manera que lo hacía romper a llorar una y otra vez.

Los recuerdos de cuando tenía tres años no eran del todo fiables. La mayoría de las personas que conocía no tenían ningún recuerdo de esa edad, salvo vagas impresiones de algún que otro objeto y fragmentos de frases pronunciadas en su presencia.

Y Alan recordaba muy bien una cosa que se había dicho estando él presente, aquel día lejano en que Caroline apareció por primera vez: «Llegaremos tarde a la investigación forense». Así fue como oyó esa palabra por primera vez, y recordaba que, durante años, había pensado que una «investigación» era algo emocionante, una especie de aventura. No fue hasta que un tutor le corrigió que entendió su error.

Lo que significaba que el asesinato de su padre no era la primera muerte violenta que había sacudido Linwood Hall en los últimos tiempos. Parecía probable que la tía Sue también hubiera muerto de forma violenta, o al menos de una manera que justificara una investigación forense. Si había algo que Alan había aprendido como estudiante de historia y arqueología, a través de la reconstrucción de narrativas a partir de los vestigios del pasado, era que todo tiene su origen en algo. La intención declarada de padre por cambiar su testamento pudo haber encendido la mecha que terminó por provocar su asesinato, pero esa mecha debió haber sido colocada mucho antes; y ese antiguo recuerdo –la desaparición de la tía Sue y la inexplicable mención de una investigación forense, independientemente de si el cambio de la espada por una maza fuera relevante– parecía ser lo único en el pasado de su padre con la suficiente pólvora como para provocar una explosión.

Alan se puso de pie y se sacudió el polvo de las rodillas. Sobre su cabeza, el cielo se había oscurecido hasta alcanzar un intenso azul imperial por detrás de la silueta negra de Linwood Hall. Un único rectángulo de luz amarilla brillaba desde la pequeña torre: Caroline, en el estudio de su padre, malgastando su herencia en llamadas de larga distancia a sus editores en París, según le había dicho ella, aunque él no entendía por qué podía necesitar más de un minuto o dos.

Un poco más cerca se encontraba lo que en otro tiempo había sido el campanario de una iglesia y que ahora se alzaba como un centinela gris y olvidado en medio de una exuberante jungla de tejos ingleses, extendiendo sus brazos de piedra como tratando de rodearlo.

Sintió que esos pocos minutos de tranquila contemplación eran justo lo que necesitaba.

Era reacio a llamarlo por su nombre, sobre todo estando allí, donde aún podía sentir la desaprobación de su padre pesando sobre él como una losa real y palpable, pero su mente estaba más clara que nunca. Sabía lo que tenía que hacer. Se santiguó rápidamente para que nadie lo viera y se dio la vuelta en busca del camino de vuelta a la casa.

–¿Irás andando a la estación? –le preguntó a su hermana–. Es una pena que Roger se haya ido tan rápido. Puedo llamar a Brewster a la posada para que venga a buscarte con el taxi.

Caroline apenas había desayunado y parecía decidida a marcharse con un breve adiós. Si antes había estado distraída, la oferta de Alan pareció sacarla de su ensimismamiento.

–No –le dijo–. Si te soy sincera, preferiría no tener que tratar con Brewster.

–Bueno, entonces déjame que te acompañe a la estación.

Caroline frunció el ceño y, por un momento, Alan pensó que rechazaría su oferta, pero entonces destensó las cejas y asintió con la cabeza, aceptando su compañía.

En lugar de tomar el camino más directo atravesando el pueblo, Caroline eligió la ruta más larga, que lo rodeaba casi por completo. El sol de la mañana proyectaba largas sombras sobre la hierba, y el aroma del tojo, sin ninguna brisa que lo perturbara, se extendía denso y penetrante por todo el camino. El tiempo era inusualmente cálido, excepcionalmente luminoso y anormalmente tranquilo; el funeral del día anterior y la revelación del asesinato de su padre le parecían casi irreales. ¿Cómo podía el cielo seguir siendo tan inmaculadamente azul, o el tusilago amarillo seguir asomándose desde el borde de la carretera, o los zarapitos seguir cantando, tras todo lo que había pasado?

Caroline no parecía muy dispuesta a hablar y Alan se vio a sí mismo sumido en el silencio, respirando, con la sensación de que el mundo seguía girando sin importarle lo que hubiera sucedido en Linwood Hall.

En la estación, Alan dejó la bolsa de Caroline en el andén y se volvió hacia ella.

–Esas llamadas telefónicas que hiciste anoche –le dijo–. En realidad no llamaste a tus editores, ¿cierto? ¿De verdad vas a volver a París, tal como dijiste anoche, o te vas a quedar para averiguar quién mató a padre?

Caroline le dirigió una larga y triste mirada.

–¿Y tú? ¿Te quedarás?

Alan asintió con la cabeza, pero no podía decirle a Caroline que la pista que iba a seguir implicaba a alguien que él creía que era su verdadera madre. No podía imaginar que se tomara una noticia así de un modo distinto a mal. Ella le exigiría saber por qué nunca le había mencionado a la tía Sue ni una sola vez en toda su vida y no se creería que no la hubiera recordado hasta ese momento. Le diría que se trataba de una excusa poco convincente. No, no era algo que pudiera dejarle caer hasta saber con certeza qué había pasado con la tía Sue y ya no le quedara más remedio.

—Tengo un par de ideas que me gustaría investigar —le respondió, esperando no parecer demasiado evasivo—. Lo más probable es que todo quede en nada.

—En nada que quieras compartir conmigo, ¿no?

—Como he dicho, no creo que me lleve a ningún lado.

—Entonces, ¿por qué investigarlo? —Caroline le lanzó una mirada penetrante que seguramente había aprendido de su padre—. No confías en mí, ¿no?

—No, no se trata de eso en absoluto…

—Mi plan es encontrar a la mujer a la que madre disparó en el mausoleo. Creo que si alguien se ha tomado la molestia de viajar a un funeral solo para escupir sobre la tumba del difunto, es probable que tenga algún motivo poderoso para asesinarlo. ¿Cuál es tu plan?

Al ver que Alan seguía dudando, suspiró y se agachó a coger la maleta.

—De acuerdo, entonces. No hace falta que me digas nada si no te apetece. Lo entiendo a la perfección. Te mentiría si dijera que no se me pasó por la cabeza hacer lo mismo que tú. Solo que pensé que, ahora que estamos en el mismo barco… pero a ti nunca te interesó demasiado compartir, ¿verdad?

—Eso no es cierto —Alan podía sentir el calor acumulándose bajo el cuello de la camisa—. Y muy injusto.

Caroline se limitó a sacudir la cabeza.

—Caroline…

Un silbido agudo cortó el aire. El tren a Pickering apareció por el recodo, con nubes de humo y vapor saliendo de la chimenea y elevándose hacia el cielo despejado. Caroline irguió la espalda, levantó la cabeza y se volvió para verlo llegar.

De un modo completamente irracional, Alan imaginó que el tren alejaría a Caroline de su vida para siempre. Luchando por encontrar aquellas palabras que pudieran salvar la repentina distancia entre ellos, lo que salió de su boca, de forma inexplicable, fue:

–Nunca me escribiste. Cuando estaba en las trincheras. Nunca me escribiste.

Ahí estaba. Él era un oficial en Flandes y podía ver cómo llegaba el correo con noticias de casa con algo para cada uno de sus hombres, pero nunca para él. Al principio, se había dicho a sí mismo que estaba por encima de todo ese sentimentalismo sensiblero, pero, como oficial, era su obligación revisar las cartas que sus hombres enviaban a casa en busca de cualquier cosa que pudiera socavar la moral de la nación, y en ellas pudo ver la verdad. Allí se encontraban ellos, hundidos en lodo hasta la cintura, con proyectiles estallando a su alrededor y ametralladoras voladoras sembrando la muerte sobre sus cabezas y, en medio de todo eso, Alan pudo ver que los corazones de sus hombres seguían preocupados por el reumatismo de la tía Jane o los deberes del pequeño Jimmy. Trivialidades. Su padre los hubiera mirado con desdén. Pero vio la calidez que desprendían las cartas y entonces entendió que eso era lo que significaba ser «normal», una vez que se dejaba atrás toda pretensión.

Eso era lo que significaba formar parte de algo.

Caroline se detuvo antes de subir al vagón y le lanzó una mirada furiosa. Una mirada que decía palpablemente: «No te atrevas a echarme la culpa de eso». En cambio, dijo:

–Tú tampoco escribiste.

A continuación, subió la maleta al vagón, entró y cerró la puerta. Alan contempló mientras el silbato sonaba de nuevo y el tren comenzaba a alejarse del andén. A través del cristal tintado de las ventanas le pareció ver a Caroline acomodarse en su asiento. Ella no se volvió para buscarlo ni para saludarle con la mano.

Alan

Nubes oscuras fueron acumulándose en el horizonte durante todo el día siguiente a la partida de Caroline, pero no fue hasta que Alan emprendió el viaje a Londres la mañana siguiente que el cielo pasó a convertirse en una verdadera amenaza. A medida que el tren penetraba en la oscuridad en dirección sur, Alan tenía la sensación de que se adentraba en la tormenta, pero la tempestad prometida no llegaba. Dios y la naturaleza se estaban conteniendo. El rítmico traqueteo de los vagones del tren parecía querer decirle algo: «Última oportunidad, da la vuelta; última oportunidad, da la vuelta…».

Y, finalmente, allí estaba él, de vuelta en Londres, en la entrada principal de la Escuela de Estudios Orientales. El edificio era una alta construcción neoclásica de color blanco situada en el angosto acceso a Finsbury Circus, antes de que la calle se abriera alrededor del jardín ovalado que le daba nombre. Los edificios parecían estar demasiado juntos después de los páramos abiertos de la campiña de Yorkshire. Arriba, la estrecha franja de cielo visible era una masa turbulenta de oscuridad, con nubes tan bajas que Alan pensó que podría alcanzarlas con la mano si se encaramara al tejado del edificio que tenía enfrente.

En el momento en que puso la mano en la puerta, pudo sentir la primera gota de lluvia, gruesa y pesada, cayendo sobre él.

«Ya no hay vuelta atrás», pensó Alan mientras avanzaba. Tras la partida de Caroline el día anterior, había llamado a la oficina del forense y había pedido ver los registros de cualquier investigación que se hubiera llevado a cabo en el momento del nacimiento de Caroline y en la que estuviera involucrado su padre, y lo que había descubierto era lo que lo había traído hasta allí. A medida que recorría las escaleras y los pasillos hacia su objetivo, una oficina escondida en los recovecos superiores del edificio, repasaba mentalmente su encuentro con el empleado de la oficina del forense y los documentos que había leído allí. No podía permitirse llegar a esta nueva reunión sin recordar hasta el último detalle de la anterior.

El empleado de la oficina del forense era un joven de complexión delgada y manos grandes y morenas. Le señaló con un gesto los papeles cuidadosamente ordenados sobre el escritorio que tenía delante y le dijo:

–Aquí lo tiene. La mujer se llamaba Matsudaira Izumi; Matsudaira era el apellido. Al parecer, así es como funcionan los nombres en japonés, aunque estoy seguro de que lo pronuncio mal. Murió atravesada por una espada.

–¡Atravesada por una espada!

Alan nunca se hubiera podido imaginar algo tan dramático. Cogió los papeles y leyó rápidamente los informes de la policía y del forense. Según decían, Miss Matsudaira –la tía Sue– había sido encontrada arrodillada en el centro del estudio de su padre, con los tobillos atados, encorvada hacia delante sobre una espada, que tenía clavada hasta la mitad en el abdomen.

Al parecer, la alfombra persa de su padre ocultaba algo más que un antiguo hogar de piedra: cubría el lugar exacto en el que tía Sue había encontrado su fin. Su padre había tenido que seguir usando ese espacio como estudio, sintiendo cómo ese mismo punto donde había muerto la tía Sue lo miraba fijamente día tras día, de modo que, incluso él, que habría considerado una debilidad dejarse afectar por esas cosas, había necesitado cubrirlo con una alfombra persa. Y la espada había sido tomada de una de las armaduras del gran salón, lo que explicaba por qué tuvo que ser sustituida después por una maza, la maza con la que habían asesinado a su padre.

¿Podía tener eso algún significado? Alan pensó que no podía ser de otra manera.

—Qué forma tan espantosa de morir —comentó el empleado, con el mismo tono que hubiera empleado si estuviera hablando del tiempo—. Pero, como podrá comprobar, finalmente se decidió que se trataba de un suicidio. El viejo doctor Phillips, que en paz descanse, estaba convencido de que había sido un asesinato hasta que el hermano de la mujer les explicó en qué consistía el suicidio ritual y cómo se llevaba a cabo.

Alan pasó la página y hojeó el documento hasta llegar al artículo en cuestión.

El hermano de la tía Sue, el profesor Matsudaira, lo explicaba todo con gran detalle. Se había atado los tobillos para evitar que sus piernas se abrieran de forma indigna tras su muerte, decía. En realidad, debería haber utilizado una hoja más corta y haber hecho un corte transversal para destriparse, pero probablemente era lo mejor que pudo hacer en esas circunstancias. Era difícil de imaginar que pudiese haber utilizado un cuchillo de cocina común, un objeto que se usaba para cosas como trinchar el asado del domingo, para algo tan importante y honorable como un suicidio ritual.

Alan sintió que se le revolvía el estómago.

—Todo eso suena bastante salvaje —dijo el empleado—, pero qué otra cosa cabe esperar…

—Sin lugar a dudas —interrumpió Alan, recordando la gran admiración que su padre sentía por los japoneses—. Simplemente me pregunto qué fue lo que la empujó a hacer algo así.

El empleado se le acercó y pasó la página del documento.

—Está todo aquí. El suicidio ritual, según el profesor, es una cuestión de honor. Su hermana sintió que había deshonrado su nombre y el de su familia y vio la muerte como su única salida. Se mostró reacio a entrar en detalles, pero el Dr. Phillips finalmente logró que se lo contara todo. La mujer había tenido un bebé fuera del matrimonio y había sido abandonada por el padre.

—¿Un bebé? ¿Caroline?

—Una niña, efectivamente. El profesor se la llevó con él a Londres después de la investigación para criarla como si fuera suya.

¿Lo había hecho? Puede que esa fuera su intención en aquel momento, pero estos registros no se referían a nada de lo que ocurrió después de la investigación y Alan estaba convencido de que la sobrina en cuestión no era otra que Caroline.

Alan volvió a examinar el documento con detenimiento. No había ninguna mención acerca de quién podría ser el padre de Caroline, pero tal vez no fuera importante. Alan tenía un nombre: profesor Matsudaira.

Su padre había sido asesinado en la misma habitación donde había muerto la hermana del profesor, la tía Sue, y lo habían matado con un arma extraída de la misma armadura relacionada con la muerte de ella. No podía ser una mera coincidencia. Tenía que tratarse de alguien que culpara a su padre de la muerte de Matsudaira Izumi. De no ser porque había abandonado tanto a la madre como a la niña, podría tratarse del padre biológico de Caroline, pero nadie sabía quién era ni dónde se encontraba en la actualidad. El profesor Matsudaira parecía un candidato mucho más plausible.

En cuanto a por qué había esperado hasta ahora, Alan no podía saberlo, aunque podía imaginarse algunas posibles razones.

—Profesor Matsudaira —dijo Alan pensativo, tratando de retomar el hilo—. Me gustaría saber qué tipo de profesor era…

—Ahí lo pone —respondió el empleado, leyendo por encima de su hombro—. De japonés, tanto de lengua como de literatura japonesa, en la Universidad de Londres. Me pregunto si seguirá allí.

A partir de 1916, la mayoría de los profesores de estudios orientales de la Universidad de Londres se habían concentrado convenientemente en la entonces recién inaugurada Escuela de Estudios Orientales. Ahí es donde podría encontrar al profesor Matsudaira, si es que aún seguía dando clases, y le bastó con una llamada para averiguarlo.

El profesor Matsudaira era un anciano pulcro, delgado y esbelto, sin un solo pelo fuera de lugar. Sin embargo, bajo los pliegues impecablemente planchados, era duro y arrugado, como un trozo de madera desgastada por el tiempo, con la veta expuesta marcando una textura de líneas inflexibles en su superficie grisácea, sin ningún rastro de suavidad.

Su oficina estaba igualmente ordenada, impecablemente cuidada, sin el desorden que Alan asociaba con los académicos de carrera, él mismo incluido. Detrás de él, el gran rectángulo de la ventana de su oficina se abría a una atronadora tormenta, nada que ver con el mundo que Alan había abandonado solo unos minutos antes al entrar en el edificio, pero nada de su furia conseguía colarse en su interior. En el mundo perfectamente ordenado del profesor Matsudaira solo había calma, quietud y un silencio crepuscular sin sombras.

Alan no estaba seguro de si el profesor le era familiar, pero el encuentro le provocó una sensación de *déjà vu*. Estaba seguro de que el profesor Matsudaira era ese misterioso personaje que se había llevado a su padre a la investigación en ese recuerdo medio olvidado del momento en que Caroline había llegado a ocupar el cuarto infantil. La quietud de la oficina parecía completamente atemporal: un recuerdo que bien podía haber surgido de ayer o de otra vida.

Le pareció inapropiado sacar inmediatamente el tema de la tía Sue y su muerte. No fue hasta después de tomar una taza de té —una mezcla especial del profesor que a Alan le pareció bastante desagradable, pero fue demasiado cortés para mencionarlo— que se atrevieron a abordar el tema.

—Sir Lawrence Linwood era un gran amigo mío —explicó el profesor Matsudaira—, pero eso fue hace mucho tiempo. Nuestra amistad ya no era tan estrecha como para considerar que mi presencia fuera esperada o bienvenida en su funeral. Espero no haber ofendido a nadie.

–En absoluto. Simplemente, este tipo de situaciones hacen aflorar viejos recuerdos y me pareció recordarle. Y a la tía Sue. Su hermana Izumi.

Estrictamente hablando, era cierto, pero algo pareció cambiar en el lignario semblante del profesor. Tal vez fuera una sonrisa.

–Tiene muy buena memoria, Mr. Linwood. Usted tan solo un niño pequeño cuando le vi por última vez. Me sorprende que recuerde algo en absoluto.

–Tenía tres años, casi cuatro. Si le soy sincero, recuerdo mucho mejor a la tía Sue.

–Solía jugar con usted mientras su padre y yo hablábamos de trabajo. Le habría encantado saber que todavía la recuerda.

–¿Cómo conoció a mi padre, si no le molesta que se lo pregunte?

–¿Tan sorprendente le resulta que nos conociéramos?

–No era mi intención…

–Por supuesto que no. Lo entiendo perfectamente. Está pasando por un duelo y desea saber más sobre su padre, acerca de cómo era cuando estaba vivo, especialmente en aquellos días en los que no hubiera podido conocerlo.

El profesor hizo una pausa para tomar otro sorbo de té y Alan se preguntó si, bajo su apariencia seca e imperturbable y a pesar de su aparente simpatía, aquel anciano no se estaría riendo, al menos un poco, de él.

Cuando volvió a dejar la taza sobre la mesa, el profesor dijo:

–Conocí a Sir Lawrence Linwood en una cena formal, un acto relacionado con una sociedad universitaria de la que ambos éramos miembros. Izumi acababa de llegar a Inglaterra y yo quería que entrara en contacto con la sociedad inglesa tanto como fuera posible. Fue un error. La conversación derivó hacia el tema de la mejora de la raza humana mediante la reproducción selectiva.

–¿Eugenesia?

–Por aquel entonces, todavía era un concepto nuevo. Había leído sobre ello. Yo pensaba que era sensato evitar que ciertos indeseables –los criminales y los enfermos– transmitieran sus rasgos de generación en generación, pero resultó que, a pesar de ciertos intentos por su parte de ser diplomáticos, muchos de los presentes consideraban que mi hermana y yo formábamos parte de ese grupo de indeseables. Me sentí profundamente humillado, pero no quería deshonrar a nuestro anfitrión enzarzándome en una discusión. Su padre, sin embargo, no sintió tal reparo. –El profesor hizo otra pausa, tal vez para saborear el recuerdo–. Aprendí dos cosas esa noche. La primera, que los conceptos occidentales de «pudor» y «cortesía» no se correspondían con lo que me habían enseñado de niño, y la segunda, que Sir Lawrence Linwood era un hombre bueno y honorable.

Alan no pudo evitar sonreír al imaginar a su padre descargando toda su ira contra una mesa llena de académicos enjutos y estirados. Probablemente los había hecho arder en llamas como si fueran yesca.

–Mi padre siempre sintió una gran admiración por Japón y su gente –indicó Alan.

El profesor Matsudaira asintió con la cabeza.

–Más tarde, hablamos largo y tendido sobre la Restauración Meiji y su impacto en Japón. Mi familia estaba muy vinculada al antiguo régimen y no todos se apresuraron a inclinarse ante el Trono del Crisantemo. Sus palabras contribuyeron mucho a restituirme el orgullo.

En el exterior, los relámpagos iluminaban la ventana salpicada por la lluvia, aunque no se oía ningún trueno en la perfectamente aislada madriguera que parecía ser aquella oficina. El profesor Matsudaira se volvió para mirar la calle gris y los paraguas negros que se apresuraban como escarabajos bajo el diluvio. A pesar de la rígida inexpresividad del profesor, Alan sintió que había tocado un punto sensible.

–Mi abuelo pensaba que era acertado fomentar la paz y el entendimiento con el mundo exterior a través de la enseñanza de nuestra lengua y nuestra cultura –dijo el profesor, con el aspecto de quien disimula una verdad desagradable tras un disfraz de diplomacia–. Han pasado treinta y cuatro años desde la última vez que vi el país donde nací. Ya no sería capaz de reconocerlo.

El profesor Matsudaira no había venido a Inglaterra por voluntad propia, dejando atrás todo aquello de lo que formaba parte, de eso Alan estaba seguro. Y Alan comprendió, con una claridad casi reveladora, lo que debía haber significado para el profesor Matsudaira perder a su hermana. Ella era su ancla. Sin ella, él no era más que un exiliado, solo y desarraigado. Andaba a la deriva en el mundo.

Alan, por muy lejos que vagara, siempre podía mirar atrás, hacia Linwood Hall, y llamarlo hogar; todavía tenía a Roger y a Caroline.

–Al menos tiene a su sobrina –dijo Alan.

–¿Una sobrina? –repitió el profesor–. Me temo que se equivoca.

–Me tomé la libertad de buscar los registros del fallecimiento de la tía Sue. Decían que tuvo una bebé y que usted la trajo de vuelta a Londres después, o al menos eso era lo que pretendía hacer.

–Debe tratarse de un malentendido. Mi dominio del inglés en aquel entonces no era el que tengo hoy.

–No creo que lo sea. He leído la transcripción de la investigación judicial. Lo ponía muy claro.

El profesor Matsudaira guardó silencio. La tormenta se fue apagando poco a poco, dejando tras de sí un paisaje sombrío y desolador. Finalmente, habló:

–La muerte de Izumi fue un momento muy doloroso para mí, Mr. Linwood. No recuerdo todo lo que dije entonces. Espero que me perdone si le digo que ahora no deseo hablar de ese tema ni de nada relacionado con él.

Alan sacó algo de su bolsillo: la fotografía en la que aparecía él con Roger y Caroline, tomada con el pretexto de probar las cámaras que Roger les había comprado después de la guerra. La dejó en el centro del escritorio, entre él y el profesor.

–Caroline llegó a nuestras vidas más o menos en la misma época en que falleció la tía Sue –dijo–. Había supuesto que era la hija de la tía Sue, hasta que leí que usted había acogido a la niña, pero ahora me informa de que no hizo tal cosa. Así pues, permítame que le pregunte directamente: ¿es mi hermana Caroline la hija de su hermana Izumi?

El profesor Matsudaira, con la mirada fija en la fotografía, guardó silencio.

–Puede cogerla para verla más de cerca si lo desea. Se parece mucho a cómo recuerdo a la tía Sue.

El profesor tomó la fotografía mecánicamente con ambas manos y se la acercó a los ojos. Parpadeó una vez, dos veces, y, a continuación, hizo ademán de dejar la fotografía, pero pareció incapaz de soltarla. Finalmente, dijo:

–Sí. Se parece mucho a su madre.

Había un dolor ahogado en su voz, como un aliento frío y sepulcral procedente de una tumba que acababa de abrirse tras haber permanecido sellada durante siglos, protegida del mundo exterior. Alan empezó a hablar, pero el profesor lo detuvo con un gesto de la mano. Necesitaba más tiempo.

–¿Dónde está ahora? –preguntó por fin el profesor, sin apartar la mirada de la fotografía–. ¿Se ha casado? ¿Tiene hijos?

–Pasa la mayor parte del tiempo en París. Se gana la vida escribiendo para los periódicos. No está casada.

–Cuénteme más.

–Estuvo en Oriente Medio durante la guerra para cubrir el conflicto. Su descripción de los hechos se publicó en el *Times*. Sin duda los habrá podido leer.

–No podría reconocer el nombre.

–Sin embargo, no pretende dedicarse a eso el resto de su vida. Su intención es entrar en política en los próximos cinco años aproximadamente. Aspira a ser diputada del Parlamento en el futuro.

El profesor Matsudaira, con la mirada fija en la fotografía, asintió solemnemente y dijo:

–Su padre habría estado orgulloso. Siempre ambicionó lo mejor para todos sus hijos.

–Nos dejó a cada uno un tercio de la herencia. Tenemos que vender Linwood Hall y dividir las ganancias entre los tres.

–¿Es así?

–Parece sorprendido.

–Su padre me dijo una vez que esperaba que uno de ustedes continuara con el apellido familiar y que la estirpe de los Linwood gobernara su pequeño rincón de Inglaterra hasta el fin de los tiempos. Pero eso fue hace muchos, muchos años.

La estirpe de los Linwood. Alan casi sonrió. Así que padre también creía en eso. Pero si su padre tenía intención de cambiar su testamento y dejar Linwood Hall a solo uno de ellos, y ese heredero no era Caroline...

–Nunca volvió a visitarnos –dijo Alan–. ¿Por qué? Podría haber formado parte de la vida de Caroline. Hubiera sido bueno para ella crecer sabiendo que tenía un tío.

¿Acaso el profesor Matsudaira había estado más cerca de la familia en los últimos años de lo que pretendía aparentar? Pero el profesor simplemente le devolvió la fotografía y dijo:

–Su padre no lo hubiera permitido. Aquí se considera una deshonra quitarse la vida, incluso si la alternativa es vivir con una deshonra mayor. Dijo que era mejor que la hija de Izumi nunca supiera la verdad.

¡Pobre Caroline! Tenía parientes vivos y un pasado más allá de su adopción por los Linwood, pero cualquier envidia o resentimiento que Alan pudiera sentir por ello se evaporó al pensar en su padre imponiendo sus condiciones al hombre que tenía ante sí. En cualquier otro escenario, Alan habría acusado al profesor de abandonar a su sobrina, pero nadie, fueran cuales fueran sus intenciones, osaba enfrentarse a las decisiones de su padre.

Sin embargo, había algo que no acababa de encajar.

–¿Por qué fue mi padre quien la acogió y no usted?

¿Y por qué Alan tenía la sensación de que el profesor Matsudaira estaba una vez más enmascarando una desagradable verdad tras un velo de diplomacia?

Él encogió los hombros en un breve gesto de indiferencia.

–Su padre era un hombre muy bondadoso –dijo, aunque Alan estaba seguro de que pensaba exactamente lo contrario–. Él podía darle a esa niña mucho más de lo que yo jamás hubiera sido capaz, y usted sabe perfectamente que eso es exactamente lo que hizo. Además, ya tenía dos hijos que podrían beneficiarse de la presencia de una hermana. –Casi como una reflexión tardía, añadió–: Acordamos que la hija de Izumi nunca debía enterarse de lo que había ocurrido con su madre, ¿y qué posibilidades teníamos de evitarlo si la niña se quedaba conmigo?

Alan quiso protestar que eso no eran más que excusas, pero el profesor se levantó de su asiento e inclinó la cabeza cortésmente, en una reverencia diluida, adaptada a la sociedad occidental.

–Le agradezco su visita, Mr. Linwood, pero me temo que tengo una clase dentro de unos minutos y no puedo hacer esperar a mis alumnos. Espero haber satisfecho su curiosidad.

–Venga a Linwood Hall –dijo Alan por impulso–. Caroline estará en Inglaterra unos días más. Le gustaría conocerla, ¿no es así?

El profesor Matsudaira sacudió la cabeza.

–Le hice una promesa a su padre, Mr. Linwood. Por mucho que me pese, estoy obligado a mantenerla.

De nuevo en la escalinata de la Escuela de Estudios Orientales, Alan volvió a mirar al cielo, que, tras las nubes que se disipaban, empezaba a oscurecerse. A pesar de que el suelo estaba mojado, le pareció como si la tormenta que había visto a través de la ventana del despacho del profesor Matsudaira nunca hubiera ocurrido.

Alan sacó la fotografía del bolsillo de su chaqueta y la guardó con cuidado en un sobre, evitando tocar la superficie donde el profesor Matsudaira había dejado sus huellas dactilares. Había venido a ver si el profesor odiaba a su padre por la muerte de la tía Sue, pero parecía que su odio se centraba en haberle impedido tener la relación que por derecho le correspondía con su propia sobrina. Alan tuvo la impresión de que aún no estaba todo dicho acerca del profesor Matsudaira.

Roger

El club de Roger estaba en Pall Mall y se dedicaba principalmente a la automovilística y a su brillante modernidad. A pesar de su majestuosa arquitectura clásica, que parecía ser el requisito indispensable para un establecimiento de su categoría y ubicación, cruzar sus puertas era como adentrarse en un futuro elegantemente automatizado. Luz eléctrica. Calefacción central. Centralita propia. Todos los elementos se fusionaban en columnas y cornisas aparentemente conservadoras que presagiaban un mundo en el que nunca más se cuestionaría la utilidad de la tecnología moderna.

A decir verdad, la membresía en este club era una carga para la economía de Roger. La quiebra de Sopwith Aviation en septiembre había sido un golpe, justo cuando pensaba que tenía asegurado un puesto allí y acababa de romper su relación con Hammond & Oakes. Y cuando Thomas Sopwith y la mayor parte de su equipo habían logrado resurgir de sus cenizas como H. G. Hawker Engineering, Roger se había unido. Su padre había dejado claro que estaba decepcionado porque estaba siguiendo los pasos de otro hombre. Así que Roger guardó la vieja Jenny en un granero vacío en un rincón alejado de la finca de Linwood y abrazó por completo la visión de sí mismo como director de una empresa propia… de pie en un aeródromo con un avión diseñado por él, con el viento agitando los planos que sostenía en sus manos y el pañuelo de aviador alrededor del cuello…

La pertenencia al club era importante para establecer los contactos necesarios: una inversión, no un lujo. Y hoy, el contacto que buscaba era un tipo muy delgado y moreno llamado capitán

William Harrow, que conducía demasiado rápido incluso para los estándares del club. Después de la guerra, hasta el más pacifista tenía alguna relación con el ejército, pero Harrow era un militar de carrera y sus vínculos con el mundo militar eran más profundos que los de la mayoría. Tenía que saber algo, conocer a alguien.

–¿El comandante Buchanan del Duodécimo Regimiento Gurkha? No, no puedo decir que le conozca, ni a él ni a nadie que pueda tener algo que ver con el Duodécimo Regimiento Gurkha. ¿Y para qué lo buscas?

–Es una historia muy larga –respondió Roger–. Tiene que ver con la muerte de mi padre.

No se sentía del todo cómodo explicándole los escabrosos detalles a alguien a quien apenas conocía lo suficiente como para entablar conversación. Por alguna razón, le resultaba embarazoso que la muerte de su padre hubiera sido un asesinato.

Pero Harrow había llegado a una conclusión diferente.

–¡Ajá! Aparece en el testamento, ¿no? No hace falta decir más. Nada más lejos de mi intención interponerme entre un compañero soldado y su herencia, pero eso no cambia el hecho de que no le conozca ni a él ni a su regimiento. ¿Has pensado en contactar con alguien del Ministerio de Defensa?

–Esperaba que no fuera necesario.

–Ah, por supuesto. Mejor ver primero lo que puedes averiguar por tu cuenta antes de llamar a la caballería, ¿no? Tal vez vale la pena preguntar en el Rag o en alguno de los otros clubes militares. Espera, conozco al secretario de uno de ellos, justo en King Street; ese tipo conoce a todo el mundo. Incluso podría conocer a la persona que estás buscando. Te lo presentaré.

El amigo de Harrow no conocía al comandante Buchanan ni a nadie del Duodécimo Regimiento Gurkha, pero sí conocía a un general anciano del club que había estado destinado en Darjeeling durante la mayor parte de su carrera y que habría tenido contacto con varios regimientos gurkhas. El anciano general comentó que había conocido a varios Buchanan a lo largo de su carrera, pero no al que él buscaba; sin embargo, conocía a alguien que había estado en el Duodécimo Regimiento Gurkha y que podría haber conocido personalmente al tal comandante Buchanan. Y sí, estaría encantado de pasarle el mensaje.

La tarde siguiente, Roger regresó al club para reunirse con su nuevo contacto, el capitán Ernest Amberley. Las nubes oscuras que habían acechado el horizonte noreste durante todo el día anterior se habían apoderado de la ciudad y los truenos retumbaban en el cielo cuando se bajó del coche. Levantó la capota justo a tiempo porque, cuando giró hacia la entrada del club, empezaron a caer gruesas gotas que, cuando entró corriendo, comenzaron a golpear como ráfagas de ametralladora.

Tenía la esperanza de que el capitán Amberley fuera el último eslabón de la cadena de contactos hasta el misterioso comandante Harold Buchanan. Se sentía como si le hubieran estado dando patadas de un lado para otro como si fuera un balón de fútbol.

Amberley lo esperaba en la sala de recepción, junto al vestíbulo de entrada, mirando la lluvia a través de la ventana. Por detrás, se parecía mucho a Harrow: delgado como un palo y ágil como un gato sobre un muro. La intensa luz artificial de las lámparas se reflejaba en el cristal de la ventana, por lo que Roger pudo distinguir un rostro largo y delgado, bronceado por el sol, con unas cejas pobladas y fruncidas, como si estuviera preocupado por algo.

Roger carraspeó.

–¿Capitán Amberley?

Amberley se giró levemente, la mirada fija en el aguacero.

–Sí. Mr. Linwood, ¿verdad? Parece que estaremos atrapados aquí un buen rato. Espero que el restaurante del club sea tan bueno como dicen. –Finalmente, se volvió por completo hacia él y parpadeó. Entonces, su frente se despejó y una sonrisa se extendió por su rostro bronceado, mientras la luz eléctrica hacía brillar uno de sus dientes de oro. El capitán extendió una mano hacia Roger–. Encantado de conocerle, Mr. Linwood.

Roger le estrechó la mano.

—Igualmente. ¿Acaso quiso insinuarme que le apetecía que cenáramos o prefiere simplemente tomar algo?

—Tomemos algo —respondió Amberley con firmeza. Hizo un gesto con la cabeza hacia el cristal salpicado de lluvia—. En general, ceno tarde, y solo la oscuridad hace que parezca más tarde de lo que realmente es.

Dos minutos después, estaban acomodados en un par de sillones cerca de otra ventana, con unos gin-tonics en la mano. Amberley dio un sorbo al suyo, suspiró y volvió a mirar por la ventana. En el exterior, la tormenta no daba señales de amainar. Dentro del club, una cálida quietud hacía que Roger se sintiera cómodo y seguro, a salvo de la furia elemental que reinaba fuera.

—¿Ha estado alguna vez en Nepal, Mr. Linwood? —preguntó Amberley—. ¿O en la India, tal vez?

Roger negó con la cabeza.

—Espero poder ir algún día.

—Debería hacerlo. Días como este me transportan al pasado, me dan ganas de abrir la ventana y sentir cómo entra el viento. Comparado con el monzón, esta tormenta no es gran cosa. Es la fuerza elemental de la naturaleza, Mr. Linwood, burlándose de la insensatez humana. Aquí, en la segura y aburrida Inglaterra, no tenemos nada que se le parezca.

Roger pensó en el zumbido de un motor bien afinado, en el vuelo de su Jenny atravesando el cielo, y sonrió.

—No, a menos que el hombre lo construya él mismo.

Amberley rio entre dientes y miró alrededor de la habitación.

—Había olvidado dónde estaba.

Tomó otro sorbo de su bebida y luego la dejó sobre la mesa que había entre ellos. Adoptando un tono más serio, dijo:

—Bien, ¿podría ponerme al corriente de la situación? Me han dicho que buscaba a Harry, Harry Buchanan, por algo relacionado con una herencia.

—No es exactamente por una herencia. —Así que Amberley conocía personalmente al comandante Buchanan. Roger sintió un cierto alivio, pero no tenía claro cómo debía proceder–. Es un asunto un poco delicado y prefiero hablar con él personalmente, pero me está resultando complicado encontrarlo.

–Eso he oído. Debe ser importante. Pero si realmente necesita hablar con Harry en persona, me temo que no podré serle de mucha ayuda. Han pasado seis, no, siete meses desde la última vez que lo vi. Estaba invitado a alojarse en mi apartamento, pero finalmente se mudó. –Amberley se detuvo, ofreciéndole una sonrisa que era más una máscara que una expresión de camaradería–. ¿Por qué lo busca, visto que no se trata de una herencia?

–Encontré un reloj de bolsillo con su nombre y su regimiento grabados en el reverso. Me gustaría devolvérselo.

La sonrisa de Amberley se mantuvo imperturbable, si bien algo parecido a la preocupación se dibujó en su rostro.

–No parece ser un asunto muy delicado, Mr. Linwood. ¿Por qué no me dice de qué va realmente todo esto?

Roger tenía la certeza absoluta de que Amberley se levantaría y se iría si no le daba una explicación satisfactoria. Alan podría haber inventado una mentira plausible y Caroline podría habérsela contado de forma convincente, pero a Roger nunca se le dieron bien ese tipo de cosas. Por muy imprudente que le pareciera decirle la verdad a Amberley, Roger no veía otra alternativa.

Acercó su silla hacia el capitán Amberley, bajó la voz y dijo:

–Mire, no he mentido al decir que todo esto está relacionado con la muerte de mi padre, pero no tiene nada que ver con su testamento. Simplemente he permitido que la gente asuma que así era. La verdad es que mi padre fue asesinado. Encontré el reloj de bolsillo de su amigo cerca de donde ocurrió todo.

Sacó las fotografías, reveladas ese mismo día, del reloj de bolsillo de Buchanan y se las mostró a Amberley. Amberley miró las fotografías, pero no las tocó.

–Así que ahora piensa que Harry es un asesino –dijo Amberley, con tono frío y seco.

–No. Pero creo que él podría saber algo. Por eso lo busco.

—¿No ha traído el reloj consigo?

—Se lo quedó la policía.

Amberley guardó silencio. Tras él, el destello blanco de un relámpago iluminó la ventana y un trueno estalló contra los sólidos cimientos de piedra del club. Roger notó cómo Amberley tensaba los músculos mientras se agarraba a los brazos de la silla, disponiéndose a levantarse.

—Capitán Amberley —dijo Roger—, le ruego que me escuche. Si la policía se ha quedado con el reloj del comandante Buchanan, significa que creen que es un detalle importante. Y si creen que es importante, no tardarán mucho en empezar a buscarlo ellos también. ¿No sería preferible que lo encontrara yo primero?

Amberley se quedó quieto, interrumpiendo el ademán de levantarse.

—Mi padre fue asesinado, capitán Amberley. Y usted ha dicho que no ha tenido noticias de su amigo en siete meses…

—¿Qué es lo que está insinuando, Mr. Linwood?

—Estoy insinuando que su amigo podría estar en peligro. Si es por la policía, por algún enemigo desconocido o incluso por sí mismo, no lo sé; pero lo mejor para todos, para usted, para mí y para él, es que lo encontremos.

—Harry sabe cómo cuidarse solo.

—Lo mismo podría decirse de los miles de hombres enterrados en Flandes.

Hubo un breve instante de tensión. Amberley contempló a Roger durante un momento y volvió a acomodarse en su asiento.

—Harry me dijo lo mismo una vez. —Volvió a tomar su bebida y la apuró de un trago. Finalmente, añadió—: Harry no es un asesino. Pero es propenso a los cambios de ánimo. Seguro que entiende de lo que le hablo.

Roger asintió con la cabeza. Esos cambiantes estados de ánimo era una forma sutil de describir una especie de sombra que se cernía incluso sobre los mejores hombres durante la guerra y que a menudo solo lograban disipar con una bala en la cabeza.

Amberley cogió la fotografía de la inscripción en la parte posterior, la sostuvo a contraluz para verla mejor y añadió:

—Y dice que encontró este reloj… abandonado en algún lugar, ¿no? ¿Dónde, exactamente?

—Al pie de un acantilado. Bajo la ventana del estudio de mi padre.

—Me refería a en qué lugar de Inglaterra. Si es que fue en Inglaterra.

—North Yorkshire. En los páramos.

Por alguna razón, esa información pareció tener una cierta relevancia para Amberley. Asintió con la cabeza y dejó la fotografía sobre la mesa. Cuando levantó la vista, fijó la mirada en Roger con una intensidad casi tan inquietante como la que solía emplear su padre.

—Harry tenía muy pocas pertenencias, pero este reloj era su posesión más preciada. Si lo hubiera perdido, habría puesto el mundo patas arriba para encontrarlo. Era un regalo de sus hombres, ¿sabe? Entre todos reunieron el dinero para comprárselo como recuerdo cuando dejó el servicio.

—¿Se refiere a los gurkhas?

—Harry era prácticamente uno de ellos. Eso no es algo que se pueda decir a la ligera. —Amberley dedicó a Roger una mirada inquisitiva—. ¿Sabe algo acerca de los gurkhas, Mr. Linwood?

Roger sabía que eran combatientes del reino de Nepal, situado en las cordilleras del Himalaya, y que el Imperio británico había quedado tan impresionado por su valor en la guerra contra los gurkhas, entre 1814 y 1816, que decidió reclutarlos para el ejército británico antes de que se firmara el tratado que puso fin a la guerra.

Al oír el resumen de Roger, una sonrisa se dibujó en la comisura de los labios de Amberley, dejando ver su diente de oro, que brilló a la luz.

—Lo ha leído en un libro, ¿verdad?

—Mi padre pasó un tiempo en el norte de la India, en uno de los estados fronterizos con Nepal, como una especie de agregado diplomático. Eso fue antes de que yo naciera, pero solía hablar de ello. Siempre decía que los británicos podríamos aprender un par de cosas de los nepalíes.

—Estoy convencido de ello.

Amberley siguió observándolo durante un largo rato antes de parecer recordar de qué estaban hablando. Finalmente, dijo:

—Por supuesto que cualquier oficial británico estará siempre por encima de un gurkha, pero si vas a liderar a leones en la batalla, más vale que tú también seas un león. Ese es el Harry que yo conocí. Había luchado con ellos en la guerra contra los bóeres. Hablaba su idioma. Incluso pretendía casarse con la hermana de uno de sus sargentos gurkhas, pero el regimiento fue trasladado a otro lugar antes de que pudieran hacerlo; y cuando regresaron, ella se había casado con otro hombre. Harry dijo después que había sido una señal. Él estaba casado con el ejército y moriría con las botas puestas.

—Pero finalmente dejó el servicio.

—La guerra resultó ser demasiado, incluso para Harry Buchanan, así que, finalmente, se retiró.

La imagen mental que Roger tenía del comandante Buchanan era ahora más clara que antes. El hombre probablemente sería una copia más de Amberley o Harrow: delgado y moreno, con musculatura fibrosa, fruto más de la resistencia que de la fuerza bruta; mayor, si había participado en la guerra contra los bóeres, pero no tan mayor como para no poder participar activamente en la Gran Guerra. La imaginación de Roger le añadió una nariz torcida en demasiadas peleas y arrogancia bonachona, enturbiada por los horrores vividos. Poseía muy pocas cosas, siempre listo para moverse, pero cualquier posesión que no fuera estrictamente necesaria estaría tan cargada de significado que podría llenar un museo entero de recuerdos. Todo eso estaba muy bien, pero ¿en qué le ayudaría eso a encontrar al hombre que buscaba?

—¿Recuerda que le mencioné —dijo Amberley— que se había enamorado de una chica nepalí y que quería casarse con ella? Harry se empeñó en volver a encontrarla, ahora que se había retirado del ejército. Ella le escribió en una ocasión para contarle que se había casado con un hombre originario de Yorkshire. Eso fue lo último que supo de ella, pero pensó que aún podría encontrarla en los páramos de North Yorkshire. Le dije que era un error intentarlo. Después de todo, si una mujer no responde a su propia familia en treinta años, ignorando todas las cartas que le envían, lo más probable es que no quiera recordar nada de su antigua vida en Nepal. Pero si hay algo que caracteriza a Harry es que es terco. Había decidido que eso era lo que tenía que hacer y no había nada ni nadie que le pudiera hacer cambiar de opinión.

Ahora sí estaban progresando, pensó Roger. Si pudiera encontrar a esa mujer nepalí, probablemente encontraría también a Buchanan. ¿Cuántas mujeres nepalíes podía haber en la campiña de Yorkshire?

—¿Le mencionó su nombre? ¿O el nombre de su esposo?

—Si lo hizo, no lo recuerdo. Sin embargo, hay algo más que puedo contarle: le dije que hacía siete meses que no veía a Harry, pero en realidad hace cinco que no sé nada de él. Me respondió a una de mis cartas unos dos meses después de marcharse, pidiéndome que le enviara sus cosas a una dirección en el norte. Supuse que eso significaba que había encontrado a su antiguo amor y que su marido ya no formaba parte de su vida. Quizá todavía tenga esa dirección en algún sitio. Tendré que mirarlo.

Roger sonrió.

Las copas estaban vacías, así que llamó a un camarero para que les sirviera otra ronda.

—Gracias, capitán Amberley —le dijo—. Le estaré eternamente agradecido por su ayuda.

También se sentía aliviado. No esperaba que Amberley se mostrara tan comunicativo tras oír el peligro que podía amenazar al comandante Buchanan. En su interior, Roger tenía sus dudas sobre la inocencia del hombre, pero no era tan tonto como para expresarlo en voz alta.

Pero Amberley se limitó a sonreír y dijo:

—Era lo menos que podía hacer. En algunos aspectos, usted me recuerda un poco a Harry; la misma altura, la misma complexión. Y me agrada su rostro. Me recuerda a algunos de mis hombres.

¿Qué se suponía que significaba eso?

—¿Está usted seguro de que nunca ha estado usted en Nepal, Mr. Linwood?

Roger sintió de pronto como si le hubieran arrancado el aliento de un puñetazo. Entendió que Amberley se refería a ese rasgo extraño y exótico de su rostro, ese que nadie había sido capaz de identificar. Nepal, los gurkhas… ¿Cuántas mujeres nepalíes podría haber en la Yorkshire rural de la década de 1890, cuando nació Roger?

Era vagamente consciente de que afuera había dejado de llover y de que un rayo de sol rojizo se había abierto paso entre las nubes, aún densas, para iluminar el mundo detrás del capitán Amberley, envolviendo su rostro oscuro como un halo.

«En algunos aspectos, usted me recuerda un poco a Harry; la misma altura, la misma complexión…».

En ese momento, Roger entendió que el comandante Harold Buchanan no solo había estado buscando a su amor perdido.

Le había estado buscando a él.

Roger

—El comandante Buchanan es mi padre —le dijo Roger a Iris—. Mi padre biológico, digo. Debió localizar a mi madre, mi madre biológica, y acabó por descubrir que padre me había adoptado. Ese debió ser el motivo por el que estuvo en Linwood Hollow. Había ido a ver a padre y... y, bueno, no sé qué pasó, pero estoy decidido a averiguarlo.

La revelación de Amberley lo había dejado tan atónito que, al principio, se quedó paralizado, pero esa conmoción inicial fue dando paso poco a poco al entusiasmo. Ahora, una hora más tarde, tras la marcha de Amberley y con Iris ocupando su lugar, Roger apenas podía quedarse quieto. No tenía ni idea de lo que había pedido para cenar en el restaurante del club, devorándolo todo sin siquiera degustarlo. Se sentía como si acabara de despertarse en mitad de la noche con una solución elegante a un problema mecánico complejo, solo que más intenso. Era la emoción del descubrimiento, la revelación, la epifanía. Roger se dio cuenta de que eso era lo que impulsaba a Alan a desenterrar viejas ruinas y a Caroline a cuestionar el mundo que la rodeaba y sintió que ahora, por primera vez, los entendía. Casi le había hecho olvidar cuál era el motivo inicial que le había impulsado a buscar respuestas, hasta que Iris dijo:

—¿Crees que él es el asesino?

—¿Buchanan? Imposible.

Pero la idea enfrió un poco su entusiasmo. Había emprendido la búsqueda de Buchanan pensando que sería un sospechoso más convincente para la policía que cualquier miembro de su familia directa. Y ahora tenía la impresión de que el comandante Harold

Buchanan, del Duodécimo Regimiento Gurkha, era más familia que su propio padre.

—Imposible —repitió Roger, si bien esta vez con menos seguridad. De alguna manera, la idea de que Buchanan hubiera venido en su busca hacía menos probable, al menos en la mente de Roger, que hubiera venido con intenciones asesinas. Pero lo contrario también era posible, ¿verdad? Su relación con Roger establecía una conexión con su padre, y eso podría esconder un motivo.

Roger no sabía por qué lo habían adoptado. Nunca lo había preguntado, ya que hacía tiempo que había llegado a la conclusión de que era mejor dejar el pasado enterrado, y dudaba de que a su padre le hubiera hecho gracia la pregunta. Pero la idea de tener un padre aún con vida había despertado en su interior un hambre voraz que se veía incapaz de negar. ¿Qué habría sido de su madre, aquella mujer nepalí, y del hombre de Yorkshire con el que se había casado? Amberley parecía dar por sentado que se había casado con su padre y Roger no dijo nada para sacarle del error, pero su padre ya estaba casado con su madre y, además, ya tenían a Alan.

Quizá hubiera muerto. O tal vez su marido, al darse cuenta de que Roger no era hijo suyo, se lo había entregado a su padre. Tal vez ambos habían muerto.

—Amberley ha ido a ver si encuentra la dirección a la que Buchanan le pidió que le enviara sus cosas —dijo Roger—. Ese será el siguiente lugar donde buscar; seguro que obtendremos mucha más información.

—Oh, Roger.

La preocupación en la voz de Iris hizo que Roger levantara la vista del plato —¿era ternera o cordero?— y se centrara en ella, como si la viera por primera vez. El suave tintineo de los cubiertos sobre porcelana volvió a llegarle a los oídos, al igual que el suntuoso entorno del restaurante del club y las discretas idas y venidas de los camareros vestidos de negro. La propia Iris, una vez despojada del austero color negro que había llevado en el funeral de su padre, se veía radiante con un vestido amarillo vibrante, pero sus ojos estaban tan sombríos como la lluvia.

—Roger, cariño —dijo ella—, sabes perfectamente que está lejos de ser imposible. ¿Estás seguro de que estás preparado para lo que puedas encontrar?

—Los Linwood podemos con todo, ¿recuerdas? Además, ya no estoy tan seguro de querer encontrar al asesino de mi padre.

Se inclinó hacia ella y le tomó la mano entre las suyas. Se sentía vivo, y la idea de que Iris pudiera optar por apartarse de él o entrelazar sus dedos con los suyos, independientemente de sus propias acciones y deseos, lo convertía en un momento aún más maravilloso, una alegría que debía saborear ahora, antes de que se esfumara de nuevo.

Linwood Hall no era más que un montón de piedras muertas.

—No sé lo que me ocurrió —dijo—. Volver a casa fue como volver a tener a mi padre respirándome en la nuca, diciéndome qué hacer y cómo hacerlo. Por qué…

Se detuvo a media frase, tratando de recuperar aquel instante en el que decidió que tenía que llegar al fondo del asesinato de su padre. Se encontraba de pie, en medio de una reliquia en ruinas de tiempos pasados, y muy por encima de él se alzaba la pequeña torre, el estudio de su padre, cuya ventana, como un ojo vacío, le miraba con severidad.

—Se te va a enfriar la comida —le dijo Iris.

Por su parte, ella ya había terminado su cena y un camarero acababa de retirarle el plato. Mientras Roger se concentraba en engullir los últimos bocados de su propio plato, ella le dijo:

—Recuerdo que me hablaste de lo que realmente quería tu padre. Sir Lawrence, me refiero, el hombre que te crio. ¿Acaso ha dejado de importar?

—Mi padre está muerto. Ya no le afecta lo que yo haga.

—También dijiste que el inspector Mowbray estaba acosando a tu familia, tratando de inculpar a uno de vosotros por el asesinato.

—¡Yo nunca!

–Dijiste que podría sospechar de alguno de vosotros, y estoy convencida de que así es. –Iris se encogió de hombros–. Nunca te has visto envuelto en una investigación policial, Roger. No sabes lo que es. Decir que «no es agradable» no se acerca ni remotamente a cómo es en realidad. Empiezan a hostigarte en cuanto se les mete en la cabeza que sabes algo, aunque no sea así, y luego empiezan a hacerte entrar y salir de la comisaría hasta que están seguros de que les has contado todo, y cuando crees que ya han acabado, vuelven a empezar. Que Dios te ayude si realmente piensan que eres culpable. El interior de una celda policial es un lugar horrible en el que pasar la noche.

Roger tuvo la impresión de que sabía de lo que estaba hablando. Su familia más cercana se aferraba a su respetabilidad de clase trabajadora como un adicto a su droga, e Iris, pese a su deslumbrante gusto por la moda, en el fondo era una buena chica, pero un tío suyo estaba en la cárcel por toda una vida de fechorías y Roger sospechaba que su familia valoraba tanto su actual respetabilidad porque la habían conseguido con mucho esfuerzo, tras varias generaciones de moverse en el lado equivocado de la ley. Hasta ese momento, Roger nunca había tenido que preocuparse por esas cosas.

–Bueno –dijo–, he sido sincero con Mowbray sobre lo que estoy haciendo. No tiene motivos para pensar que estoy ocultando algo.

Iris respiró hondo, como diciendo: «Todo eso no servirá de nada».

Y tendría razón, ¿no? Roger recordaba haber visto una vez una foto del antiguo calabozo de Pickering, que había precedido a la actual comisaría de policía. Recordaba especialmente los grilletes y las cadenas destinados a inmovilizar a los prisioneros. Se suponía que ese tipo de cosas pertenecían al pasado, pero Roger nunca había visto las celdas de la nueva comisaría de Pickering y, en realidad, no lo sabía con certeza. Imaginó los grilletes del viejo calabozo alrededor las muñecas de Alan, o las de Caroline, o peor aún, las de su madre, y se estremeció.

No. Por maravilloso que fuera encontrar a su padre biológico y saber más acerca de su propio origen, su familia real era más importante que la familia que pudo haber tenido.

—Probablemente, Caroline ya haya vuelto a París —dijo Roger, apartando su plato—. Siento que debería haber pasado más tiempo con ella después del funeral, en lugar de volver corriendo aquí para encontrar al comandante Buchanan.

—Te importa lo que ocurre a tu alrededor —dijo Iris con una sonrisa—. Eso es lo que me gusta de ti. Solo que a veces te concentras demasiado en una cosa y te olvidas de todo lo demás.

Roger sonrió y le apretó la mano. Se sentía afortunado de contar con Iris. Ella lo mantenía firmemente anclado en el aquí y el ahora, recordándole lo que era verdaderamente importante en la vida. Y ahora mismo, lo más importante era su familia: madre, Alan y Caroline.

—Alan seguirá en Londres en un futuro próximo —dijo Roger—. No suele estar mucho por aquí, así que será mejor que lo aproveche mientras pueda. ¿Por qué no nos pasamos mañana por el Museo Británico y le echamos un vistazo a su exposición? Tal vez nos haga una visita guiada personal y nos cuente todas esas terribles historias que no se atreven a publicar en las guías turísticas.

Además, quería contarle lo del comandante Buchanan. No solo porque era una noticia demasiado importante como para guardársela para sí mismo durante mucho tiempo, sino porque ya era hora de que le ayudara a descubrir quién había matado a su padre. El asesinato de su padre les incumbía a todos, juntos, como familia, y él nunca debió haber intentado resolverlo solo.

Alan se cruzó de brazos, frunció el ceño y dijo:

—Estás sacando conclusiones precipitadas. A ciegas, si puedo añadir. En realidad, nada sugiere que sea tu padre.

—El capitán Amberley parecía pensar que podría serlo —le respondió Roger—, o nunca habría sido tan comunicativo. Dice que tenemos la misma altura y la misma constitución física.

Se encontraban en un rincón de la sala de exposiciones del Museo Británico. Los artefactos de las aventuras de Alan en Perú se alzaban por todas partes como islas en un mar de mármol británico: fragmentos de cerámica; piezas de piedra tallada; máscaras y joyas en tonos grises, dorados y turquesas; todo ello intercalado con fotografías en blanco y negro que, según Alan, había tomado usando la cámara que le había regalado Roger. Había muy pocos visitantes, ya que era viernes por la mañana, y la exposición en sí era más pequeña de lo esperado. Según explicó Alan, no llevaban demasiado tiempo excavando y la única razón por la que no habían organizado esta exposición más adelante era por la necesidad de recaudar fondos para continuar trabajando.

Aun así, Roger pudo ver dos o tres grupos de niños que mostraban interés mientras eran custodiados por institutrices armadas con guías turísticas y un aire severo. A Iris le hubiera gustado, pensó, si bien ella tenía algunas obligaciones familiares que atender y se uniría a ellos más tarde.

Alan observó al grupo de niños más cercano seguir a su institutriz hasta la siguiente sección; a continuación, se volvió hacia Roger y le dijo:

—Bueno, Roger, si ese hombre resulta ser tu verdadero padre, me alegraré mucho por ti.

—No pareces contento. —Roger observó a su hermano durante unos instantes—. En realidad, diría que pareces contrariado.

El rostro de Alan se oscureció levemente al oír las palabras de Roger, pero enseguida se relajó.

—Estoy algo celoso —le respondió con una franqueza sorprendente—. Eso es todo. *Mea culpa*. Sé que nunca te ha preocupado demasiado de dónde venías, pero a mí sí. Me importaba mucho. Suena algo injusto que ahora tú tengas al comandante Buchanan y yo siga sin ser nada más que aquello en lo que me convirtió padre. Lo siento.

«No te disculpes nunca».

—Alan...

—Caroline me reprochó que nunca comparto nada con vosotros, cosas personales como lo que pienso o lo que siento. Que siempre os he mantenido a distancia. ¿Es eso cierto, Roger?

—Caroline no sabe de lo que habla.

Excepto que normalmente sí que lo sabía. Caroline se daba cuenta de cosas que los demás no veían.

El propio Roger rara vez era capaz de ver más allá de lo evidente, pero, echando la vista atrás, entendía que el Alan con el que había crecido era, en efecto, una persona bastante distante y reservada, muy parecida a su padre. Alan había sido más franco en los últimos cinco minutos que en los últimos veinticinco años. Pero ¿acaso no era algo normal esa actitud distante en un hermano mayor?

—¿Por qué diría ella algo así? —preguntó Roger.

Alan suspiró y apartó la mirada. Roger se preguntó: «¿Por qué se iba a preocupar Alan por sus orígenes?». Tenía el mismo tipo de cabello rubio y ojos azules que su padre y cualquiera que no conociera la historia de la familia podría haber asumido que realmente era hijo suyo y no un niño abandonado más que había sido adoptado. Había tenido suerte en ese sentido.

—Tiene que ver con la madre de Caroline —dijo Alan, con la mirada perdida en algún lugar lejano—. Yo tenía la edad suficiente para recordarla y quería averiguar algo más sobre ella. Pero no me atreví a decírselo a Caroline. No quería darle falsas esperanzas. Pero ella vio que yo ocultaba algo y eso la molestó.

—¿Y has averiguado algo?

—He descubierto que Caroline tiene un tío, el profesor Matsudaira, de la Escuela de Estudios Orientales, del mismo modo que tú tienes al comandante Buchanan. Enhorabuena a los dos. Ayer hablé con él, con el tío de Caroline, y conseguí sus huellas dactilares de una fotografía. Le llevaré la foto a Mowbray esta tarde para que pueda compararlas con las huellas dactilares que encontraron en el estudio de padre. No sé qué le voy a decir a Caroline si finalmente coinciden.

Al fin y al cabo, no había resultado necesario convencer a Alan para que investigara: ya lo estaba haciendo por su cuenta.

—Entonces, ¿crees que él mató a padre?

—Casi se derrumba cuando le mostré la foto de Caroline –le respondió Alan–. Creo que nunca quiso dejarla, pero padre insistió. Debía odiar a padre por eso, aunque no le culpara de la muerte de su hermana.

—Pero ¿por qué esperar hasta ahora para hacer algo al respecto?

—Algo relacionado con el testamento de padre, supongo. –Alan se encogió de hombros–. El hecho de que lo quemaran apunta más bien a que podría haber sido la gota que colmó el vaso.

Roger no sabía muy bien cómo sentirse.

Por un lado, eso exoneraría al comandante Buchanan; por otro lado… ¡pobre Caroline! Y no estaba convencido de que el profesor Matsudaira hubiera perdido los estribos debido al testamento de su padre.

—¿Cómo se habría enterado? ¿Se lo contaría padre?

—Quizá fue Oglander –dijo Alan con sarcasmo, pero luego se detuvo a considerar seriamente la idea–. ¿Y por qué no? Oglander sr. y Matsudaira se conocían por todos los trámites legales relacionados con la muerte de la tía Sue y la adopción de Caroline. O tal vez descubramos que, después de todo, esto no haya tenido nada que ver con el testamento de padre.

—La gente no decide de repente cometer un asesinato –comentó Roger, frunciendo el ceño con tal intensidad que una institutriz de aspecto agobiado, al alzar la vista y cruzarse con su mirada, se apresuró a llevar a sus pupilos al otro extremo de la sala–. Especialmente después de años de no hacer más que lamentarse en silencio; al final, se acostumbran a no hacer nada al respecto. Y no parece más probable que Oglander le haya contado a alguien sobre el testamento de padre que el propio padre. A los abogados como él se les paga para ser discretos.

Un destello de color en la entrada de la sala de exposiciones le llamó la atención. Era Iris, resplandeciente en turquesa y oro, lo que hizo que el turquesa y el oro de los viejos artefactos de la exposición de Alan parecieran tornarse grises y beis a su paso. Roger le hizo un gesto con la mano y ella se acercó.

–Me he tomado la libertad de pasarme por el club –dijo–. Hemos estado allí juntos tantas veces que ya me conocen. No estoy muy segura de si eso es bueno, pero al menos significa que me tienen la suficiente confianza como para darme esto. Es un telegrama del capitán Amberley.

Ella le mostró el trozo de papel doblado y Roger lo tomó con impaciencia.

–Debe tratarse del lugar donde se supone que Buchanan se ha instalado –le dijo a Alan–. Olvida lo que te he dicho sobre el testamento de padre: estoy seguro de que tu hombre es el que buscamos y que Buchanan no tiene nada que ver con todo esto.

Abrió el telegrama, lo leyó una vez, frunció el ceño y lo volvió a leer.

Conocía muy bien la dirección que Amberley le había proporcionado. Pertenecía a las oficinas en Pickering de Oglander & Marsh, abogados.

Caroline

La última vez que Caroline tuvo que localizar a alguien, se trataba del superviviente de un incendio en una fábrica parisina, cuya desaparición indicaba que algo desagradable estaba ocurriendo entre bastidores. Confiando en que aún estuviera vivo –en lugar de muerto, en el fondo del Sena, con un bloque de hormigón atado a los tobillos–, Caroline tuvo que llamar por teléfono a todos los hospitales para averiguar si habían ingresado recientemente alguna víctima de quemaduras. Al enterarse de que su hombre era profundamente religioso, se puso en contacto con todas las iglesias de París para pedir información sobre nuevos feligreses. Y luego tuvo que ir llamando a puertas... Todo el proceso fue una experiencia tediosa y muy poco gratificante que esperaba no tener que repetir nunca más. Informar sobre acontecimientos a medida que sucedían, como la guerra, era más fácil: bastaba con estar allí cuando caían las bombas.

Se había pasado una buena media hora mirando fijamente el teléfono de su padre antes de atreverse a utilizarlo.

A través de la puerta cerrada del estudio oyó el rugido del coche de Roger saliendo del patio, supuso que de regreso a Londres. Fuera, por la ventana tras de sí, el cielo vespertino se encendía con un atardecer escarlata. Pronto estaría demasiado oscuro para leer. Encendió la lámpara del escritorio de su padre y esta dibujó un círculo de luz amarilla alrededor de la mesa. El resto de la habitación, incluida la mancha oscura en el suelo donde su padre había sangrado hasta morir, comenzó a desvanecerse en la penumbra.

Quizá su padre estuviera muerto, pero ella aún podía sentirle perdiendo la paciencia. Se lo imaginó mirándola con ira desde fuera del círculo de luz, gruñendo: «Vamos, ¿a qué esperas? Coge el condenado teléfono y hazlo de una vez».

Caroline respiró hondo. Se acercó el teléfono y comprobó el primer nombre que figuraba en su bloc de notas: un convento en York. Había anotado todos los conventos que aparecían en el mapa y que se encontraban a una distancia razonable. Fuera quien fuera la mujer del mausoleo, Caroline estaba segura de que al menos en uno de ellos debían conocerla.

Sonó varias veces antes de que alguien contestara al otro lado, y una voz tan rígida como el lino almidonado dijo:

—Convento de Santa Mónica.

—Buenas tardes. Mi nombre es Caroline Wood y represento al bufete de abogados Oglander & Marsh. Estamos buscando a la propietaria de un rosario de quince decenas que, según tengo entendido, llevan principalmente las personas consagradas a la vida religiosa. —Caroline había usado la expresión «las personas consagradas a la vida religiosa» intentando denotar simpatía por la Iglesia católica, lo cual podría ayudarla a ganarse la confianza de una persona religiosa, o eso esperaba Caroline—. Fue encontrado en el lugar de un accidente. Creemos que su dueña podría ser una testigo material de lo ocurrido y podría resolver la disputa legal resultante antes de que acabe en los tribunales.

Hubo un momento de silencio mientras la monja al otro lado de la línea asimilaba la historia de Caroline. Finalmente, dijo:

—¡Un accidente! ¿Qué tipo de accidente?

—Me temo que no puedo revelarlo —respondió Caroline, con el tono más afligido que pudo, dadas las circunstancias—. Todas las partes implicadas exigen absoluta discreción. —Aquí añadió un toque de amargura, como queriendo decir: «Si se siente molesta por esta llamada, créame, estamos en el mismo barco»—. ¿Hay alguien en la congregación a quien le hubieran otorgado permiso para viajar hoy a los alrededores de Pickering, quizá para asistir a un funeral? ¿O conoce a alguna otra persona que pudiera haber perdido un rosario como el que le he descrito?

–Me temo que no, Miss Wood. –Parte de aquella rigidez pragmática había dado paso a la simpatía por la secretaria mal pagada y con exceso de trabajo que Caroline fingía ser–. Puedo afirmar con total seguridad que nadie de aquí ha estado el día de hoy cerca de Pickering. Y en cuanto al rosario, no puedo ayudarla. Fuera de nuestras cuatro paredes, no conozco a nadie que use un rosario de quince decenas.

Caroline le dio las gracias a la monja educadamente, colgó el teléfono y anotó una marca en su cuaderno junto al nombre del convento. A continuación, volvió a coger el teléfono para llamar al siguiente número de la lista.

En todos obtuvo la misma respuesta.

A ninguna monja se le había permitido salir de los muros del convento. En todos ellos se observaba una estricta disciplina. Cualquier monja que se hubiera ausentado sin permiso habría sido echada en falta. Caroline se imaginó un montón de mujeres vestidas con hábitos negros idénticos, marchando al ritmo de las normas y rutinas establecidas hacía generaciones, sin desviarse ni un ápice. Cualquier tipo de esperanza o sueño, talento o idea propia, podía quedar atrapado bajo esos hábitos y perderse para siempre, e incluso así, durante siglos, hay quien consideró que esta era una vida que ofrecía más libertad y posibilidades de realización que el propio matrimonio.

«Yo te libré de esto».

Caroline levantó la vista bruscamente. ¿Había alguien apostado entre las sombras, detrás de la estantería donde había muerto su padre? No, no era más que el frío aire nocturno, que se colaba por la ventana abierta y le acariciaba la piel, despertando lúgubres fantasías. Había caído la oscuridad mientras estaba absorta en sus llamadas telefónicas y, más allá de la luz de la lámpara del escritorio de su padre, las sombras se habían vuelto negras. Caroline volvió a mirar su bloc de notas. Este era el último convento de su lista: Santa Úrsula, en Sheffield. Ya habían descartado el tema de la monja descarriada y estaban comentando lo del rosario.

–No llevamos un registro de esas cosas –resonó la voz grave al otro lado de la línea.

Caroline se imaginó a una madre superiora severa, con garras de hierro e, inexplicablemente, el rostro de su padre, con el desprecio escrito en los pliegues de la piel, bajo unas cejas pobladas que se unían sobre una nariz aguileña.

–Ofrecemos un rosario a todo aquel que lo solicita e, incluso a veces, a quien no. En cuanto a los rosarios de quince decenas en particular, un par de nuestros profesores laicos más devotos tienen uno, pero son profesores laicos, el equivalente a lo que en el ejército llaman «civiles». No es asunto nuestro lo que hacen con sus vidas fuera de nuestras paredes y, por si no se ha dado cuenta, estamos en plena Semana Santa.

Caroline le dio las gracias a la monja educadamente, colgó el teléfono, hizo una marca en su cuaderno junto al nombre del convento y se recostó en su silla para reflexionar sobre las llamadas. La monja de Santa Úrsula no había sido la primera en sugerirle que prestara atención a los laicos vinculados a los conventos. Eso significaría más trabajo de campo: visitar a cada uno de ellos en persona. Caroline se frotó los ojos, suspiró y miró con más atención el lugar donde había muerto su padre.

Donde su padre había sido golpeado hasta morir.

A pesar de la oscuridad, aún podía distinguir la mancha más oscura que delataba donde había ocurrido, lo que provocó que el pecho se le encogiera por la compasión. Era muy consciente de la presencia de su padre, como el fantasma de Banquo en *Macbeth*, cerniéndose como una acusación de culpa y un presagio de lo inevitable. La había estado observando todo ese tiempo. Hacía un minuto, cuando imaginó a alguien de pie junto a la estantería, se trataba de él.

«Basta ya», se reprendió con severidad. Los fantasmas no existen. Su propio padre le había quitado todas esas ideas de la cabeza cuando tenía ocho años y la pilló jugando a ser el fantasma de la tía abuela Lydia.

Aun así, se levantó del escritorio y se dirigió hacia las sombras frente a la oscura masa de la estantería a fin de asegurarse de que no había nada allí.

Y, por supuesto, no lo había.

Caroline se tragó el nudo que tenía en la garganta, volvió al escritorio y descolgó de nuevo el teléfono. Si tenía la intención de seguir investigando más a fondo para localizar a esa mujer, tendría que hacer una llamada más, esta vez a un viejo amigo del que, esperaba, su padre no supiera nada: David Fitzgerald Thompson, el director de escena del Malton Repertory Theatre.

El Malton Repertory Theatre era el más preciado secreto de Caroline. Era el centro teatral profesional –o, al menos, semiprofesional– más cercano a Linwood Hollow, que cada Navidad ofrecía un deslucido espectáculo de pantomima con el que se financiaba el ciclo de obras dramáticas, algo menos aclamadas, que se representaban durante el resto del año. En realidad eran bastante buenos, a pesar de estar constantemente al borde de la bancarrota, y Caroline aún recordaba la emoción que sintió esa primera vez que, ya con edad suficiente para ir y venir sin un tutor que la vigilara, entró en uno de los oscuros palcos y se enamoró perdidamente de Shakespeare.

A padre no le interesaba el teatro, salvo como medio para enseñar retórica. Caroline le ocultó siempre celosamente su amor por el escenario a Sir Lawrence o a cualquiera que pudiera llegar a delatarla, y el instinto de mantenerlo en secreto persistía.

Al fin y al cabo, no era tan malo que Alan quisiera guardar sus secretos, pensó Caroline al bajar del tren en Malton. Había sido un movimiento arriesgado contarle su plan de encontrar a la mujer del mausoleo, pero, pensándolo bien, no creía que estuviera realmente preparada para decirle cómo pensaba hacerlo.

En lo alto, el cielo despejado brillaba con un azul intenso y el sol calentaba la piel con una fuerza inusual para esa época del año. El murmullo de los transeúntes la envolvió mientras cruzaba el puente sobre el Derwent en dirección a la ciudad. La negativa de Alan a compartir sus secretos con ella le había resultado una liberación, y el frío y la penumbra del despacho de su padre el día anterior se habían sentido como una prisión olvidada hacía mucho tiempo. Malton siempre había sido para ellos como una recompensa. Su padre tenía negocios allí, por lo que debía acudir una vez al mes, y siempre se hacía acompañar por el hijo que él consideraba que más se había esforzado durante ese mes.

Sintiéndose más ligera que cuando se subió al tren, Caroline siguió hasta dar la vuelta a Market Place, alrededor de la iglesia de Saint Michael.

El Malton Repertory ocupaba un edificio de ladrillo en ruinas y apenas había cambiado desde su última visita. La pintura seguía descascarillándose por todas partes y la mayoría de las ventanas estaban cubiertas de suciedad. La única excepción era una gran ventana junto a la puerta, cubierta con un cartel que anunciaba una próxima representación de *Ruddigore*, en el que se veía una imagen sorprendentemente realista de sir Ruthven Murgatroyd huyendo de los fantasmas de sus antepasados. No daba la sensación de que el Malton Repertory tuviera la menor intención de volver a Shakespeare, aunque el público ya no necesitara a Gilbert y Sullivan para distraerse de la guerra.

Caroline se abrió paso por el estrecho callejón hasta la parte trasera del edificio, donde un viejo y destartalado cobertizo albergaba todos los despojos de las representaciones pasadas y futuras. Pudo oír a Davey silbando alegremente, y allí estaba él, tan fibroso, moreno y curtido como siempre, con manchas de pintura en los pantalones de pana y su pañuelo rojo al del cuello. Estaba concentrado pintando lo que parecía un retrato a tamaño real de un hombre vestido con traje Tudor –un atrezo del segundo acto de *Ruddigore*– y no se fijó en ella hasta que ella lo llamó.

–¡Davey!

Davey levantó la vista de la pintura y esbozó una amplia sonrisa, dejando al descubierto su dentadura.

—¡Caroline! –Dejó rápidamente a un lado sus pinturas y se acercó a ella para saludarla. Su sonrisa se ensombreció al hacerlo–. Me entristeció mucho leer sobre el fallecimiento de tu padre. No estaba seguro de si debía acudir a presentar mis respetos, ya que nunca llegué a conocerlo, pero esperaba que te pasaras por aquí antes de tu retorno a París y al *Globe Parisien*. Casi me siento un poco celoso, ¿qué tiene Molière que no tenga Shakespeare, me gustaría saber?

—Luces brillantes y *joie de vivre* –respondió Caroline, apartando algunos de los utensilios de teatro de un banco de trabajo cercano para poder sentarse en él–. Lo cual, según recuerdo, son cosas que te encantan. Siempre me he preguntado por qué no has acabado por ir tú también. Aquí estás desperdiciando tu talento.

—¡Ah! –Davey le guiñó un ojo y le hizo un gesto con el dedo–. Ya te lo he dicho muchas veces, Caroline. Yo ya he completado mi cupo de champán, prefiero quedarme con una buena pinta de Old Peculier.

—Mi padre se escandalizaría.

—Tu nombre sigue grabado en el respaldo de una silla de la Cámara de los Comunes, ¿verdad?

—En una placa de latón, nada menos. –Caroline pensó en la carta de su padre, ahora en manos de Oglander jr.–. Me dejó toda la herencia con la esperanza de que me aportara algún beneficio político, pero…

—Recibe mi enhorabuena. ¿O mejor mis condolencias? Ánimo, Caroline. Tómalo como un regalo y siéntete libre de disponer de él a tu antojo.

La antigua vida de Davey como prestigioso retratista de la alta sociedad –trajes de Savile Row, comidas exquisitas y clientes aún más exquisitos– era, según todos los criterios excepto el suyo propio, un mejor uso de su talento. Pero, como solía decir Davey, bastaba con ver las sonrisas en los rostros del público de la pantomima para saber que esa vida en el anonimato era su verdadera vocación.

Caroline no lo entendió hasta un día durante la guerra, cuando fue a entrevistar a un soldado, un tal Harding, que había acabado él solo con un grupo de turcos y, como recompensa, iba a ser recomendado para recibir una medalla y un ascenso. Lo encontró, no celebrando con sus compañeros, sino completamente solo en un extremo de la sala del hospital, mirando fijamente a los heridos que yacían en filas.

—Yo no estoy hecho para esto —le había dicho.

Al día siguiente, decidió meterse una bala en la cabeza. Y los heridos siguieron yendo y viniendo, algunos de vuelta al campo de batalla, otros a de vuelta a la tierra. El oficial al mando del soldado Harding habló con sincero pesar de su destreza como combatiente, del ejemplo que había dado como soldado y de cómo el ejército nunca habría dado con alguien como él de no ser gracias al servicio militar obligatorio. ¡El servicio militar obligatorio! ¡Ni siquiera había ido a luchar por su propia voluntad! La vida, se dio cuenta Caroline entonces, era demasiado corta para malgastarla en los sueños de otra persona.

El fantasma del soldado Harding se desvaneció y en su lugar apareció Davey, rebuscando entre los accesorios del trastero del teatro, la mitad de los cuales había donado él mismo. Un pincel colocado descuidadamente detrás de una oreja goteaba rojo burdeos sobre el cabello blanco como la nieve de su sien. Recordó lo que él le había dicho una vez: que había invertido en hacer lo que le gustaba y se había construido un presente que le hacía feliz. Davey sabía exactamente para qué estaba hecho.

«Yo te salvé de esto».

Esta vez, Caroline frunció el ceño y apartó ese pensamiento. Su padre no tenía poder sobre ella allí, no mientras el cielo fuera azul y el sol brillara. Era una mujer libre. Se aclaró la garganta y dijo:

—Tengo que pedirte algo, Davey. Necesito un retrato de una mujer que vi ayer en el funeral de mi padre. Nada elaborado: un boceto rápido a lápiz bastaría, siempre y cuando se le parezca. Pero puede que resulte algo complicado: verás, no dispondrás de un modelo real. Solo contarás con mi descripción. ¿Crees que podrás hacerlo?

La sonrisa de Davey se hizo aún más amplia que cuando la vio llegar, y volvió a convertirse en el famoso pintor de la alta sociedad que había sido en su juventud.

—*Milady* —articuló con una voz aterciopelada como el licor de ciruelas—, ¿acaso me toma por un aficionado? ¿A mí, que he pintado duquesas rodeadas de los chuchos más pestilentes que se pueda imaginar? ¡Bah! Me rio de su desafío.

Caroline

–Sí –dijo la hermana Richard, mirando de cerca el retrato de Davey–. Es Sarah Whistler. Enseña matemáticas a nuestras alumnas de cuarto, quinto y sexto curso. Dios mío, ha recorrido un largo camino para encontrarla, ¿no? Sea lo que sea este asunto, debe ser algo importante.

Caroline no tuvo que fingir un suspiro: su alivio era real. Santa Úrsula era el último convento de su lista y si aquí nadie reconocía el retrato, tendría que retomar la búsqueda en los conventos que no habían mencionado la posibilidad de que una laica llevara un rosario de quince decenas. En la mente de Caroline, los conventos habían empezado a confundirse los unos con los otros. Hospitales, claustros contemplativos, escuelas… Caroline no podía entender por qué una mujer desearía recluirse de esa manera. Seguro que había maneras más provechosas de ocupar el tiempo. Pero una placa sobre el escritorio de la hermana Richard proclamaba: «Que brille tu luz delante de los hombres, para que vean tus buenas obras y glorifiquen al Padre que está en los cielos».

Tal vez, desde su punto de vista, no se estaban escondiendo en absoluto.

El Santa Úrsula era un internado para chicas, lo que a Caroline le resultaba más fácil de entender. Al menos seguían en contacto con el mundo exterior, aunque a Caroline aquel recinto amurallado le pareciera una prisión autoimpuesta. La hermana Richard era la carcelera… la directora. Por teléfono, su voz de órgano de iglesia había impresionado a Caroline por su grandiosidad sonora cuando habían hablado dos días antes, pero en persona era una mujer menuda y regordeta, con cara de querubín de mejillas sonrosadas. Reconoció simpatía en su mirada –Caroline seguía interpretando el papel de la secretaria mal pagada a la que se le había encomendado más trabajo del que le correspondía–, pero sería prudente no bajar la guardia ni exagerar. Caroline tuvo que recordarse que se trataba de una mujer que lidiaba a diario con colegialas en sus años rebeldes, alguien que, aunque pudiera parecer ajena a la maldad del mundo exterior, probablemente tenía un olfato astuto y sensible para detectar la mentira.

–Hablé de su pequeña investigación a los profesores que aún quedaban por aquí, entre ellos Miss Whistler –continuó la hermana Richard, sin perder su expresión angelical e inocente–. Ella no sabía nada de ningún accidente que pudiera haber presenciado, y todos coincidimos en que la persona que estaba usted buscando debía de encontrarse en otro lugar.

–Las personas no siempre son conscientes de lo que saben –dijo Caroline, con un suspiro resignado. «Las historias que podría contarle», insinuaba su suspiro, «si tan solo tuviera fuerzas para ello».

La hermana Richard asintió con la cabeza.

–Creo que sé a qué se refiere.

Hizo una pausa para estudiar a Caroline un momento más, y finalmente dijo:

–Bueno, Miss Wood…

–Linwood. Caroline Linwood.

Caroline sabía a la perfección que no debía dar el apellido Linwood a alguien que pudiese revelárselo a la persona que buscaba, pero consideraba que era el momento de decir adiós a «Miss Wood». Parecía más sensato atribuirlo a un malentendido involuntario que arriesgarse a quedar como una mentirosa si más adelante se descubría la verdad.

–Lo siento. Tal vez no lo pronuncié debidamente cuando me presenté antes. Ha sido un día muy largo.

–Cuando hablamos por teléfono…

–Ese fue un día aún más largo.

La hermana Richard asintió con la cabeza.

—Bueno, Miss Linwood, encontrará a Miss Whistler en sus dependencias. La mayoría de nuestros profesores laicos se van a casa con sus familias durante las vacaciones, pero la familia de Miss Whistler es la escuela. Permítame que la acompañe para hacer las presentaciones.

Caroline le dedicó una sonrisa cansada.

—Gracias. Me alegro de que mi búsqueda haya terminado.

—Por supuesto. —La hermana Richard abrió la puerta de la oficina e hizo un gesto a Caroline para que la siguiera—. Esto no le va a causar ningún problema a Miss Whistler, ¿verdad? Lleva casi treinta años en el Santa Úrsula, incluso más que yo, y es prácticamente una institución aquí.

—Suena como una buena candidata para haber tomado los hábitos —no pudo evitar comentar Caroline.

—Yo también lo he pensado en ocasiones. Pero solo ella sabe dentro de su corazón si está destinada a la vida religiosa, y yo no soy quién para decirle cómo debe emplear sus virtudes.

Caroline estaba demasiado harta y cansada de visitar conventos como para prestar mucha atención al de Santa Úrsula cuando llegó, pero el alivio de encontrarse al final de su búsqueda le había permitido fijarse más detenidamente. El convento, según pudo observar, estaba formado en realidad por dos estructuras diferentes unidas a ambos lados por una capilla central. Tanto la capilla como el claustro donde vivían las monjas, y donde la hermana Richard tenía su oficina, eran de piedra caliza de estilo gótico. Alan probablemente podría precisar el siglo exacto, si no la década, en que se construyeron. Sin embargo, la escuela era de ladrillo rojo georgiano y rodeaba un patio cuadrangular cubierto de hierba, en el que un anciano jardinero estaba cortando el césped. Fue a este último edificio al que la hermana Richard condujo a Caroline, atravesando silenciosos pasillos encalados que resonaban vacíos en ausencia de las alumnas que poblaban el lugar durante el curso escolar. Caroline podía oler el desinfectante, el jabón carbólico y la pintura fresca, dando a entender que la zona escolar del Santa Úrsula se preparaba para una nueva invasión de vida en cuanto terminara la Semana Santa.

La hermana Richard la acompañó hasta el tercer piso, en el lado sur del edificio, y llamó a la primera de una fila de puertas de madera sin distintivos. Detrás de ellas, la ventana del pasillo daba a los tejados de los edificios de enfrente y a una masa de nubes negras. Caroline apenas había sido consciente de la tormenta que se avecinaba mientras iba de un convento a otro esa mañana. Dudaba de que la tormenta llegara a Yorkshire, pero su negra presencia en el horizonte parecía presentarse como una amenaza latente.

El aire permanecía anormalmente quieto.

–Miss Whistler –dijo la hermana Richard al abrirse la puerta–, le presento Miss Caroline Linwood. Le gustaría hablar con usted.

–¿Linwood?

La mujer de la puerta le lanzó una mirada hostil a Caroline. Ya no vestía de negro, sino una sencilla blusa blanca y una falda larga gris de corte conservador, y parecía más mayor de lo que le había parecido a Caroline en un primer momento. Incluso sin el retrato de Davey y sin el recuerdo de Caroline, la reacción de Miss Whistler al oír el apellido Linwood fue confirmación suficiente de que se trataba de la misma mujer que había acudido al funeral solo para escupir sobre la tumba de su padre; y, por supuesto, aquellos ojos eran inconfundibles, tan azules que Caroline habría creído que solo podían existir en la imaginación de un artista.

–Gracias, hermana Richard –se apresuró Caroline, antes de que Miss Whistler pudiera formular ninguna acusación–. ¿Puedo pasar, Miss Whistler?

La hermana Richard sonrió radiante. Si había notado la incomodidad de Miss Whistler –y Caroline estaba segura de que así había sido– no hizo ninguna mención directa al respecto. Lo único que dijo, mirando directamente a Miss Whistler, fue:

–Avíseme si necesita algo.

Y luego se retiró, con el sonido de sus pasos amortiguado bajo los pliegues de su hábito.

Miss Whistler se hizo a un lado y le indicó a Caroline que entrara. Su rostro reflejaba confusión y sospecha. Caroline sintió cómo su alivio se transformaba en triunfo al cruzar el umbral. Era igual que al localizar al superviviente del incendio de la fábrica o había conseguido una entrevista con el desafortunado soldado Harding: había cruzado la línea de meta y había conseguido el premio y, por un breve instante, lo que debía hacer a continuación dejó de tener importancia. Se despojó de su papel de «secretaria mal pagada y con exceso de trabajo» y, con él, de las oscuras nubes del horizonte meridional: la vista desde la ventana de Miss Whistler solo mostraba el azul profundo y crepuscular propios de un día que se deslizaba hacia una tranquila tarde.

El clic de la puerta al cerrarse detrás de ella la devolvió a la realidad.

La habitación era decididamente pequeña en comparación con las generosas proporciones de Linwood Hall, y Caroline, que aún pensaba en el convento como una prisión, recordó que ese había sido el mundo de Miss Whistler durante los últimos treinta años. Sin embargo, para ser una celda, no resultaba incómoda. Caroline podía distinguir los pequeños toques de personalidad que Miss Whistler había incorporado con el paso del tiempo y ahora formaban parte de ella. Sobre la repisa de una pequeña chimenea situada en una esquina había fotos de viejos amigos y compañeros de trabajo, junto con algunos recuerdos de la historia de la escuela. El papel pintado descolorido estaba salpicado de fotos de Miss Whistler junto al equipo femenino de *hockey*. En cada foto aparecían chicas distintas, pero Miss Whistler siempre las acompañaba. Supuso que el álbum de recortes con encuadernación de cuero sobre la mesa de té desgastada, debajo de la ventana, contendría más de lo mismo. Miss Whistler, pensó Caroline, era una mujer que vivía de los recuerdos. Tal vez era lo único que tenía.

—Es usted la «Miss Wood» que llamó por un rosario perdido, ¿verdad? –preguntó Miss Whistler mientras se sentaba a la mesita del té.

Su voz tenía el rastro de la cadencia monótona de las vastas llanuras norteamericanas, lo que revelaba su origen, que sorprendió a Caroline.

—Lo imaginé cuando la hermana Richard me habló de su llamada, aunque no podía estar segura. Y no podía pedirle que mintiera por mí sin contarle más de lo que quería que ella supiera.

Caroline asintió y se sentó frente a ella.

—Se ha tomado muchas molestias solo para devolver un rosario –continuó Miss Whistler–. Pero no se trata de eso, ¿verdad?

—Vi cómo escupía sobre la tumba de mi padre. Su cripta, digo.

Las cejas de Miss Whistler se arquearon y la curiosidad borró cualquier atisbo de recelo.

—¿Su padre? ¿Sir Lawrence Linwood era su padre?

—Ya le he dicho que mi nombre es Linwood.

El recelo de Miss Whistler no volvió a aparecer. Continuó escrutando a Caroline, como si buscara algo.

—Pensé que tal vez era usted una prima lejana –dijo ella–. No tiene aspecto de ser una Linwood.

—Fui adoptada.

Miss Whistler asintió lentamente y apartó la mirada. La ventana junto a ella daba al patio de la escuela, donde el jardinero seguía trabajando, y el aroma del césped recién cortado les llegaba como una promesa de verano.

—De acuerdo –dijo Miss Whistler–. Me vio comportándome de un modo muy feo en el funeral de su padre. Fui porque lo odiaba y quería asegurarme de que realmente estaba muerto, y no hubiera actuado así si ese horrible hombrecillo no se hubiera levantado delante de todos para cantar sus alabanzas. Me puso enferma. ¿Era eso todo lo que quería?

Había notado un sutil énfasis cuando pronunció «su padre», como si Miss Whistler estuviera saboreando la frase, sin acabar de creer que fuera cierta. Todo el mundo en Linwood Hollow conocía, por supuesto, la historia de la familia, pero fuera del valle, Caroline había tenido que lidiar con aquella curiosidad más a menudo de lo que le hubiera gustado. Sabía que era solo porque no parecía inglesa; Alan nunca había tenido ese problema. Y, sin embargo… ¿era solo su imaginación, o acaso había algo en el comportamiento de Miss Whistler que sugería algo más, algo que no podía satisfacerse con la simple explicación de que era una niña adoptada?

–Ya daba por hecho que odiaba a mi padre –dijo Caroline–. Pero ¿por qué?

–Me hizo mucho daño, una vez.

–¿Cómo?

–Eso no es algo que le concierna.

–Es mi padre.

–Y espera poder redimir sus pecados, ¿no es así? –La boca de Miss Whistler se torció en una sonrisa irónica y amarga. –No hay nada que usted pueda hacer para devolverme los últimos treinta años y convertirme de nuevo en una niña. –Hizo un gesto con la mano para indicar la pequeña y destartalada habitación–. Todo esto es obra de Sir Lawrence. ¿Lo entiende? Él me metió aquí. Fue él quien hizo de esto mi vida.

Caroline vio su propia vida desplegándose ante ella, siguiendo las pautas dictadas por su padre, y tuvo que parpadear para apartar esa imagen de su mente. Parecía escuchar, una vez más, el susurro de su padre: «Yo te salvé de esto», mientras su propia mente respondía gritando: «¿Por qué? ¿Por qué yo?».

¿Por qué se había entrometido su padre en la vida de Miss Whistler?

¿Y cómo?

Al mirar a su alrededor y ver la vida que Miss Whistler se había construido, Caroline volvió a fijarse en las fotografías, los recuerdos y los cuadros con los que la mujer había decorado su pequeño nido. Puede que esta no fuera la vida con la que Miss

Whistler había soñado en su juventud, pero alguien que odiaba tanto su vida como ella ahora insinuaba no se habría esforzado de esa forma por inmortalizarla. No estaba atada aquí por ningún voto de obediencia, al igual que Davey no estaba atado a una vida humilde pintando decorados para el Malton Repertory. Fuera cual fuera el destino que creía que le estaba reservado, no quedaba muy lejos del papel que desempeñaba ahora.

—Hay algo más, ¿verdad? —dijo Caroline, volviéndose hacia ella—. Esa no es la única razón, ni siquiera la principal, por la que se siente así respecto a mi padre. ¿Cómo puede ser todo esto culpa suya?

—Es todo lo que estoy dispuesta a contarle —dijo Miss Whistler, poniéndose de pie.

—¿Prefiere contárselo a la policía, entonces? Mi padre fue asesinado…

—Lo sé muy bien —le soltó Miss Whistler—. ¿Acaso cree que no leo los periódicos? Vaya y hable con la policía, si lo desea. Si piensan que soy sospechosa, vendrán a hablar conmigo ellos mismos. Entonces se lo contaré a ellos, no antes.

—Una institución respetable como un colegio religioso no querría que una de sus profesoras se viera envuelta en una investigación por asesinato.

—No me importa.

Miss Whistler se había puesto muy pálida y Caroline sospechaba que su propio rostro debía tener el mismo aspecto. Se fulminaron con la mirada a través de la mesa. Entonces Miss Whistler se giró y se dirigió hacia la puerta. Antes de que pudiera abrirla, Caroline dijo:

—Si no me lo va a decir, Miss Whistler, entonces tendré que averiguarlo por otros medios. ¿De verdad cree que no seré capaz de hacerlo? La encontré en dos días con nada más que un rosario y el boceto de un artista. De una forma u otra, Miss Whistler, descubriré lo que pasó entre usted y mi padre. Y puede tener la certeza de que cuando lo haga, seré de todo menos discreta.

—Márchese.

—Mi padre no se merecía esto.

La cara de Miss Whistler se tiñó de rojo y apretó con fuerza el pomo de la puerta.

—¿No se lo merecía? ¿No se lo merecía? —La monotonía de su voz se convirtió en un áspero murmullo, como el maíz marchito por la sequía—. Me quitó a nuestro hijo. Me echó encima a sus abogados y me prohibió que volviera a saber nada del fruto de mi vientre. ¿Está satisfecha? Ahora, váyase. Fuera.

Acto seguido, abrió la puerta de un tirón. Ni siquiera le pidió el rosario, que había sido el motivo oficial de la visita, y cerró la puerta de un portazo casi antes de que Caroline hubiera cruzado el umbral.

Caroline apenas se dio cuenta. Su mente se había aferrado a este último fragmento de información y no era capaz de prestar atención a nada más. La historia le resultaba tan familiar que podía completar las piezas que faltaban: Miss Whistler era una madre soltera embarazada y su padre, con su habitual actitud autoritaria y poco comprensiva, la había enviado a este convento para que llevase una vida respetable sin que nadie supiera lo que había pasado. Pero ¿por qué iba a preocuparse su padre por ella?

Y entonces, Caroline se quedó paralizada.

—¿«Nuestro hijo»?

Alan

Puesto que todos regresaban de Londres a Pickering y a casa, Roger le ofreció a Alan un lugar en el asiento trasero de su automóvil y Alan lo aceptó.

El viaje en sí había resultado más tranquilo de lo que Alan esperaba, lo que Roger atribuyó alegremente a la elección de neumáticos con cámara de aire en lugar de macizos. Alan simplemente asintió con la cabeza, no era algo de lo que él entendiera demasiado, y centró su atención en otras cosas. Estaba más preocupado por las últimas novedades sobre el asesinato de su padre y lo que habían descubierto, por lo que se contentó con dejar que Iris, en el asiento del copiloto, conversara con su hermano, sin decir nada.

El coche le ahorró tener que cambiar de tren en York y otra vez en Rillington Junction, y Roger no dudó en pisar a fondo hasta alcanzar una temeraria velocidad de sesenta y cinco kilómetros por hora en los tramos más remotos de la autopista. Aun así, ya había anochecido cuando llegaron a Pickering por la carretera de Malton. En la ladera del antiguo mercado de ganado, la luz de la luna se reflejaba en la cruz de piedra que conmemora la muerte de Eduardo VII y la coronación de Jorge V –pasándole el testigo– y, más arriba, las dos ventanas redondas de la fachada de ladrillo rojo del Liberal Club les devolvían la mirada con sus ojos vacíos. La mayoría de los edificios estaban a oscuras, incluido el que albergaba el bufete Oglander & Marsh. Roger giró hacia Eastgate Road hasta la esquina de Kirkham Lane, donde la comisaría se alzaba como un sólido bloque de piedra, con la luz amarilla brillando a través de las ventanas sombreadas.

–Oglander se ha ido a casa –dijo Roger–, pero quizá tengas suerte con Mowbray. ¿Quieres que hablemos con él los dos juntos?

–Oh, no –exclamó Iris, antes de que Alan pudiera responder–. Estoy hecha un desastre, con todo el polvo del camino, y seguro que el viento me ha dejado el pelo como un nido de ratas. Roger, ¿por qué no nos tomamos unos minutos para acomodarnos, refrescarnos y tomar un té?

–Mowbray no esperará –respondió Roger, mirando a Alan con aire interrogativo–. También podemos venir mañana, en lugar de hacerlo ahora.

–No –dijo Alan.

No estaba convencido de la idea de incluir a Roger en su visita a Mowbray para entregarle las huellas dactilares del profesor Matsudaira y, si bien sabía que su reticencia era irracional, Iris había tomado la decisión por él.

–Iris y tú podéis ir a cenar tranquilamente. Esto no debería llevarme más de un minuto.

Roger se mostró indeciso: quería estar presente en cada paso de la investigación.

Alan se daba cuenta, pero Iris reclamaba su atención y, al fin y al cabo, Alan le recordó que Mowbray no podía darles los resultados de la comparación de huellas dactilares en ese mismo momento. Roger finalmente asintió, aunque algo de mala gana, y dejó salir a Alan del coche. El coche dio la vuelta, doblando la esquina hacia el antiguo mercado de ganado y continuando hasta el Black Swan. Alan los observó hasta que los perdió de vista y luego entró en la comisaría.

Mowbray efectivamente seguía allí, aunque estaba a punto de marcharse y no le hizo ninguna gracia que lo retuvieran más tiempo del que le hubiera gustado. Hizo pasar a Alan a su despacho, una pequeña habitación lúgubre con una ventana que daba directamente a la calle, y cerró la puerta tras ellos.

–Más vale que valga la pena –gruñó mientras se acomodaba detrás de su escritorio.

Alan se sentó frente a él. Una lámpara iluminaba el escritorio y las ásperas manos del inspector con un resplandor que resultaba cegador, pero dejaba a oscuras todo lo que quedaba por encima de su bigote.

Alan sacó el sobre que contenía la fotografía con las huellas dactilares del profesor Matsudaira y lo deslizó por el escritorio.

–Le he encontrado un sospechoso –le dijo, y rápidamente le explicó la relación de Matsudaira con Caroline y los paralelismos entre el asesinato de su padre y la muerte de la tía Sue–. No es posible que sea una mera coincidencia. Creo que refleja la idea de alguien de lo que es la justicia poética.

–Eso suponiendo que tiene usted razón y que este profesor japonés culpara a Sir Lawrence de la muerte de su hermana.

El inspector giró el sobre entre sus manos y luego lo dejó con cuidado sobre el escritorio. El resplandor de la lámpara de escritorio le impedía ver la expresión de sus ojos.

–O estaba resentido por haber impedido que viese a su sobrina –añadió Alan–. En cuanto al motivo, lo único que nos faltaría es saber cuál fue la gota que colmó el vaso y le llevó de odiar a padre desde la distancia a cometer el asesinato.

Alan se detuvo. Había estado pensando en ello durante todo el trayecto en el asiento trasero del coche de Roger y consideró importante mencionarlo.

–Roger ha estado buscando a otro hombre, un tal comandante Buchanan...

–Ah, sí. Me lo explicó. No me diga que me está esperando fuera para estropearme la cena.

–En absoluto. Está en el Black Swan con Miss Morgan. Solo he querido mencionar al comandante Buchanan porque parece que tiene alguna conexión con los abogados de mi padre. Cuando el comandante solicitó que le enviaran sus cosas a Yorkshire, indicó la dirección del bufete como destino. Así que si alguien podía saber el cambio que había hecho padre en su testamento, era él. Solo que... Solo que no creo que Roger siga considerándolo un sospechoso. Él cree que el comandante Buchanan es su verdadero padre.

–¿Es eso cierto?

El inspector Mowbray se inclinó hacia delante con las manos entrelazadas, de modo que el resto de su rostro quedó dentro del círculo de luz, y dijo pensativo:

–Así que ahora tenemos al tío de Caroline Linwood y al padre de Roger Linwood. No estará usted escondiendo a algún pariente perdido hace mucho tiempo, ¿verdad?

Alan negó con la cabeza. Por un momento, había contemplado la posibilidad de que la mujer que Caroline estaba buscando…, pero sin duda no era más que una fantasía. En la vida real, las cosas rara vez salían tan bien.

–Doy por hecho que Roger se pasará mañana, después de hablar con Mr. Oglander sr. –dijo, levantándose para marcharse. –Si ha averiguado algo acerca del comandante Buchanan, podrá contárselo entonces.

–Espere.

Alan volvió a sentarse.

El inspector no se movió. Siguió con la barbilla apoyada en las manos entrelazadas, observándole. A Alan le pareció que había algo calculador en su mirada.

–Su hermano Roger está cenando con Miss Morgan, ¿verdad?

–¿Sí? ¿Qué tiene eso que ver con todo esto?

–¿Qué opina de ella?

¿Qué había que opinar de ella? Lo primero que había pensado Alan fue que Iris Morgan no duraría ni cinco minutos en la selva peruana. Era cercana a Roger, pero, por lo que Alan podía apreciar, no era más que un accesorio decorativo que seguía los pasos de Roger sin aportar nada a sus esfuerzos por hacer frente a la crisis familiar actual.

–Es muy guapa –dijo.

–He estado investigando por mi cuenta; al fin y al cabo, es mi trabajo. Y quizá le interese saber que Miss Morgan nació con otro nombre. Lo cambió mediante escritura pública hace cuatro años. Antes era conocida como Iris Morgenthal.

Alan parpadeó.

—Así que se lo cambió durante la guerra para que sonara un poco menos alemán. ¿Qué hay de malo en ello? El propio rey Jorge hizo lo mismo cuando cambió el apellido de la familia real de Sajonia-Coburgo y Gotha a Windsor.

—Efectivamente, pero no fue solo Miss Morgan quien cambió de nombre, sino toda su familia inmediata. ¿Un simple acto de patriotismo en tiempos de guerra?

Una lenta sonrisa comenzó a dibujarse bajo el bigote del inspector, aunque sus ojos permanecieron fríos.

—Pero verá, todo eso ocurrió muy poco tiempo después de la condena de un tal Reuben Morgenthal por robo, un oficio que aprendió de su padre. ¿Una familia alejándose de su pasado criminal? Es una posibilidad. Reuben Morgenthal no ha recibido visitas en prisión, excepto por la de una persona, una tal Miss Iris Morgan, su sobrina favorita.

—Los lazos de sangre no significan nada —respondió Alan con el ceño fruncido, aunque por su mente pasaron múltiples instancias de su padre afirmando lo contrario—. Yo mismo podría ser descendiente de un montón de asesinos y maleantes. Nadie sabe nada de mi pasado previo a que mi padre me acogiera.

—¿Pero no es cierto que concluimos que quien matara a su padre tendría que haber tenido una copia de la llave maestra o ser un experto en abrir cerraduras para poder cerrar la puerta tras de sí? Reuben Morgenthal es un experto en abrir cerraduras. Me pregunto si transmitió ese conocimiento a la siguiente generación. Y, sabe, cuando interrogué a su hermano y comprobé que no tenía coartada para el asesinato de su padre, sin quererlo, también pude establecer que Miss Morgan tampoco tenía coartada.

Alan se levantó.

—Creo —dijo con frialdad—, que se está aferrando usted a un clavo ardiendo.

Acto seguido, salió de la habitación con toda la dignidad que pudo reunir.

Alan estaba de pie en el salón, mirando el retrato de su padre que colgaba sobre la chimenea de mármol. Le empezaba a doler la cabeza, aunque apenas eran las nueve de la mañana. Roger e Iris acababan de marcharse hacia Pickering para tratar de averiguar qué sabían los Oglander —Alan había decidido quedarse, con la excusa de que los tres apiñados en una pequeña oficina abarrotada podría resultar poco ventajoso— y madre estaba, como era habitual, recluida en su habitación. No la había vuelto a ver desde el funeral.

A todos los efectos, estaba solo, solo con su padre y el débil y persistente aroma de los lirios en descomposición.

Las antiguas ruinas selváticas que acostumbraba a encontrar nunca olían a podredumbre. La muerte era algo que habían olvidado hacía mucho tiempo, y la naturaleza salvaje que las rodeaba hacía que, en cambio, olieran a vida. Nunca podría considerar las ruinas antiguas como lugares muertos, no con todos los secretos impregnados en sus piedras milenarias, pero Linwood Hall era otra historia.

«Yo mismo podría ser descendiente de un montón de asesinos y maleantes. Nadie sabe nada de mi pasado previo a que mi padre me acogiera».

Lo había dicho impulsado por la emoción del momento, en respuesta a Mowbray. Y ahora solo podía imaginar a su padre reprendiéndole:

«¿Quién es Iris Morgan para ti, que sales en su defensa?».

—Es la prometida de Roger, o casi. Estaba defendiendo a Roger.

«Y Roger necesita que lo defiendas, ¿verdad?».

Alan sintió que la sangre le subía a las mejillas. Padre solía sermonearles, diciendo que un hombre fuerte se defiende a sí mismo, sin dar ni recibir caridad. Su padre los había criado para que fueran hombres fuertes. Incluso a Caroline; Alan consideraba a su hermana por encima de cualquiera de los hombres con los que había estado en las trincheras.

«¿Quién es Roger para ti, que sales en su defensa?».

Alan se estremeció. Había olvidado el desprecio de su padre por lo que él llamaba sentimentalismo sensiblero, aquel afecto familiar tan común que Alan había podido leer en las cartas llenas de nostalgia que pasaban por sus manos durante su época como oficial del ejército. ¿Qué eran Roger y Caroline para él? Su padre habría dicho: «¡Nada!». Pero Alan entendía perfectamente el impulso que había llevado a Iris Morgan a visitar a su tío ladrón, caído en desgracia, en la cárcel.

—Te equivocas, padre.

Y, sin embargo, Alan pensaba que sentiría algún tipo de animadversión hacia el profesor Matsudaira, el hombre que probablemente estaba detrás del asesinato de su padre. Pero no era así. No había nada más que una fría curiosidad intelectual. ¿Qué era su padre para él?

Su padre era el hombre que lo había salvado de una vida en el orfanato y lo había empujado hacia el éxito en un mundo duro e insensible. Pero los ojos pintados de su retrato eran duros y despiadados. ¿Podía Alan llamarse a sí mismo Linwood?

Como si lo hubiera guiado la mano de Dios –a su padre le habría horrorizado ese concepto–, Alan se volvió hacia el panel oculto que daba al pasadizo de los sirvientes. Lo deslizó a un lado sin apenas hacer ruido, y entró en el espacio oscuro y frío que había del otro lado. Volvió a cerrar el panel tras de sí, dejando que se lo tragara por completo.

El pasillo de los sirvientes atravesaba toda la casa como los vasos sanguíneos el cuerpo humano. Estar en ese pasaje era como estar en el corazón de la casa y, por lo tanto, formar parte de ella.

Los pasos de Alan se dirigieron automáticamente hacia lo que le era más familiar: el camino hacia la soleada torre que algún antepasado emprendedor había separado del resto de la casa, el Camelot donde él y sus hermanos podían ser tan solo niños que jugaban, donde nada era complicado y donde él podía, aunque solo fuera en su cabeza, volver a ser un niño pequeño.

Le impulsaba un sentimiento que su padre detestaba, pero no se sintió avergonzado. Padre estaba equivocado descartándolo tan a la ligera, se repitió a sí mismo.

Allí estaba el armario de la ropa blanca. Alan recordó haberlo movido aquella mañana, cuando llegó para el funeral, a fin de acceder más fácilmente a la puerta oculta detrás. Pudo abrir la puerta tan silenciosamente como lo había hecho siempre. Tras ella quedaba la oscura escalera y, por encima, la sala cuadrada de piedra, inundada por la luz dorada del sol que entraba por cuatro amplias ventanas, con los páramos de Yorkshire extendiéndose hasta el infinito. Era un atisbo del paraíso prohibido en el austero y pragmático hogar que su padre había creado.

La explosión de luz casi dejó ciego a Alan cuando emergió de la escalera. Parpadeó, tratando de adaptar sus ojos a la penumbra, y entonces la vio: la maza de la armadura del gran salón, con el extremo cubierto de sangre seca, descansando bajo una ventana como una ofrenda sangrienta a alguna brutal deidad neolítica.

No estaba allí la última vez que subió, tratando de ver llegar a Roger y Caroline.

Alan se quedó mirándola durante lo que pudo haber sido un minuto pero que le pareció una eternidad, luego se dio la vuelta y descendió silenciosamente de nuevo a la oscuridad. No tenía la capacidad de sentir nada y no podía pensar en nada. Su corazón y su mente estaban completamente vacíos, gritando en silencio.

Roger

El bufete de abogados Oglander & Marsh estaba ubicado en un edificio de ladrillo color crema con una fachada cuadrada que daba a la zona verde triangular del viejo mercado de ganado, donde una cruz de piedra conmemoraba la coronación de Jorge V. Roger dudaba que alguien previera mucho comercio de ganado en el futuro con ese monumento ahí en medio. Incluso aquí el mundo había cambiado, independientemente de si la gente se daba cuenta o no.

La oficina en la que se encontraban Roger e Iris era lúgubre y estrecha, con el aire viciado por haber pasado demasiados meses con la ventana cerrada para evitar que entrara el aire fresco del exterior. Alan había hecho bien en negarse a acompañarlos. Las sillas en las que estaban sentados crujían incluso con el ligero peso de Iris y el escritorio que tenían delante presentaba señales de desgaste y manchas de tinta. La única decoración de las paredes era una fotografía enmarcada en negro: un joven con uniforme militar, una versión algo más corpulenta del joven que había venido a leer el testamento de su padre antes del funeral. Roger supuso que eran hermanos.

Sentado al otro lado del escritorio estaba James Oglander sr., director de la empresa y padre de James Oglander jr. como presumiblemente del joven de la fotografía. Este Oglander era alto y delgado, con una mata de pelo blanco y fino. Su bigote blanco era una versión más desarrollada del bigote pelirrojo que lucía su hijo superviviente y la ropa le quedaba holgada, como si hubiera adelgazado en el último año. Roger lo había visto una o dos veces cuando venía a ver a su padre por negocios, pero la última vez había sido hacía al menos siete años, antes de la guerra. El pelo y el bigote de Oglander sr. eran entonces de un intenso color castaño rojizo y sus ojos brillaban con buen humor.

Oglander sr. recordaba la entrega de un gran baúl dirigido a un comandante Buchanan, y no pareció muy sorprendido por la pregunta.

—Fue un favor a vuestra madre —le dijo a Roger mientras mojaba una galleta en una taza de humeante té—. Me dijo que ese tal comandante Buchanan era un naturalista que estaba pasando una temporada explorando los páramos de Yorkshire. Tenía la intención de establecerse en Pickering o en uno de los pueblos cercanos. Pero como el hombre andaba de un lado para otro sin domicilio fijo, nos pidió que recibiéramos su baúl, y él lo recogería cuando pudiera.

—No seguirá aquí, ¿verdad?

Oglander sr. negó con la cabeza.

—El comandante Buchanan vino a buscarlo hace aproximadamente un mes. Y en buena hora, llevaba aquí todo el invierno, ocupando más espacio del que considero aceptable. Estuve a punto de presentar una queja formal a su padre: no somos la oficina de correos.

El hombre sonrió ante ese último comentario y, por un instante, Roger pudo vislumbrar al alegre abogado pelirrojo que silbaba mientras subía los escalones del estudio de su padre antes de que la guerra lo cambiara todo.

—¿Por qué hacerlo enviar aquí y no a Linwood Hall? —dijo Iris reclinándose hacia delante.

—Supongo que por comodidad, sobre todo si había decidido establecerse aquí, en Pickering. —Oglander sr. se encogió de hombros—. No soy quién para cuestionar las decisiones de Sir Lawrence.

—Pero fue madre quien se lo pidió —puntualizó Roger.

Esto, de hecho, le resultó completamente inesperado. De algún modo había olvidado que su madre también tenía un papel que desempeñar en esta crisis familiar, aunque fuera por el simple hecho de ser su madre, siempre escondiéndose tras la sombra de su padre. Pensó en preguntarle al abogado si no le había parecido extraño que la petición viniera de ella, pero ¿por qué iba a ser extraño? Su madre no existía únicamente como una mera extensión de su padre, ¿verdad?

En cambio, preguntó:

—¿Acaso sabe de qué conocía mi madre al comandante?

Una vez más, el abogado negó con la cabeza. No era asunto suyo hacer preguntas sobre los amigos de Lady Linwood, si es que el comandante Buchanan era realmente amigo suyo. Pensó que la petición procedía en realidad de Sir Lawrence y que Lady Linwood no era más que una mensajera.

—Está bien —dijo Roger, empezando a sentirse tenso por la frustración—. Así que usted se encontró con el comandante Buchanan. Ha dicho que tenía intención de instalarse en las inmediaciones de aquí. ¿Sabe dónde, exactamente?

Oglander sr. volvió a negar con la cabeza y, esta vez, Roger soltó un gruñido sordo.

—Creo que hemos llegado a un callejón sin salida —le dijo a Iris.

—Si no le importa que se lo pregunte —dijo Oglander sr., aclarándose la garganta—, ¿qué interés tiene en este comandante Buchanan? Me había dado la impresión de que se trataba de un asunto sin importancia, un pequeño favor entre amigos. ¿O se trataba, en realidad, de un asunto profesional por el que debería emitir una factura?

—No, no, lo que ocurre es que... —Roger se detuvo.

La explicación de que el comandante Buchanan podría ser su verdadero padre se le atragantó en la garganta. Le parecía algo demasiado personal como para explicárselo siquiera al hombre que se había ocupado de todos los asuntos legales de la familia desde antes de que Roger naciera, además de un insulto a su padre, que lo había acogido y criado cuando el comandante Buchanan no había podido hacerlo.

—El comandante Buchanan buscaba a una mujer nepalí, la hermana de uno de sus hombres. O eso creo.

Pero eso era al menos igual de incómodo y personal.

Iris lo miró y dijo:

—Roger pensó que la mujer podría ser su madre.

—¡Ah! Ya veo.

—Yo había asumido —dijo Roger, mirando a Iris con gratitud—, que debía de estar muerta, de lo contrario, ¿por qué si no me habría acogido mi padre? Pero si hay más detrás de esta historia, me gustaría saberlo.

A Roger se le ocurrió que Oglander & Marsh habían sido los abogados de la familia durante tanto tiempo que debían de estar al corriente de todos los detalles de su adopción, así como de las de Alan y Caroline.

—No debe haber muchas mujeres nepalíes en Yorkshire, ¿cierto?

—No. No las hay. —Oglander sr. suspiró, se recostó y entrelazó los dedos sobre su inexistente estómago—. Siempre tuve la sospecha de que algún día vendría a hacerme esta pregunta, y creo que tiene derecho a saberlo. El nombre de la mujer era Vimala Gurung. Sir Lawrence la trajo con él después de pasar unos meses en la India por algún tipo de negocio. No vivió mucho tiempo, lamento decir. Fue una sobredosis de láudano, solo unos meses después de su llegada. El forense dictaminó que fue un accidente —dijo, dirigiéndole a Roger una mirada triste y compasiva—. Los periódicos no llegaron a enterarse y nunca se mencionó en la investigación, pero sí, había tenido un hijo poco antes. Usted.

Fue como volver a escuchar la noticia de la muerte de su padre. Roger sabía que nada de eso debería representar para él ninguna diferencia. Nunca había conocido a Vimala Gurung, la mujer que supuestamente era su verdadera madre. Ella no había formado parte de su vida hasta ahora y, sin duda, tampoco formaría parte de ella en el futuro. Él ya sabía, antes de ese momento, quién probablemente era ella, aunque no supiera su nombre. Y, sin embargo, ahora, al escuchar esa confirmación…

¿Cómo habría sido crecer bajo el cuidado de su madre biológica? No del de su madre, que se escabullía al menor ruido y que nunca pronunciaba una palabra que no hubiera dicho su padre primero. Roger no tenía ni idea de cómo era la cultura nepalí –una cosa más que le habían arrebatado–, así que su mente le proporcionó imágenes de la India en su lugar.

Se imaginó a una mujer con un sari, de piel oscura y ojos aún más oscuros, revelándole los secretos de su tierra natal, cosas que sus tutores no le habían enseñado en sus lecciones. Se imaginó animadas conversaciones durante el desayuno, hablando de sus esperanzas y sueños, pícnics en los brezales y un beso en la frente mientras se abandonaba al sueño. Se imaginó una madre suya, realmente suya, y no simplemente prestada por obra y gracia de su padre.

Roger se puso en pie. No podía permanecer sentado. Oyó vagamente a Oglander sr. decirle que lo sentía y supuso que debió haber hecho un gesto con la mano para que no le importunara. No fue hasta que sintió el brazo de Iris rodeando el suyo que comenzó a sentirse él mismo de nuevo.

–Si lo prefieres, podemos marcharnos ahora y volver mañana –le dijo.

–Tonterías –respondió, con más brusquedad de la que merecía su empatía, tratando a continuación de maquillar esa brusquedad con una sonrisa despreocupada–. Es el calor, nada más. Mr. Oglander, tal vez sea una buena idea abrir esa ventana ahora que el invierno ha pasado. El calor es verdaderamente insoportable aquí dentro.

–Sí, por supuesto –respondió Oglander sr., pero no hizo ningún ademán de abrirla.

Roger se sentó de nuevo. No así Iris, quien se quedó de pie detrás de él, con las manos sobre sus hombros. Roger levantó una de las suyas para tomar la de ella. Miró a Oglander sr., quien apenas se había movido.

–Mi padre nunca quiso que lo supiera, ¿verdad?

–No mientras estuvo vivo. En cambio, ahora…, bueno, creo que depende de mi propio criterio, y puesto que me lo ha preguntado… Como ya he dicho, creo que tiene derecho a saberlo.

–Tengo que encontrar al comandante Buchanan. Creo que… –Roger dudó, pero esta vez le resultó más fácil superar sus reservas–. Creo que podría ser mi verdadero padre.

Oglander sr. soltó una carcajada.

–Imposible.

–En absoluto. Hablé con un hombre en Londres…

–Entiendo. –Fue Iris quien le interrumpió, haciendo que Roger se detuviera.

Algo en el comportamiento de Oglander sr. la había puesto en alerta y, en ese momento, Roger pudo ver qué era. Ese «imposible» no era la exclamación espontánea de alguien que se había llevado una sorpresa, sino la incredulidad de alguien que sabía sin lugar a dudas que lo que oía no era más que una tontería.

–¿Por qué cree que es imposible? –prosiguió Iris.

Oglander sr. hizo un gesto con la cabeza y se volvió hacia Roger.

–El comandante Buchanan a duras penas es mayor que usted. Al principio pensé que tal vez era unos años más joven, demasiado joven y delicado para haber alcanzado ya el rango de comandante, aunque supongo que la guerra trastocó muchas de las cosas que las personas mayores consideramos normales.

Demasiado joven y demasiado delicado… El capitán Amberley dijo que Buchanan era un luchador nato y un veterano de la Guerra contra los Bóeres.

Las alarmas se dispararon en la cabeza de Roger. Quienquiera que hubiera venido a reclamar el baúl del comandante Buchanan a Oglander sr. no había sido el propio Buchanan. Alguien había utilizado su nombre y su identidad para… ¿para qué? ¿Para convertirlo en el chivo expiatorio del asesinato de su padre?

Algo –algo que al principio había creído que no era más que la desilusión de ver cómo su objetivo se desvanecía ante él– le atravesó el alma y empezó a arder.

El hombre que lo había acogido y criado como a un hijo, sin el cual podría haber perecido en algún hospicio u orfanato dickensiano. La mujer que podría haberlo querido como una madre. El hombre que era su verdadero padre. Todo aquello que pudo haber sido, pero que le fue arrebatado.

Roger se levantó de nuevo, apartando la mano de Iris, y se quitó la chaqueta. Más allá de la ventana cerrada, detrás de Oglander sr., el sol hacía brillar la cruz de piedra en el centro del viejo mercado de ganado como un faro de luz blanca, y el césped que la rodeaba resplandecía verde bajo el cielo despejado. Roger hizo todo lo posible por no hacer añicos la ventana.

—Ese hombre —dijo—. Ese hombre que se hizo pasar por el comandante Buchanan. ¿Qué aspecto tenía? ¿Lo reconocería si lo volviera a ver?

Oglander sr. apenas reaccionó ante la actitud interrogativa de Roger y, con un gesto sereno, volvió a mojar una galleta en el té. Al fin y al cabo, debía estar acostumbrado a los cambios de humor de su padre, y su padre enfadado era peor que cualquier cosa que Roger pudiera hacer en ese momento.

—Parecía demasiado joven para ser un comandante del ejército de verdad, como ya he dicho. Diría que tenía más o menos mi altura, quizá unos centímetros menos, y debía pesar unos 64 kilos, más o menos. Era pelirrojo, con el pelo ligeramente rizado y unas patillas a la antigua usanza. Lady Linwood había dicho que era naturalista, pero recuerdo preguntarme si realmente pasaba mucho tiempo al aire libre. Según mi amplia experiencia al respecto, pues se trata de un rasgo característico de la familia Oglander, las personas pelirrojas se llenan de pecas con el sol, y él no tenía ninguna.

Esa información parecía más que suficiente para continuar con la búsqueda.

—Dijo que había conocido a Jimmy durante la guerra —añadió Oglander sr., con un tono de voz que, de repente, tiñó de tristeza su habitual profesionalidad.

Una afirmación arriesgada. Si «Jimmy» –James Oglander jr., por supuesto– hubiera estado allí ese día para refutarlo, los planes del impostor se habrían venido abajo. Pero, como es lógico, el anciano Oglander estaría más dispuesto a confiar en cualquiera que fuera amigo de su joven hijo.

Roger agarró su chaqueta y se dirigió bruscamente hacia la puerta.

–Vamos, Iris –dijo–. Vayamos a hablar con Mowbray ahora mismo.

Oglander sr. se aclaró la garganta.

–Roger –dijo levantándose–, antes de que se vaya, me pregunto si conoce cierta cláusula del testamento de su padre. Establece que si él fallece por causas no naturales…

–Quien encuentre a su asesino recibirá la herencia. Sí, claro que lo sé. –¿Acaso Oglander sr. lo tomaba por idiota?–. Ya nos lo comentó Oglander jr. cuando vino a leer el testamento en el funeral. Pero todo eso no viene al caso. Lo que importa es que se haga justicia con mi padre, no si al final hay algún tipo de recompensa.

Dicho eso, Roger salió de la oficina.

No se volvió para ver si Iris lo seguía, y ya había bajado la mitad de las escaleras cuando la oyó gritarle que volviera.

–¿Qué pasa ahora? –espetó, sintiendo cómo la irritación iba creciendo junto con el fuego de la ira que le consumía por dentro.

Iris, que seguía de pie en la puerta de la oficina de Oglander sr., se había puesto muy pálida, pero el propio Oglander sr., justo detrás de ella en el umbral, estaba tan blanco como su pelo y su bigote. Iris se volvió hacia él, y Oglander sr. dijo:

–Jimmy, mi hijo, mi único hijo, James Oglander jr., murió en la guerra.

Caroline

Tras encontrar e identificar a Miss Whistler como sospechosa, Caroline tenía motivos suficientes para acudir a Mowbray y poner toda la información sobre la mesa a fin de que él hiciera lo que considerara oportuno, pero las últimas palabras de Miss Whistler seguían resonando en su cabeza.

«Nuestro hijo», había dicho. De ella y de su padre.

Caroline no podía imaginar a su padre enviando a su propia sangre a la oscuridad de un orfanato, pero tal vez la criatura había muerto poco después de nacer, o había nacido con alguna terrible deformidad. Quizá fue esa terrible decepción lo que llevó a su padre a adoptar primero a Alan, luego a Roger y finalmente a Caroline.

¿O acaso Miss Whistler se refería a Alan?

Una aventura entre su padre, rubio y de ojos azules, y la también rubia Miss Whistler difícilmente podría haber dado lugar al extraño y exótico Roger o a los rasgos asiáticos de Caroline. Pero ¿qué impacto tendría en ellos descubrir que Alan era realmente hijo de su padre?

Caroline trató de ponerse en el lugar de Miss Whistler, imaginándose a esa mujer mayor como un personaje de una obra de teatro, un papel en el que tenía que sumergirse por completo. Estaba enfadada, eso quedaba claro en el guion. Se sentía avergonzada por su comportamiento en el funeral de Sir Lawrence. A estas alturas ya les habría contado a las monjas la artimaña de Caroline Linwood, pero se habría mostrado vaga sobre los motivos que la habían llevado a ello. Era un secreto que debía guardarse junto con el resto. ¿Se dignaría volver a hablar con Miss Linwood? ¡La hija de su enemigo! Por supuesto que no. A menos que... a menos que se pudiera abrir una brecha entre el padre y la hija.

Sí.

Para ella, sería un placer, un placer justificado, poder contribuir a la decepción de Miss Linwood y quizá también un alivio poder dar rienda suelta a su ira.

Caroline se quedó en Sheffield. Esperó hasta el día siguiente y envió un telegrama a Miss Whistler diciendo: «Necesito saber la verdad sobre mi padre».

En menos de una hora, recibió una nota con el nombre de un salón de té cercano y la hora a la que debían encontrarse.

Caroline se preocupó de llegar al lugar de la cita diez minutos antes.

Aun así, encontró a Miss Whistler ya allí, sentada en una mesa en un rincón, bajo un retrato enmarcado de Emily Davies. Al mirar a su alrededor, Caroline distinguió, entre los volantes, las flores y la fastuosidad victoriana, retratos enmarcados de un modo similar de Emmeline Pankhurst, Millicent Fawcett y otras sufragistas notables.

Era tarde y el lugar estaba completamente vacío, salvo por un anciano caballero sentado en un rincón, que rumiaba sobre su porción de tarta de queso y un vaso de leche, pero era fácil imaginar el ir y venir de las camareras locales a la hora del almuerzo y de las colegialas al salir de la escuela. También era fácil imaginarse un ejército de matronas de clase media reuniéndose en este lugar, lejos de las miradas indiscretas, para planear una marcha sufragista hacia el ayuntamiento.

–Miss Whistler –dijo Caroline, acercándose a la mesa.

–Miss... Caroline. Espero que no le importe que la llame Caroline. No me gusta el otro nombre.

–Como prefiera.

Cuando Caroline se sentó, apareció entre ellas un plato lleno de pequeños sándwiches junto con una tetera humeante. Miss

Whistler parecía, en efecto, ser más dueña de sí misma que ayer. Su cabello rubio rojizo estaba recogido en un moño austero y Caroline vio algunas canas que no había notado antes; la intensidad del azul de sus ojos la hacía parecer más joven.

–Nunca he podido perdonar a Sir Lawrence por lo que me hizo –dijo, juntando las manos con recato sobre el regazo–. Eso es, por supuesto, una falta grave. Me dijeron que si hablar con usted me ayudaba a hacer las paces con todo este terrible asunto, debía hacerlo y contarle toda la verdad.

En otras palabras, había hablado con un sacerdote. Al final, esa gente servía para algo de vez en cuando.

–Bueno, me alegro de que al menos haya aceptado hablar conmigo –dijo Caroline.

–Puede que al final no se alegre tanto. –Miss Whistler hizo una pausa para ordenar sus pensamientos y luego dijo–: La mayoría de los niños aman profundamente a sus padres y no quieren oír nada malo de ellos. Asumo que ese es su caso, al menos hasta cierto punto. ¿Tiene hermanos?

–Dos, ambos varones. Alan es el mayor, luego está Roger.

Caroline se mordió la lengua para no decir que Miss Whistler probablemente ya lo sabía todo sobre Alan. Caroline solo lo sospechaba. No tenía la certeza.

–¿Fue un buen padre para ustedes? –preguntó Miss Whistler.

–Era un educador muy exigente.

En un principio, Caroline había planeado provocarle algún tipo reacción alabando a su padre, pero ahora intuía que Miss Whistler, siguiendo el consejo de su sacerdote, sería más proclive a compartir los sórdidos detalles si sentía que tenía delante a alguien dispuesto a escucharla con empatía.

–Mi padre se aseguró de que tuviéramos todo lo necesario para salir adelante en la vida y nos empujó a alcanzar grandes metas, pero crecer bajo su tutela podía ser bastante frío y solitario. Roger y Alan fueron de gran ayuda al respecto, al menos hasta que crecieron y se fueron a la universidad.

–Siempre lo material –dijo Miss Whistler con un gesto sombrío–, nunca el alma.

–¿Era igual cuando lo conoció? –preguntó Caroline.

–Oh, no. Era encantador, elegante y comprensivo, y siempre encontraba las palabras adecuadas para hacer que el mundo pareciera mejor de lo que era. Era muy culto y podía contar mil historias fascinantes sobre sus viajes. En resumen, era un actor espléndido y tan falso como un Judas.

Parecía que su padre se había esforzado mucho por seducir a Miss Whistler, si es que ahí era hacia donde se dirigía la historia. Caroline mantuvo un tono profesional.

–¿Cómo lo conoció?

–Ese es el tema que nos ocupa, ¿no es cierto?

Miss Whistler le indicó a Caroline que se sirviera uno de los pequeños sándwiches. Esperó a que cada una hubiera tomado un sorbo de té, en un modo que a Caroline le recordó a aquellos tutores que su padre contrataba cuando ella era una niña, antes de empezar un relato que probablemente había ensayado infinidad de veces.

–Cuando llegué a Inglaterra –dijo Miss Whistler–, no era más que la pariente pobre de mi prima Rose, quien estaba prometida con un noble británico. Tenía diecinueve años. Se esperaba de mí que me ocupara de todas las tareas pesadas y que me sintiera agradecida por ello, y eso me indignaba. Pero un día, acompañando a mi prima Rose, conocí a Lady Linwood y nos hicimos amigas. Lady Linwood era respetable, rica y tenía buenos contactos y, por alguna razón, yo le resulté interesante. Nunca antes le había interesado a nadie y me dejé llevar por la vanidad. Me preguntó por mi familia y nuestra historia y yo le conté anécdotas que se remontaban a un antepasado lejano, quien se había establecido en Jamestown, Virginia, allá por 1609. Dijo que América era un hervidero donde las familias podían prosperar o venirse abajo según sus propios méritos, sin el sistema de clases europeo que las protegiera. Decía que por mis venas corría sangre de héroes y que debía estar orgullosa. Y tal vez, por primera vez, lo estuve. Me animó a desafiar a mi familia y a ser yo misma. A forjarme mi propio futuro. A alargar la mano y coger lo que era mío.

Eso no sonaba a su madre; al menos, no a su madre tal y como era ahora. Podría haber sido su madre en los primeros años de matrimonio, cuando la batalla por obtener su licencia para ejercer la medicina todavía era reciente. Caroline miró el retrato de Emily Davies, que quedaba por encima de ellas, y luego a las otras sufragistas a las que se rendía homenaje en las paredes del salón de té. Tal vez, si no se hubiera casado con su padre, su madre también podría haber tenido un lugar aquí.

—Por supuesto, mi prima Rose se dio cuenta de que ya no era tan dócil y sumisa como antes. Las cosas alcanzaron un punto crítico una noche cuando me atreví a compartir mi opinión durante una gran cena; en realidad, la opinión de Lady Linwood, ahora que lo pienso, contradiciendo al prometido de Rose en sus propias narices. Cuando salimos de la sala poco después para retocarnos el maquillaje, Rose me acusó de ser grosera y una desagradecida. Le recordé que Lincoln había liberado a los esclavos. Comprendí que poco podía hacer ella ante mi nueva actitud. Nadie abandona a una prima en un país extraño ni la envía de vuelta a América simplemente por hablar más de lo debido, y el prometido de Rose, con su título nobiliario, no estaba tan desesperado por ella ni por su fortuna como para pasar por alto semejante mezquindad. Salí del tocador sintiéndome como si hubiera ganado una gran batalla, y me topé inmediatamente con un apuesto desconocido, otro de los invitados, que se declaró bastante impresionado por mi demostración de inteligencia. Dijo que se llamaba Stanley Livingstone, que acababa de regresar a Inglaterra tras una larga estancia en la India y que solo estaba allí gracias a una invitación de Lady Linwood. No tenía amigos y se sentía tan fuera de lugar en Londres como yo. En lugar de separarnos después de la cena —las damas al salón y los caballeros al comedor para tomar oporto y fumar puros—, él y yo nos retiramos al invernadero y pasamos el resto de la velada conversando sobre todos los temas imaginables.

—¿Stanley Livingstone? —empezó a decir Caroline—. Yo creía…

—No te haré perder el tiempo con los detalles íntimos de lo que pasó entre Stanley Livingstone y yo durante los dos meses siguientes —continuó Miss Whistler con brusquedad.

No había duda de que para ella era doloroso e íntimo siquiera insinuar lo que había ocurrido.

—Lady Linwood me animó en todo momento, incluso llegó a ayudarme a encontrar excusas para que nos viéramos. Era delirantemente feliz y perdí completamente la cabeza, incluso cuando las cosas se deterioraron aún más entre Rose y yo. Cuando se celebró la boda de Rose, yo llevaba en el dedo la promesa de Livingstone y, aunque aún no lo sabía, a su hijo creciendo dentro de mí. Decidí apartarme de Rose, anunciando que ya no necesitaba su miserable «caridad», y ella me indicó que no volviera arrastrándome cuando mi vida se desmoronara. No tenía ninguna intención de hacerlo. Creía que mi vida estaría aquí, en Inglaterra, con Livingstone, o en la India, si él decidía regresar. Confieso que tenía esperanzas de que ocurriera lo segundo. Pero en el momento en que me di cuenta de que estaba embarazada, Stanley Livingstone desapareció.

Caroline de repente se dio cuenta de por qué el nombre le resultaba familiar. Seguramente era una alusión a la historia de Henry Morton Stanley, quien acabó por encontrar a David Livingstone tras su desaparición en la selva africana.

—Sí —respondió Miss Whistler secamente cuando Caroline expresó en voz alta ese pensamiento—. Incluso bromeó al respecto. Dijo que eso significaba que nunca nos perderíamos, y yo, como la tonta que era, me lo creí.

—¿Qué pasó después?

Miss Whistler apuró su taza de té y continuó.

—Lady Linwood me dijo que se culpaba a sí misma por mi situación y me propuso que me fuera con ella a Linwood Hall.

Linwood Hall era un lugar remoto, dijo ella, y ella misma era una médica cualificada, capaz de asistir en el parto sin necesidad de llamar a ningún doctor que pudiera hacer preguntas o ir por ahí hablando más de la cuenta. Parecía ser una verdadera amiga, así que acepté. Linwood Hall era exactamente como ella lo había descrito, y durante el primer mes más o menos fui bastante feliz, aunque los sirvientes a veces me miraban como si fuera una yegua de cría, y no llegué a conocer al señor de la casa.

–Hay un retrato de padre en el salón.

–Lo hay ahora, pero no cuando yo estuve allí. Me dijeron que el cuadro que colgaba sobre la chimenea del salón se había caído y se había dañado. En su lugar, había un espejo demasiado pequeño para llenar el vacío en la pared y que no encajaba en absoluto con aquel espacio. Una mujer se aburre cuando no tiene nada que hacer más que sentarse y esperar a que la naturaleza siga su curso, así que un día decidí investigar los trasteros en busca de algo un poco más adecuado para el salón que ese pequeño espejo. Lo primero que encontré fue el retrato de Sir Lawrence Linwood. A quien yo conocía como Stanley Livingstone. Eran la misma persona.

–¡Pero madre te animó! –exclamó Caroline–. ¿Por qué demonios haría eso?

¿Por qué cualquier mujer que se precie sería cómplice de la infidelidad de su propio marido? Esa pregunta era lo único que impedía a Caroline llegar a la conclusión a la que ya había llegado Miss Whistler, y se aferró a ella con la esperanza de que sus suposiciones anteriores fueran erróneas.

–Al principio, me dije a mí misma que solo era una coincidencia, que Sir Lawrence solo se parecía a Stanley Livingstone, pero luego recordé que Lady Linwood nunca había hecho ningún comentario al respecto, como habría sido natural, habida cuenta del gran parecido. Así que hice lo que cualquier mujer sensata haría. Fui a buscarla y se lo pregunté yo misma.

Caroline volvió a mirar a su alrededor en el salón de té, esperando que nadie se hubiera acercado lo suficiente como para oírlas mientras estaba absorta en la historia de Miss Whistler. La sala estaba vacía: el anciano que estaba en la esquina hacía rato que había terminado su pastel de queso y se había marchado. Las flores y los adornos le parecieron objetos muertos bajo un cristal y los retratos de las sufragistas eran testigos silenciosos de una atrocidad más contra las mujeres.

—Lady Linwood —prosiguió Miss Whistler— admitió la verdad. No podía darle a su marido los hijos que él quería, así que acordaron que él se buscara una amante y los tuviera con ella. Como es fácil de imaginar, me indignó mucho sentirme utilizada de esa manera, y la vida en Linwood Hall cambió drásticamente después de eso. Sir Lawrence regresó a casa, ahora que ya no había necesidad de mantener el secreto, y trajo consigo a sus abogados. Llegamos a un acuerdo, aunque no es que me hubieran dejado muchas opciones. En el momento en que nació nuestro hijo, mi hijo, me lo quitaron de los brazos y me echaron a la calle con el dinero suficiente como para aliviar la culpa de Sir Lawrence, suponiendo que sintiera alguna, y la advertencia de que no tratara de volver a ver a mi hijo nunca más.

—Alan —dijo Caroline. Necesitaba oírlo decir explícitamente—. ¿Ese hijo era Alan? Siempre nos habían dicho que éramos adoptados, los tres.

El rostro de Miss Whistler se endureció aún más. La miró con tal intensidad que Caroline se sintió muy pequeña y ridícula.

—Déjame decirte una cosa, Caroline. Un año después supe que Sir Lawrence se había ido a la India y había regresado con una amante india. Murió poco después, pero ahora había dos niños pequeños en Linwood Hall en lugar de solo uno. Sir Lawrence repitiendo su viejo truco, pensé. Él no es como los otros hombres, que solo criarían a un hijo bastardo si el mundo creyera que era suyo; a él no le importaría que el mundo pensara que sus hijos eran adoptados, siempre y cuando él supiera que eran realmente suyos. ¿Adoptados? No. No creo ni por un segundo que alguno de vosotros haya sido realmente adoptado.

Mowbray

–Puede creerme si le digo que no lo hubiera tocado ni en mil años –dijo Alan Linwood, de pie en el rincón más alejado de la sala de la torre, con los brazos fuertemente cruzados, como si eso fuera a protegerlo de cualquier amenaza que emanara de la cosa que había debajo de la ventana–. Está como cuando lo descubrí. Inmediatamente después, fui a servirme una copa porque, me avergüenza decirlo, ver esa cosa, precisamente allí, me dejó tan sin aliento que ni siquiera pude pensar en hacer lo más sensato y llamarle sin dilación.

Arrodillado junto a la maza, Mowbray la examinó desde la empuñadura hasta la punta. Era exactamente como se la habían descrito dos de los hermanos Linwood; Mowbray recordó que Caroline Linwood nunca le mencionó el tema. Era casi tan largo como su mano y su antebrazo extendidos, hecho de hierro negro y corroído. En el extremo de la maza había una gruesa bola de hierro con seis rebordes triangulares que se extendían en abanico a su alrededor. Estaba cubierta de sangre seca. El mango parecía demasiado estrecho para la mano de un hombre, y Mowbray supuso que en algún momento habría estado envuelto en tiras de cuero para facilitar la sujeción.

–Ha hecho bien –dijo con voz ronca, volviendo a levantar la vista–. Espero que esto resulte un poco más fructífero que las huellas dactilares que me trajo ayer. No eran coincidentes.

–Vaya –fue lo único que pudo responder Alan.

No es que eso eximiera necesariamente al profesor Matsudaira.

–Bien, entonces –dijo Mowbray, volviendo al tema que tenían ahora entre manos. –¿Está seguro de que nadie ha tocado este objeto mientras usted trataba de recobrar la compostura con un trago de ginebra?

–Whisky escocés. Y no, no puedo asegurarlo. Pero, en caso cualquiera; perdón, en cualquier caso, nunca viene nadie aquí arriba.

¿Eran las circunstancias tan impactantes, en realidad? Alan Linwood siempre le había parecido a Mowbray el tipo de persona que se tomaba todo con calma, pero tal vez su sangre fría no era más que una fachada.

Mowbray se sentó sobre los talones y volvió a mirar alrededor de la sala de la torre. Paredes de piedra desnuda, suelos de roble macizo, un montón de basura amontonada en una esquina repleta de arañas. Cuatro ventanas, una en cada pared, miraban hacia la ondulante campiña. Bonitas vistas, pero parecía ser un lugar demasiado expuesto. Nadie les había informado, ni a él ni a sus hombres, cuando los llamaron para investigar el asesinato de Sir Lawrence, de la existencia de esta habitación, y él no creía que fuera porque nadie la conociera.

–Alguien debe subir aquí de vez en cuando –dijo–, o el suelo alrededor de las ventanas se pudriría. No hay cristales que mantengan alejada la lluvia.

–Supongo que el suelo habrá sido tratado para protegerlo de las inclemencias del tiempo –dijo Alan con tono dubitativo, mirando el espacio bajo la ventana más cercana–. Como en un mirador.

–Incluso un mirador necesita mantenimiento regular. Y drenaje.

–Roger debe encargarse de ello. Él entiende de estas cosas.

Mowbray tomó nota mental de preguntarle a Roger Linwood sobre esta habitación más adelante. Por el momento, se puso de pie, levantó con cuidado la maza del lugar donde estaba y la guardó en la cesta que había traído a tal efecto. No dejó ninguna marca ni mancha en el suelo, lo que confirmaba lo que había dicho antes Alan Linwood de que la maza debía haber sido colocada allí recientemente, mucho después de que se secara la sangre que la cubría. Había una clara ausencia de sangre a lo largo de dos de los rebordes más ensangrentados, donde presumiblemente la maza había descansado sobre alguna otra superficie antes de ser traída aquí.

–He subido aquí a pensar –dijo Alan Linwood, caminando hacia la ventana sur y apoyando una mano en el alféizar–. Es algo que he hecho siempre, desde que éramos niños. También veníamos a jugar. Este era nuestro Camelot y aquí éramos los dueños absolutos de todo lo que veíamos. Estábamos seguros de que nadie más subía aquí y eso lo convertía en un lugar solo para nosotros. Incluso fingíamos que padre no sabía nada. Nunca se me ocurrió que hubiera que mantener el suelo regularmente para evitar que se pudriera y, por supuesto, ni siquiera Roger habría sabido cómo actuar en aquel entonces. –Su vista se fijó en el horizonte lejano, pero Mowbray tuvo la sensación de que miraba algo mucho más allá–. Imagino… Imagino que lo que ocurría realmente era que padre había contratado a alguien para que se ocupara de este sitio en nuestra ausencia, y que simplemente vivíamos en un mundo artificial creado por él.

Cerró la mano formando un puño. La mayoría de los padres moldeaban en cierta medida el mundo que rodeaba a sus hijos, pensó Mowbray, así que no entendió por qué eso afectaba tanto a Alan Linwood.

–Subí aquí en cuanto llegué para asistir al funeral –continuó Alan–. Me asomé a esta ventana esperando a que llegaran mis hermanos y bajé de nuevo cuando vi que el coche de Roger entraba en el patio. Puedo asegurarle, inspector, que la maza no estaba aquí entonces.

–No es a mí a quien se lo debe asegurar –respondió Mowbray.

Pensó que Alan Linwood probablemente decía la verdad, pero seguía sin entender por qué el asesino habría traído la maza aquí arriba.

El rugido de un potente automóvil atravesó el aire, fuerte y claro, y Mowbray creyó incluso oír el crujido de la grava bajo las ruedas al frenar en seco. La mirada melancólica y reflexiva desapareció del rostro de Alan Linwood cuando se asomó a la ventana.

—Ahí está Roger —dijo—. ¿Qué diantres puede haberle pasado? Parece bastante alterado.

—¡Fue Oglander! —gritó Roger Linwood en cuanto Mowbray y Alan se encontraron con él en el gran salón.

Caminaba nerviosamente por las baldosas, cerrando y abriendo los puños como si quisiera golpear a alguien, mientras Miss Morgan permanecía impotente a un lado.

—Alan, escucha, fui a hablar con Oglander sr. y me dijo que el verdadero James Oglander jr. murió en la guerra. El hombre que vino al funeral y nos leyó el testamento de padre era un impostor, y estoy convencido de que la historia no acaba aquí. La descripción que Oglander sr. hizo del comandante Buchanan se parece mucho más a él que la que me dio el capitán Amberley.

—Eso no tiene sentido —respondió su hermano, haciéndose eco de la incredulidad de Mowbray—. ¿Por qué alguien se haría pasar por un abogado solo para leernos el testamento de padre? Quiero decir, nos habríamos enterado tarde o temprano, pasara lo que pasara.

—¿Cómo quieres que lo sepa? —La mirada de Roger Linwood se posó en Mowbray, y exclamó—: ¡Mowbray! ¿Qué ha averiguado del comandante Buchanan?

Bien poco, pensó; el rastro del hombre desapareció tras haber pasado una noche en Malton y haber comprado un billete de tren a Linwood Hollow, así que Mowbray gruñó:

—Debo recordarle, Mr. Linwood, que no estoy aquí para obedecer sus órdenes.

—Por supuesto, por supuesto.

Roger Linwood se dio la vuelta y reanudó su deambular. Mowbray se dio cuenta de que no se había disculpado. Sir Lawrence se habría comportado igual. Fue Miss Morgan quien se disculpó por él, o al menos quien le lanzó una mirada de disculpa. Por mucha aversión que ella pudiera sentir hacia la policía, el temperamento de Roger había logrado que la dejara a un lado.

Alan Linwood, por su parte, parecía necesitar desesperadamente otro trago de whisky.

–Un momento. ¿Has dicho que Mr. Oglander sr. se reunió con alguien que decía ser el comandante Buchanan?

Roger Linwood se detuvo antes de que su hermano terminara de hablar.

–¡El testamento de padre! –exclamó, dándose la vuelta para salir corriendo de la casa.

Mowbray no pudo hacer otra cosa que seguirle.

Encontraron a Roger Linwood en el estudio de Sir Lawrence, sacando los cajones del escritorio y volcando su contenido en el suelo.

–¡Roger! –exclamó Miss Morgan.

–Haced algo útil –espetó Roger–. Revisad estos papeles. ¿Está el testamento de padre entre ellos? Padre debía tener una copia de su propio testamento, ¿no crees? Si no está aquí, entonces debe ser la que nos leyó nuestro Oglander impostor, restregándonosla por la cara para demostrarnos lo listo que era. Y tal vez fue una estupidez por su parte, pero qué más da. Me da igual si realmente tenía una razón de peso para hacer lo que hizo. El hecho de que tuviera el documento es prueba de que había estado aquí antes. Fue él quien mató a padre, era la única forma de hacerse con el testamento.

–Estás sacando conclusiones precipitadas –murmuró Alan Linwood, pero se arrodilló diligentemente para rebuscar entre los papeles junto a su hermano.

Mowbray no se unió a ellos.

Roger Linwood, en su exaltación, parecía haber olvidado que ya habían registrado esos cajones en busca del testamento de Sir Lawrence cuando comenzó todo ese disparate. No encontraron ningún testamento entonces y tampoco lo encontrarían ahora, pero Mowbray estaba más que dispuesto a dejar que los hermanos Linwood se mantuvieran ocupados con todo ese asunto y no se metieran en problemas.

Salió del estudio, llevándose consigo a Miss Morgan.

–Miss Morgan –le preguntó–, ¿podría explicarme exactamente qué han encontrado usted y Roger Linwood?

Sus ojos brillaron con un destello de fría distancia.

Mowbray se encogió de hombros.

–Bueno, supongo que me lo explicará todo cuando se haya calmado un poco.

Se dio la vuelta para regresar a la casa y, a falta de una idea mejor, Miss Morgan le siguió los pasos.

–Entre usted y yo –dijo Mowbray–, ¿qué opina de la familia Linwood?

–Creo que usted los conoce mucho mejor que yo.

–Es posible, pero un policía tiende a pensar lo peor de todo el mundo. Son gajes del oficio. Me pregunto qué puede pensar alguien con una perspectiva más benévola. –Deteniéndose ante la gran puerta principal de la casa, hizo un gesto con la cabeza en dirección a la torre del estudio–. Tengo la impresión de que ninguno de los dos es tan frío como les gustaría aparentar.

–Es cierto, no lo son –dijo Miss Morgan, siguiendo la mirada de Mowbray hacia la puerta abierta del estudio–. Al menos, Roger no lo es. Él es leal. Más leal y cariñoso con sus hermanos de lo que a su padre le hubiera gustado, diría yo.

–Y usted tiene experiencia con ese tipo de cosas, ¿no es cierto? –Al ver que ella no respondía, añadió–: Sé que usted sigue visitando a su tío Reuben en la cárcel, cuando nadie más lo hace.

Ella volvió a ponerse en guardia y se volvió hacia él con una mirada gélida.

–¿Qué se supone que significa eso?

–Solo que usted entiende lo importante que es la familia. Ni toda la apariencia de respetabilidad del mundo ni la más refinada vida social pueden cambiar a quien se ama ni lo que esa persona merece.

Ella lo miró fijamente durante un largo rato y, finalmente, apartó la vista.

–Papá está aterrorizado de que alguien se entere de lo del tío Reuben y nos arrastre por el barro. Ha trabajado incansablemente, y entiendo que eso es algo que también se refleja, en cierto modo, en la manera de pensar de Sir Lawrence, pero papá olvida que no se puede dejar atrás a la familia simplemente borrando unas letras del apellido, y que el tío Reuben también contribuyó a que llegáramos a ser lo que somos.

–No hay respetabilidad sin uno o dos escándalos que la sostengan –dijo Mowbray con total convicción.

Cuando Miss Morgan volvió a mirarlo, el hielo se había derretido.

–Hablamos con Oglander sr. –dijo ella, volviendo a la pregunta original–. Nos dijo que Lady Linwood le había pedido que recibiera el baúl del comandante Buchanan como favor, y que lo había reclamado un caballero pelirrojo que dijo ser el comandante Buchanan. Se sorprendió cuando Roger mencionó la lectura del testamento, porque nunca había enviado a nadie a hacer tal cosa. El verdadero James Oglander jr. murió en la guerra.

Mowbray reprimió un improperio. ¡Maldito sea este caso! Tendría que hablar con Mr. Oglander sr. él mismo, pero eso tendría que esperar.

–Parece que tendremos que hablar con Lady Linwood sobre ese tal comandante Buchanan y su baúl –gruñó.

Mowbray recordaba la habitación de Lady Linwood por la breve inspección que había hecho por la casa en busca del arma inmediatamente después del asesinato. No era lo que él hubiera esperado del dormitorio de una dama refinada, pero a cada uno lo suyo. Recordó que Lady Linwood había ejercido como médica antes de casarse y quizá los azulejos blancos clínicos y el mobiliario austero y espartano le traían recuerdos de tiempos más emocionantes.

Al ver quién era, Lady Linwood, un fantasma tembloroso vestido de luto negro, se apartó de la puerta para dejarle pasar. Mowbray trató de imaginarla reprimiendo a los pacientes más indisciplinados y tal vez examinando con fría y despiadada destreza algunos de los cadáveres más horribles con que los que había tenido la desgracia de encontrarse… pero no lo consiguió.

—¿Qué ha ocurrido? –balbuceó ella–. Ya le he dicho todo lo que sabía. ¿No es así?

—No es más que un pequeño detalle que ha surgido –dijo él en tono tranquilizador.

Mientras hablaba, entró en la habitación como si fuera lo más natural del mundo. Miss Morgan lo siguió, cerrando la puerta tras de sí. Posando su mano sobre la de Lady Linwood, la condujo hasta la silla que había debajo de la ventana y la ayudó a sentarse. Sin perder el tono amable y apacible, dijo:

—Se trata del comandante Harold Buchanan. ¿Lo recuerda?

—No, no sé. No lo recuerdo.

—Tengo entendido que habló con sus abogados y les preguntó si podrían recibir las pertenencias del comandante, provenientes de Londres.

—Puede ser. Sir Lawrence a veces me pide que hable con ciertas personas cuando él está demasiado ocupado para hacerlo. Debió ser eso. El comandante Buchanan era un viejo amigo de Sir Lawrence. Eso es todo lo que sé.

Lady Linwood estaba mintiendo. Mowbray estaba prácticamente seguro de ello, tanto como podía estarlo sin tener pruebas fehacientes de lo contrario. Al levantar la vista hacia Miss Morgan, vio que la miraba con lástima, pero no con compasión. Mientras tanto, Lady Linwood había empezado a retorcer un pañuelo blanco entre sus manos con tanta fuerza que Mowbray pensó que se rompería.

—Roger cree que el comandante Buchanan es su verdadero padre –dijo Miss Morgan–. ¿Es eso cierto?

El temor de Lady Linwood se convirtió en desprecio cuando sus ojos se posaron en Miss Morgan.

—Eso no es algo que la incumba a usted –respondió sin ocultar su aversión por la chica.

–En cambio, incumbe a Roger…

Lady Linwood resopló burlonamente y apartó la mirada.

Todos se sobresaltaron, especialmente Lady Linwood, al oír unos repentinos golpes en la puerta.

–¡Madre! –Era Caroline Linwood. Debía haber llegado a la casa hacía un momento–. ¡Madre! Sé que estás ahí. Tenemos que hablar.

Mowbray abrió la puerta, sorprendiendo a Miss Linwood justo cuando iba a volver a golpear la puerta. Ella pasó la mirada de Mowbray a Lady Linwood y luego a Miss Morgan, y contuvo cualquier emoción que la hubiera impulsado a ir allí.

–¿Nos disculpa, inspector? –dijo, sonriendo amablemente, dirigiéndose a Mowbray–. Mi madre y yo tenemos que hablar de algo muy personal.

–Espero que no sea nada relacionado con el tema que nos ocupa, ¿verdad?

La sonrisa de Miss Linwood no se alteró.

–Se lo ruego, inspector.

Mowbray la miró a ella, luego a Lady Linwood y, finalmente, volvió a mirar a Miss Linwood. Esta parecía perfectamente tranquila y serena, sin rastro de la intensidad que él había percibido en su voz antes de que ella fuera consciente de que podía haber alguien más. De pronto, Lady Linwood parecía aterrada.

Mowbray se dio cuenta de que estaba más asustada de Miss Linwood que de él. Era consciente de lo que su hija quería hablarle.

–Por supuesto –dijo Mowbray, buscando a Miss Morgan con la mirada, solo para descubrir que ella ya había desaparecido.

Estaba a punto de cerrar la puerta tras de sí cuando Miss Linwood le dijo:

–Deje la puerta abierta, por favor.

Chica lista. No es fácil escuchar a través de la cerradura si la puerta está abierta. Mowbray sonrió amablemente, deseó un buen día a las damas y se dio la vuelta para marcharse.

El destello de una tela de vivos colores le llamó la atención: era Miss Morgan entrando en el dormitorio de Sir Lawrence. Mowbray corrió tras ella por el pasillo y entró en la habitación con todo el sigilo que le permitieron sus botas de policía.

El dormitorio de Sir Lawrence era muy diferente al de su esposa, con una cama con dosel desprovista de cortinas, una chimenea lo suficientemente grande como para el salón de un duque y una pared cubierta de fotografías de cerdos y caballos de ferias agrícolas pasadas.

—La puerta estaba abierta —dijo Miss Morgan, ya en medio de la habitación, mirando hacia atrás.

—Por supuesto.

El viejo Reuben Morgenthal había educado bien a su sobrina favorita, y Mowbray sabía exactamente lo que ella estaba pensando. Él también había llegado a esa conclusión.

Se apresuraron a entrar en el vestidor lleno de armarios que Sir Lawrence compartía con su esposa y se acercaron con cautela a la puerta que daba a su habitación. Llegaron demasiado tarde como para oír la pregunta de Miss Linwood, pero pudieron oír la respuesta de Lady Linwood.

—Sarah Whistler no tenía por qué contarte nada —dijo Lady Linwood—. Teníamos un acuerdo…

—Al diablo con el acuerdo. Padre ha muerto y no me sorprendería que su muerte estuviera relacionada con todo ese asunto. ¿Y qué hay de Roger? ¿Y qué hay de mí? Miss Whistler dijo que estaba segura de que también éramos hijos de padre y no unos simples huérfanos.

¿Cómo?

¿Alan Linwood era hijo legítimo de Sir Lawrence y los demás también podrían serlo? Mowbray se apretó más contra la puerta. No pudo oír la respuesta de Lady Linwood, pero pudo imaginarla vacilante, a punto de confesar. Junto a él, Miss Morgan tenía los ojos como naranjas por la tensión.

—Madre, dime la verdad.

–Sí. –La palabra brotó de un sollozo tembloroso y estremecedor–. Sí, es cierto. Todo eso es cierto. Pero, en realidad, ¿qué importancia tiene? Sir Lawrence quería hijos. Yo no podía darle lo que él quería. Así que fue a buscarlos y los consiguió.

–Entonces, ¿qué pasó con mi madre?

Mowbray no pudo oír la respuesta, pero Lady Linwood debió decir algo, porque lo siguiente que oyó fue a Miss Linwood gritando:

–¡Dios mío, madre!

Se escuchó un fuerte portazo y unos pasos corriendo por el pasillo.

Mowbray despegó la oreja de la puerta y sus ojos se encontraron con los de Miss Morgan, que seguían increíblemente abiertos por la conmoción.

–Yo... –balbuceó–. Tengo que contárselo a Roger.

Mowbray dejó que se fuera apresuradamente. Tenía que pensar sobre lo que había oído. ¿Cambiaba algo? ¿Podría ser que alguno de los Linwood hubiera descubierto la verdad mucho antes y hubiera actuado en consecuencia? Todos ellos habían asegurado estar muy por encima de la tan habitual codicia, pero ¿acaso eran capaces de estar también por encima de todo esto?

¿Cómo se habría sentido realmente Lady Linwood al tener que criar a los hijos bastardos de su marido?

Al darse la vuelta para marcharse, vio un maletín médico negro sobre uno de los tocadores. Presumiblemente, ese sería el lado del cambiador de Lady Linwood. Sin embargo, enseguida vio algo que le llamó la atención: un par de marcas de color rojo óxido en el suelo debajo de la mesa, cada una de ellas de no más de cinco centímetros de largo y no del todo paralelas.

Sangre seca.

Unas marcas que, pensó, debían corresponderse a la perfección con los rebordes de la maza que había matado a Sir Lawrence Linwood.

TERCERA PARTE

Entonces la serpiente dijo a la mujer: «No moriréis; sino que sabe Dios que el día que comáis de él, serán abiertos vuestros ojos y seréis como Dios, sabiendo el bien y el mal».

Génesis 3:4–5

Roger

Febrero de 1905

El sol poniente se colaba por las puertas francesas de la biblioteca, trazando largas líneas amarillo pálido sobre el suelo de parqué. En la chimenea, el crepitar del fuego enmascaraba el sonido de la pluma sobre el papel. La desolación del invierno envolvía Linwood Hall como una manta raída; demasiado fina, fría y poco reconfortante. No tenía mucho sentido ir a Camelot en invierno, no cuando el viento huracanado azotaba sus ventanas sin cristales, haciéndoles temblar de frío, y nunca había la luz suficiente para jugar un rato una vez terminadas las clases.

Padre debía de percibirlo también, porque durante esta época no tenía ningún reparo en prolongar las lecciones hasta bien entrada la noche.

No obstante, los días ya empezaban a alargarse. Cada día, durante los pocos minutos de descanso que tenían entre la marcha de un tutor y la llegada del siguiente, Roger corría a Camelot para ver si valía la pena subir a jugar. Hasta el momento, había acumulado una decepción tras otra, pero ya no debería faltar demasiado. El día anterior, Roger había estado seguro de percibir en el aire la llegada de la primavera, aunque Alan y Caroline le habían asegurado que solo era su imaginación.

Sin embargo, ese día había quedado encadenado a sus lecciones. Los tutores ya se habían marchado, pero eso no significaba que las clases hubieran terminado: padre seguía acechando alrededor de sus mesas de estudio como un león enfurecido, poniéndoles a prueba sobre cada pequeño detalle aprendido ese día y, por si fuera poco, durante toda la semana anterior. Roger hervía de impaciencia, pero su padre no toleraba ni el nerviosismo ni el desasosiego, así que intentó concentrarse en las preguntas en lugar de dar patadas a las patas de la silla.

–Balbus había tomado prestado un dragón sano.

–*Balbus sanum draconum mutuaverat.*

La expresión de su padre le indicó a Roger que había dado la respuesta equivocada.

–Verbo deponente –exclamó su padre–. Prueba otra vez.

–*Balbus sanum draconum... ¿mutuor...?*

Alan, sentado en la mesa detrás de su padre, atrajo la mirada de Roger. Su boca formó cuidadosamente las sílabas del verbo en cuestión y Roger se aferró a ellas como un náufrago a un salvavidas.

–*Balbus sanum draconum mutuatus erat.*

El padre no dijo nada, pero la mirada alentadora de Alan le indicó a Roger que había superado con éxito el escollo. Su padre revolvió algunos libros y, finalmente, dijo:

–Balbus estaba ayudando a su suegra a convencer al dragón.

La construcción de esa frase no aparecía en nada de lo que habían visto hasta ahora. Roger miró impotente a Alan, quien comenzó a darle la solución con la boca.

–Balbus...

Su padre se dio la vuelta y agarró a Alan por la pechera de la camisa con tanta violencia que Caroline, que había estado esperando pacientemente su turno para ser examinada, lanzó un alarido de miedo.

Los libros, los papeles y las plumas se esparcieron por el suelo mientras arrastraba a Alan por encima de la mesa, volcando también un tintero, que salpicó de tinta el suelo a los pies de padre.

Algo brilló entre los libros que se habían desparramado por el suelo: era el pequeño espejo de mano que Caroline usaba para las lecciones de declamación –que Roger y Alan ya habían dejado atrás–, y a Roger se le encogió el corazón.

—¿Qué crees que estás haciendo? –le espetó su padre a un aterrorizado Alan.

—Padre… –empezó a decir Alan, suplicante, pero su padre lo sacudió furiosamente, cortándole las palabras y convirtiéndolas en un repicar de dientes.

—¿Te crees que os examino sobre las lecciones de la semana porque me divierte? ¿Es eso?

Encastró a Alan de nuevo en su silla y se volvió hacia Roger y Caroline para hacerles partícipes de su ira. Los tres se encogieron de miedo.

—El objetivo de las pruebas –prosiguió su padre– es saber cuánto habéis progresado realmente. Quiero saber si lo que habéis estudiado se os ha quedado grabado en la cabeza. Es un experimento, ¿entendéis?

Su mirada se posó en Roger, quien se armó de valor y dijo:

—Es para que sepamos en qué tenemos que seguir trabajando, ¿no?

Su padre frunció el ceño, pero asintió con la cabeza, y Roger intentó no parecer aliviado. Volviéndose hacia Alan, el padre refunfuñó:

—No se interfiere en el progreso de un experimento.

Alan se mordió el labio.

—Lo siento –dijo.

—No murmures. Y no te disculpes.

Alan se aclaró la garganta, levantó la cabeza y miró a su padre a los ojos.

—Tuve lástima de él –respondió–. Pensé que debía ayudarle.

—Caridad.

—Supongo que sí.

Eso fue, sin duda, lo peor que podía decir. Su padre pareció hincharse de furia, pero sus palabras fueron más gélidas que el crudo viento invernal que aullaba en los páramos.

—La caridad es para los débiles –declaró–. Somete al que la da y socava el espíritu de lucha del que la recibe. No voy a permitir que se os consienta ni que os dejéis consentir, y no quiero oír a ninguno de vosotros hablar de dar o aceptar caridad nunca más, ¿ha quedado claro?

Su padre los miró con severidad hasta que cada uno de ellos reunió la voluntad necesaria para responder, en voz alta y clara:

–Sí, señor.

Su padre asintió con la cabeza y luego se volvió hacia Roger.

–Tráeme una vara.

A pesar de su anterior deseo de escapar, Roger se sintió clavado en la silla. Frente a él, Alan se puso completamente rojo. Los azotes eran para los niños pequeños que eran demasiado tontos y displicentes para atender a razones, no para ellos. El castigo no era tanto el dolor infligido como la humillación que suponía estar sometido a él.

–Ahora, Roger. O te unirás a Alan en su castigo.

Roger todavía dudaba. Alan solo trataba de ayudarle. Roger no podía reprochárselo, dijera lo que dijera su padre sobre la «caridad» y la «debilidad».

Los ojos de su padre se desviaron.

–Caroline –dijo.

Caroline, blanca como el fantasma que a veces fingía ser, dejó todo y salió corriendo de la habitación. Roger pudo oírla correr por el gran salón, abrir de un tirón el panel que daba al pasillo de los sirvientes y no molestarse en cerrarlo tras de sí. Alan ya estaba inclinado sobre la mesa, preparándose para recibir los azotes.

«Lo siento», vocalizó Roger mientras hacía lo mismo, pero Alan no lo vio o prefirió ignorarlo.

Roger

–Hola, Brewster.

Brewster dejó todo lo que estaba haciendo, se limpió las manos en el delantal y salió apresuradamente de detrás de la barra. Roger jamás había reparado, hasta que Caroline se lo señaló, en cómo este hombre –y la mayoría de los aldeanos– reaccionaba solícito al menor gesto suyo. No podía evitar pensar que su padre los había adiestrado bien, especialmente a Brewster.

El servil posadero inclinó la cabeza, sonrió y dijo:

–¡Mr. Roger! ¿Qué le trae por aquí? Todo bien en casa, espero.

–No exactamente, teniendo en cuenta la muerte de mi padre y todo lo demás.

–Ah, era un gran hombre, su padre –empezó a decir Brewster, pero Roger lo interrumpió.

–Alguien se hospedó aquí la noche después de su funeral –le dijo. –Se hacía llamar James Oglander jr., uno de los abogados de padre. ¿Lo recuerdas?

Brewster lo recordaba.

El impostor se había alojado en la primera habitación, al final de la escalera; nadie había entrado allí desde entonces, salvo para limpiarla. Roger le dio las gracias a Brewster y le pidió poder ver la habitación –como si hubiera alguna posibilidad de que se lo negaran–, y este le entregó la llave. Subió las escaleras, entró en la habitación y echó un vistazo alrededor.

Era un espacio amplio y de techo bajo, con tres paredes encaladas y una cuarta revestida de paneles de madera. Roger supuso que esa pared de madera no era más que un endeble tabique construido para dividir una estancia más grande en dos más pequeñas. Una ventana baja y cuadrada daba al patio de servicio tras la posada, o lo habría hecho de estar abierta: sus cristales circulares emplomados deformaban la vista y proyectaban una luz jaspeada sobre el suelo de madera desnudo y las sábanas blancas y limpias que cubrían el colchón irregular de la cama. Un lavamanos con una jarra astillada y la cómoda completaban el mobiliario.

Roger empezó por la cómoda, sacando todos los cajones y alumbrando con su linterna eléctrica los oscuros recovecos en su interior.

–¿Ya está? –dijo Iris desde la puerta, detrás de él–. ¿De vuelta a la investigación, sin una palabra sobre lo que ha pasado?

Roger no levantó la vista. Podía imaginarse a Iris apoyada en la puerta con los brazos cruzados y un gesto de enfado en el rostro. Se refería a la impactante revelación de la noche anterior: que, lejos de haber sido adoptados, su padre era realmente el padre biológico de los tres. Alan y Caroline eran su medio hermano y media hermana, y todo lo relativo a su infancia había sido una mentira.

Todo lo que habían descubierto acerca del pasado de su padre –Sarah Whistler, Vimala Gurung y Matsudaira Izumi– le revolvía el estómago. Por un instante, había pensado en mencionárselo a Brewster, pero pudo imaginarse perfectamente a Brewster asintiendo con la cabeza y respondiéndole que sí, que claro que lo sabía, que todo el pueblo lo sabía, y que si quería una taza de té. Roger no quería tener que lidiar con tal eventualidad, ni ahora ni nunca.

Cerró los cajones de un golpe, se volvió para mirar debajo de la cama y exclamó:

–No hay nada de lo que hablar, Iris.

Tal vez respondió con cierta brusquedad. Al fin y al cabo, Iris estaba de su parte y no merecía que le gritara, y el hecho de que le hubiera gritado desmentía sus propias palabras. Barrió con el haz de luz de su linterna eléctrica de un lado a otro por debajo de la cama; no descubrió nada, más allá de que la muchacha del servicio de Brewster era muy meticulosa en las tareas domésticas, y se incorporó de nuevo.

Iris estaba efectivamente apoyada en el umbral con los brazos cruzados, pero su expresión era más preocupada que malhumorada.

—Mira —dijo Roger—. Todo esto no cambia nada. No se puede hacer nada al respecto, así que no tiene sentido intentarlo. Es mejor no mirar atrás.

—Eso es solo la mitad del asunto, Roger. Te hicieron creer una mentira durante toda tu vida, y habrías seguido creyéndola si… si nada de esto hubiera ocurrido. Sinceramente, ni siquiera tengo la capacidad de imaginar la devastación que sentiría si me pasara a mí. Todos hemos oído de casos de padres que les ocultan a sus hijos que son adoptados, y es algo que se puede llegar a entender, porque quieren que sus hijos se sientan queridos e integrados en la familia, pero ¿al revés?

—Era más fácil que explicar la verdad.

No había nada ni detrás ni debajo del lavamanos, ni siquiera polvo.

—Todas esas pobres mujeres. —Iris sacudió la cabeza—. Sé que se trata de tu padre y que a nadie le gusta que se acuse a sus padres de algo así, pero no puedes fingir que todo fue perfectamente correcto y normal.

—Mi padre habría dicho…

—Lo sé. Tanto tú como Caroline y Alan no dejáis de insistir en lo que habría dicho o habría dejado de decir vuestro padre, y yo he oído lo suficiente como para saber que él habría querido que fuerais absolutamente glaciales respecto a cualquier cuestión relacionada con la culpa en la familia. Y no creo que ninguno de vosotros lo estéis siendo, o no estaríais siendo tan insufribles al respecto.

Roger abrió la ventana de par en par y respiró profundamente el aire fresco de la mañana.

—Al parecer, sabes todo lo que hay que saber de cada uno de los miembros de mi familia —murmuró.

La familia. De pronto, esa palabra había adquirido un nuevo peso. La forma en que Alan la había pronunciado esa mañana…

«Somos familia, Roger. Tenemos la misma sangre».

Eso no cambiaba nada.

«Eso lo cambió todo».

Agachando la cabeza para mirar por debajo del borde del tejado, Roger pudo ver la silueta de Linwood Hall, alzándose sobre la cresta como un único diente roto. El sol de la mañana sobre las paredes de piedra gris lo hacía brillar como el marfil, y Roger se esforzó por vislumbrar Camelot, con sus paredes blancas, donde él, su hermano y su hermana habían jugado de niños.

Ahora, esas palabras también tenían mucho más peso.

—Roger, lo que estoy intentando decir —prosiguió Iris— es que no hace falta que aparentes ser tan condenadamente fuerte todo el rato.

—No aparento ser nada.

Y no lo hacía. La verdad era que estaba completamente perdido. Una tormenta azotaba su mente, y él la observaba desde el borde desmoronado de un precipicio sin saber qué hacer, salvo dar media vuelta, lenta y deliberadamente, y volver más tarde, cuando la furia hubiera amainado. Estaba paralizado, eso era todo, no por el miedo, sino por lo que fuera que se encontrara en el centro de la tormenta. Y como no había quedado hecho un despojo lloriqueante, confundían su estado con tratar de ser fuerte.

Tomó otra bocanada de aire fresco y fingió revisar el alféizar y los salientes del tejado en busca de cualquier cosa que el impostor pudiera haberse dejado olvidado. Deseó que a Iris no le importara tanto cómo toda esta situación podía estar afectándole.

—No quiero ser el hijo de mi padre —dijo—. Eso es todo lo que se me ocurre decir en este momento.

Se oyó un crujido en el suelo; acto seguido, Iris le puso una mano en el hombro y él percibió un ligero aroma a jazmín, su fragancia favorita. El sol aún brillaba sobre Linwood Hall y la torre alta era un faro de luz blanca resplandeciente.

—Tal vez —dijo Iris— deberíamos preguntarle a Brewster si él o su criada encontraron algo aquí después de que su invitado abandonara la posada.

—No sería capaz de darse cuenta de nada —refunfuñó Roger.

Pero Iris tenía razón. Con la tormenta rugiendo en su mente, no estaba pensando con la claridad que debería. Había olvidado que otras personas también participaban en la consecución de sus objetivos y que era más eficaz pedir ayuda que intentar hacerlo todo por su cuenta.

Culpó de ello a la enseñanza de su padre de tener que ser siempre un «gran hombre». A pesar de toda su brillantez, su padre nunca pareció comprender lo que cualquiera que pasara por la guerra sabía: que un oficial que ignoraba a sus sargentos corría un gran riesgo, y que incluso el mejor estratega no era nada sin los soldados rasos que estaban bajo su mando.

Roger se apartó de la ventana.

—De acuerdo —dijo—. Veamos qué tiene que decir Brewster.

Resultó que Brewster tenía mucho que decir, y es que el hombre que se hacía pasar por James Oglander jr. se había dejado olvidado un maletín. Roger casi se echó a reír. Es cierto que solo había tardado cinco minutos en registrar la habitación, pero podría habérselo evitado con una simple pregunta en cuanto había cruzado el umbral de la posada.

—El caso es —dijo Brewster mientras conducía a Roger e Iris a través de la cocina de la posada hasta una escalera de caracol muy estrecha— que su amigo se marchó con mucha prisa; yo ni siquiera lo vi salir, pero dejó el pago y la llave en el lavabo, así que no tuve motivo de queja. La cómoda se había separado de la pared y encontramos el maletín detrás de ella. Puede que se le cayera allí por accidente, aunque no sé qué podría haber estado haciendo para que eso ocurriera. Pensé que volvería a buscarlo pronto –los abogados y sus maletines, ¿no?–, así que lo dejé a un lado a la espera, pero no lo he vuelto a ver desde entonces.

Roger pensó sombríamente que difícilmente volvería a buscarlo.

La escalera de caracol se retorcía hacia arriba y hacia abajo en la oscuridad. Era de suponer que el sótano se encontrara en la parte inferior, pero Brewster los llevó a un armario estrecho y poco iluminado, escondido entre las habitaciones. Roger miró la pared panelada a ambos lados y exclamó:

–Pero qué… esto se parece mucho al pasaje de los sirvientes de la casa, ¿no? Hay un panel secreto que da acceso a la habitación de Oglander, y hay otro panel que da acceso a la habitación de al lado. Parece que tiene exactamente el mismo diseño; apostaría a que fue construido al mismo tiempo y por el mismo arquitecto.

–No sabría decirle –respondió Brewster–. Mi padre lo llamaba «el agujero del cura», decía que era de cuando todavía teníamos curas y querían mantenerlos a salvo. A mí me pareció que era más útil como lugar para guardar las sábanas limpias y cosas por el estilo.

El familiar maletín de cuero estaba recogido en un rincón de un armario junto con un par de paraguas y un sombrero de paja estropeado que, seguramente, habían dejado olvidados otros huéspedes.

Con ayuda de un pañuelo, Roger colocó cuidadosamente el maletín en el suelo y abrió el cierre.

–No me gustaría borrar las huellas dactilares –le dijo a Brewster.

Mientras Iris se situaba por encima de él y dirigía el haz de luz de la linterna hacia el maletín, Roger comenzó a hurgar en su contenido con un lápiz.

En lugar de los documentos legales que cabía esperar, el maletín contenía una toalla, un juego nuevo de cuello y gemelos, un cepillo de dientes y un peine.

–Parece más un maletín de viaje que el maletín de un abogado –comentó Brewster, inclinándose por encima del hombro de Roger–. También desprende un olor extraño.

—Es pintura —respondió Roger, oliendo el maletín.

—¿Qué es eso? —dijo Iris señalando un nombre grabado en el cuero del maletín, justo debajo de la solapa.

Inclinó la linterna para verlo mejor.

—David Fitzgerald Thompson. ¿Por qué me resulta familiar ese nombre? —Roger tardó un momento en recordarlo—. Es un afamado pintor de la alta sociedad. O solía serlo. Caroline me habló de él en una ocasión. Se retiró hace años y desapareció de la vida pública.

Ahora tenían a otro hombre al que dar caza, y esta vez no estaba tan claro por dónde empezar. Roger tuvo la impresión de que los artistas serían un colectivo bastante menos cohesionado que el de los soldados.

—Podemos preguntárselo a Caroline. Seguro que ella sabe algo de él. Pero primero será mejor que le entreguemos este maletín al inspector Mowbray.

Se sintió aliviado.

En el fondo de la mente de Roger, la tormenta seguía arreciando alrededor de las sombrías figuras de Sarah Whistler, Vimala Gurung y Matsudaira Izumi. Concentrarse en ese siguiente paso atenuó su furia. No resolvía el problema —él era el primero en admitirlo—, pero le daba algo concreto a lo que aferrarse y en lo que apoyarse. Mañana, con la perspectiva que da el tiempo y la distancia, podría sentarse a pensar en lo que significaba todo aquello. Pero no antes.

Caroline

Su madre, por supuesto, podría contarles todo lo que quisieran saber sobre sus madres biológicas y de dónde venían, pero Caroline no sentía ningún deseo de hablar con ella en ese momento. Su padre era un monstruo. Eso era innegable. Y su madre había sido su cómplice. Si lo había sido voluntaria o no, no era algo que Caroline quisiera siquiera considerar. Si lo era, entonces ambos eran monstruos; y si no lo era, entonces su padre era un hombre peor aún de lo que sugería esta concatenación de pecados. No le había pasado por alto, entre otras cosas, que las tres mujeres eran extranjeras. Lejos de casa y con pocos medios con los que defenderse, eran presa fácil para un depredador despiadado.

Caroline no bajó a desayunar hasta después de que Roger y Alan hubieran salido de la casa, y luego se quedó un buen rato en el salón, mirando el retrato de su padre.

Roger había estado inusualmente callado la noche anterior, tras la revelación. Nunca había sido alguien que le diera demasiadas vueltas a lo que sentía realmente, pero ahora no había forma de evitarlo. Probablemente, Roger estaba tratando de aclararse las ideas a medida que los hechos se sucedían. Al menos él contaba con la ayuda de Iris. En cuanto a Alan… se le notaba una renovada desenvoltura en el andar, una sutil seguridad en sí mismo que antes no tenía, y eso a Caroline no le gustaba nada. ¿Acaso le complacía la actuación de su padre?

Caroline, por su parte, sentía como si las paredes se le estuvieran echando lentamente encima. A pesar del amplio espacio que la rodeaba –todo su pequeño apartamento parisino probablemente cabría en el salón en el que se encontraba–, la claustrofobia le oprimía la garganta. Recordaba que alguien le había dicho en una ocasión que una prisión construida entre páramos tenía a la propia tierra de guardián, y que el fugitivo que lograra abrirse paso entre sus trampas cenagosas bien merecía la libertad.

Los niños deben respetar, incluso admirar, a sus padres. Pese a su resentimiento por las imposiciones de su padre, Caroline se dio cuenta de que siempre había sentido un respeto tácito por él. Por su intelecto. Su determinación. Su fuerza de voluntad. Él la había tratado con justicia y se había asegurado de que tuviera las mismas oportunidades que sus hermanos, por lo que ella le estaba agradecida. ¿Cómo iba a conciliar eso con el mal que él había hecho? Saber que él era realmente su padre solo empeoraba las cosas. La sangre que compartían la encadenaba a él.

Desde su retrato, su padre seguía mirándola fijamente. No le importaba lo que ella pensara de él, nunca le había importado.

Le vino a la mente un recuerdo de su padre en una acalorada discusión con sus amigos académicos y eruditos.

«Estáis tan llenos de teoría que habéis olvidado que la verdad está en la práctica, en la experimentación. Dejad de dar vueltas a vuestras opciones como gatitos aburridos. Salid a cazar, demostrad que esas teorías son ciertas o, si no, cerrad la boca».

Caroline dio un paso atrás y se dio la vuelta hacia el gran salón. Cuestionar la verdad: eso era todo. No se trataba de si su padre se merecía el beneficio de la duda: él mismo se habría burlado de la idea. La respuesta más racional sería comprobar los datos y demostrar que las teorías eran ciertas.

Había que empezar por el principio: ¿qué es lo que sabía?

Su padre había seducido a Miss Whistler a cambio de Alan. Se había traído una amante nepalí, Vimala Gurung, y ella le había dado a Roger antes de tragarse por accidente una sobredosis de láudano. La mayoría de los hombres jamás se hubieran atrevido a meter a su amante en la misma casa que su esposa, y la mayoría de las mujeres nunca lo hubieran tolerado, pero a padre le importaba un comino lo que pensaran los demás, y menos aún lo que pensara madre; además, no había que olvidar que ella había sido cómplice en la seducción de Miss Whistler.

Finalmente, sedujo a una mujer japonesa, Matsudaira Izumi, quien cometió un suicidio ritual después de entregarle a Caroline. Supuestamente, había sido porque la había abandonado su amante, lo cual era probablemente una manera de explicarlo. Tal vez su padre quería que siguiera los pasos de Miss Whistler, lejos de la encantadora familia que él se estaba construyendo a costa de las vidas destrozadas de otras mujeres. Pero eso era solo una teoría, y en contra de ella estaba la amistad entre su padre y el profesor Matsudaira, la cual hacía que distanciarse de Matsudaira Izumi fuera un poco más difícil de lo que había sido con Miss Whistler.

Algo no acababa de encajar en esa historia.

Alan había ido a buscar al profesor Matsudaira para hablar con él sobre este asunto. Quería llegar al fondo de la cuestión. Aún quedaban las otras dos mujeres. Caroline había hecho todo lo que había podido con respecto a Miss Whistler.

Así que solo quedaba resolver la cuestión de Vimala Gurung. ¿Era ella realmente la madre de Roger, y su padre, el padre biológico?

Su muerte habría dado lugar a una investigación, por supuesto, al igual que la de Matsudaira Izumi. Ese era un posible punto de partida. Y Caroline era muy capaz de averiguar ella misma todo lo que sabía Mr. Oglander sr.; al fin y al cabo, Roger no tenía ni idea de cómo interrogar a alguien. Bien pensado, podría ser útil averiguar si Mr. Oglander sabía algo sobre Matsudaira Izumi...

Al atravesar el gran salón, Caroline se detuvo y se dirigió hacia la gran chimenea flanqueada por dos armaduras. Una de ellas estaba desarmada; la maza que había empuñado y con la que habían matado a golpes a su padre (¿acaso una muerte merecida?) estaba ahora en poder de la policía. La otra seguía empuñando la misma espada de siempre, la que había portado desde el día en que fue erigida.

Caroline extendió la mano y tocó la hoja de la espada. Su madre se había quitado la vida con una espada exactamente igual a esta, pensó, y arrugó el ceño.

Había algo que no cuadraba en esa historia.

Más valía que Alan obtuviera respuestas satisfactorias del profesor Matsudaira, y lo mismo podía decir de Mr. Oglander sr.

El aspecto de Mr. James Oglander sr. resultó ser una sorpresa para Caroline. Ella lo recordaba, antes de la guerra, como un anciano alegre, con el pelo castaño rojizo y una sonrisa pícara, pero el hombre que tenía ahora ante sí no era más que una pálida sombra de aquel recuerdo. En los últimos años, el cabello se le había vuelto blanco y había perdido mucho peso. Sintió un ligero olor a alcohol en su aliento, a pesar de ser domingo por la tarde. Caroline no esperaba encontrarlo en el trabajo cuando llamó a la oficina hacía un rato, pero allí estaba él.

Algo le decía que la vida fuera de la oficina había dejado de interesar a Mr. James Oglander sr.

—Pensé que quizá pasarían a verme —le dijo—. Usted o su hermano Alan, o tal vez los dos juntos. Ya he hablado con Roger.

Caroline asintió con la cabeza.

—Me dijo que usted sabía quién era su verdadera madre, lo que supongo que significa que también sabe quién es la mía y la de Alan. Ya he tenido la ocasión de hablar con Sarah Whistler, así que me imagino lo que me espera.

El viejo abogado pareció alarmarse un instante. A continuación, juntó las manos sobre el escritorio y se inclinó hacia delante.

—No debería juzgar con demasiada severidad a su padre —dijo con sinceridad—. Estoy seguro de que acabó por darse cuenta de lo equivocadas y censurables que fueron sus acciones con respecto a Miss Whistler. Sus relaciones con Vimala Gurung y Matsudaira Izumi, su madre, fueron muy diferentes.

Caroline no sabía si sería capaz algún día de perdonar a su padre por lo de Miss Whistler, por no hablar de Vimala Gurung y

Matsudaira Izumi, pero no había venido allí para discutir sobre culpabilidad moral.

–Correcto –respondió ella, manteniendo un tono profesional–. Usted le comentó a Roger que padre había traído a Vimala Gurung de la India, ¿no es cierto?

–Así es.

–¿Y está completamente seguro de que Roger no podía ser hijo de otro hombre?

–No soy quién para juzgar la conducta moral de una mujer muerta, Caroline. Francamente, sería de muy mal gusto. Pero su padre parecía creer que Roger era suyo y, para mí, eso era suficiente.

Al indagar más sobre las fechas exactas, Caroline había descubierto que su padre se había marchado a la India solo un mes después del nacimiento de Alan. Había estado unos ocho meses fuera antes de regresar a casa con Vimala Gurung. Roger había nacido menos de ocho meses después. Si el verdadero padre de Roger fuera otra persona, Vimala Gurung se habría encontrado con él en circunstancias muy incómodas, tan cerca de su partida hacia Inglaterra con su padre.

No era imposible. Pero sí improbable.

–Había oído rumores sobre su existencia mucho antes de llegar a verla –prosiguió Oglander sr.–, e incluso entonces solo pude verla de lejos. Ella prefería mantenerse al margen y Sir Lawrence no parecía interesado en presentársela a nadie. Nos encontramos por casualidad, una vez que fui a hablar con Sir Lawrence para pedirle que añadiera una mención a Roger en su testamento, y solo pude intercambiar unas palabras con ella antes de que su padre interviniera y me llevara a su estudio.

–¿Qué impresión le causó?

–¿Más allá de lo factual, quiere decir? Déjeme pensar.

Oglander sr. se recostó en su butaca y dirigió la mirada hacia el techo.

Tras él, la ventana abierta daba al césped inclinado del viejo mercado de ganado. En un día normal entre semana, se podía oír el sonido de los martillos sobre los yunques de la herrería contigua, y la taberna Horse Shoe, en la esquina, hubiera estado repleta de parroquianos. Caroline se imaginó a Vimala Gurung al llegar a este lugar con su padre, proveniente de Nepal, atravesando apresuradamente la multitud de compradores del mercado hasta alcanzar Linwood Hollow. A los habitantes del pequeño pueblo inglés les debió de parecer algo así como un pájaro exótico, y era sorprendente que no hubiera más rumores sobre ella.

–Era toda una dama –dijo Oglander sr.–. Majestuosa y digna; me sorprendió descubrir más tarde que era analfabeta. Recuerdo cómo se le iluminaba la cara cuando hablaba de Roger. Ella lo llamaba su pequeño rajá, y, de hecho, Sir Lawrence quería ponerle Basil. Tuve la impresión de que hacía mucho tiempo que no era feliz y que la vida en Inglaterra no había respondido a sus expectativas, pero Roger le había dado una razón para vivir y, con él a su lado, estaba dispuesta a soportar cualquier cosa.

–¿Cree que ella fue una víctima igual que Miss Whistler?

–¡Víctima! –Oglander sr. pareció apenado ante tal idea–. Su padre no causaba víctimas, Miss Linwood. No, yo tenía entendido que Roger era fruto de un momento de debilidad y que Sir Lawrence la había traído de vuelta para salvarla del infierno que habría tenido que soportar en la India o Nepal como madre soltera; él estaba asumiendo la responsabilidad de su error. No creo que Vimala Gurung llegara a ser realmente su amante, a pesar de Roger y de los rumores. –Hizo una pausa y frunció el ceño al recordar–. La investigación judicial dictaminó que se trataba de una muerte accidental, lo que no dejaba de ser irónico, dada su recién descubierta felicidad. Había estado teniendo problemas para dormir, y Lady Linwood le dio láudano, le recuerdo que eso fue antes de que el Veronal saliera al mercado, y Lady Linwood no confiaba en los polvos de bromuro. Pero Vimala Gurung era analfabeta, como ya he mencionado, y no era capaz de leer las instrucciones de la etiqueta. Una noche, tomó una sobredosis y eso fue lo que acabó con ella.

Sin embargo, Caroline no tenía ninguna duda, a pesar de las excusas de Oglander, de que su padre le había hecho a Vimala Gurung la misma mala pasada que a Miss Whistler. La diferencia era que Vimala Gurung no podía acabar por diluirse en el tejido de la sociedad inglesa, mientras que Miss Whistler podía construirse una nueva vida sin llamar demasiado la atención.

—¿Y qué hay de mi madre, entonces? —preguntó Caroline—. Alan me dijo que había encontrado los registros de la investigación judicial sobre mi madre y me contó lo que había descubierto.

—¿Y supongo que también quiere conocer mi opinión personal y completamente carente de fundamento?

—Se lo ruego.

La imaginación de Caroline sustituyó la imagen de Vimala Gurung en el antiguo mercado de ganado por la de Matsudaira Izumi y su hermano, a quien Alan había descrito como meticuloso y austero. Se los imaginó atrayendo las miradas y los cuchicheos mientras se paseaban por el césped, como una segunda parte de las historias que los lugareños hubieran podido elaborar alrededor de Vimala Gurung.

Oglander sr., mientras tanto, se sumió todavía más profundamente en sus recuerdos.

—Su madre era una mujer encantadora —dijo—. Inteligente, culta y muy interesada en el mundo. Nunca fue tan infeliz como parecía haber sido Vimala Gurung y, sin duda, la veía mucho más a ella. La primera vez que la vi fue en un bonito día de verano. Su padre me había pedido que fuera a Linwood Hall para resolver un pequeño asunto legal, y la encontré en el gran salón jugando con Alan. Recuerdo haber pensado… —Se detuvo, afligido, y luego miró a Caroline con una expresión de disculpa—. Usted me ha pedido mi más sincera opinión, así que se la voy a dar. Tuve la impresión de que Lady Linwood era una madre negligente. Afirmaba que podía arreglárselas sin niñera, pero no hacía ningún esfuerzo más allá de lo estrictamente necesario. Cuando vi a Miss Matsudaira jugando con Alan, pensé: «Por fin, esto es justo lo que necesitan los niños Linwood, alguien que les proporcione el cariño que Sir Lawrence parece incapaz de ofrecerles».

En la imaginación de Caroline, una pequeña familia apareció sobre la hierba del viejo mercado de ganado: una mujer de complexión delicada y cabello oscuro le tejía una corona de margaritas a una versión en miniatura de sí misma, mientras dos niños un poco mayores, uno rubio y otro moreno, corrían arriba y abajo por la pendiente, riendo con desbocada alegría.

–Se lo comenté a ella también –continuó Oglander sr.–, y hablamos sobre la familia en general. Fue entonces cuando me informó de que le había prometido a Sir Lawrence un hijo, un tercer varón que acompañara a los dos que ya tenía.

Era una historia muy diferente de la que Caroline podía esperar después de su encuentro con Miss Whistler.

–Entonces, ¿ella lo sabía? ¿Sabía que todo lo que padre deseaba era un hijo? ¿Y ella estaba dispuesta, realmente dispuesta, a seguir adelante con esa idea?

El viejo abogado asintió con la cabeza.

–Recuerdo que al principio me sorprendió bastante, pero supongo que, al ser extranjera, tenía una forma diferente de ver las cosas.

–Pero finalmente se suicidó, supuestamente porque la habían abandonado.

–Sí. En cuanto a eso… –Oglander sr. parecía un poco avergonzado–. La historia del abandono ofrecía una explicación más sencilla. Nadie habría entendido la verdad, pero lo cierto es que ella le había prometido un varón a Sir Lawrence. Lo cual no significa que su padre la quisiera a usted menos –se apresuró a añadir–, solo que no creo que ella entendiera que él habría estado contento independientemente del desenlace. Desde su punto de vista, ella había hecho un juramento y lo había roto.

La familia imaginaria en el viejo mercado de ganado se desvaneció en un instante.

¿Su madre se había suicidado porque ella, Caroline, había nacido niña? Caroline no podía imaginar qué tipo de pensamiento la había empujado a hacer una cosa así. Oglander sr. debía estar equivocado, pero Caroline se dio cuenta de que no tenía ninguna otra información acerca de Matsudaira Izumi con la que rebatir sus impresiones. Y, en ese momento, lo entendió:

–Mi madre no me quería.

Le profesaba más cariño a Alan que a su propia sangre.

–Yo no he dicho eso. –Oglander sr. se removió en la silla, incómodo–. Estoy seguro de que ella la quería mucho y la habría criado sola si hubiera creído que era posible, pero estaba el asunto de la promesa que le había hecho a su padre. Ella consideraba que era su obligación…

–Ella creyó que esa promesa era más importante que yo –respondió Caroline con brusquedad, irguiéndose sobre la silla.

No permitiría que nadie viera lo mucho que le dolía, y si algo había aprendido de su padre era a preservar la dignidad. Se podían decir muchas cosas de su padre, pero él siempre se había asegurado de que recibiera un trato justo. Él le había dedicado mucha atención, si no afecto, y Caroline mentiría si dijera que él la había descuidado alguna vez.

Por un breve instante, creyó ver la figura oscura y hosca de su padre de pie sobre la hierba del viejo mercado de ganado, tan firme e inmutable como el monumento a Eduardo VII que se alzaba cerca de allí, con la mirada severa clavada en ella incluso desde aquella distancia, y, entonces, en un parpadeo, desapareció.

Alan

Alan Linwood, el hijo mayor de Sir Lawrence Linwood, se agitó cuando su tren entró en la estación de Sheffield. Tenía que tomar una decisión y solo disponía de unos minutos para ello. Podía bajarse ahora y encaminarse hacia el colegio de monjas donde, según su media hermana, encontraría a su madre biológica.

O podía quedarse en el tren y continuar su trayecto hacia Londres, hasta Finsbury Circus, donde quedaba la Escuela de Estudios Orientales y el profesor Matsudaira.

El profesor Matsudaira tenía que saber la verdad sobre su padre. Le parecía imposible que no hubiera sabido nada, teniendo en cuenta lo unidos que estaban él y la tía Sue a su padre. Alan pensó en la mujer que jugaba con él en la guardería: la tía Sue había sido más cercana a él, más una figura materna, que su propia madre. Sí, el profesor Matsudaira tenía que saber que padre era el padre biológico de Caroline. Y quizá sabía, o al menos sospechaba, la verdad sobre Roger y Alan y había decidido no decírselo a Alan.

Tal vez estaba siendo injusto, pensó Alan. Quizá el profesor solo quería evitarle a Alan –y a Caroline– la aflicción.

Por otro lado, si su padre era el amante de la tía Sue, ¿significaba eso que ella esperaba que él dejara a su madre y que se sintió profundamente decepcionada cuando él se negó? En ese caso, el profesor Matsudaira podría tener aún más motivos para odiar a su padre.

El silbido del tren sonó fuerte y agudo, arrancando bruscamente a Alan de sus pensamientos una vez más. Aún tenía que tomar una decisión.

Había pagado ya el billete completo hasta Londres y tenía muchísimas preguntas que hacerle al profesor Matsudaira. Caroline había preferido no visitar a su tío, alegando que necesitaba acostumbrarse a la idea de tener uno, y, si era sincero, lo mismo podía decir Alan respecto a Miss Sarah Whistler. Aún no se sentía preparado para conocerla.

Su padre le habría dicho que se quedara en el tren e hiciera el viaje a Londres. Sabía lo que podía conseguir de la visita al profesor Matsudaira; en cambio, de Miss Whistler solo podía esperar satisfacer la necesidad sentimental de saber de dónde venía y cuál era su lugar en el mundo.

—¡Pasajeros al tren! —gritó el revisor.

El tren estaba a punto de dejar la estación.

Alan se puso de pie de un salto y bajó su maleta del portaequipajes.

—Nos hemos demorado ligeramente, ¿no le parece? —murmuró uno de los ocupantes del compartimento, una anciana envuelta en lana rosa, sin apenas interrumpir su labor de punto.

Alan solo tuvo tiempo de esbozar una débil sonrisa antes de esquivarla y dirigirse hacia la puerta del tren. Apartó al revisor y saltó al andén justo cuando el tren comenzaba a moverse.

—¡Tiene suerte de no haberse roto el cuello! —le gritó el revisor.

Pero el tren ya estaba cogiendo velocidad y, para bien o para mal, Alan había tomado su decisión.

Y fue su elección. Ya no importaba lo que su padre quisiera o esperara de él.

Acurrucados frente al fuego de la gran chimenea del salón la noche anterior, Roger y Caroline habían expresado su horror por lo que su padre —y, por extensión, su madre— les había hecho. Roger parecía completamente devastado y Caroline tenía el aspecto de alguien físicamente enfermo. Por una vez, Alan había sido quien había dicho que había que dejar atrás y enterrar el pasado. Tal vez fuera porque, para él, el pasado era tema de estudio: conocía los pecados de sus antepasados y, por muy grande que fuera su impacto en el presente, le despertaban más interés que vergüenza. O aún más probablemente, se dijo a sí mismo cuando se arrodilló junto a su cama para rezar –y eso tampoco era algo que ahora sintiera que debía ocultar–, fuera porque su posición en la familia ya no dependía únicamente de si interpretaba su papel a gusto de su padre.

Alan era un Linwood, un miembro de pleno derecho de una estirpe que se remontaba siglos atrás, hasta sir Robert Linwood y la guerra de las Dos Rosas. Roger y Caroline estaban unidos a él por un vínculo de sangre inquebrantable. Era ahora una parte esencial de su identidad y ya nadie podría arrebatárselo. Caminando por las calles de Sheffield hacia el convento donde encontraría a su madre biológica, se dio cuenta de que nunca se había sentido tan libre ni tan seguro de sí mismo en toda su vida.

El Santa Úrsula era exactamente como Caroline lo había descrito: había una capilla gótica en el centro, con un claustro de altos muros a un lado y un patio cuadrangular de ladrillo rojo al otro. La parte gótica probablemente era anterior a la orden de monjas que actualmente la ocupaba, ya que era claramente previa a la disolución de los monasterios por Enrique VIII. Alan supuso que las monjas debían de haber adquirido los edificios a principios del siglo XIX, tras la llegada de católicos franceses que huían de la Revolución francesa, y que los edificios escolares de ladrillo rojo se habían añadido en esa misma época.

Alan tocó el rosario que llevaba en el bolsillo. Le resultó curioso hallar refugio en la misma fe que había protegido a su madre durante casi treinta años. No era precisamente el tipo de rasgo que uno esperaría que fuera hereditario. Se acercó primero a la capilla. Llegó justo a tiempo para la misa y, una vez terminó, permaneció arrodillado durante un rato, contemplando en silencio el misterio que era su lugar en el mundo, antes de encender una vela por Vimala Gurung y Matsudaira Izumi. Solo entonces se dirigió a la puerta del convento y, tras respirar hondo, llamó.

La hermana Richard, la diminuta monja que dirigía la escuela, lo recibió en su austera oficina con una frialdad aún más austera, solo ligeramente atenuada por el hecho de haberlo reconocido como unos de los feligreses que había visto antes en la misa.

–¿Mr. Linwood, dice? Hace unos días vino una Miss Linwood preguntando por Miss Whistler, con pretextos falsos, debo añadir.

–Sí, era mi hermana. Estoy al corriente. Debo disculparme por sus subterfugios, pero era muy importante que localizáramos a Miss Whistler con cierta discreción.

–Puede que ella no quiera verle.

–Dígale que se trata de Alan Linwood. Querrá verme.

La hermana Richard pareció dudar. A pesar de ello, lo condujo a un salón en la planta baja, donde la brillante luz del sol procedente de los jardines del claustro se reflejaba en unas estanterías con puertas de cristal sobre muebles tan antiguos como la propia orden. Una vez allí, se le pidió que esperara mientras la hermana Richard iba a transmitir su mensaje a Miss Whistler.

No tuvo que esperar mucho. En cuanto la vio, a Alan le resultó evidente que Miss Whistler, en su afán de acudir a verle, había dejado todo a un lado, y estaba sonrojada por la ansiedad. La hermana Richard trató de ofrecerle su apoyo de un modo bastante incisivo, pero ella la interrumpió en seco e insistió en que no tenía ningún problema en quedarse a solas con el joven, cerrándole la puerta de la sala en las narices.

Alan se había armado de valor para ese momento. Iba a reunirse con su madre, su verdadera madre, y no estaba seguro de cómo podía afectarle. Se fijó en la falda gris, la blusa blanca impecable y el cabello rubio rojizo salpicado de canas, y se dijo a sí mismo que nunca le habría prestado atención si se hubiera cruzado con ella por la calle.

No, eso no era del todo cierto: esos sorprendentes ojos azules llamarían la atención de cualquiera.

No pasó nada. Todo lo que vio fue a una mujer de unos cincuenta años, probablemente la tía soltera de alguien.

Miss Whistler se volvió lentamente desde la puerta que acababa de cerrar y, esforzándose por adoptar una expresión de cortesía neutral, dijo:

–Mr. Linwood. Qué agradable sorpresa.

Sin embargo, no podía ocultar la ansiedad en sus ojos, ni tampoco el anhelo.

Alan dio un paso adelante y, tras pensarlo un momento, extendió las manos para tomar las de ella entre las suyas.

–Caroline me lo ha contado todo –dijo.

Pudo ver cómo un espasmo la estremecía y el brillo en sus ojos cuando las lágrimas comenzaron a brotar. No sabía qué hacer. Seguía esperando que una explosión de emociones lo dejara sin aliento en cualquier momento, pero no pasó nada.

–Será mejor que nos sentemos –dijo Miss Whistler, casi ahogándose con las palabras, y Alan la condujo hasta un sofá desgastado cerca de la chimenea de la estancia.

Se quedaron sentados, en silencio, durante por lo menos un minuto.

Por fin, Miss Whistler dijo:

–Cuando fui al funeral, en realidad fue para verte a ti, ¿sabes? No sé si me recuerdas o si solo fui una cara más entre la multitud, pero tenía que verte. Me dije a mí misma que quería ver con mis propios ojos que estaba muerto y regodearme en ello, pero eso no era cierto en absoluto.

–Creo que te recuerdo –mintió Alan.

No sentía nada más que azoramiento por lo incómodo de la situación. Allí estaba su madre, y él no era capaz de sentir absolutamente nada.

Al levantar la vista, vio su reflejo en el cristal de una de las estanterías y, por un instante, creyó ver a su padre mirándole con desprecio.

«Sensiblerías», oyó que suspiraba la voz de su padre. «¿Ves de lo que te he librado?».

Algo amargo y acre se agitó en lo más profundo de su pecho.

–Caroline me dijo que viniste de Estados Unidos. Con una prima que iba a casarse con un noble.

–De Chicago, sí. Tu bisabuelo amasó una fortuna allí trabajando en la construcción del ferrocarril durante la expansión hacia el oeste...

Era la tercera fortuna que había amasado la familia Whistler desde su llegada al Nuevo Mundo en 1609. Anteriormente, habían conseguido y desperdiciado una fortuna en la fabricación de textiles, y antes de eso había ocurrido lo mismo con el comercio del té. La historia de la familia, le contó con orgullo Miss Whistler, consistía en levantarse tras una pérdida devastadora y reconstruirse de nuevo, como si la riqueza fuera su estado natural y la pobreza solo un inconveniente temporal. Su padre, el abuelo de Alan, había sido desheredado por su propio padre por casarse en contra de los deseos de la familia –la madre de Miss Whistler, antes de contraer matrimonio, había sido una prostituta sin un centavo a la que su padre había recogido en Turquía– y, de haber vivido cinco años más, podría haber amasado una cuarta fortuna familiar que habría rivalizado con la tercera.

Alan sintió que bien podría estar en una conferencia sobre tribus indígenas africanas. Por mucho que deseaba incorporar estas historias a las suyas propias, en ningún momento sintió, como le había ocurrido cuando oía hablar de sir Robert Linwood o de cualquiera de los Linwood desde entonces, que había conectado con el espíritu de su gente.

La amargura que le punzaba en el pecho se intensificó y la reconoció como una rabia fría y resentida, como los cimientos de un rencor que llevaba mucho tiempo acumulando.

–¿Turquía? –Alan dijo, aferrándose al único detalle que sugería un giro singular en su ascendencia. –¿Mi abuela era turca?

Volvió a mirar a Miss Whistler.

Si había algo de sangre turca en ella, era imposible de detectar. Miss Whistler solo pudo encogerse de hombros. Su madre, al parecer, no estaba demasiado interesada en hablarle de su vida anterior, salvo que una guerra la había obligado a abandonar el lugar donde había nacido.

—Heredé sus ojos y su pelo; a partir de ahí, puedes sacar tus propias conclusiones.

Alan se dio cuenta de que hacía falta algo más que la sangre para forjar un vínculo. Nunca podría sentirse parte de los Whistler como se sentía parte de los Linwood, porque no era solo la biología lo que te hacía formar parte de algo.

—Todo esto es culpa de mi padre —dijo, interrumpiendo a Miss Whistler (era incapaz de otorgarle un trato más familiar que ese título formal) mientras le contaba una historia sobre un tío abuelo que se había ido a California en busca de oro—. Nunca debió… Nunca debió haber hecho lo que hizo. Fue cruel. Monstruoso. Casi me hace creer que se merecía lo que le ocurrió.

—¡Alan! —exclamó Miss Whistler con tono severo—. No vuelvas a decir eso. Era tu padre.

Alan torció el gesto.

—Caroline me dijo que lo odiabas —le dijo—. Sabiendo lo que te hizo, lo entiendo perfectamente. ¿Por qué no debería odiarlo yo también? A él y a madre.

—Ellos te querían.

—¿De verdad?

Lo que realmente hubiera querido decir era: «¿Acaso importa?», pero esas hubieran sido las palabras de su padre en su boca. Su padre habría dicho que los simples lazos familiares no eran más que tonterías sentimentales que se interponían en el camino de tomar decisiones racionales. Y, en ese momento, Alan sintió las palabras de su padre como ceniza en la lengua.

—No te habrían criado si no te quisieran, ¿no? —Miss Whistler se levantó y le puso ambas manos sobre los hombros, lo miró a los ojos y continuó hablando con gravedad—: Quizá no lo demostraron como suelen hacerlo los padres, pero estoy segura de que te querían. En mi caso, es diferente. No les debo ninguna de las ventajas y privilegios que pueda tener en la vida, ni les debo mi educación. Me hicieron más daño que nada ni nadie en toda mi vida. Pero a ti te convirtieron en el joven maravilloso que eres ahora, y eso no se puede hacer sin amor.

«Tonterías sentimentales».

Entonces, ¿en qué clase de monstruo se había convertido él si había sido criado por monstruos? ¿Quién era Alan Linwood? Un bastardo duro e insensible, tan despiadado como lo juzgaban sus hombres en las trincheras. El rostro que se reflejaba en el cristal de la librería era el de su padre, pero él no se había dado cuenta hasta ese momento porque, desde que nació, le habían inculcado que no había la más mínima consanguinidad entre ellos.

Entendió que era mejor para él pensar que así era.

–He pasado la mayor parte de mi vida odiando a Sir Lawrence Linwood –dijo Miss Whistler–. Es una forma horrible de vivir, y no quiero que te pase lo mismo. Prométemelo, Alan. Prométeme que no permitirás que el odio te consuma el alma.

La amargura seguía ardiendo, todavía más fría que antes. Casi podía saborearla, en el fondo de la garganta, como si de algo real y palpable se tratara. Le dedicó una sonrisa sombría a la mujer que se suponía que era su madre y dijo:

–Por supuesto. Te lo prometo.

El odio no era más que un sentimiento, después de todo, y él era un Linwood. No poseía un alma que pudiera consumirse. El rostro de su padre, reflejado en el cristal de la estantería, le devolvió una sonrisa de espantoso triunfo.

Roger

Caroline ya se había ido cuando Roger e Iris regresaron a Linwood Hall, aunque al echar un vistazo rápido a su habitación vieron que su maleta todavía estaba allí; probablemente volvería pronto. Roger decidió aprovechar el tiempo y revelar las fotos que había tomado del maletín. El maletín en sí se lo había entregado a la policía. Sin embargo, una vez terminada la tarea, no le quedó más remedio que esperar, tanto a que se secaran las fotos como a que Caroline regresara. Y sin nada más que hacer, Roger se dedicó a dar vueltas, a reflexionar y a ponerse cada vez de peor humor.

Alan y Caroline andaban persiguiendo las sombras del pasado, le dijo a Iris al menos tres veces a lo largo de la tarde, y nada de eso era realmente relevante. Debían centrarse en lo que realmente importaba, es decir, en el camino que tenían por delante. Su padre les había enseñado a desdeñar el sentimentalismo sensiblero… y era en ese punto que él se quedaba en silencio una y otra vez.

Ahora le resultaba difícil reconocer que su padre podía tener razón en algo.

No fue hasta mucho después de la hora de la cena que Caroline regresó a casa. Roger había empezado a pensar que hubiera sido más productivo ir puerta por puerta en Pickering preguntando por ese tal David Fitzgerald Thompson. Al fin y al cabo, era cuestión de perseverancia; ¿tan difícil podía ser?

Caroline le miró con lástima e incredulidad cuando se lo explicó; su respuesta fue:

—Te habría llevado una semana y no te habría servido de nada. Davey vive en Malton, no en Pickering. No creo que nadie en Pickering haya oído hablar de él.

–Oh, ¿así que «Davey»? ¿Es un amigo cercano?

–Bueno, al menos eso me gusta creer. –Caroline volvió a mirar las fotografías del maletín y comenzó a revisarlas de nuevo con el entrecejo fruncido–. No entiendo qué tiene que ver Davey en todo esto. Es la persona menos ambiciosa que conozco. No hay nada que él pudiera obtener involucrándose en el asesinato de padre.

–En cualquier caso, parece que lo conoces muy bien –murmuró Roger, recuperando las fotografías–. ¿Qué relación tenéis? No tenía ni idea de que tenías amigos artistas.

Ni ningún otro amigo, a decir verdad.

–Recuerda –dijo Caroline– que estuve aquí sola durante un año después de que Alan y tú os fuerais a la universidad, y ya era demasiado mayor para que padre me mantuviera recluida en casa sin quedar como un carcelero. Salí. Conocí gente. –Caroline vaciló, y Roger se preguntó si había algo más que ella no le estaba contando–. Davey fue una de las personas que conocí. Eso es todo.

–Bueno, parece que tiene alguna que otra explicación que darnos. –Miró su reloj–. Con el coche, estaremos en Malton en media hora…

–No. No vamos a presentarnos en su casa sin avisar, y menos un domingo por la noche. Le interrumpiríamos la cena y nada le disgusta más que le molesten cuando está disfrutando de su asado dominical. Le llamaré y le diré que nos acercaremos mañana por la mañana.

–¿Y darle tiempo para que se invente una mentira plausible que explique cómo acabó su maletín en manos del hombre que casi con toda seguridad asesinó a nuestro padre? Ni hablar. Podemos esperar hasta mañana, si quieres, pero no le advertiremos de nuestra visita.

–Davey es inofensivo –dijo Caroline, dándose la vuelta–. Y tú estás siendo ridículo.

Aun así, ella no insistió. Roger la vio subir las escaleras hasta la galería y desaparecer por el pasillo hacia los dormitorios, la espalda erguida y rígida de indignación. Esta revelación sobre la vida privada de Caroline le molestó, y le llevó un momento comprender por qué. Después de todo, a ninguno de ellos les preocupaba mucho lo que los demás hacían con sus vidas lejos de casa, y Roger sabía que él mismo se molestaría mucho si los encontrara entrometiéndose en sus asuntos privados, o tratando de imponerle los suyos.

El problema era que esa amistad había surgido justo delante de sus narices, en el estrecho espacio de Linwood Hall, donde todo se compartía por defecto y nada era privado, a menos que se tomaran medidas para que así fuera. Y ella era su hermana.

—No parecía muy contenta, ¿verdad? —dijo Iris desde el sofá, donde había estado observando la conversación—. Me refiero a lo de no llamar a David Thompson. Casi me dio la impresión de que eso la molestó más que cualquier otra cosa que le dijiste.

—¿Tú crees? —musitó Roger. Él no tenía ni idea—. Quizá soné un poco como padre, siempre prohibiendo cosas. De niño se me daba muy bien imitar a mi padre cuando se ponía de mal humor, y ahora entiendo por qué.

Roger continuó mirando fijamente hacia las sombras de la galería del piso superior, aunque no hubiera nada que ver allí. Pensaba ahora en su padre, rebuscando en sus recuerdos algo, cualquier cosa, que pudiera ser un indicio de lo que realmente había significado para ellos.

—¿Quieres hablar del tema? —preguntó Iris con delicadeza.

Roger volvió de su ensimismamiento.

—Estoy agotado. Creo que me retiraré temprano esta noche.

Sin mirar atrás, comenzó a subir las escaleras.

El lugar al que Caroline condujo a Roger e Iris no era, como él esperaba, la apartada morada de un ermitaño solitario, sino un edificio de ladrillo situado en la plaza del mercado, en el centro de la ciudad. Estaban rodeados por el bullicio de un lunes por la mañana: amas de casa y criadas haciendo la compra y comerciantes preparándose para la semana de trabajo. Roger recordó aquellas raras ocasiones en las que se había ganado el favor de su padre y había sido recompensado con el privilegio de acompañarlo aquí en sus visitas mensuales a la ciudad por negocios.

Caroline lo guio hasta un establecimiento bastante deteriorado que se situaba a un lado, donde un finamente elaborado cartel en una ventana anunciaba una próxima representación de *Ruddigore*, y luego los llevó por un callejón lateral que parecía conocer mejor que su propia casa. Al final de este, se encontraba un destartalado cobertizo donde un caballero de cierta edad, vestido con pantalones de pana manchados de pintura, trasteaba lentamente entre una variedad de accesorios teatrales, entre los que Roger pudo ver varios retratos tamaño natural pintados con gran maestría.

Este, al parecer, era el otrora célebre retratista David Fitzgerald Thompson. Su aspecto recordaba más al de un trabajador del campo. ¿Por qué diantres se dedicaba a pintar fondos y carteles para una compañía teatral de tercera categoría aquí, en medio de la campiña de Yorkshire? En el apogeo de su carrera, David Fitzgerald Thompson podía pedir el precio que quisiera; en cambio, lo que ganaba ahora no podía ser más que una miseria. Roger no sabía qué desgracia había llevado a tal titán a caer tan bajo, pero le pareció engañosamente contento cuando Caroline hizo las presentaciones.

–Llámame Davey –dijo el pintor, estrechando la mano de Roger y manchándola sin querer de pintura–. No te importará que te llame Roger, ¿verdad? Caroline habla mucho de ti. Es un placer conocerte por fin en persona.

–Parece que me llevas ventaja, entonces.

Con Iris se mostró incluso más encantador, si cabe, y Roger creyó vislumbrar algo del pintor sofisticado y distinguido que había sido en otros tiempos.

–¡Así que estas son las maravillas que se producen ahora en la cosmopolita Londres! Querida, creo que me he acomodado demasiado aquí, entre los pueblos y las aldeas con sus mercados.

Pintarte sería más que estimulante, sin duda… Me encantaría hacerlo un día de estos.

Iris se sonrojó y se echó atrás como la tímida florecilla que, por lo general, no era.

–No creo que pueda permitirme tus honorarios. Además, había oído que habías dejado de pintar.

Davey se rio y señaló con una mano el completo desorden del cobertizo.

–¿Acaso parece que he dejado de pintar? Mi retiro significa que ya no estoy atado a los encargos y puedo dedicarme a pintar lo que a mí me apetezca, y me encantaría pintarte. ¿Has pensado en probar suerte en el teatro?

Caroline carraspeó.

–Roger quiere saber algo sobre un viejo maletín tuyo –dijo–. Enséñale las fotos. Davey, ¿puedes decirnos algo al respecto?

Mientras Roger sacaba las fotografías de su bolsillo y Davey centraba su atención en ellas, Iris se escabulló entre el desorden para curiosear.

–Oh, sí –dijo Davey, después repasar las fotografías–. Recuerdo este maletín. Era una de las muchas cosas inútiles que tenía por ahí de mi antigua vida. Lo doné al teatro cuando representamos *Trial by Jury*. Normalmente, lo guardamos aquí con el resto del atrezo y lo sacamos cuando una producción necesita un abogado o un empresario. La última vez que lo vi fue hace solo una semana, cuando Edwin Culpepper, uno de nuestros actores, me lo pidió para algún tipo de compromiso privado.

Roger se puso tenso al oír el nombre.

–¿Quién es este Edwin Culpepper?

–Un actor –dijo Davey–. Es bueno, pero quizá no tanto como cree. Es uno de los pocos actores que tenemos que se ganan la vida con ello, por lo que a menudo se va a York o Scarborough para hacer audiciones en los teatros más importantes de la zona. Sin embargo, por lo general podemos contar con él para la pantomima de Navidad.

–¿Qué hay de ese «compromiso privado» suyo?

–Sé tan poco como tú. No es la primera vez que se mete en algo así, y yo no suelo hacer preguntas al respecto.

–¿Sabes dónde podemos encontrarle?

Davey asintió con la cabeza y empezó a hojear su cuaderno de bocetos.

–Tengo su dirección aquí apuntada, si la quieres. –Una vez que encontró la página que buscaba, la arrancó y se la entregó a Roger–. Es una pensión al otro lado del río, en Norton. Si no está allí, su casera sabrá dónde ha ido.

Junto con la dirección, Davey tenía una foto del tipo, una fotografía tomada para publicidad hacía uno o dos años. Incluso bien afeitado y en blanco y negro, el tal Edwin Culpepper era sin duda el hombre que se había hecho pasar por James Oglander jr., y Roger estaba seguro de que Oglander sr. lo identificaría como el hombre que también se había hecho pasar por el comandante Buchanan.

Ahora sí estaban llegando a alguna parte. Roger se guardó la fotografía y la página del cuaderno con la dirección de Culpepper en el bolsillo y le dio las gracias al viejo pintor. Después de los nervios de ayer, la facilidad con la que habían adquirido la información esa mañana era casi una decepción, aunque no es que se quejara. Podía sentir que el final de la persecución estaba cerca. Solo quedaba cruzar el río a toda velocidad hasta la pensión de Culpepper y plantarle cara a aquel hombre.

Estaban a mitad de camino de vuelta al coche cuando Iris le tiró del brazo y lo apartó a un lado.

–La dirección –le susurró–. Mírala otra vez.

–¿Cómo?

Roger sacó obedientemente el trozo de papel de su bolsillo y lo miró de nuevo.

La letra de Davey era grande y redondeada, con una especie de elegante desorden. No había nada más sobre el papel, ni tampoco en el reverso.

—¿Qué pasa, Iris?

Caroline ya había salido del callejón y seguramente los estaba esperando en el coche.

—No era la última página del cuaderno de bocetos, pero era la última página que se había utilizado —dijo Iris—. Y no hay nada más garabateado ni escrito sobre ella. Parece como si lo tuviese escrito y preparado para cuando llegaras, como si supiera que ibas a venir y por qué.

—Probablemente Caroline acabó por llamarle —masculló Roger, molesto.

Ahora que había conocido a Davey Thompson, se inclinaba a coincidir con Caroline en que era inofensivo o, al menos, eso parecía. Tal vez debería haber confiado en el criterio de Caroline, pero, por otro lado, ella no tenía por qué haber actuado a sus espaldas. Debería haber respetado su cautela.

—Bueno, quizá solo quería asegurarse de que Davey estuviera aquí cuando viniéramos.

—Pero ¿por qué ocultarlo?

—Quizá no quería empezar el día con una discusión. —Roger volvió a doblar el trozo de papel y se lo guardó en el bolsillo—. Además, no tiene importancia —dijo con firmeza—. Tenemos lo que vinimos a buscar: el nombre y la dirección de Edwin Culpepper. Eso es lo que cuenta.

Al salir del oscuro callejón y llegar a la soleada plaza del mercado, Roger encontró a Caroline ya en el asiento trasero del automóvil. Ayudó a Iris a sentarse en el lado del copiloto y luego se puso al volante.

La cuestión de la llamada a Davey era, como él le había dicho a Iris, solo una tontería, pero, aun así…

Roger se giró en el asiento y, con su habitual tono alegre, le dijo a Caroline:

—Ha ido sorprendentemente bien. Casi como si tu amigo tuviera toda la información que queríamos ya preparada para dárnosla. No acabarías por avisarle de que veníamos, ¿verdad?

—Por supuesto que no —dijo Caroline, como si apenas hubiera reparado en la pregunta.

Roger podría haber aceptado eso como verdad si se lo hubiese dicho cualquier otra persona, pero ahora se daba cuenta de que Caroline siempre había sido una actriz extraordinaria.

Caroline

Norton-on-Derwent se encontraba al otro lado del río, viniendo desde Malton. Era una ciudad algo más tranquila, entre cuyos atractivos se contaban dos bares y la estación de tren de Malton.

Como es natural, las dos ciudades estaban muy unidas y, con frecuencia, los habitantes de una solían encontrar trabajo en la otra y viceversa. El lugar de residencia de Edwin Culpepper no era más que una modesta casa adosada; más que de una pensión, se trataba de una habitación individual alquilada por Mrs. Campbell, una viuda obesa y malhumorada, para ganarse un poco de dinero extra.

Pero, finalmente, resultó ser un callejón sin salida.

Mrs. Campbell no había visto a su huésped hacía más de una semana.

–Por lo general, siempre me cuenta todo lo que hace –dijo ella–, pero esta vez no. Esta vez era un secreto: lo único que pude sacarle fue que se trataba de una broma para una fiesta y que no debía decir ni una palabra a nadie al respecto. –Exhaló un largo suspiro–. ¡Actores! Mi padre no soportaba ni a los actores ni el teatro, decía que era un mundo lleno de maldad. Pero Culpepper era un caballero más que decente, a pesar de todo. Nada de llegar a altas horas de la madrugada ni de mujeres descarriadas. No era el mejor pagando el alquiler, pero al menos avisaba con antelación si creía que iba a tener dificultades. Más de lo que se puede decir de algunos jóvenes de hoy en día.

Roger no quedó complacido. Quería saber todo cuanto pudiera sobre Edwin Culpepper: sus hábitos, sus amigos… Además, ¿estaba Mrs. Campbell completamente segura de que no sabía nada sobre su paradero actual? Caroline entendió que habían tocado fondo y se escabulló cuando se dio cuenta de que Roger simplemente estaba reformulando las mismas preguntas que había hecho antes.

Recostada contra el marco de la puerta, Caroline dejó que su mente divagara.

Roger bien podía estar convencido de que Edwin Culpepper era el hombre que buscaban, pero Caroline no estaba tan segura. No lograba ver la conexión entre su padre y el actor. Tanto Davey como Mrs. Campbell habían mencionado algún tipo de «compromiso privado», y si eso no era una invención de Edwin Culpepper, entonces la persona que buscaban era la que movía los hilos.

¿Por qué iba alguien a tomar medidas tan elaboradas para cometer un asesinato, a menos que hubiera estado dándole vueltas al asesinato durante años y años de manera obsesiva y se hubiera decidido actuar finalmente cuando algún acontecimiento le indicara que había llegado el momento de pasar a la acción?

Alan tenía razón: la respuesta estaba en algún enemigo que su padre se habría labrado en un pasado lejano. Y por el momento, lo único en el pasado de su padre que pudiera haberle granjeado un enemigo así era todo lo relacionado con el nacimiento de Alan, Roger y la propia Caroline.

Un olor a tabaco, mezclado con el aroma del jazmín, le acarició la nariz. Iris estaba apoyada contra el marco de la puerta de enfrente mientras el humo de su cigarrillo se elevaba desde la boquilla, y observaba a Caroline con los ojos entrecerrados.

–Bueno, cariño –dijo Iris lánguidamente–. Parece que, después de todo, no nos reuniremos hoy con Mr. Edwin Culpepper. ¿No te parece posible que tu amigo Davey le advirtiera que no se pasara por aquí?

–Mrs. Campbell ha dicho que llevaba una semana sin verlo.

–Eso dice. –Iris dio una calada a su cigarrillo y observó cómo el humo se disipaba en el aire–. Davey Thompson puede ser perfectamente inocente, no tengo ningún problema en admitirlo, pero eso no significa que no haya metido la pata. Se lo comentó a su amigo Culpepper porque, por supuesto, este hombre con el que había trabajado innumerables veces antes no podía tener nada que ver con algo tan desagradable como un asesinato.

Caroline se mordió la lengua. Bajo la sombra de sus pestañas, los ojos de Iris eran desafiantes.

No tenía sentido negarlo. Ella lo sabía.

—Me estás insinuando —dijo Caroline— que no debería haber llamado a Davey anoche.

—¿Qué estás ocultando, Caroline? Sé que tiene que ir más allá de una simple llamada telefónica.

—No es nada importante —respondió Caroline con brusquedad, dándose la vuelta—. Déjame en paz.

En buena lógica, no tenía ningún sentido seguir ocultando a su familia el asunto del *Globe Parisien*. Su padre no estaba y ya no podía tomar represalias contra ella por ese asunto y dudaba que a Alan o a Roger les importara. Sin embargo, había sido algo tan personal durante tanto tiempo, un secreto que guardaba en lo más profundo de su corazón, que el simple hecho de contarlo era como desnudarse. Anoche, después de asegurarse de que Roger e Iris se habían retirado a descansar, llamó a Davey para pedirle que no dijera nada al respecto.

Davey, quien no era consciente de que lo del *Globe Parisien* era un secreto, se había quedado estupefacto.

—¿Por qué, Caroline? No es que sea un gran escándalo que vaya a arruinar tu reputación para siempre.

—No conoces a mi familia, Davey.

Para ellos, significaría que no era capaz de seguir el camino que su padre le había trazado.

—Puede que no —respondió Davey—, pero no estás en tus cabales si crees que puedes mantenerlo en secreto eternamente. Tarde o temprano, alguno de ellos viajará a París y se dará cuenta de que el *Globe Parisien* no es, en realidad, un periódico; o peor aún, irá a ver una obra de teatro y te verá sobre el escenario…

—Ya me preocuparé de eso si finalmente ocurre. Mientras tanto, hazme este favor. Caroline respiró hondo—. Si Roger lo descubre, también lo hará la policía, y la policía dirá que eso es un buen móvil. Dirán que mi padre lo descubrió y quiso desheredarme, así que lo maté para evitarlo. No es ese tipo de atención lo que necesito ahora mismo.

Davey suspiró profundamente. Caroline pudo imaginárselo pellizcándose el puente de la nariz, tratando de ahuyentar el dolor de cabeza que se le venía encima.

—Muy bien, Caroline. Solo porque tú me lo pides. Y veré qué puedo averiguar de Edwin Culpepper. —Descubrir la identidad del impostor había sido tan sencillo como preguntarle a Davey por teléfono por su maletín perdido—. Probablemente haya alguna foto suya en la oficina del teatro, y también algún registro de su domicilio.

—Gracias, Davey. Ah, y por favor, no les digas que te he llamado.

—Dios mío, Caroline —otro suspiro—. Está bien. Si no fuera porque eres una ingenua hambrienta que malvive llevando una vida bohemia en las buhardillas de París, te diría que me debes una cena.

¿Qué clase de actriz no era capaz de reconocer la farsa que se había representado delante de sus narices? Caroline se maldecía a sí misma. Había estado a punto de desenmascararlo en la biblioteca, cuando lo acusó de ser un farsante. Un farsante que fingía tener intereses comunes para ganarse el afecto de Alan y Roger; en un principio, él debió pensar que ella había descubierto su numerito, como así tendría que haber sido.

De vuelta al interior, Caroline encontró a Roger y a Mrs. Campbell fuera de la puerta abierta de la pequeña habitación de Edwin Culpepper. De alguna manera, Roger había convencido a la anciana de que al menos le mostrara el lugar, y ahora estaba intentando persuadirla para que le dejara registrarlo en busca de pistas.

«Bueno, Caroline. Has fracasado una vez. Veamos si esta vez puedes hacerlo bien».

Edwin Culpepper era actor. Un artista pobre y hambriento en un lugar donde los trabajos como actor eran escasos y difíciles de lograr. Caroline se había pasado los dos últimos años inmersa en el mundo del teatro. Así que debería saber alguna que otra cosa sobre lo que Culpepper habría hecho o dejado de hacer, porque ella había estado en su misma situación. Este debería ser el papel más fácil del mundo.

«Te ofrezco un trabajo».

«¿Cuál es el pago?».

«El suficiente. Te extenderé un cheque después, si quedo satisfecho».

«¡Ah! A otro con ese cuento. La confianza es algo muy valioso si te la puedes permitir, pero yo tengo que pagar el alquiler y comer: sin pago, no hay función».

–Caroline, ¿te pasa algo?

Caroline abrió los ojos y vio a Roger mirándola con preocupación. Junto a él, Mrs. Campbell también la miraba fijamente, pero con expresión de estar pasando un mal trago.

–Culpepper pagó el alquiler de abril completo, ¿no es así?

–Sí. –Mrs. Campbell asintió con la cabeza, como si el pago recibido no hubiera sido en monedas, sino en bonitas promesas–. Me aseguró que ya tenía el alquiler del próximo mes resuelto.

«Entonces, se trata de un trabajo de improvisación, ¿no? Sin guion, sin ensayos… ¿Cómo voy a prepararme para esto, quisiera saber?».

Caroline se asomó a la habitación por detrás de la figura de Mrs. Campbell. En su interior se encontraban los accesorios habituales que denotaban un dormitorio, así como una pila de guiones viejos. Pudo distinguir el título del que estaba más arriba: *Jack y las habichuelas mágicas*, la pantomima de las Navidades pasadas, según Davey. También había algunos volúmenes maltrechos de Shakespeare y, junto a la cama, un libro lleno de trocitos de papel a modo de marcapáginas, encima de varios números de la revista *The Motor*.

«Serán menos propensos a sospechar algo si tienen una opinión favorable de mí, ¿no es así? Así que tengo que ser capaz de hablar con conocimiento de causa sobre las cosas que les interesan. Tengo que prepararme bien».

–Ese libro –dijo Caroline, señalándolo–. ¿Podríamos echarle un vistazo? Seguro que Roger dejará de molestarla con lo del registro de la habitación si nos permite mirar un poco más de cerca a ese libro.

Roger pareció indignado.

–¡Caroline!

Pero Mrs. Campbell suspiró y, probablemente pensando que eso sería el mal menor, entró pesadamente en la habitación para coger el libro.

–Tenga cuidado de no desordenar los marcadores de Mr. Culpepper –refunfuñó–, no quiero que se enfade conmigo cuando vuelva.

«Si es que vuelvo».

«Si es que vuelve».

–Iremos con mucho cuidado –le aseguró Caroline, examinando el libro con atención antes de abrirlo.

Era una copia de *Across South America*, de Hiram Bingham III, y en la parte interior de la cubierta había pegado un exlibris que lo identificaba como propiedad de Alan Linwood.

–Espero que no vayas a decirme que fue Alan quien incitó a Edwin Culpepper a hacer todo esto –dijo Roger mientras regresaban a casa en coche–. Porque no me lo creeré.

Iris contemplaba el paisaje que se deslizaba ante sus ojos sin mostrar ningún interés por la conversación.

–Por supuesto que no –dijo Caroline–. Edwin Culpepper primero se hizo pasar por el comandante Buchanan ante Oglander & Marsh, y eso ocurrió mucho antes de que Alan regresara a Inglaterra. Alan no tiene nada que ver con ello. Pero ese libro suyo tuvo que haber sido sustraído de la biblioteca de Linwood Hall, lo que significa que estamos ante una persona capaz de entrar y salir a placer.

—¿Te refieres a la servidumbre?

—Dudo que alguno de los sirvientes tuviera el dinero necesario para pagar el tipo de actuación que se esperaba de Edwin Culpepper.

—¿Alguno de los aparceros, entonces? Les ha ido muy bien gracias a padre, y entran y salen de la casa cada dos por tres por asuntos de trabajo.

—Supongo que es posible.

Roger se quedó en silencio mientras se concentraba en la carretera. Finalmente, dijo:

—El Malton Repertory es el teatro más cercano a Linwood, ¿no? Pero está lo suficientemente lejos como para que no te reconozca nadie. Supongo que deberíamos haberlo deducido solo por eso. Cualquiera que buscara a un actor habría ido a York, Scarborough o Whitby.

Caroline se mostró totalmente de acuerdo con él. Esa era una de las principales razones por las que había llegado a conocer tan bien a Davey. Si no hubiera sido por su padre —o por el miedo a su desaprobación, al menos—, habría acabado allí en lugar de en el *Globe Parisien*.

Pickering apareció ante sus ojos. Roger condujo hasta la entrada del antiguo mercado de ganado y luego giró a la derecha por Eastgate, hacia la comisaría. Tenían que informar a Mowbray acerca de todo lo que habían descubierto hasta el momento sobre Edwin Culpepper.

En el momento en que llegaron, Mowbray estaba saliendo de un coche negro.

—Ajá —les dijo—, justo los Linwood que quería ver. Hubiera preferido que su hermano Alan también estuviera presente, pero no se puede tener todo.

261

—Hemos descubierto algo sobre el tipo que se hizo pasar por James Oglander jr. en el funeral —interpeló Roger, levantándose impaciente de su asiento, deseoso de seguir investigando.

Caroline, sin embargo, se fijó en el automóvil de Mowbray. Había alguien en el asiento trasero. No podía ver bien quién era, pero la forma de la cabeza le resultó inquietantemente familiar.

—¿Ah, sí? —respondió Mowbray. No pareció interesarle demasiado—. Me lo podrán explicar todo en un momento. Nosotros también hemos hecho algunos progresos, como puede ver. Encontramos unas huellas dactilares en el arma utilizada para matar a Sir Lawrence y las hemos identificado. A eso hay que añadir las huellas ensangrentadas en el lugar donde se ocultó hasta que fue trasladada a la estancia de la torre, con todo lo que eso implica. Todo lo que ustedes me han contado suma al motivo y, por supuesto, había una oportunidad, una oportunidad más clara que la de cualquiera de los involucrados. Por lo que creo que tenemos lo suficiente como para proceder al arresto.

Mowbray abrió la puerta trasera del automóvil y ayudó a la persona a salir del asiento.

Pálida y temblorosa como un conejo que sale por primera vez de su madriguera, su madre se quedó un momento de pie, parpadeando bajo el sol, antes de ser escoltada al interior de la comisaría.

Alan

La parada en Sheffield para hablar con Miss Whistler significó que llegaría a Londres demasiado tarde para hacer nada útil, aunque tampoco cabía esperar demasiado, ya que era domingo y era poco probable que el profesor Matsudaira estuviera en su despacho. Alan cenó en un restaurante junto a la estación de tren, aunque estaba tan absorto en sus pensamientos que apenas se dio cuenta de lo que comió. Pasó la noche en el Museo Británico, aunque no de forma intencionada: había ido allí para aliviar la culpa que sentía por ignorar el motivo de su regreso a Inglaterra y terminó quedándose dormido en un banco de trabajo después de pasar una hora mirando fijamente un artefacto mal etiquetado, sin verlo realmente. El resultado fue un cuello rígido y un estado de ánimo irritable. Se refrescó apresuradamente en uno de los baños públicos, buscó algo para desayunar y se subió al metro.

El cielo estaba sombrío y cubierto de nubes grises cuando Alan salió de la estación de Moorgate y dobló la esquina hacia Finsbury Circus. Había en el aire una sensación eléctrica, el preludio de una tormenta, que le crispó los nervios.

La fachada neoclásica de la Escuela de Estudios Orientales se alzaba ante él y volvió a recordar lo cerca que quedaban los edificios londinenses los unos de los otros en comparación con los amplios y abiertos páramos de Yorkshire.

Alan respiró hondo y entró en la escuela.

La sensación eléctrica de nerviosa expectación no desapareció cuando atravesaba los pasillos interiores, dejando atrás el oprimente cielo gris. Las pocas personas con las que se cruzó guardaron silencio cuando se acercó, reanudando sus susurros tras su paso.

Nada de lo que preocuparse, pensó, hasta que llegó al despacho del profesor Matsudaira.

Un corpulento agente de policía estaba de pie frente a la puerta del despacho.

—Lo siento, pero no puede entrar ahí.

—¿Por qué no? —preguntó Alan—. ¿Qué ha pasado? ¿Dónde está el profesor Matsudaira?

El agente lo miró con más atención.

—Vaya. ¿Tiene algún asunto que tratar con el profesor?

«Tengo cuentas que saldar con él», pensó Alan, pero la presencia de la policía le indicó que quizá no fuera prudente mostrar ninguna animadversión, por mínima que fuera. En vez de ello, se limitó a decir:

—Sí. ¿Se encuentra por aquí?

El agente no le respondió inmediatamente. En lugar de eso, llamó a la puerta del despacho de enfrente y le dijo a la persona que estaba dentro:

—Hay un hombre aquí que pregunta por el japonés. ¿Quiere hablar con él, inspector, o le digo que se vaya?

Un hombrecillo de ojos pequeños y brillantes, con un largo abrigo negro y un cierto parecido a un hurón gris, salió de la oficina como un muñeco con resorte de una caja sorpresa y, mirando a Alan de arriba abajo, dijo:

—Anote su nombre y sus datos, Foster. Hablaré con él cuando termine con Miss Baxter.

Dicho eso, volvió a entrar en la oficina y cerró la puerta tras de sí. Antes de que la puerta se cerrara por completo, Alan vio fugazmente a la mujer que les había traído el té a él y al profesor Matsudaira en su primera visita. Parecía estar al borde de las lágrimas.

—¿Qué le ha ocurrido al profesor Matsudaira? —preguntó Alan, aunque ya se imaginaba lo peor.

—Me temo que ha sufrido una muerte repentina. ¿Su nombre, señor?

Ahí tenía la respuesta. Alan sintió que se le hacía un nudo en el estómago, aunque una parte de su cerebro protestaba diciendo que quizá el agente se refería a la muerte repentina de otra persona, en la que el profesor podría estar implicado y que, por lo tanto, seguiría vivo.

–Su nombre, señor –repitió el agente.

–Alan Linwood

¿Estaba muerto el profesor Matsudaira? Alan pensó en Caroline, quien trataba de hacer acopio de fuerzas para reunirse con el hombre que mejor conocía a su madre, su tío. Nunca tendría que enfrentarse a la misma situación de incomodidad a la que él había tenido que hacer frente con Sarah Whistler, aunque, probablemente, esto fuera aún peor.

–Soy arqueólogo –se oyó decir–. Ahora mismo, tengo una exposición de objetos incas en el Museo Británico; si no, estaría en Perú.

–¿Es eso cierto? Fui con mi mujer el fin de semana pasado. Es un tema fascinante. ¿Qué asuntos tiene con el profesor?

Las consecuencias reales de la muerte del profesor, si es que era eso lo que había ocurrido, apenas empezaban a hacerse evidente en la mente de Alan. Se sintió enfermo. Sonriendo débilmente, respondió:

–Es un tema personal.

–Lo que significa que se lo contará al inspector en lugar de a mí. Como prefiera. –El agente cerró de golpe su libreta y señaló otra oficina más adelante en el pasillo–. Puede esperar ahí dentro.

El nombre del inspector era Tobias Browne y la oficina en la que estaba llevando a cabo sus entrevistas había sido cedida amablemente para uso policial por un colega colaborador del profesor Matsudaira. Esta era exactamente del mismo tamaño y forma, con la misma vista a la calle, pero ahí terminaba el parecido: era evidente que este colega nunca había oído hablar de un sistema de archivo decente, y la multitud de artefactos orientales que rodeaban al inspector hacían que, a primera vista, pareciera un profesor más.

Solo después de que Alan hubiera llegado al límite de lo que estaba dispuesto a explicar sin haber sido informado previamente de la situación, el inspector Browne se dignó decir:

—El profesor Matsudaira ha sido encontrado muerto en su despacho esta mañana temprano.

A estas alturas, ya no le supuso ninguna sorpresa, sino más bien un alivio. Aun así, esa confirmación fue un duro golpe para Alan, comparable al impacto que le había supuesto encontrarse con un agente de policía en lugar del rostro inexpresivo y la formalidad ceremoniosa del profesor Matsudaira.

—¿Ha sido un asesinato? —preguntó—. Me refiero a que ustedes no estarían aquí si no hubiera algo extraño en todo esto.

—Me temo que no puedo pronunciarme en ningún sentido, al menos hasta que se celebre la investigación judicial. —El inspector sonrió levemente—. ¿Dónde estuvo ayer por la tarde?

Alan describió su visita a Sheffield y su posterior llegada a Londres. Le dio la impresión de que bien podía tener una coartada para el asesinato, aunque el inspector no dejó entrever nada al respecto. Si acaso, parecía aún más receloso que antes.

—¿Puede indicarme la naturaleza de su relación con el profesor Matsudaira, Mr. Linwood? Consta en el informe que usted le hizo una visita el miércoles pasado.

Alan dudó. Su primer instinto fue mentir. Quería mantener a la familia, y especialmente a Caroline, al margen de lo que hubiera sucedido allí. Podría decirle al inspector Browne que se trataba de un asunto profesional: ambos eran académicos y él quería hablar de sus descubrimientos sobre los incas con alguien cuya visión no se basara en una educación europea.

Pero las palabras se apagaron antes de poder pronunciarlas. Él mismo había puesto a Mowbray tras la pista del profesor, y no pasaría mucho antes de que los dos inspectores intercambiaran opiniones, compararan notas y descubrieran toda la historia.

—Se trata de un asunto familiar muy complejo –dijo–. La difunta hermana del profesor Matsudaira era la madre de mi media hermana, un hecho que descubrí recientemente.

Le explicó lo de la muerte de su padre, sus recuerdos de la tía Sue y la investigación sobre su muerte, y le hizo un resumen de su conversación con el profesor.

—No tiene más que hablar con el inspector Clarence Mowbray, de la policía de Pickering. Él está al corriente de todo.

Los ojos pequeños y brillantes del inspector destellaron con gran interés.

—Así que usted pensaba que el profesor Matsudaira podría haber tenido algo que ver con la muerte de su padre, ¿no es cierto?

La venganza era un motivo para el asesinato.

—Sí –admitió Alan–. Pero no me molestaría en tomarle las huellas si quisiera matarlo, ¿no cree?

—¿Puede decirme algo acerca de los movimientos de su hermana?

—¿Caroline? Ella no ha tenido nada que ver con esto.

—Si es la pariente más cercana del profesor, tiene mucho que ver con todo esto.

Alan sacudió la cabeza. La última vez que había visto a Caroline fue anteayer, el sábado por la noche, durante la cena. Ella se había entretenido en el comedor después de que él se hubiera excusado, mirando fijamente su plato, casi sin tocarlo. Él sabía exactamente cómo se sentía, porque él sentía lo mismo. Incluso Roger parecía inusualmente callado. Alan se había saltado el desayuno para coger el tren ayer por la mañana y no había visto a ninguno de los dos entonces.

—La cuestión es –dijo el inspector Browne, inclinándose con cierto desdén– que no puede jurar que ella no cogiera el siguiente tren a Londres después de usted, ¿verdad?

—Le dije que paré en Sheffield antes de continuar. Era domingo y solo había dos trenes después del que me llevó a mí que pudieran llegar a Londres antes de la medianoche. Si ella hubiera hecho lo que dice, probablemente nos habríamos encontrado en el mismo tren y nos habríamos visto. Por lo que su coartada sería tan buena como la mía.

—Yo no he dicho que su parada no programada en Sheffield le haya exculpado completamente. Y el hecho de que hubiera visto a su hermana en el tren no prueba nada en absoluto.

Alan se puso de pie, no sin esfuerzo. Podía sentir la ira de su padre brotando en su interior, y la recibió con agrado. Esperaba poder proyectar aunque fuera tan solo la mitad de esa fuerza sobre el miserable inspector de policía que le sonreía con aire burlón desde el otro lado de aquel escritorio desordenado.

—¿Se puede saber por qué —gruñó— le interesa tanto Caroline?

La sonrisa burlona del inspector Browne se hizo aún mayor.

—Miss Baxter, que ejerce como secretaria general del departamento, jura que el profesor Matsudaira recibió una llamada telefónica el viernes por la tarde de una mujer que se identificó como Caroline Linwood. Parece ser que él se quedó aquí el domingo por la tarde, una hora bastante extraña para estar en su despacho, no me negará, porque esperaba encontrarse con ella.

—Debió ser un impostor —estalló Alan.

No fue hasta el sábado que tuvieron oportunidad de intercambiar información y Alan pudo contarle a Caroline sobre el profesor Matsudaira.

—¿Está segura Miss Baxter de que era una mujer? —prosiguió Alan—. Podría tratarse de un hombre disimulando la voz tras el ruido de la estática del teléfono.

—Bueno, eso le volvería a poner a usted en el punto de mira, ¿no cree? —El inspector le dedicó una amplia sonrisa llena de dientes—. Entonces, definitivamente querremos hablar con su hermana, su media hermana, quiero decir. Muchas gracias por presentarse hoy y por facilitarnos esa información. No sabe cuánto trabajo nos ha ahorrado.

Al parecer, el interrogatorio había terminado. Alan empezó a incorporarse, pero se detuvo.

—Espere. El profesor, ¿cómo murió? No me lo ha dicho.

–¿No lo he hecho? Fue una sobredosis de Veronal. Podría suponerse que se trata de un suicidio, salvo que, si alguien optara por esa vía, sería mucho más probable que lo hiciera en la comodidad del hogar que en el lugar de trabajo. Y, por lo que me acaba usted de contar, los japoneses cometen suicidio de una forma mucho más dramática y estrictamente reglamentada, ¿no es así? Con una espada.

«No son máquinas», pensó Alan. «No se pueden esperar resultados idénticos de situaciones similares».

El hecho de que el suicidio ritual exista en su cultura no significa que se pueda esperar que el japonés medio siempre elija esa vía, del mismo modo que no se puede esperar que el europeo medio siempre participe en duelos formales por honor. Sin duda, había matices que un observador externo nunca podría llegar a comprender.

Pero eso fue lo que ocurrió con la tía Sue, ¿no? Nadie se cuestionó su muerte por suicidio ritual, porque simplemente se aceptó que eso era lo que hacían los japoneses.

«Izumi tendría que haber sido más lista. Lo iba a arruinar todo».

El murmullo de un recuerdo largamente olvidado.

Alan se sacudió esa idea y se concentró en lo que tenía ante sí. Algo escondido entre el desorden del escritorio le llamó la atención: era un frasco de Veronal, ahora vacío, pero con una distintiva mancha en forma de conejo en la etiqueta…

«Madre necesita descansar», esas fueron las palabras de Roger, quien, tras carraspear, había sacado algo de la bolsa médica de madre: un frasco de Veronal con una mancha en forma de conejo en la etiqueta…

El inspector Browne le mostró la botella a Alan para que la inspeccionara.

–Ah, ¿la ha reconocido, verdad?

–No –respondió Alan, apartando la mirada por si su expresión lo delataba–. Usted dijo que el profesor murió de una sobredosis de Veronal. He visto la botella y lo he relacionado. Eso es todo.

No esperó a que el inspector dijera nada más. Salió de la oficina y se dirigió a la calle antes de poder siquiera decidir qué hacer o adónde dirigirse. El cielo seguía del mismo color gris pizarra cuando salió que cuando había entrado en la escuela. Un viento frío silbó a través de la estrecha bocacalle de Finsbury Circus y le obligó a temblar. Eso era tan solo el preludio, pensó. La tormenta propiamente dicha aún estaba por llegar.

Roger

—¡Esto es una indecencia! —gritó Roger—. Es absolutamente ridículo, y con esto nos ha demostrado que no es más que un incompetente. ¡Madre! La sola idea… ¡Es más fácil que los cerdos vuelen!

Mowbray se limitó a asentir con la satisfacción contenida de quien va ganando la partida y, con las manos entrelazadas sobre su escritorio, dijo:

—Por supuesto. Sus comentarios han sido debidamente anotados, Mr. Linwood.

Maldito hijo de… Roger tenía alguna que otra palabra para dedicarle al inspector, pero Caroline le sujetó el brazo.

—No sirve de nada despotricar —dijo ella—. No va a dejar que madre se vaya solo porque nosotros se lo pidamos.

Hablaba en voz baja, pero al menos tuvo la delicadeza de parecer molesta.

Bajo el bigote sucio y despeinado, la sonrisa de Mowbray se hizo un poco más amplia.

—Esto no quedará así, inspector —dijo Roger con un gruñido.

A continuación, salió furioso de la comisaría.

Iris estaba apoyada sobre el capó del automóvil, con la boquilla del cigarrillo colgándole de una mano. Parecía haberse olvidado por completo de que tenía el cigarrillo encendido. Lucía contrariada, sí, pero ni de lejos tan enfadada como se sentía Roger; si tuviera que adivinar, diría que parecía derrotada.

—No ha cambiado de opinión, ¿verdad? —dijo ella. —Podría haberte dicho que iba a ser inútil.

—Esa es una actitud muy mezquina, Iris.

271

—Está claro, Roger, que no has tratado demasiado con la policía. Están entrenados para ser despiadados.

—Volvamos a Linwood Hall –dijo Caroline, subiéndose al coche–. Podremos comentarlo con calma cuando estemos solos y nos hayamos tomado un par de copas.

Para Roger, volver a Linwood Hall era como emprender la huida, pero, pese a ello, ayudó a Iris a sentarse y se puso al volante. Entendió que estaba dejando que sus emociones se apoderaran de él. Sabía perfectamente que la sugerencia de Caroline era lo más sensato que había oído después de ese disparate de que su madre era la culpable del asesinato. Había sido tan solo una pataleta infantil lo que le había llevado a plantarse en la puerta de la comisaría, aguantando la respiración como un niño, hasta que dejaran salir a su madre.

En cualquier caso, tampoco se sintió mucho mejor tras un tranquilo viaje de vuelta a casa por los páramos, un copioso almuerzo y media copa de buen whisky. Tenía ganas de agarrar la botella para dejarse llevar, pero pensó que entorpecer sus facultades no era lo realmente necesario en ese momento, por muy agradable que hubiera podido resultar dejar todo a un lado por un rato.

Se reunieron alrededor de la chimenea del gran salón. Caroline encendió un Gauloises y Roger se dio cuenta de que nunca antes la había visto fumar. Iris, acurrucada en un sillón lejos de Roger y Caroline, parecía más interesada en mordisquear el extremo de su boquilla que en usarla para lo que estaba destinada.

—Mowbray no habría arrestado a madre si no estuviera seguro de lo que hacía –dijo Caroline–. Tenemos que pensar en qué evidencias tiene.

—¡Bah! Ella estaba aquí cuando lo mataron. Eso es todo.

—Eso no es todo.

—Está bien, vale. –Roger hizo girar el whisky que aún le quedaba en el vaso y lo posó con firmeza sobre la mesa frente él–. Sus huellas estaban en la maza. Como si no fuera posible, teniendo en cuenta que vive aquí. Y Mowbray cree que la escondió bajo una mesa de su vestidor. Yo estuve allí, si recuerdas, para coger su maletín médico después de aquello…, del incidente con Miss Whistler en el funeral. Puedo asegurarte que no estaba allí en ese momento.

—Esas marcas de sangre que nos ha descrito…

Roger sacudió la cabeza. Tuvo que admitir que no se había fijado para nada. Estaba demasiado concentrado en encontrar el maletín.

Lo primero que hizo al llegar a casa fue correr al vestidor de su madre para ver las marcas con sus propios ojos y, aun así, no pudo determinar con certeza si eran recientes, de cuando el funeral, o si siempre habían estado allí.

Pero si la maza no había estado allí, ¿dónde había estado?

—Antes de todo esto, estábamos conjeturando que la contratación de Edwin Culpepper, del Malton Repertory, apuntaba a alguien de aquí –dijo Caroline–. A más distancia, habría sido más eficaz acudir a otro lugar; más cerca de aquí, el riesgo de ser reconocidos habría resultado excesivo. Y no hay que olvidar el libro de Alan en la habitación de Culpepper. Tienes que admitir que madre encaja perfectamente en el perfil.

—Cállate ya, Caroline.

—Hasta el momento –continuó Caroline, ignorándolo– no nos hemos planteado cómo se debió sentir madre cuando padre trajo a Vimala Gurung y… y a Matsudaira Izumi a casa. Y a Miss Whistler. En aquel momento pensé que tener hijos era algo que quería madre y que padre estaba de acuerdo, pero ¿te parece probable? Madre siempre hacía lo que quería padre, nunca al revés.

Y su madre nunca quiso a ninguno de ellos.

Roger recordó haber pensado eso anteriormente, cuando se enteró de la existencia de Vimala Gurung, su verdadera madre. Más tarde descartó la idea por considerarla una pérdida de tiempo, pero había estado en lo cierto, ¿no era así? ¿Qué tipo de mujer hubiera querido formar parte de semejante atrocidad?

¿Por qué debería importarle lo que le pasara a ella?

Porque la ausencia de su madre de la pequeña habitación blanca que era la suya, aunque no cambiara en nada el tiempo que él había pasado con ella, era un hueco resonante en un rincón de su cabeza. Porque, a pesar de su distanciamiento y a pesar de Vimala Gurung, ella seguía siendo su madre.

Por alguna razón, se imaginó a su padre mandando traer una vara. Si su padre hubiera sospechado por un solo instante que madre era culpable, la habría entregado a la policía él mismo, y ¡ay de cualquiera de sus hijos que no hiciera lo mismo!

Muy bien, entonces: era porque él sabía que ella no había sido. Era como la sombra de su padre, prácticamente una persona sin identidad sin él.

–Madre es incapaz de matar –dijo Roger–. No tiene estómago para hacerlo.

–¿Estamos seguros de eso? Madre era doctora antes de casarse con padre. Tenía el suficiente estómago para serlo, hasta que… –Caroline se detuvo, con una extraña y nauseabunda expresión en el rostro–. Es como en *La fierecilla domada* –murmuró–. Padre acabó por romperla.

–Todo eso que dices no ayuda en absoluto –musitó Roger.

Apuró su copa sin saborearla, disfrutando, en cambio, de cómo le quemaba la garganta a su paso.

–Roger –dijo Iris–, no le des más vueltas. Lo cierto es que el inspector tiene pruebas contra tu madre; si está o no en lo cierto, ahora no viene al caso. Si yo fuera vosotros, buscaría un buen abogado. El mejor que el dinero pueda comprar. Dinero.

¿Qué era lo que Caroline y Mrs. Campbell estuvieron comentando antes? Algo sobre pagar el alquiler, tanto de este mes como del siguiente. Según Caroline, eso significaba que Culpepper había recibido una buena remuneración por su participación en esta operación.

Uno no guardaría tal cantidad de dinero en el fondo de un cajón; al menos, no si se llevaba una vida tan austera y ascética como la de su madre aquí. Si hubiera tenido que pagar a Culpepper por sus servicios, habría tenido que extender un cheque o sacar el dinero del banco.

Eso dejaría un rastro. Y si bien el gerente del banco, por principios, no permitiría que Roger buscara las respuestas en los libros de contabilidad, Mr. Oglander sr. tenía acceso a todo como abogado de su padre y albacea de su patrimonio.

Roger miró su reloj.

—Me voy de vuelta a Pickering —dijo—. Creo que deberíamos echar un vistazo a las cuentas familiares.

—Lady Linwood retira dinero una vez al mes —dijo Oglander sr., señalando las entradas en el libro mayor—, para pagar al servicio. La cantidad no ha cambiado desde 1916, cuando una de las criadas dejó el trabajo y no fue sustituida. A los comerciantes, incluso a las costureras de Lady Linwood, se les paga con cheques firmados por Sir Lawrence, aunque siempre es Lady Linwood quien los escribe. La única ocasión en la que ha firmado un cheque ella misma ha sido para comprar los vestidos de luto tras la muerte de Sir Lawrence. Las mujeres suelen tener algo de dinero apartado para sus gastos personales. Será mejor que compruebe las cuentas del hogar para ver si hay algún movimiento de ese tipo en sus retiros mensuales de efectivo.

Roger asintió con la cabeza. ¿Tenía madre una asignación? ¿En qué podría gastarla? No tenía ni idea. Sentía como si estuviera mirando a su madre por primera vez.

Oglander sr., mientras pasaba la página, se detuvo y dibujó una mueca de disgusto. Parecía exhausto, pensó Roger, más viejo y cansado que la última vez que habían hablado, solo un par de días antes.

—Estoy bastante consternado por lo del tal Edwin Culpepper —dijo el abogado—. Lo último que me faltaba era saber que algún actor se ha estado burlando de la memoria de mi hijo. Créame, deseo tanto como usted, quizá incluso más, que ese hombre acabe entre rejas. ¿Pero está usted seguro de que le pagó por hacer su papel la misma persona que mató a su padre?

–¿Qué otra explicación puede haber?

Si la intromisión de Culpepper no tenía nada que ver con el asesinato de su padre, entonces la inocencia de su madre quedaba en entredicho.

Oglander sr. no supo qué responder a eso. Simplemente, suspiró y pasó la página.

–No se trata simplemente de si Lady Linwood sacó o no dinero de las arcas familiares –comentó–. Verá, hay un detalle más, algo de lo que acabo de darme cuenta. Hace aproximadamente dos meses, Sir Lawrence liquidó doscientas libras de sus acciones y valores y transfirió el dinero directamente a una cuenta a nombre de Harold George Buchanan…

–¡El comandante Buchanan!

–Lo suficiente como para pagar los servicios de un actor, diría. Y eso no es todo: Sir Lawrence también había empezado a transferirle a él la titularidad de algunas de sus inversiones. En total, diría que le ha transferido alrededor de cincuenta mil libras de su cartera.

Roger se quedó atónito. ¡Cincuenta mil libras! Además de las doscientas que ya se habían entregado en forma de efectivo… Era dinero más que suficiente como para asegurarse el futuro. ¿Acaso el comandante Buchanan había estado chantajeando a su padre? Pero a su padre nunca le había importado su reputación. Roger podía imaginar a su padre cediendo al chantaje solo en caso de una amenaza real y creíble para su vida, y tal vez, aunque solo como consideración ulterior, para Linwood Hall.

¿Y si realmente existiera tal amenaza?

–El comandante Buchanan… vino aquí en busca de Vimala Gurung. Mi madre. En un primer momento, pensé que podría ser mi verdadero padre…

Y aún podría ser así. Solo tenían la palabra de su madre de que su padre había acogido a Vimala Gurung porque era él el responsable de su situación. ¿Acaso les había mentido su madre? ¿Era capaz de ello? ¿Y si, después de todo, el comandante Buchanan fuera realmente el padre de Roger y fuera capaz de demostrarlo? ¿Trataría su padre sobornarlo para preservar la pequeña familia que se había construido?

Roger descartó la idea casi inmediatamente. Sabía exactamente qué pensaría su padre al respecto. El afecto, el sentimentalismo, los lazos familiares habituales… nada de eso tenía cabida en lo que su padre consideraba la mente racional de un ser humano superior. El hombre modélico –en el que él quería que se convirtieran todos ellos, incluida Caroline– era aquel capaz de sacrificar a su propia madre si fuera lógico o justo. Si hubiera tenido que elegir entre acallar a un chantajista e inmolar a Roger, su padre habría optado por lo segundo sin pensárselo dos veces y sin sentir ningún remordimiento.

Esa era la única lección de su padre que Roger nunca había podido aceptar del todo; y después de sus años en la guerra, donde la lealtad incondicional a los compañeros lo era todo, le resultaba más difícil aceptarla que nunca.

–Debe tener algo que ver con Vimala Gurung –dijo Roger–. Ella era la única conexión entre padre y el comandante Buchanan. ¿Hay algo sobre ella que no me haya contado?

–Le he contado todo lo que sé. –Oglander sr. hizo una pausa–. Bueno, no exactamente: a Caroline le conté un poco más. Las circunstancias exactas de su muerte, por ejemplo.

–Usted me dijo que se consideró un accidente. Una sobredosis de láudano, ¿no es cierto?

Oglander sr. asintió con la cabeza:

–Era analfabeta y no podía leer las instrucciones…

No.

A Roger le vino a la mente la imagen del capitán Amberley en su club, removiendo distraídamente un gin-tonic: «Ella le había escrito una vez para decirle que se había casado con un hombre de Yorkshire…».

–No era analfabeta.

–Por supuesto que lo era. Todo el argumento de la muerte accidental se basaba en que ella lo fuera.

–Le escribió al comandante Buchanan al menos una vez. No era analfabeta.

Todo el mundo había aceptado sin más la historia de su analfabetismo porque era extranjera. Quizá la veían como una simple salvaje exótica. ¿Y si no hubiera sido un accidente?

En su mente, Roger vio una figura midiendo cuidadosamente una dosis de láudano… Una figura con un vestido negro y un maletín de médico negro a su lado. Su madre había desempeñado un papel activo en la seducción de Miss Whistler apenas dos años antes, recordó Roger. Caroline tenía razón. No tenía ni idea de quién o qué era realmente su madre. Y el tipo de mujer capaz de hacer eso, capaz de condenar a otra mujer a ser utilizada y desechada con tanta crueldad… una mujer así era capaz de cualquier cosa.

Caroline

Las marcas en el vestidor que compartían su madre y su padre estaban exactamente donde Mowbray había dicho: debajo de la mesa donde descansaba el maletín de su madre. Parecían un par de comillas invertidas de color marrón óxido, como perdidas de alguna cita inconclusa. Caroline no tenía la maza para compararlas, pero supuso que Mowbray ya lo había hecho satisfactoriamente y había fotografiado tanto la maza como las marcas una al lado de la otra para enseñárselas al jurado.

Podrían haber sido hechas inmediatamente después del asesinato, mientras su madre estaba ocupada con la policía en el estudio de padre, o podrían haberse hecho más tarde, con sangre reciente, mientras su madre yacía en la habitación contigua, durmiendo, ajena a todo. La dirección escénica nunca había preocupado demasiado a Caroline, pero una no se pasa dos años en un teatro sin aprender a preparar una escena. Y, al final, esto es lo que parecía ser: una escena diseñada para sumergir al público –la policía– en una realidad simulada. Solo quedaba por determinar cómo se había llevado a cabo.

–Estás dando por sentado, por supuesto, que el inspector Mowbray se equivoca.

Caroline miró a su alrededor. Encontró a Iris apoyada en la puerta de la habitación de su madre, con una delgada voluta de humo saliendo del cigarrillo encastrado en la boquilla. Su expresión denotaba una cautela que antes no estaba allí y Caroline se dio cuenta de que todavía quería saber qué había pasado con la llamada secreta a Davey de la noche anterior. Esa llamada la había hecho sospechar.

—La idea de que mi madre sea capaz de cometer un asesinato es totalmente absurda —respondió Caroline con dureza—. Inimaginable. Roger te diría lo mismo si le preguntas, suponiendo que su salida airada de hace un rato no te sea suficiente.

Roger pareció algo decepcionado cuando Caroline rechazó acompañarle a Pickering, y más aún cuando Iris hizo lo mismo; pero, como Caroline señaló, no era necesario que los tres fueran juntos para revisar un libro de contabilidad. Sin embargo, solo después de que él se marchara se le ocurrió subir a la habitación de su madre en busca de algo, cualquier cosa, que pudiera ayudar a exonerarla, y cuando eso resultó infructuoso, se acercó al vestidor.

Quizá se estaba aferrando a un clavo ardiendo, pero ¿qué otra cosa podía hacer?

—Me he dado cuenta —prosiguió Iris— de que tanto Roger como Alan y tú habláis mucho de vuestro padre, y en ocasiones de vosotros mismos, pero nunca de vuestra madre. Sinceramente, cuando Roger me trajo aquí, me sorprendió mucho descubrir que Lady Linwood existiera realmente.

—¿Estás diciendo que no conocemos a nuestra propia madre?

Iris se encogió de hombros.

—Tal vez.

«Además, ella no es tu madre».

Caroline respiró hondo y se dio la vuelta. Volvió a mirar alrededor del vestuario. Había armarios a lo largo de una pared, una cómoda con un espejo encima, un espejo de cuerpo entero y un lavabo junto a la ventana. Se podría pensar que los hombres con barba no se afeitaban, pero no era así: su padre seguía pasándose la navaja por las mejillas y el cuello con regularidad a fin de mantener una línea recta donde terminaba la piel desnuda y comenzaba la barba. Había una correa de cuero, un pequeño cuenco de porcelana con una pastilla de jabón seca dentro y un lavatorio. Su padre había instalado tuberías para evitar tener que pedirle a algún criado que le trajera agua caliente en una jarra.

La ventana daba al patio, y Caroline imaginó a su padre recortándose la barba a la luz del sol matutino, vistiéndose él mismo sin la ayuda de ningún criado (él siempre había valorado la independencia y había educado a sus hijos según ese precepto). Caroline pensó que, aunque su padre llevaba sus negocios en el estudio, era en su vestidor donde daba forma a su mundo.

¿Y qué había de madre?

Caroline cerró los ojos e intentó ponerse en sus zapatos. Madre. Era la esposa de un hombre de formidable intelecto, un terrateniente cuyo enfoque científico de la agricultura…

Pero eso era su madre con respecto a su padre, no su madre por sí misma.

Caroline sacó uno de los vestidos de su madre del armario, lo sostuvo frente a ella y se miró en el espejo de cuerpo entero. Era una profesional de la medicina. Una doctora. Había vencido la censura social y se había llevado el reconocimiento. Contrajo matrimonio. Renunció a la medicina por él. Quiso tener hijos, no, su marido quiso tener hijos. Él la obligó a atraer a una inocente a la trampa, y ella lo hizo por él. Él metió a dos mujeres más en la casa para que le dieran hijos. Ella lo aceptó todo porque lo amaba desesperadamente. ¿Cómo iba a estar furiosa, como suponía Mowbray, por la infidelidad de su padre? Lo adoraba con un fervor que solo se encuentra en los fanáticos religiosos.

Caroline se estremeció. Eso no era amor: era locura.

Realmente era como en *La fierecilla domada*, pensó. De alguna manera, su padre había sometido a su madre, del mismo modo que Petrucio había sometido a Catalina, con insultos y humillaciones. ¿Habían sido sus métodos más o menos los mismos? Décadas después del telón final, ¿cómo podría la pobre Catalina no sentir un miedo mortal de su Petrucio? Caroline volvió a la realidad de la habitación y guardó el vestido de su madre en el armario.

—Tienes razón —le dijo a Iris—. Nunca hemos llegado realmente a saber cómo es madre. Y no creo que lleguemos a conocerla nunca.

—Lo siento.

–No hay nada de lo que disculparse.

Aun así, Caroline tuvo que quedarse un momento en silencio, con los ojos cerrados, para desprenderse del papel de su madre que había asumido en ese momento, con ayuda de respiraciones profundas y constantes. Cuando volvió a abrir los ojos, fue para asumir el rol de Roger y decir, con una indiferencia fingida:

–En cualquier caso, este era el mundo de padre. Es más fácil imaginarlo a él en su rutina matutina que a madre.

Mientas Iris examinaba los otros vestidos del armario de su madre, le lanzó una mirada incisiva a Caroline, y esta sintió que se le enrojecían las mejillas.

–Roger no se parece en nada a padre –se sorprendió Caroline diciendo.

Cualquier cosa menos hablar de madre.

Iris asintió con la cabeza.

–Él es generoso –dijo ella, deslizando una mano blanca por la tela negra de los vestidos de luto de la madre de Caroline–. Y leal. Por lo que he logrado deducir, en cierto modo, Sir Lawrence Linwood consideraba esos rasgos como defectos.

Roger no era el hombre que padre había querido que fuera. Quizá eso fuera algo bueno.

–Debió aprenderlo en la guerra –dijo Caroline, volviéndose para examinar la cómoda–. El Roger con el que crecí adoraba tener cosas que le pertenecieran solo a él y a nadie más. ¿Te has dado cuenta de que la puerta de su habitación tiene cerrojo? Lo instaló él mismo para proteger lo que era suyo.

–¿Te has dado cuenta de que Alan lleva un rosario en el bolsillo? –replicó Iris.

Caroline se detuvo en seco por la sorpresa.

–¿Alan?

Iris, todavía concentrada en los vestidos del armario de su madre, asintió con la cabeza.

–Lo descubrí en el gran salón, la noche tras el funeral. Él estaba examinando las armaduras y no se percató de mi presencia, pero le vi sacar el rosario del bolsillo antes de entrar apresuradamente en el salón. Creo que iba camino del mausoleo, pero entonces llegó Roger con nuestras maletas y se hizo la hora de irnos.

Caroline recordó la idea de Alan de hacer una foto grupal aquel día después de la guerra, cuando Roger le regaló a cada uno una cámara de fotos. Un experimento, había dicho Alan, fingiendo restarle importancia a todo el asunto, pero Caroline sabía que no era así, aunque en ese momento no se diera cuenta.

Se había vuelto más afectuoso, al igual que Roger se había vuelto más generoso; y si Iris decía la verdad, también religioso.

Se habían desviado de los caminos que su padre había trazado para ellos. Todos ellos.

¿Qué sentido tenía ocultar ahora su propia divergencia?

Caroline se levantó. De todos modos, no había nada digno de mención en la cómoda. Antes de que pudiera cambiar de opinión otra vez, Caroline dijo:

—No he estado trabajando para ningún periódico parisino. Y no quiero dedicarme a la política. He pasado los últimos dos años trabajando en un teatro, el *Globe Parisien*, formándome para ser actriz. Por eso llamé a Davey anoche. Él sabe lo que hago, pero no sabe que es un secreto, y no quería que se le escapara.

Decirlo en voz alta le resultó todo un alivio.

Iris se quedó paralizada por un momento, luego cerró la puerta del armario y se volvió hacia ella.

—Cariño, me alegro mucho por ti, pero ¿no crees que Roger también se alegraría?

—No. Bueno, no lo sé. Pero Alan tiene su exposición en el Museo Británico, y solo hay que mirar a Roger para saber que le va muy bien. Supongo que sentí un poco de envidia. No quería pensar cuán lejos que habían llegado ellos mientras yo seguía luchando en lo más bajo del escalafón.

Iris levantó una ceja escepticismo y Caroline continuó:

—Padre nos crio para ser competitivos. Cada vez que iba a Malton para hablar de negocios con los granjeros, se llevaba a uno de nosotros, al que consideraba que le iba mejor en… en la vida. Recuerdo que una vez gané ese privilegio cuando volqué un tintero sobre los cálculos de Roger y Alan, y luego lo perdí de nuevo cuando dije que había sido un accidente. A padre no le importaba demasiado cómo ganáramos, siempre y cuando lo hiciéramos de forma deliberada.

–Qué decididamente encantador.

Pero detrás del sarcasmo, Caroline creyó percibir una nota de calidez y simpatía.

Iris se apoyó contra el armario, observando a Caroline, y añadió, más pensativa:

–Supongo que eso explica ciertas cosas. Deberías hablar con Roger cuando vuelva. Creo que descubrirás que tenéis más cosas en común de lo que crees.

Caroline sonrió. Fueran cuales fueran las virtudes de Roger, la empatía no era una de ellas. Eso también era algo que había que agradecerle a su padre.

–No creo que vayamos a encontrar nada aquí –declaró, mirando de nuevo alrededor de la habitación.

El maletín médico de su madre no había aportado nada más que el débil argumento de que alguien con tanto veneno a su disposición difícilmente recurriría a la brutalidad de matar a golpes a su víctima.

–Deberíamos ver si encontramos algo en la habitación de padre.

Pero Caroline no pudo evitar detenerse, con la mano en el pomo de la puerta, para armarse de valor.

El dormitorio de su padre era su santuario más privado. Si el vestuario era el lugar donde moldeaba el mundo a su antojo y se moldeaba a sí mismo para el mundo, entonces su dormitorio tenía que ser el lugar donde podía ser él mismo con total sinceridad, despojado de todas las imágenes e impresiones. Cruzar ese umbral y ver lo que allí se escondía, pensó, era como ver a su padre desnudo, y le pareció recordar haber oído hablar de alguna ley bíblica que prohibía ese tipo de cosas.

Detrás de ella, Iris carraspeó, lo que hizo que Caroline volviera a la realidad.

Abrió la puerta. Sin embargo, la habitación de su padre resultó ser decepcionantemente mundana.

Había una cama con dosel sin cortinas, con las sábanas bien estiradas sobre el colchón y las almohadas colocadas con precisión. Había un sillón junto a la chimenea, con unos cuantos libros apilados en una mesita auxiliar a su lado. Caroline se acercó sigilosamente –no podía evitar la sensación de estar entrando sin permiso– y comprobó los títulos. Uno era un tratado sobre medicina veterinaria; el siguiente era una copia de *El genio hereditario* de Galton, y el último era una copia del *Leviatán*, de Hobbes. El tratado de veterinaria debió ser el último libro que su padre estaría estudiando antes de morir, pues Caroline sabía que había leído los otros dos muchas veces.

Mientras tanto, Iris examinaba las fotos de la pared. Eran fotografías de diversas ferias agrícolas, una multitud de ellas, que cubrían casi toda una pared, excepto un espacio preparado para acoger más de ese mismo estilo. Cada una de ellas mostraba un animal con una cinta como ganador del primer premio –los cerdos que había criado y los caballos que había domado– y en algunas incluso aparecía su padre posando orgulloso junto a ellos.

No había ninguna foto de Caroline, Alan o Roger.

Así era su padre, pensó Caroline con cierta amargura. Puro intelecto, con el foco en la consecución de logros, en las cosas que había creado, sus ganadores.

Iris miró fijamente una foto de un semental oscuro, una de las pocas en las que no aparecía sir Linwood, y comentó:

–Roger me dijo una vez que vuestro padre podía domar un caballo con solo mirarlo. Yo me eché a reír, por supuesto, pero él me dijo: «No conoces a mi padre». ¿Realmente hay algo de cierto en ello?

Ojalá hubiera sido así. Su padre utilizaba el dolor y el miedo en su beneficio; sus métodos eran crueles, pero eficaces.

—Lo que sin duda es cierto es que cualquier animal que pasaba por sus manos salía manso y dócil, y con muchas ganas de complacer.

Como madre. De alguna manera, habían vuelto a *La fierecilla domada*.

—Caroline, mira. —Iris descolgó la foto de la pared y señaló una figura medio oculta detrás de un caballo—. Este no parece el típico lugareño de Yorkshire, ¿no crees? Más bien parece oriental. ¿No crees que pueda ser el profesor Matsudaira?

—Tendremos que preguntarle a Alan —empezó a decir Caroline, pero se detuvo.

Junto al hombre que podría haber sido su tío, reconocible a pesar de los treinta años transcurridos, estaba Miss Sarah Whistler.

Alan

Ya había anochecido cuando el tren de Alan llegó a Rillington Junction para hacer transbordo a la línea Pickering-Whitby. No esperaba encontrar a Roger esperándolo en el andén, paseándose de un lado a otro en un estado de evidente descontento. Le habría gustado hacer algún comentario al respecto, pero Roger se limitó a coger su maleta y empezó a andar con aire malhumorado, sin decir más que un seco:

–Has tardado mucho en volver.

Como si pudiera decidir los horarios de los trenes.

Roger arrojó el maletín de Alan al asiento trasero del automóvil y se subió al asiento del conductor. Alan sabía que era mejor no esperar a que le invitara a subirse él también.

–¿Qué ha pasado, Roger?

–Han arrestado a madre.

Alan se giró en el asiento y le miró fijamente.

–¿Cómo? ¿Por el asesinato de padre?

–No, Alan, por robar las joyas de la corona. –Roger accionó el arranque del coche, y este salió disparado de la estación con tal fuerza que Alan se vio empujado hacia atrás en el asiento–. Por supuesto que sí, por el asesinato de padre –respondió Roger con brusquedad–. Espero que tu escapada a Londres compense haberte perdido todo el revuelo.

Alan no pudo más que sacudir la cabeza, sorprendido.

–¿Madre? Imposible.

Roger se limitó a fruncir el ceño, clavando la mirada en la oscuridad que se extendía ante ellos mientras atravesaban la campiña de Yorkshire a una velocidad un tanto excesiva.

—¿Realmente es imposible, Alan? ¿Te das cuenta de lo poco que sabemos realmente sobre madre?

—Sabemos que ejerció la medicina hasta que se casó con padre…

—Me refiero a cómo es ella como persona. Como ser humano. No sabemos nada sobre sus gustos o aversiones, su forma de pensar o lo que la hace reír. Se supone que es nuestra madre, Alan, pero ¿qué significa realmente esa palabra?

A Alan le vino a la mente la imagen de Miss Whistler, tan aferrada a él, con la creciente marea de su emoción estrellándose contra el muro de su indiferencia.

—No lo sé —respondió, aunque no estaba seguro de que su hermano lo hubiera oído.

Su hermano. Esa palabra tenía significado cuando se aplicaba a Roger, del mismo modo que la palabra «madre» no lo tenía cuando se empleaba en relación con Miss Whistler. Alan supuso que eso era algo que debían agradecerle a su padre.

—No deja de ser la mujer que se ocupó de nuestras necesidades físicas mientras crecíamos —añadió Alan—. Al menos eso se lo debemos.

—¿A pesar de todo lo que pudo haber hecho?

El coche entró a toda velocidad en el pueblo de Thornton Dale y volvió a salir. Roger estaba evitando por completo Pickering en la ruta que había elegido para volver a casa.

—Vimala Gurung no era analfabeta —dijo Roger, mientras dejaban atrás el pueblo.

Alan volvió a mirar a Roger con curiosidad.

—Dijeron que tomó una sobredosis de láudano porque no sabía leer las instrucciones —le aclaró Roger—, pero resulta que no era analfabeta. Podía leer tan bien como tú o como yo.

—¿No estarás sugiriendo que madre…?

—Al fin y al cabo, fue ella quien le facilitó el láudano.

A su alrededor, la oscuridad había adquirido esa profundidad que solo es posible en el campo. Las constelaciones titilaban en el firmamento, y una delgada luna creciente bordeaba los negros matorrales de brezo con un apagado color plata. En el silencio de este paisaje fantasmal, la frenética cólera de Roger parecía arder como lo único real en el universo.

Y, sin embargo, Alan no podía evitar sentirse, como el marinero de Coleridge, como si un demonio aterrador se hubiera sentado a su espalda y su aliento fétido le erizara los pelos de la nuca.

–Madre no era la única persona en casa cuando ocurrió –dijo Alan.

–Te refieres a padre.

La oscuridad se deslizaba a su lado mientras Roger miraba fijamente la luz de los faros que se desplazaban rápidamente por la carretera delante de ellos.

–Fui a ver a Oglander para preguntarle si había alguna irregularidad en las cuentas de la casa. Descubrimos que alguien le había pagado más de cincuenta mil libras al comandante Buchanan…

–¡Cincuenta mil!

–Y suponemos que fue padre, porque madre no tiene esa potestad en el banco. Lo primero que pensé fue que se trataba de un chantaje. Si hubiera sido padre quien le administró esa dosis mortal de láudano y si el comandante Buchanan se hubiera enterado de alguna manera… pero lo que no entiendo es cómo se relaciona esto con su asesinato. Y, sinceramente, no me imagino a padre cediendo al chantaje.

Alan tenía claro que aún no habían zanjado el tema de su madre. Era más fácil pensar en padre, quien, incluso en la muerte, parecía más firmemente presente de lo que su madre jamás había podido estar.

–Padre podría ceder al chantaje si su vida estuviera en peligro, pero solo para ganar tiempo mientras se aseguraba de que no habría una segunda petición de dinero, o tal vez incluso para encontrar la forma de recuperar el dinero –afirmó Alan lentamente, con los ojos fijos en la oscuridad–. Con el tiempo suficiente, parece seguro afirmar que padre trataría de girar las tornas y destruir a su chantajista.

Si el comandante Buchanan era consciente… Pero, para Alan, el asesinato de su padre era en ese momento no más que una mera distracción del demonio que les respiraba en la nuca: el descubrimiento de que su padre tenía un secreto por el que valía la pena matar. Alan sabía perfectamente cuál debía ser ese secreto. Ambos lo sabían.

El silencio se extendió entre ellos.

Linwood Hall estaba a la vista. A un lado del coche, la tierra se hundía en la oscuridad, descendiendo hacia el valle donde se agrupaban las casas de Linwood Hollow; frente a ellos se alzaba la gran mansión, con su forma irregular y negra contra el cielo estrellado. En sus ventanas brillaban unos pocos puntos de luz amarilla. Estaban en terreno conocido: Alan pudo sentir cómo el coche reducía la velocidad y Roger empezaba a relajarse.

Alan no pudo evitar mirar un instante hacia atrás.

–El profesor Matsudaira ha sido asesinado –le dijo a Roger–. Veneno. Una sobredosis de Veronal. Pude ver el frasco y estoy seguro de que era el mismo que había en el botiquín de madre. Tenía una mancha muy peculiar en la etiqueta.

Roger palideció bajo la luz de la luna al mirar a Alan.

–¿Madre? –exclamó.

–Difícilmente podría envenenar a alguien en Londres si… ¡Cuidado!

Roger volvió a fijar su atención en la carretera justo a tiempo. Una figura había salido tambaleándose de entre los árboles, dirigiéndose hacia ellos. Alan tuvo la fugaz impresión de ver un rostro, pálido como la muerte, con los ojos oscuros y hundidos, antes de que la figura se apartara de un salto y Roger diera un volantazo. El coche derrapó y, por un momento, Alan pensó que iban a caer por el precipicio y rodar hasta el valle, pero al instante siguiente oyó el crujir de brezo seco y se encontró a sí mismo propulsado contra el salpicadero.

Si Roger hubiera ido más rápido, ambos podrían haber salido disparados a través del parabrisas. Roger ya había salido del coche y corría hacia la carretera para investigar. No había nada allí, salvo el precipicio rocoso y el aire vacío sobre Linwood Hollow. Alan pudo ver las luces encendidas en el Collier's Arms a cierta distancia, pero entre aquel lugar y ellos solo se veían las tenebrosas siluetas de los árboles que se retorcían contra la oscuridad aún más profunda que se cernía debajo, con un silencio interrumpido únicamente por el susurro rítmico de las ramas mecidas por el viento.

—Debe haberse caído por el precipicio —dijo Alan, señalando el lugar donde la maleza estaba arrancada y la roca se había desmoronado.

Roger parecía estar más conmocionado de lo que Alan lo había visto nunca.

—¿Era alguien de la casa? —preguntó, agachándose para mirar en la bullente oscuridad—. No hay ningún otro lugar del que pudiera haber venido. Todo lo que vi fue un rostro blanco. Me pareció que era un hombre, pero podría haber sido una mujer.

—Creo… creo que era Edwin Culpepper.

La forma más rápida de llegar al lugar donde Culpepper —si es que realmente era él— debía haber caído tras precipitarse por el acantilado era por el camino que bajaba al mausoleo y luego seguía hacia la iglesia en ruinas. Caroline e Iris los recibieron en el gran salón cuando llegaron, pero Roger, armado con una linterna eléctrica que había cogido del coche, pasó corriendo sin dar ninguna explicación, por lo que le correspondió a Alan contarles lo que había sucedido.

—Llama a Mowbray —le dijo a Caroline— y dile que venga aquí lo antes posible. También necesitaremos un médico.

Caroline dudó, e Iris dijo:

—Ve con ellos, Caroline. Yo haré las llamadas.

Caroline asintió y se unió a Alan mientras él se apresuraba a cruzar el salón hacia la terraza. Roger ya se había metido entre los árboles cuando llegaron a los pies de la iglesia en ruinas y el brillante haz de luz de su linterna eléctrica parpadeaba como un fuego fatuo entre las ramas. Se abrieron paso hacia él, con Alan a la cabeza, y casi chocaron contra él donde se había quedado plantado.

—Ahí —dijo Roger, iluminando con la luz de su linterna una silueta encogida junto a una de las lápidas rotas del cementerio abandonado.

Alan no se había equivocado. Edwin Culpepper seguía llevando la misma ropa con la que lo habían visto por última vez, pero ahora estaba rota y mugrienta y desprendía un profundo hedor a miedo. El propio Culpepper estaba magullado y ensangrentado, con un brazo retorcido en un ángulo antinatural, con una mancha roja que se extendía alrededor de la punta blanca y dentada de un hueso fracturado a través de la piel. A pesar de lo que pudiera parecer, el acantilado no descendía verticalmente: las yemas de sus dedos desgarradas y un largo rasguño sangrante que le cubría la mitad de la cara eran testimonio de su caída por la escarpada pendiente.

Por un momento, Alan recordó a todos los soldados ensangrentados que había visto o con los que se había encontrado en la guerra: hombres que habían muerto por explosiones, disparos o bayonetas, como un amasijo de huesos rotos y sangre. El apacible silencio de Linwood Hollow por la noche bien podía ser, en realidad, la calma antinatural que seguía a cada matanza, ese momento en que uno se daba cuenta de que parecía haber olvidado cómo sonaba un mundo sin disparos. Por la palidez de sus rostros, Caroline y Roger debían estar pensando lo mismo. Por su parte, lo único que él había aprendido de esas experiencias había sido la capacidad de evaluar con bastante acierto las probabilidades de supervivencia de un hombre.

Y Culpepper, por algún extraño milagro, seguía respirando.

—Tenemos que llevarlo a un lugar seguro —dijo Alan.

Dejar a un hombre en tierra de nadie nunca ha sido una buena idea. Caroline ya se había arrodillado junto a Culpepper para tratar de detener la hemorragia de la fractura abierta con un pañuelo terriblemente insuficiente para la tarea.

–¿Hay algo que podamos usar como camilla? Si lo intentamos levantar tal cual está, entre los tres, le haremos más daño y empeoraremos las cosas.

–Tengo una cama de campaña en el maletero del coche –dijo Roger–. Nos puede ir bien.

Le lanzó la linterna a Alan y volvió a salir corriendo, atravesando la oscuridad de vuelta a la casa. Sosteniendo la linterna bajo un brazo, Alan dirigió el haz de luz hacia el brazo roto de Culpepper y le arrebató la corbata. Caroline cogió la corbata sin levantar la vista hacia él y comenzó a atarla alrededor de la parte superior del brazo de Culpepper, mientras Alan se encargaba de aplicar presión sobre la herida abierta. Culpepper soltó un gemido de dolor, un grito áspero y gutural que hizo que Alan se preguntara si no se había perforado también un pulmón.

El hedor a sangre se hacía cada vez más intenso. ¿Podían estar delante de una arteria seccionada? Alan intentó no pensar en el hueso y la carne que se removían bajo sus dedos, a solo un pañuelo empapado de distancia. Era demasiado fácil imaginarse de vuelta en las trincheras, en la sangrienta secuela de una ofensiva abortada.

Solo el aroma a coco del tojo le permitía recordar que aún estaba en Inglaterra.

–En cualquier caso, finalmente podremos tener algunas respuestas –le dijo a Caroline, más como un intento de calmar sus nervios–. Cada paso que hemos dado hasta ahora parece habernos abocado a más preguntas.

–Lo sé. –El sudor hacía brillar el rostro de Caroline como una máscara de porcelana–. ¿Lograste que el profesor Matsudaira te contara algo? Iris y yo encontramos una foto suya en la habitación de padre, junto a Miss Whistler. Tenía que estar al corriente de todo…

–Ya no podrá darnos información. Está muerto. Asesinado.

Alan comprobó la hemorragia y sustituyó el pañuelo empapado en sangre de Caroline por uno limpio. No se atrevió a mirarla a los ojos, para no ver la devastación que esa información debía estar causándole. ¿Era esa la luz de una linterna bajando por la ladera del acantilado?

–Roger cree que Vimala Gurung también fue asesinada, y yo tengo mis dudas sobre el supuesto suicidio de Matsudaira Izumi, pero…

La voz de Culpepper sonó tan débil que casi pasaron por alto su murmullo. Bajo la sangre, su rostro era una máscara retorcida de dolor, pero seguía lúcido. Sus labios temblaron, algo débil e ininteligible se elevó desde su pelirrojo bigote.

Tanto Alan como Caroline se inclinaron para oírlo.

–No asesinato…

Un golpe detrás de ellos hizo que Alan diera un respingo y Caroline, a su lado, soltó un grito ahogado. Roger había llegado con su cama de campaña bajo el brazo y se abría paso entre los árboles para llegar hasta ellos. Tras él, Iris sostenía otra linterna para iluminarle el camino.

Alan se volvió hacia Culpepper para preguntarle qué había querido decir, pero el pobre hombre finalmente había perdido el conocimiento.

Mowbray

Amanecía sobre Linwood Hollow. El inspector Clarence Mowbray, que había tenido que acudir corriendo sin el lujo de un desayuno, se apoyó un momento contra la rugosa pared de piedra del Collier's Arms, bajo el chirriante letrero de madera que representaba un par de picos cruzados bajo una lámpara de aceite, como una calavera con dos tibias, y contempló los tonos rojos y dorados que se extendían por el horizonte del este. Recordó el refrán: «Cielo rojo por la mañana, agua temprana», y pensó que, a pesar del fresco y tranquilo aire matutino, habría tormenta antes de que acabara el día.

Justo cuando había empezado a creer que el caso del asesinato de Linwood estaba resuelto, había ocurrido eso. Maldiciéndose a sí mismo, empujó la puerta de la posada y entró con paso firme.

No había mucho que hacer respecto a Edwin Culpepper, alias James Oglander jr., cuando Mowbray llegó la noche anterior. Los hermanos Linwood lo habían llevado al Collier's Arms en lugar de a Linwood Hall, pensando que el camino ascendente por el sendero cubierto de maleza hasta la casa podría causarle aún más daño al hombre. El posadero, Giles Brewster, les ofreció inmediatamente su propia habitación en la planta baja para que no tuvieran que subir a Culpepper por las estrechas escaleras hasta una de las habitaciones para huéspedes de arriba. El Dr. Filgrave, que llegó poco después que Mowbray, los felicitó por las medidas que habían tomado.

—Tiene múltiples cortes y contusiones —dijo Filgrave tras examinar al paciente—. Al margen de la fractura abierta, tiene un par de costillas rotas y ha perdido mucha sangre. Me atrevo a decir que los Linwood le salvaron la vida al actuar con tanta rapidez. Y tuvo suerte de haber conservado la vida: había muchas rocas afiladas contra las que podría haberse destrozado la cabeza al caer por ese acantilado, o incluso haberse roto el cuello. Cuanto antes instalen algún tipo de valla o muro a lo largo de la carretera, más tranquilo me quedaré.

El Dr. Simon Filgrave era un hombrecillo pálido y meticuloso, con una elegante cabeza rubia grisácea, que olía a metanol y parecía ajeno al mundo a su alrededor. Mowbray había trabajado con él en otros casos anteriormente, pero la citación aquí con motivo del asesinato de Sir Lawrence, además de esa noche a causa de Culpepper, constituían el total de visitas a Linwood Hollow realizadas a lo largo de su carrera. Según él, era Lady Linwood quien se ocupaba de las necesidades médicas del pueblo.

—Tiene una conmoción cerebral, por supuesto —añadió Filgrave— lo cual no debería sorprender a nadie. Es importante vigilarlo con mucha atención durante las próximas veinticuatro horas y estimularlo cada hora para comprobar que sigue siendo capaz de despertarse.

No era partidario de que lo trasladaran a través de las carreteras llenas de baches hasta su consultorio. Había hecho todo lo que pudo con lo que tenía a su disposición para tratar la fractura abierta y prometió volver por la mañana para continuar con el tratamiento. Y en cuanto a quedarse a velar al paciente…

—Nosotros nos encargamos de eso —se ofreció Roger Linwood—. Queremos estar presentes cuando pueda volver a hablar. No queremos arriesgarnos a perdernos algo.

Su hermano Alan, más tímido y reservado, pareció un poco molesto por haber expresado sus motivos de manera tan directa, pero asintió con la cabeza.

—No queremos parecer insensibles, pero no se nos puede culpar por estar deseosos de obtener respuestas, teniendo en cuenta las circunstancias —añadió Caroline Linwood, encubriendo el desliz de su hermano.

Mowbray los miró a cada uno de ellos mientras se sentaban en los taburetes frente a la barra y Giles Brewster se agitaba nerviosamente detrás de ellos. Sus espaldas estaban rectas y sus expresiones eran desafiantes, aunque todo lo demás en ellos fuera un desastre. Roger Linwood tenía la cara arañada por haber atravesado el bosque en la oscuridad, y Caroline Linwood tenía un enorme agujero en una de sus medias, donde se había arañado al arrodillarse junto a Culpepper. Alan Linwood había perdido un botón del cuello y este, al abrirse, se le clavaba en una oreja. Los tres tenían las manos rojas y cubiertas de sangre seca.

¿Quiénes eran en realidad?

Desde el primer momento, había percibido algo extraño en la familia de Linwood Hall. La actitud de Lady Linwood no había sido precisamente la de una viuda devastada, y él tenía suficiente experiencia como para darse cuenta. Pudo leer el miedo en cada uno de sus movimientos y, bajo ese miedo, un cierto alivio. El pesar por la muerte de su marido parecía haber quedado relegado a una tercera posición tras esas otras dos emociones. Se preguntó si no habría sido una esposa maltratada y si, tras más de treinta años de abusos, había finalmente perdido los estribos. Lo había visto en más de una ocasión, si bien sospechaba que Lady Linwood ya había superado con creces el límite de lo soportable.

El tema sobre la verdadera genealogía de los hermanos Linwood arrojó nueva luz sobre Sir Lawrence Linwood. A Mowbray se le antojó que el gran hombre tenía en realidad una debilidad por las mujeres y había ocultado la paternidad de sus hijos para disimular su indiscreción. No sería la primera vez que algún miembro importante de la alta sociedad trataba de tener un hijo para luego ocultarlo, y eso explicaba en cierta medida la distancia entre ellos y Lady Linwood. Aun así, por sórdida que fuera, la situación en sí misma no era nada inusual, y uno podía pensar lo que quisiera de Sir Lawrence, pero sin duda no había escatimado en gastos a la hora de criar a sus hijos. Todos ellos coincidían en que les había proporcionado lo mejor de lo mejor. Y ahora, ahí estaban ellos:

tres jóvenes muy exitosos, perturbadoramente dignos a pesar de sus rasguños, moretones y manos ensangrentadas.

Mowbray pensó en las orquídeas de invernadero: altas y elegantes enredaderas en explosiones de colores brillantes, podadas sin contemplaciones y mantenidas tras un cristal durante el crudo invierno.

Mowbray se sacudió.

–No –dijo–. Ya han hecho suficiente. Váyanse a casa. Duerman un poco. Pondré a un par de agentes a vigilar a nuestro amigo Culpepper por turnos. Les prometo que si se despierta y dice algo, serán los primeros en saberlo.

–No será ningún problema –dijo Alan Linwood–, se lo aseguro. No será la primera vez que hayamos tenido que pasar la noche vigilantes, sin dormir lo suficiente.

–Insisto.

Dejar que estos tres anduvieran por ahí haciendo preguntas era una cosa, pero habían crecido bajo el yugo de Sir Lawrence, y si él había sido un auténtico canalla con su esposa y al menos con una amante –y si, como ahora sugerían los hermanos Linwood, había asesinado a las otras dos–, era imposible saber lo que les podía haber hecho a sus hijos una vez que los costosos tutores finalizaban su jornada laboral. Cualquiera de ellos podría acabar por reaccionar como él pensaba que lo había hecho Lady Linwood, ya fuera por haber llegado al límite de su resistencia o por haber descubierto la verdad sobre sus orígenes.

Al diablo con los últimos deseos del difunto, no iba a permitir que tres sospechosos de asesinato se encargasen de vigilar a un testigo vulnerable.

Los tres parecían dispuestos a rebatirle hasta el día del juicio final, pero Miss Morgan, al darse cuenta de que él no iba a ceder en ese punto, intervino para declarar que, como era tarde y no iban a hacer ningún bien a nadie en el estado en que se encontraban, era mejor hacerle caso. Roger Linwood dudó; a continuación, se bajó del taburete del bar para unirse a ella y, segundos después, los otros dos los siguieron. El grupo se marchó con la cabeza bien alta, dejando a Mowbray para que se ocupara del tema como mejor le pareciera.

Barker y Ward, dos agentes recién incorporados, enérgicos y muy entusiastas, se quedaron para turnarse en la vigilancia de Culpepper, y así habían quedado las cosas a las doce y media de la noche, cuando Mowbray abandonó Linwood Hollow para acudir a una breve cita con su propia cama.

Eso había sido hacía seis horas.

En el transcurso de esas escasas seis horas, tras las puertas cerradas de la posada y con un agente de policía montando guardia junto a su cama, Edwin Culpepper se las había ingeniado para acabar asesinado.

Pero a juzgar por el color ceniciento de la muerte y, por supuesto, las heridas de la noche anterior, Edwin Culpepper podía parecer dormido. Tenía los ojos cerrados y una expresión tranquila. La colcha estaba subida hasta la barbilla, pero al apartarla quedó al descubierto la adornada cabeza de un antiguo alfiler de sombrero victoriano clavado en su pecho, atravesándole el corazón.

—Asesinado mientras dormía —dijo Filgrave con el mismo desagrado que sentía Mowbray.

Igual que a Mowbray, a él también le habían sacado de la cama, y su cabello, normalmente liso y de color rubio grisáceo, se le rizaba por la parte de atrás

—Probablemente se despertó en las puertas del cielo sin saber cómo había llegado allí. Debo decir que sus agentes hicieron un excelente trabajo vigilándolo.

Mowbray se volvió hacia los dos agentes en cuestión y les increpó:

—¿Alguno de vosotros tiene algo que decir sobre cómo ha ocurrido esto?

Barker y Ward parecían tener el estómago revuelto, como era de esperar. Mowbray prácticamente podía ver las excusas y justificaciones agolpándose detrás de las mandíbulas apretadas y el sudor. Barker se había quedado profundamente dormido en la habitación de invitados que se les había proporcionado para descansar entre turnos; Ward había estado sentado en la silla junto a la cama de Culpepper, también dormido y ajeno al mundo, con una taza de té caída en el suelo a sus pies.

—¿Y bien? —Se volvió hacia Barker—. Tú te quedaste vigilando a Culpepper cuando me fui de aquí anoche.

—Sí, señor. Hasta las dos y media, señor. Fui a despertar a Ward para su turno, pero ya estaba levantado. Entonces me acosté y me quedé profundamente dormido, señor, hasta que Mr. Brewster me despertó y vi que eran más de las seis.

—Se suponía que debías haber relevado a Ward a las cuatro y media.

—Sí, señor.

En su defensa, cabía destacar que no trató de echarle la culpa a Ward por no haberlo despertado para el cambio de turno.

—No sé qué me pasó, señor —señaló Ward—. Comprobé que el hombre estuviera bien, y así era. Entonces, me senté con una taza de té y, lo siguiente que recuerdo es a Mr. Brewster zarandeándome por el hombro y, bueno… —Señaló la cama con la cabeza con un gesto de impotencia.

—¿Y no tenéis nada más que añadir?

Ambos hombres negaron con la cabeza.

—Entonces, largaos. Y cuando volvamos a Pickering, más vale que encuentre algún tipo de somnífero en el té, o ni siquiera el mismísimo diablo sabrá qué hacer vosotros. ¿No me habéis oído? ¡Fuera!

La última palabra sonó como un ladrido, con tal ferocidad que los dos agentes casi chocaron entre sí en su afán por salir de la habitación. Una vez que se marcharon y se cerró la puerta tras ellos, Mowbray se giró y recogió con cuidado la taza de té de Ward, que seguía en el suelo junto a la silla. En su fondo había quedado poco más de una cucharadita de un espeso sedimento negro que incluso Mowbray dudaba en llamar «té». Luego fue a inspeccionar la tetera que aún estaba sobre una pequeña mesa situada a un lado.

–Oh, ¿realmente está comprobando si el té lleva alguna droga? –preguntó Filgrave, al ver sus movimientos.

Mowbray asintió con la cabeza.

–Conozco a mis hombres, Filgrave, y Barker y Ward son buenos chicos. Concienzudos. No es propio de ninguno de los dos quedarse dormido estando de servicio. Uno no se queda dormido con media taza de té en la mano a menos que su mente esté cómodamente en otro lugar, y Ward no tiene la suficiente imaginación para eso.

Además, si bien una bebida caliente tomada a altas horas de la noche puede tener un efecto soporífero, Dios creó el té para ayudar al hombre a mantenerse despierto, y Mowbray dudaba de que una tetera preparada alrededor de la medianoche estuviera más caliente que un bloque de hielo cuando Ward se sirvió una taza dos horas más tarde.

Filgrave observó cómo manipulaba el té y luego miró el cadáver que aún yacía en la cama con el enjoyado alfiler de sombrero clavado en el pecho.

–Así pues –dijo–, independientemente de cómo alguien haya logrado burlar a sus agentes, usted cree que fue el posadero. Él fue quien preparó el té, si mal no recuerdo.

–Yo no creo nada. Me pregunto de dónde iba a sacar un tipo como Giles Brewster un alfiler de sombrero como ese.

Además, ¿por qué usar un alfiler de sombrero?

Como si estuviera planeado, un rugido mecánico fuera de la posada anunció la llegada del trío Linwood. Qué condenadamente maravilloso. Mowbray se dio la vuelta y salió a la sala común de la posada, seguido de cerca por Filgrave. A través de las ventanas, pudo ver a Brewster recibiendo a los Linwood mientras se bajaban del automóvil, sin duda para darles la mala noticia.

–¡De todos los malditos idiotas incompetentes! –se oyó rugir a Roger Linwood, irrumpiendo en la posada con los puños cerrados–. ¡Sabía que deberíamos haber insistido en quedarnos anoche! Nada de esto habría sucedido, de eso puede estar seguro, y, de paso, ¡quizá incluso habríamos atrapado al asesino!

Mowbray se mantuvo firme con los pies plantados en el suelo y dejó que la tormenta pasara por su lado. Transcurrió todo un minuto antes de que Roger se detuviera para respirar y, tan pronto como lo hizo, su hermano intervino con tono mordaz:

–¿Podríamos al menos ver el cadáver?

–Todo suyo. –Mowbray señaló la puerta abierta y se hizo a un lado mientras los Linwood entraban en la habitación.

Esta era, por supuesto, la estancia privada del posadero, pues Brewster había ocupado una de las habitaciones de huéspedes durante esa noche. La cama, para dos personas, podría haber pertenecido a sus padres, y la silla en la que el agente Ward había incumplido su deber era una de las dos que había junto a una tosca chimenea de piedra con una antigua rejilla ennegrecida. Era más pequeña que la mayoría de las habitaciones de Linwood Hall, acogedora y decorada con unas cuantas fotografías que Mowbray reconoció como copias de las que había en la habitación de Sir Lawrence. El único acceso era la puerta por la que ellos habían entrado. Aparte de la mancha de té derramado junto a la silla y el cadáver sobre la cama, nada había cambiado desde la noche anterior.

Mowbray esperaba que Roger Linwood reanudara su diatriba, ya fuera él mismo o alguno de sus hermanos, pero los tres parecían concentrados en intentar dar sentido a lo que veían. Podía decirse lo que se quisiera de los Linwood, pero sabían que no valía la pena malgastar sus energías durante una crisis.

Mowbray pudo notar que Caroline Linwood parecía hipnotizada por el alfiler de sombrero que adornaba el pecho de Culpepper.

–¿Algo que le resulte familiar, Miss Linwood?

Se acercó para mirar más de cerca y, finalmente, dijo:

–Sí. Creo que es de madre. Sé que lo vi ayer mismo en su vestidor, o al menos uno muy parecido.

—Excepto —señaló Alan Linwood— que madre sigue encerrada a buen recaudo bajo su custodia, ¿no es así?

—Entonces, supongo que mi pregunta debería ser: ¿cómo llegó un alfiler de sombrero perteneciente a Lady Linwood desde sus habitaciones en Linwood Hall hasta aquí?

Ninguno de los Linwood supo qué responder a eso.

CUARTA PARTE

Y dijo el Señor: «Todos forman un solo pueblo y hablan un mismo idioma. Esto es solo el comienzo de sus obras, y todo lo que se propongan lo podrán lograr».

Génesis 11:6-8

Caroline

Junio de 1906

Caroline no tenía ni idea de dónde había salido aquella pobre criatura, pero allí estaba –Caroline había decidido que era hembra–: una gata callejera y escuálida, con el pelaje enmarañado de color caparazón de tortuga y un muñón cubierto de sangre en lugar de la pata delantera izquierda. Estaba acurrucada entre los matorrales de tojo en el lado oeste de la casa, sucia, miserable y temblando por el miedo.

Cuando Caroline se acercó, la gata arqueó la espalda y bufó, erizando el pelaje de la espalda y la cola en un intento por ahuyentar a un posible depredador, aunque sabía sin duda que era inútil.

–Deja esa cosa en paz, Caroline –le dijo Roger, observando a unos metros de distancia–. Probablemente tenga alguna enfermedad.

Alan, que observaba desde aún más lejos, no dijo nada. En el último año había crecido suficiente como para empezar a ver aquellas excursiones por la naturaleza con ellos como una carga que debía soportar. Pensó que era mejor no intervenir: Caroline habría sido incapaz de resistir la insistencia de ambos hermanos para que dejara al gato en paz.

La pobre criatura volvió a bufar, mostrándoles los dientes y las garras, y, acto seguido, se puso a lamerse el muñón.

Caroline no quería imaginarse lo que había sucedido, pero no pudo evitarlo. La gata debía haber quedado atrapada con la pata en una trampa para conejos o algo parecido y se ha arrastrado hasta aquí para esconderse. No parecía haber sangre por la zona, así que la herida debió haber tenido tiempo de cicatrizar antes de llegar allí, lo que, a su vez, significaba que el animal llevaba tiempo sufriendo.

—No podemos dejarla aquí —le dijo Caroline a Roger—. Está muerta de hambre. Hoy hace calor, pero mañana podría llover y la gata no durará mucho aquí fuera sola.

—No puedes meterla en casa. Es una bestia salvaje y te atacará si la molestas.

En eso tenía razón. Purrcia —Caroline había decidido que el nombre de la gata sería Purrcia, haciendo un juego de palabras con el nombre de la astuta heroína de *El mercader de Venecia*, Porcia— se mostraría reacia a aceptar algo de un extraño. Caroline había visto lo suficiente sobre el cuidado de los animales en las granjas arrendadas como para saberlo. Pero Purrcia necesitaba comida y refugio para sobrevivir, y Caroline sentía que era su responsabilidad proporcionárselos.

La comida era fácil de conseguir: en la cocina nunca se darían cuenta si desaparecía alguna menudencia aquí y allá. Lo del refugio ya era más complicado.

Roger, quien solía ser muy hábil con ese tipo de cosas, puso los ojos en blanco cuando le preguntó.

—Bueno, vale. Hay una vieja cesta en Camelot que podría convertir en una casita para la criatura, suponiendo que sea lo bastante inteligente como para usarla. Tendrás que procurar que no toque el suelo para que no se moje y… bueno, te enseñaré cómo hacerlo, pero luego tendrás que apañártelas sola.

Alan se limitó a negar con la cabeza en señal de desaprobación, dio media vuelta y entró en casa. Bueno, ¿a quién le importaba lo que él pensara? Purrcia estaría a salvo, y eso era lo más importante.

Purrcia ronroneó ante el pedazo de arenque ahumado que Caroline le había traído a escondidas del desayuno que habían tomado esa mañana.

Era la primera vez que Caroline la oía ronronear y, esta vez, cuando ella extendió la mano para tocarla, no intentó arañarla ni se apartó. Su pelaje era más suave de lo que Caroline había esperado, y el cuerpo que había debajo latía con calor y vida.

–Ahora somos amigas, ¿no? –murmuró Caroline.

–¿No esperarás que una bestia tonta te responda?

Caroline giró la cabeza con brusquedad y un escalofrío le recorrió el cuerpo.

¡Padre!

Se erguía como un gigante, ocultando con su cuerpo el sol, de manera que el mundo se volvió repentinamente oscuro y frío, y su mirada dura y penetrante la atravesó. Caroline se levantó apresuradamente y se sacudió la falda. ¿Acaso Alan o Roger la habían delatado?

–¿Y bien?

Te olvidabas de todo lo demás cuando padre te miraba así. Te olvidabas de que el cielo era azul y de que el sol brillaba; padre era como el preludio de una tormenta, una oscuridad creciente. Sentías una especie de electricidad crepitando a tu alrededor, que parecía contenerse a duras penas por la fuerza de su prodigiosa voluntad.

Era la misma fuerza que empleaba con los caballos que domaba, y Caroline no pudo hacer nada al encontrarse ante ella, salvo negar con la cabeza.

La mirada de su padre se posó en Purrcia, que se había refugiado detrás de los tobillos de Caroline, y luego volvió a ella. Su voz sonó casi amable, tan delicada como una serpiente.

–¿Así que has adoptado un gato? Bueno, que no se diga que no escucho razones. Así pues, dime, Caroline: ¿cuál es la utilidad práctica de tener un gato?

Caroline tragó saliva.

–Ratones –respondió, con una voz apenas audible incluso para ella misma.

Se aclaró la garganta y repitió, esta vez en voz más alta:

– Ratones. Para mantener a raya las plagas.

Su padre asintió con la cabeza.

—Y dime, ¿te parece que este gato es un buen cazador de ratones? Veamos. Tiene una pata mutilada. De hecho, desde el día en que lo encontraste, solo te ha quitado cosas y no te han dado nada a cambio, ¿verdad? Es un gasto inútil de nuestros recursos y alimentarlo costará más de lo que podríamos llegar a perder por culpa de los ratones. ¿Algún otro argumento?

—Pero nosotros tenemos tanto…

—Eso no es excusa para desperdiciar —le espetó su padre, frunciendo el ceño con furia.

Caroline sabía que no le serviría de nada insinuar su deseo de compañía o un simple acto de bondad. Su padre no tenía paciencia para ninguna de las dos cosas y afirmaba que la fuerza no necesitaba apoyo y que el altruismo era una debilidad, una plaga perniciosa para el mundo racional.

Ella agachó la cabeza.

Su padre se acercó un poco más y Caroline tuvo que hacer un esfuerzo para no retroceder.

—Pues hasta aquí tus argumentos razonados —masculló—. Enderézate y mírame a los ojos cuando te hable. Caroline, tú misma te has hecho responsable de esta bestia inútil, así que esto es lo que vas a hacer. Vas a meter al gato en una bolsa y lo vas a llevar al río…

—¡No! —gritó Caroline, con tal horror por lo que le pedía que hiciera que superó por un momento el miedo a su ira—. ¡Padre! ¡No puedes decirlo en serio!

Pero su padre la miró con tanta severidad que acabó por acobardarse y volvió a quedarse en silencio.

—Caroline —le dijo—, estás permitiendo que el sentimentalismo interfiera en tu forma de pensar. Espero que este gato te sirva de lección. A lo largo de la vida, tendrás que hacer cosas peores que esto a las personas que llamarás amigos, así que lo mejor es vayas acostumbrándote. Ahora, coge al gato.

Purrcia, confiando en Caroline, se dejó levantar del suelo. Su pelaje era mucho más suave de lo que Caroline había imaginado y su cuerpo, alimentado con los restos de la cocina y la mesa, todavía latía con calor y vida.

No fue hasta años después que Caroline se preguntó cómo un gato tullido había llegado hasta aquellos arbustos junto a Linwood Hall.

Caroline

Caroline comprobó que el inspector Mowbray había estado más atento a las necesidades de su madre de lo que cabría esperar de un policía tan rudo y malhumorado. Se le había concedido toda la intimidad posible, además de ropa de recambio de su propio armario en Linwood Hall. En cuanto a la pequeña y lúgubre celda gris en la que estaba encarcelada, no había mucho que hacer, pero Caroline no pudo evitar pensar que no era mucho menos cómoda que la aséptica estancia que su madre tenía en casa.

Su madre estaba sentada muy erguida en una silla, con las manos cuidadosamente cruzadas sobre el regazo. De no ser por su edad y su atuendo, podría parecer una colegiala atendiendo una lección. Y si bien tenía ojeras, Caroline notó que había desaparecido la tensión que acumulaba en los dedos y la obligaba a retorcer constantemente un pañuelo mientras hablaba.

–Confieso que me siento algo aliviada –dijo su madre–. Sabía que esto iba a pasar. No tengo explicación. Lo esperaba desde el momento en que lo vi… desde el momento en que abrí la puerta y vi a Sir Lawrence allí tendido… muerto. –Al decirlo se estremeció–. Me siento aliviada –repitió– de que por fin haya terminado todo.

Era extraño que madre se refiriera a padre por su título formal en el contexto de una charla con la familia íntima.

Así era Catalina treinta años después en *La fierecilla domada*, se recordó Caroline: una mujer sometida a su marido en todo, incluso cuando sus exigencias resultaban ser monstruosas. ¿Pero hasta qué punto estaba ya trastornada cuando atrajo a Miss Whistler a esa infausta aventura con su padre? ¿Acaso no actuó más como una Lady Macbeth que como una Catalina en aquel momento?

En el exterior, el sol brillaba en un radiante día de primavera y un viento fresco empujaba las esponjosas nubes del mar del Norte hacia el corazón de Inglaterra; pero allí dentro, en esa pequeña y húmeda celda gris, Caroline se dio cuenta con sorpresa de que su madre se sentía como en casa.

–¿Entonces fuiste tú quien mató a padre? –preguntó Caroline–. ¿Es por eso que te resulta un alivio?

–No soy capaz de explicarlo.

Su madre tampoco lo negó.

–No puedo confiar en mi memoria –dijo su madre, tras una pausa tan larga que Caroline había estado a punto de levantarse para irse–. No recuerdo mucho de lo que pasó entonces. Recuerdo que subí a mi habitación después de llamar a la policía y encontré… esa cosa tirada en mi cama. Recuerdo haberla cogido, supongo que así es como llegaron allí mis huellas dactilares, pero luego… Supongo que debí cambiar las sábanas y deshacerme de esa cosa, pero no lo recuerdo. Tuve un sueño descabellado en el que Sir Lawrence me la arrebataba, lo cual es absurdo porque para entonces él ya estaba muerto. Recuerdo que me dijo que me tumbase y cerrase los ojos porque estaba alucinando; y cuando volví a abrirlos, mis manos estaban limpias y supe que nada de eso había ocurrido realmente.

Era evidente que madre estaba desvariando. También Caroline había estado imaginando la presencia de su padre desde que todo esto había comenzado, pero parecía que para su madre los límites de lo que era real y lo que no comenzaban a difuminarse.

–Me dije a mí misma que todo debía de ser un error. Un hombre como Sir Lawrence Linwood no podía estar muerto. O por lo menos no a manos de otro. De hecho, cuando llegó la factura de mis ropas de luto, dejé el cheque en su escritorio para que lo firmara. Y sé que parecerá una locura, pero no pude evitar sentir que no lo había firmado, no porque estuviera muerto, sino porque estaba disgustado conmigo. Tal vez él pensaba que comprar ropa de luto era un derroche de dinero. Pero había que pagar a las costureras de todos modos, así que me aventuré a entrar en su estudio y firmé el cheque. Había pasado tanto tiempo desde la última vez que firmé con mi propio nombre, que tuve que detenerme a pensar cómo se escribía. Creí oír a Sir Lawrence detrás de mí, diciéndome sin ambages lo tonta que estaba siendo, todo por un simple cheque para la modista.

Se detuvo y, con la antigua agitación de vuelta, dijo:

–La mancha seguía allí, en el suelo, junto a la estantería. Al principio pensé que era él quien estaba allí de pie y que aquello era su sombra. Pero era su sangre. La sangre de sus venas. No quería que los sirvientes la tocaran, así que la limpié yo misma cuando la policía se hubo marchado. Me pasé horas de rodillas intentando quitarla. Pero seguía ahí. No se iba. Seguía allí.

Caroline se estremeció. Recordó la noche que pasó en el estudio de su padre, llamando a los conventos en busca de Miss Whistler, y le vino a la mente la sensación de que su padre estaba allí, entre las sombras, observándola. Madre tenía razón: muerto o no, padre siempre iba a estar ahí.

–Empecé a decirme a mí misma que no estaba muerto, después de todo –continuó su madre–. Me dije que el ataúd estaba vacío. Me despertaba en mitad de la noche y le oía susurrarme. Entraba en su habitación y me preguntaba si no habría dormido en su cama y luego el servicio la había hecho de nuevo. La mañana de la investigación, moví una de las almohadas, solo un poco. Sabía que si era él quien se hacía la cama por la mañana, pronto estaría en su sitio. ¡Y así fue, Caroline! Ni siquiera tuve que esperar a la mañana siguiente: la almohada estaba de nuevo en su sitio cuando volví a mirar esa misma tarde. Pero tenía que asegurarme. Fui a su lavatorio y moví el espejo, solo un poco, de como a él le gustaba tenerlo.

Caroline recordaba el año siguiente a cuando Roger se fue a la universidad, cuando los sombríos pasillos de Linwood Hall parecían extenderse aún más hacia la eternidad. Huía al Malton Repertory tan a menudo como podía. Nunca había pensado en su madre, quien debía seguir recorriendo esos mismos resonantes pasillos día tras día, con su padre taciturno en su estudio y los criados correteando sin ser vistos por detrás de las paredes... Su madre, allí sola, como Lady Macbeth, intentando en vano lavar de sus manos la mancha imaginaria del asesinato mientras recorría las sombras en sueños.

–A la mañana siguiente –continuó su madre–, cuando me vestía, me sorprendí colocando el espejo en el ángulo correcto. Hay tantas cosas que hago inconscientemente, asegurándome de que todo esté exactamente como a él le gusta. ¿Había vuelto a poner la almohada en su sitio yo misma, sin darme cuenta, del mismo modo que ahora estaba poniendo recto el espejo? Incluso me pareció ver su reflejo en el espejo, riéndose de mí desde la puerta de su habitación; pero cuando me volví, no había nadie.

Su madre se quedó en silencio y se miró las manos. Se vio a sí misma apretando fuertemente un pliegue de su falda. Caroline pudo ver el esfuerzo con el que se obligó a soltarlo.

–La noche antes de que llegarais Alan, Roger y tú –prosiguió–, decidí que tenía que tomar medidas más drásticas. Tenía que verlo por mí misma. Cogí un atizador de chimenea y lo clavé debajo de la tapa del ataúd. Solo tenía que descargar mi peso sobre él y la tapa se abriría. Entonces podría verlo, ver lo que quedaba de él; los huesos destrozados, los sesos y la sangre, los gusanos hurgando profundamente en la carne putrefacta, y entonces tendría la certeza de que estaba muerto. Entonces, levanté la mirada, justo hacia los ojos de su retrato. Me miraba con tanta ira, Caroline. Con tal furia. Lo siguiente que recuerdo es que volvía a estar sentada junto al fuego y que el atizador volvía a estar en su sitio. No pude soportar volver al salón hasta el mismo funeral, pero te juro que su cuadro no ha vuelto a mirarme así desde entonces.

–Por supuesto que padre estaba en el ataúd –dijo Caroline. No se le ocurrió nada más qué más decir–. Los de la funeraria lo habían puesto allí. La policía examinó el cuerpo durante la investigación. Mr. Oglander estaba allí con contigo cuando lo encontraste.

Su madre pareció no oírla.

–Esa noche soñé que estaba dentro de mi habitación, observándome. No con su aspecto normal, sino como lo encontramos en el estudio: chorreando una hedionda sangre negra y apestando a matadero. Quise gritar, pero no me atreví. Yo… –Su madre se estremeció. Su voz se redujo a un susurro–. Mentí, ¿sabes? Mentí cuando me preguntaron qué había ocurrido después de la cena, la noche que murió. En la que se suponía que había muerto. Me entretuve allí tomando el té, es cierto, pero no recuerdo nada más después de eso. Me desperté por la mañana. En mi cama. Es posible que me retirara inmediatamente después de terminarme el té, tal como le había dicho a la policía, o… tal vez él me estaba forzando a recordar que lo había matado.

¿Era eso una confesión? Caroline se acercó un poco más.

–¿De verdad no lo recuerdas?

–Supuse que había sido yo: la maza en mi habitación lo probaba. Y eso debió ser lo que él quería. Él debió pedirme que lo hiciera; porque, de otro modo, no lo habría hecho.

–Pero eso no tiene sentido. ¿Por qué te pediría padre algo así?

–Si había algo que su padre no era, sin duda era un suicida.

Su madre se limitó a sacudir la cabeza y dijo:

–No me corresponde a mí cuestionar las exigencias de Sir Lawrence. Yo me limité a hacer lo que se me pidió.

Su madre parecía creérselo de verdad. Caroline trató de imaginarse la escena: su padre acudiendo a su madre y decidiendo cómo iba a terminar con su vida. Control, sí. Caroline tuvo que admitir que eso podría tener algún sentido si su padre se estuviera muriendo de alguna enfermedad sórdida e indigna. Pero ni en un millón de años podría imaginarse que se decidiera por una muerte así, a golpe de maza, como su opción de preferencia.

¿Era todo eso, entonces, nada más que un delirio fantasioso que su madre había creado para justificar sus propios actos?

–Lo hice muy mal –prosiguió su madre–. Teniendo en cuenta mis conocimientos de anatomía, debí ser capaz de haberlo hecho con un solo golpe. O tal vez simplemente había perdido la cabeza y por ese motivo había dejado esa escena tan desagradable. Tal vez por eso no recordaba nada.

Por el contrario, la escena que se imaginaba Caroline era muy diferente. Había sido Catalina la que había estallado después de treinta años de abusos y humillaciones de Petrucio; fue ella quien, tomando el arma que tenía más a mano –quizá su padre había estado inspeccionando la maza en su despacho–, se dejó invadir por una furia ciega.

Aquellos treinta años de vejaciones terminaron por desatar una tormenta que ni madre ni padre pudieron aplacar.

Caroline apenas oyó lo que su madre dijo a continuación:

–Confió en mí para asestarle el golpe definitivo. Ya lo había hecho antes, con una sobredosis de láudano, pero una maza es diferente, supongo.

Una sobredosis de láudano. Aquellas palabras congelaron la escena en la mente de Caroline, y un escalofrío se apoderó de ella.

–¿Vimala Gurung?

Su madre asintió, imperturbable.

Acababa de admitir abiertamente haber matado a la madre de Roger, y daba la impresión de que, para ella, había sido como aplastar una mosca.

Caroline quiso instigarla a que le diera más detalles, pero la indiferencia de su madre ante la monstruosidad de sus actos la dejó estupefacta, poniendo aún más en entredicho su estado mental y si realmente había matado a su padre o no.

Caroline quedó sobrecogida ante aquella criatura vestida de negro, de piel blanca y apergaminada, con los ojos azul grisáceo apagados y consumidos por la ansiedad. Los huesos de madre se marcaban contra la tela negra de su vestido, frágiles como una concha de caracol, como si fueran a quebrarse con cada respiración. Caroline se dio cuenta de que no se podía considerar a su madre como la responsable de nada de esto. Sus actos habían dejado de ser suyos hacía mucho tiempo.

—Tiempo —dijo de pronto su madre, como si le hubiera leído la mente—. Ya no quedaba tiempo. Tú, Alan y Roger habíais vuelto a casa y yo tenía miedo de lo que pudierais ver o pensar. Debería haber bajado en mitad de la noche, mientras todos dormíais, para hacer las cosas como es debido. Pero lo aplacé. No dejaba de repetirme que estaba siendo ridícula, que me estaba engañando a mí misma. El joven Oglander vino y leyó el testamento. Dijo que me correspondía el usufructo vitalicio de las propiedades. Supe que era el pago por lo que me había tocado hacer. Sir Lawrence nunca hubiera querido que su amado Linwood Hall se parta en tres, no a menos que tuviera una muy buena razón para ello. Su intención siempre había sido entregárselo por entero a quien él considerara más digno. Podía sentir su presencia en ese momento, de pie en la puerta del salón, ardiendo de furia hacia mí, pero no había nada que pudiera hacer, no con la gente llegando y merodeando alrededor del féretro. Sin embargo, una vez en la cripta, cuando todo el mundo hubiera vuelto al salón, me quedaría un poco de tiempo antes de que los enterradores vinieran a sellarla. Sabía que guardaba un revólver en su mesilla de noche. Fui a cogerlo y, a continuación, bajé sigilosamente al mausoleo por el pasadizo de los sirvientes. Todo lo que tenía que hacer era meterme en la cripta y disparar el revólver contra el ataúd. O, si lo hubiera hecho tan mal como para que no estuviera allí dentro después de todo, lo encontraría esperándome en el mausoleo, y eso, irónicamente, simplificaría mucho las cosas.

Caroline conocía el resto de la historia: Miss Whistler expresando a su manera lo que pensaba de su padre, su madre perdiendo la cabeza… los disparos, la multitud y, finalmente, ir a meter a su madre en cama. Se levantó. Sentía como si en cualquier momento tuviera que salir corriendo para salvar su vida, si bien no había ningún lugar hacia el que correr entre los límites de esa celda. Durante todo este tiempo, mientras ella, Roger y Alan se dedicaban a perseguir los secretos de su pasado, su madre se había estado deshilachando en silencio en su pequeña habitación blanca, desmoronándose sin que nadie se diera cuenta.

—¿Cómo has llegado a convertirte en esto? —susurró Caroline, aunque creía saber ya la respuesta.

Su madre, todavía pulcramente sentada en el pequeño banco de la celda, se limitó a cruzar las manos sobre el regazo e inclinar la cabeza.

Esta era la mujer que había matado a la madre de Roger. Ahora Caroline lo sabía, pero aún había una sensación de irrealidad en esa revelación, como algo recordado de un sueño. Nada dentro de ese espacio parecía real. Caroline se encontró retrocediendo hacia la puerta, apretándose contra ella, como si su cuerpo no estuviera dispuesto a esperar a que su mente le indicara que abandonara ese lugar de inmediato.

—Matsudaira Izumi. —Caroline necesitaba saberlo—. ¿También la mataste a ella?

Su madre levantó la vista y sacudió la cabeza. Por alguna razón, Caroline no encontró ningún alivio en ello.

—Su hermano está muerto —dijo Caroline—. Una sobredosis de Veronal. Alan dice que vio la botella y es la misma que había en tu maletín médico.

—¿Ah, sí? Supongo que eso significa que también debo haberlo matado yo.

Su madre podría haberse escabullido de la casa sin ser vista y tomar el tren a Londres, teniendo en cuenta lo poco que la veían a lo largo del día. Era posible… pero a duras penas.

—Pobre Matsudaira —dijo su madre—. Ya casi me había olvidado de él. Solía ser uno de los amigos más cercanos de Sir Lawrence. Se conocieron en una especie de cena académica en honor a Francis Galton, ahora Sir Francis Galton, creo, muy poco después de casarnos. Aún faltaban unos años para que su hermana viniera a reunirse con él. Él estaba aquí solo y muy agradecido por la amistad de Sir Lawrence.

El profesor le había dicho a Alan que su relación con su padre había comenzado mucho después, tras la llegada de su hermana a Inglaterra. Esa declaración y la fotografía en la habitación de su padre confirmaban que le había mentido. Pero ¿por qué?

—No sé a qué se dedicaban exactamente —añadió su madre—. Por lo que yo pude ver, sus conversaciones no diferían mucho de las que solía mantener Sir Lawrence con los granjeros arrendatarios. La explotación ganadera. La cría de cerdos. Matsudaira no le ocultaba que estaba trasladando todas las ideas científicas de Sir Lawrence a su familia en Japón, en beneficio de su nación.

Caroline tuvo una visión repentina de Matsudaira Izumi, Vimala Gurung y Sarah Whistler, todas tendidas sobre una mesa de carnicero mientras madre se erguía sobre ellas con un cuchillo. Apretó el puño y golpeó la puerta de la celda para indicar al oficial de policía de que la visita a su madre había terminado y quería salir de allí. Inmediatamente.

Alan

–El inspector Mowbray cree que fui yo –dijo Brewster, retorciéndose las manos–. No lo ha dicho, pero lo piensa, y es solo cuestión de tiempo que venga a ponerme los grilletes y a llevarme al calabozo de Pickering, y con eso acabará todo.

–No creo que lo piense –dijo Alan, con más convicción de la que realmente sentía–. De ser así, lo habría hecho antes de irse.

–Probablemente haya ido primero a sacar a su señora madre de la cárcel, como corresponde, pero... –Brewster se interrumpió con un grito de terror.

Alan oyó el crujido de la grava bajo los neumáticos de un coche y supo, sin mirar, que el inspector había regresado.

–Respira hondo, Brewster. Cálmate y pon buena cara. Lo último que quieres es que el inspector piense que te remuerde la conciencia, así que sal ahí y salúdale como si no hubiera nada en el mundo que te preocupara. ¿Crees que podrás hacerlo?

–Oh, sí –respondió Brewster débilmente.

Terminó por hacer lo que Alan le había dicho: respiró hondo, enderezó la espalda y se limpió las manos en el delantal; al fin, salió hacia el coche del inspector, disimulando lo suficiente como para que no pareciera que iba directo al matadero.

Alan vio cómo se alejaba y frunció el ceño, preocupado. Tuvo que fingir, por el bien de Brewster, que los temores de aquel pobre hombre no eran más que tonterías, pero lo cierto es que no era así. Si el té de los agentes había sido alterado, Brewster había tenido la oportunidad perfecta. La posada estaba cerrada a cualquier intruso y él era, además de los agentes de Mowbray, el único que podría haber clavado aquel alfiler de sombrero en el corazón de Culpepper. La cosa pintaba verdaderamente mal para el pobre Brewster.

Alan no podía imaginarse a Brewster cometiendo un asesinato, pero ¿quién más había estado allí?

¿Acaso podría haber entrado alguien más y haberlo hecho?

Alan miró hacia afuera y vio a Mowbray hablando con Brewster, quien había adquirido una palidez fantasmal. La postura de ambos reveló a Alan todo lo que necesitaba saber: Mowbray estaba presionando al desafortunado posadero para que revelara algún detalle incriminatorio. ¡Pobre Brewster! Estaba claro que lo único que deseaba en ese instante era huir de ese terrible aprieto.

«Escapar…».

«La iglesia se trasladó en su momento», había dicho Mr. Warren, «al pie del acantilado, debajo de la casa para proporcionar una salida rápida en caso de un ataque. La posada del pueblo incluso tenía su propio escondite para sacerdotes».

–¡Inspector Mowbray! –gritó Alan, poniéndose en pie de un salto y corriendo hacia la puerta de la posada–. Justo la persona que quería ver. Es posible que tenga algo que enseñarle.

La puerta estaba exactamente donde Alan pensó que estaría: en el sótano, escondida tras la apretada escalera de caracol que subía por la cocina y llegaba a lo que antaño había sido el escondite de los sacerdotes. Estaba hecha de dos sólidos tablones de roble, con bisagras astutamente ocultas tras los pilares de madera que formaban su armazón. La manilla tampoco era más que una protuberancia desgastada, pero se abría con bastante facilidad una vez que se reconocía lo que era.

Tras la puerta, un túnel oscuro se inclinaba aún más hacia abajo.

–Llega hasta la antigua iglesia, creo –dijo Brewster–. Nunca me he aventurado a adentrarme más de unos pocos metros, pero mi padre me lo contó en su momento. Dijo que era peligroso. En caso cualquiera, la iglesia lleva cerrada a cal y canto más tiempo del que puedo recordar, así que no hay forma de entrar desde allí, si es que se puede llegar tan lejos. Lo más probable es que haya habido algún hundimiento en algún punto del camino.

Alan negó con la cabeza.

—A menos que me equivoque, este pasaje llega hasta Linwood Hall.

—Le veo muy seguro de sí mismo —resonó la voz de Mowbray.

Brewster se había apresurado a proporcionarle a Alan una linterna eléctrica en cuanto la pidió, y el inspector tenía la suya propia. Alan dirigió el haz hacia las reveladoras pruebas de un muro que antaño aislaba esta alcoba del sótano, y dijo:

—Toda esta zona debió estar separada del resto de la posada. Con lo que, ¿por qué dotar el escondrijo del sacerdote de una escalera al sótano, a menos que hubiera una vía de escape desde allí? De acuerdo, sí, llega hasta la iglesia, pero de niño me contaron que la iglesia fue trasladada a donde está ahora durante la Reforma para dar al sacerdote una vía de escape rápida. ¿Por qué hacer algo así si este túnel a la posada ya existía, sobre todo porque la ubicación actual no es más que un rincón sin escapatoria al pie de un acantilado? A no ser que la vía de escape fuera también por el acantilado hasta Linwood Hall. Roger incluso dice que el escondrijo del sacerdote tiene el mismo diseño y arquitectura que el pasadizo de los sirvientes en Linwood Hall, y confío en su palabra cuando se trata de este tipo de cosas. Tiene todo el sentido. Todos estos túneles y vías de escape forman parte de una misma red.

Mowbray iluminó el túnel con su linterna y lanzó un gruñido.

—Muy bien, nunca lo sabremos si no lo vemos con nuestros propios ojos. Sabe lo que esto significa, ¿verdad? Si está en lo cierto, significa que uno de ustedes en Linwood Hall podría haber entrado anoche y asesinar a Culpepper mientras dormía.

—Significa —espetó Alan— que Brewster no es su único sospechoso y le agradecería que dejara de acosarlo como si lo fuera.

—Muy noble por su parte —dijo Mowbray riéndose entre dientes—. Muy bien entonces. Puede ir usted delante.

Brewster tomó la decisión de quedarse en la seguridad de su posada, y Alan condujo a Mowbray a través de la puerta y por el inclinado túnel.

El camino se allanó una vez que la tenue luz del sótano de la posada se perdió tras ellos. A su alrededor, las paredes de tierra compacta se cernían sobre ellos, reforzadas aquí y allá con estructuras de madera. Alan se sorprendió pensando en las serpenteantes trincheras de Flandes; casi podía percibir el olor metálico de la sangre y de la artillería abandonada. No pudo más que agradecer la imponente presencia de Mowbray detrás de él, recordándole que no estaba solo.

No es que fuera gran consuelo. Había algo en Mowbray que le recordaba de manera inquietante a su padre, a la forma en que su autoridad llenaba la habitación, y Alan empezó a imaginar que era él quien lo seguía de cerca, con su aliento en el cogote, observándolo y esperando a que diera un paso en falso.

«Porque sabe que un terrible demonio le sigue de cerca...».

Alan trató de recordar cómo había encontrado por primera vez el pasillo de servicio. No había sido con la ayuda de su padre, de eso estaba seguro. No recordaba haber estado entre esos pasajes con su padre nunca. ¿Tal vez había visto a uno de los sirvientes desaparecer por una de las puertas ocultas y lo había seguido? ¿O había sido la tía Sue? Con toda certeza, no había sido su madre. Un recuerdo largamente olvidado se agitó en su memoria: su padre arrastrando a su madre a través de un panel que se cerró tras ellos y se fundió con la pared, y un grito resonando hasta los cimientos de la casa...

–¿Hay algo aquí que quisiera mostrarme, Mr. Linwood?

Alan parpadeó. Sin darse cuenta, se había detenido frente a una cámara redonda de piedra con una estrecha escalera que subía en una pronunciada curva a un lado hasta una trampilla cerrada.

La cámara de Barba Azul, pensó Alan. Contuvo un escalofrío y se sacudió de la mente la imagen de su padre arrastrando a su madre hacia el interior de aquel pasaje.

—Debemos estar debajo de la antigua iglesia, tal y como dijo Brewster —dijo, tratando de fingir indiferencia—. Allí es donde conducirá la trampilla, quedando perfectamente camuflada del otro lado. Durante la Reforma...

—No creo que eso sea necesario para la investigación —interrumpió Mowbray secamente.

Su padre había dicho algo parecido una vez.

«¿Qué era una investigación judicial?».

Mowbray se dirigió hacia los escalones. Se detuvo un instante, con una mano ya en la trampilla, y Alan le oyó decir:

—Debió de ser muy interesante ir a la iglesia tiempo atrás, ¿no es verdad? Escabulléndose por aquí, una vez hubiese comenzado el servicio.

—Mi padre no era amigo de ir a la iglesia.

¿Era eso cierto?

Alan tenía tres años y acababa de recibir los primeros azotes de su vida.

No era justo.

Él quería a la tía Sue.

No creía que ella lo hubiera abandonado así, sin más: tenía que estar en algún lugar de la casa y él debía encontrarla para que ella pudiera arreglarlo todo. Ese era el motivo por el que se arrastraba por aquel pasillo dejando atrás la habitación infantil. Las paredes se alzaban imponentes sobre su cabeza, recordándole que estaba solo y desprotegido en aquel extraño mundo perteneciente a los adultos.

Podía oír voces procedentes de una habitación delante de él. Voces disgustadas. Voces angustiadas.

Madre le estaba suplicando algo a padre, lo cual era extraño porque madre nunca le pedía nada a padre. Ella hacía lo que él quería, nunca al revés.

—No es más que un niño —decía madre—. Y está muy encariñado de Izumi...

—No quiero que se encariñe de nadie —rugió padre de tal forma que dejó a Alan al borde del llanto—. No me cuestiones, Rebecca. Izumi debería haberlo sabido. Hubiera podido arruinarlo todo.

—Bueno, ahora ya no está. Será mejor… Será mejor que nos preparemos para la investigación judicial…

—No va a resultar tan fácil librarse de esta.

Alan oyó un estruendo y un chillido. Miró a través del marco de la puerta y pudo ver a padre sujetando a madre por el pelo, mientras abría un panel en la pared con la mano libre. Madre, a pesar de su desconsuelo, apenas opuso resistencia.

La voz de padre sonó baja y amenazadora.

—Pensaba que ya habíamos superado esto. No me cuestiones. No me cuestiones nunca. ¿Tenemos que volver a la iglesia para zanjar el tema?

—¡Lo siento! Por favor, Lawrence, la investigación…

—Sir Lawrence.

—Sir… Sir Lawrence…

—Así me gusta.

Padre sonrió, pero eso lo hizo parecer más aterrador que antes, si cabe. Metió a su madre en el pasaje y le susurró:

—No creo que te vayan a necesitar durante la investigación.

El panel secreto se cerró y se fundió con la madera que lo rodeaba, engullendo las protestas de madre. Alan creyó oír un grito que se alargaba por el laberinto oculto detrás de la pared, pero, por supuesto, tan solo fue su imaginación. Tenía que ser su imaginación. No quería que fuera otra cosa.

¿Qué era una investigación judicial y qué tenía que ver con la tía Sue?

Finalmente, Alan recuperó el control de sus piernas, se dio la vuelta y corrió a la seguridad de la habitación infantil.

Una intensa luz cruzó ante los ojos de Alan, dejándolo momentáneamente deslumbrado.

—Lo siento —dijo Mowbray con voz ronca.

Aún cegado por la luz de la linterna, Alan apenas pudo distinguir la voluminosa silueta del policía bajando las escaleras desde la trampilla.

–Está bloqueada, atascada, o ambas. Quienquiera que mató a Culpepper, no llegó a la posada por aquí. –Mowbray se quedó en silencio un instante y, finalmente, graznó–: ¿De qué tiene miedo, Linwood?

–¿Disculpe?

–Me he fijado en la expresión de su rostro cuando traté de abrir la trampilla y puede creerme que reconozco el terror cuando lo veo. ¿Qué creía que iba a encontrar al otro lado de esa trampilla?

«La cámara de Barba Azul».

Alan sacudió la cabeza.

–Nada. No sé. La base del antiguo campanario. La puerta desde el exterior ha estado cerrada con llave desde que tengo memoria, así que diría que nadie ha estado allí dentro durante al menos medio siglo. Eso es maravilloso si eres arqueólogo, siempre y cuando todo permanezca intacto, pero no tanto si eres policía.

Mowbray no pareció convencido.

–Deberíamos continuar –dijo Alan, girándose para enfocar con su linterna hacia el siguiente tramo del túnel.

Al final de este, pudo distinguir el pie de la escalera que subía por detrás del acantilado hasta el mausoleo de los Linwood y, desde allí, hasta la casa.

La luz del día entrando por las altas ventanas de la cocina le resultó maravillosa después de la oscuridad del túnel.

No había nada en el mundo más normal y cotidiano que la cocina de una casa, pensó Alan mientras contemplaba la desgastada mesa, la tabla de cortar con incontables marcas y las ollas y las sartenes colgadas. Sus recuerdos del túnel que acababa de abandonar parecían ahora un sueño de otra vida.

–Muy bien, Linwood –dijo Mowbray. Su voz, desprovista de toda imaginación, le resultó sorprendentemente refrescante–.

Creo que ha quedado bastante claro. Quienquiera que haya matado a Edwin Culpepper, no tiene por qué haber sido nuestro amigo Brewster.

Alan le dedicó a Mowbray una sonrisa carente de entusiasmo. De algún modo, había logrado olvidar que el objetivo de toda esa maniobra era alejar a Brewster del punto de mira policial.

—La muerte de padre le ha afectado bastante —dijo Alan—. A todos nosotros, cada uno a su manera. El asesinato de Culpepper ha sido la gota que ha colmado el vaso, y no me gusta ver al pobre hombre tan angustiado por la preocupación.

Un oficial cuidaba de sus hombres.

Mowbray asintió con la cabeza y, acto seguido, señaló:

—Sin embargo, eso no lo exculpa por completo.

—Me parece muy poco probable que haya subido hasta aquí para robar uno de los alfileres de sombrero de mi madre y luego haya regresado corriendo para usarlo como arma del crimen. Especialmente cuando este túnel pone sobre la mesa un abanico de opciones más probables.

—Es decir, uno de ustedes. ¿O acaso sugiere usted otra cosa?

Alan no supo qué responder a eso. Su mente seguía repleta de las imágenes de su padre arrastrando a su madre por el pasadizo de los sirvientes.

—Mire, Linwood. Usted es un hombre inteligente, así que sabe perfectamente qué parece todo esto, aunque no lo quiera aceptar. Permítame decírselo claramente. Lady Linwood ha identificado el alfiler de sombrero que mató a Edwin Culpepper como suyo. No hay duda de que se tomó de su vestidor con el propósito expreso de matar a Culpepper. Eso apunta a alguien de esta casa, alguien que sabía que Culpepper estaba bajo vigilancia en el Collier's Arms. A menos que pretenda decirme que fue alguno de los sirvientes que les oyó hablar de la situación, significa que fue uno de ustedes. Sea quien fuere, tenía que conocer la existencia del túnel secreto, y usted acaba de demostrarme que lo sabía.

—No en ese momento. Nunca lo había recorrido hasta ahora.

–También está el asesinato del profesor Matsudaira. Usted estaba en Londres cuando ocurrió, ¿no es así? Ninguno más de ustedes estuvo allí.

No era del todo imposible que alguien se apresurara hasta allí y cometiera el delito, y Roger tenía su coche, si bien Alan no tenía intención alguna de decirle eso a la policía. Y la ventaja del veneno era que no era necesario estar físicamente presente durante el momento de la muerte.

–Muy bien –soltó Alan–. Entonces, ¿por qué no me detiene?

Mowbray le dedicó una sonrisa de aspecto cordial.

–Bueno, veamos. No sabemos si alguno de estos asesinatos está realmente relacionado o ha sido cometido por la misma persona, ¿verdad? Han pasado veinticinco años desde que Matsudaira tuvo algo que ver con alguno de ustedes. Las coincidencias existen.

Y las pirámides egipcias fueron construidas por conejos. Alan abrió la boca para preguntar por qué Mowbray le estaba contando todo eso, pero luego volvió a cerrarla. Era evidente que Mowbray estaba intentando provocarlo.

«Todo lo que tienes que hacer, Alan, es darle el chivo expiatorio adecuado y podremos olvidarnos de todo esto. Roger. Caroline. Incluso Iris, si lo piensas bien».

¿Era la voz de su padre o la de Mowbray?

Alan decidió que era la de su padre y desterró el pensamiento de su mente. Lo último que necesitaba ahora era oír su voz incluso si era solo imaginaria, inyectándole veneno al oído. Desde el momento en que recibieron la noticia de su muerte, todos ellos habían seguido bailando al ritmo de la música de su padre, como si aún les pudiera imponer sus designios desde el más allá. No había sido únicamente su madre la que había sido manipulada por él, y Alan ya había tenido suficiente. ¿A quién le importaba ya hacerle justicia? Quizá ya se había hecho. Lo único que quedaba era poner el punto final a todo este lamentable y sórdido asunto, pero no en los términos de padre y, desde luego, tampoco en los de Mowbray.

–Nada más lejos de mi intención decirle cómo hacer su trabajo –dijo Alan–. De hecho, creo recordar que una vez dijo que preferiría que todos nos mantuviéramos al margen. ¿No es así?

–Parece que están ustedes decididos a jugar a los detectives, me guste o no. Y no puedo evitar preguntarme por qué alguien se arriesga a la horca por ayudar a Giles Brewster.

–Todos queremos que se haga justicia, inspector.

Y no por su padre precisamente, sino por todos los demás. Por madre. por Sarah Whistler, Vimala Gurung y Matsudaira Izumi. Incluso por Brewster; al fin y al cabo, un oficial cuidaba de sus hombres. Y Alan no estaba dispuesto a permitir que nadie más arriesgara acabar en la horca por alguien como Sir Lawrence Linwood.

Roger

El baúl estaba maltrecho y lleno de marcas y parecía casi tan viejo como algunas de las piezas que Alan exponía en el museo. Los herrajes de latón estaban tan deslustrados que resultaban irreconocibles, y uno de los laterales recubiertos de lona había sido cuidadosamente remendado. Roger se imaginó cómo el polvo de la costa de lejanas playas se mezclaba con los ornamentos sencillos y sobrios para integrarse de forma permanente en el baúl. África, India, Nepal… El baúl del comandante Buchanan conocía el pasado de Roger mejor que él mismo. Roger nunca había pensado demasiado en sus orígenes antes de que su padre supuestamente lo acogiera, pero ahora, sabiendo lo que sabía, había empezado a hacerse preguntas.

Tal vez fuera eso lo que había atraído a Alan a la arqueología: una necesidad de encontrar su propia identidad que Roger nunca había entendido realmente hasta ahora.

—También contenía un uniforme del ejército –dijo Davey–, que añadimos a nuestro armario de disfraces. Te lo puedo enseñar, si deseas. El resto de la ropa no era especialmente interesante, así que se la entregamos al vicario para la beneficencia. Todos coincidimos en que el resto de los objetos del baúl podrían resultar útiles como elementos de escenografía en alguna obra futura, pero no teníamos nada concreto en mente y, en realidad, ninguna razón para conservar nada. Sinceramente, no puedo asegurar que no se haya sacado algo más por una razón u otra, ni que algo más haya sido apartado para guardarlo.

Roger asintió en silencio, aún contemplando el baúl y todo lo que este habría vivido. ¿Aquella mancha era barro de Flandes o salitre de Galípoli? Caroline había pasado la mayor parte de la guerra en el frente oriental, pero Roger no se había molestado en averiguar exactamente dónde había estado destinado el comandante Buchanan.

Hasta esa mañana, no se le había ocurrido preguntarse qué había pasado con el baúl que Culpepper, quien, haciéndose pasar por el comandante Buchanan, había ido a reclamar a Oglander & Marsh. Habían estado demasiado ocupados con su treta como para pensar que un baúl con todas las pertenencias de un exmilitar, por muy nómada que fuera, seguramente contendría mucho más de lo que un joven desgarbado como Edwin Culpepper podría haber vivido jamás. Una mera llamada telefónica a Mr. Oglander sr. pronto aclaró el asunto: al parecer, Davey Thompson se había encontrado con Culpepper en la parte baja del viejo mercado de ganado y entre ambos habían llevado el baúl hasta la estación de tren y, presumiblemente, a su casa en Malton.

Así que allí estaba Roger, de vuelta en el Malton Repertory con Iris, esta vez sin Caroline. Se preguntó si, después de todo, Davey no podría haber estado más involucrado en este engaño de lo que habían sospechado al principio, pero el hombre parecía bastante tranquilo y dispuesto a mostrarles el baúl cuando se lo pidieron, acompañándolos al rincón de la sala de utilería donde este había quedado relegado junto con los restos de todas las representaciones pasadas, presentes y futuras.

–Culpepper dijo que podíamos quedárnoslo y hacer con él lo que quisiéramos. Quien fuera que le hubiera pagado para que lo recogiera, no lo quería. No íbamos a ponernos a mirarle los dientes a caballo regalado, por así decirlo.

La intención del comandante Buchanan, cuando le pidió a su amigo Amberley que le enviara aquí sus cosas, debió ser la de construirse una nueva vida en Yorkshire. Se habría reunido con su padre y las relaciones debían ser lo suficientemente cordiales en ese momento como para que padre propusiera que fuera Oglander quien recibiera el baúl en Pickering, sin duda con la idea de que Buchanan encontrara alojamiento por allí cerca, en la ciudad. Pero entonces empezó el sorprendente chantaje de Buchanan. Probablemente, Buchanan no esperaba que le fuera tan bien, pero tras sacarle más de cincuenta mil libras a su padre, debió decidir que ya no le interesaban las migajas de su antigua vida, ni ningún otro aspecto de ella, a decir verdad. No podía dejar su baúl en Oglander & Marsh para siempre, pero al mismo tiempo, es probable que no quisiera dejarse ver por allí, de ahí el subterfugio con Culpepper.

No estaba tan mal pensado, concluyó Roger. ¿Pero significaba eso que Buchanan también era culpable de asesinato? En su momento, Roger había decidido que Buchanan tenía que ser inocente, pero eso fue solo porque pensaba que ese hombre era su padre. Ahora sabía que no era así, y a Roger no le parecía que les quedaran muchas más opciones.

Roger movió el baúl unos centímetros de su rincón y levantó la tapa.

Estaba medio vacío. Como había dicho Davey, la ropa de Buchanan había sido retirada y desechada. Lo que quedaba eran las escasas posesiones de un hombre que había pasado la mitad de su vida viviendo en una tienda de campaña y la otra mitad de una pensión en otra. Contenía un fogón de campaña y una cacerola abollada; un plato y una taza, ambos de hojalata, con cubiertos desemparejados; un bastón bastante elegante con las iniciales de Buchanan grabadas en el mango de latón; una cama de campaña muy parecida a la que Roger guardaba en el maletero de su coche; algunos libros, y algún que otro cachivache.

Tras un repaso más a fondo, Roger encontró una fotografía enmarcada de varios hombres formados en dos filas. Debía tratarse de los oficiales y suboficiales de la compañía de Buchanan en el Duodécimo Regimiento Gurkha. El capitán Amberley era reconocible entre ellos y, a juzgar por las insignias de rango visibles en su uniforme, en aquel momento solo era un subalterno recién nombrado. A Roger le pareció reconocer su propio rostro en uno de los sargentos mayores. ¿Tal vez el hermano de Vimala Gurung? Roger se preguntó dónde estaría ahora.

La fotografía no incluía nombres; Buchanan no necesitaba ningún recordatorio para identificar a sus camaradas. Hizo falta un examen minucioso para que Roger pudiera identificar al único hombre con insignias de comandante: un hombre alto, con la espalda ancha, un mechón de pelo oscuro encanecido en las sienes y una amplia sonrisa a la que le faltaba algún que otro diente. La foto era en blanco y negro, por lo que le resultó imposible discernir detalles más precisos, como el color de los ojos, pero era un rostro franco, abierto y honesto, difícilmente el tipo de cara que uno esperaría encontrar en un asesino, y mucho menos en uno que hubiera tenido que esforzarse tanto para borrar su rastro.

¿Y si, después de todo, existía alguna posibilidad que aún no habían sido capaces de descubrir y Buchanan era inocente?

—Has encontrado algo interesante? —dijo Davey por detrás de Roger.

Roger se incorporó y se pasó la mano por la cara. Davey estaba inclinado hacia delante, con las manos apoyadas en las rodillas y la curiosidad grabada en su rostro curtido por el tiempo. Iris se mantuvo un poco más atrás, con fingido desinterés en sus ojos entrecerrados.

—No lo sé –le respondió y, seguidamente, se volvió hacia Iris–, ¿qué opinas?

Iris echó un vistazo al contenido del baúl y dijo:

—Me pregunto cuánto tiempo duran las huellas dactilares sobre los objetos. Las huellas dactilares que encontró la policía… Si coincidieran con las del baúl del comandante Buchanan, ya tendríamos al culpable del asesinato.

—O al menos a alguien que habría estado en la escena del crimen. —Roger casi había olvidado aquellas huellas dactilares sin identificar–. Todavía nos falta saber dónde está. Al menos ahora tenemos una fotografía y sabemos qué aspecto tiene.

–Sabemos cómo era antes de la guerra –dijo Iris, cogiendo la foto de Roger para mirarla más de cerca–. Habrá envejecido. Tendrá más canas, tal vez incluso el pelo completamente blanco... o puede que se haya quedado calvo.

–O haber quedado completamente irreconocible por culpa del gas mostaza –murmuró Roger entre dientes.

–Podría haceros un retrato –dijo Davey–. Podemos imaginarnos al hombre con el pelo blanco y unas cuantas arrugas más. Algo más delgado, tal vez. Hice lo mismo por Caroline hace poco, cuando estaba buscando a alguien.

Con un dibujo tamaño real también sería más fácil de identificar. Roger le dio las gracias a Davey y le entregó la fotografía; a continuación, se dirigió a un rincón alejado del cobertizo con Iris.

–Será un trabajo tedioso enseñar esa foto a todos los habitantes del pueblo –dijo–. No lo acabo de ver. Me pregunto cómo se las arregló Caroline.

–Trucos del oficio, supongo. Podríamos preguntarle.

Caroline probablemente seguía en la comisaría de Pickering, hablando con madre. A pesar de sus esfuerzos anteriores por limpiar su nombre, la idea de pasar parte de la tarde en estrecha proximidad con ella ahora le llenaba la garganta de bilis.

De niños, Roger había sido el más activo físicamente de los hermanos –esa palabra, «hermanos»– y, por lo tanto, el más propenso a sufrir rasguños y moretones. Había recibido más atención de su madre y su maletín médico que Alan y Caroline juntos.

Hubo una vez en que se hizo un corte en la pantorrilla escalando en uno de los trasteros. Recordaba que su madre hizo que se sentara y le aplicó puntos de sutura; recordaba la repentina oleada de mareo cuando miró hacia abajo y vio la aguja y el hilo atravesándole la carne desgarrada. Madre no le dijo ni una palabra más allá de un «no te muevas». Su madre venía, lo atendía con una eficiencia mecánica y luego se retiraba de inmediato. En un incidente similar durante la guerra, Roger había sido atendido por un médico cuyo nombre desconocía y al que nunca volvió a ver después; y en cambio… en cambio… Aquel médico desconocido le había tratado como un ser humano de verdad.

Esa era la diferencia.

Por un momento, Roger consideró dejar todo lo relacionado con el asesinato de su padre, el arresto de su madre y el destino de Linwood Hall, montar con Iris en su Jenny –que aún estaba a salvo en un granero cercano– y salir volando a Nepal. El hombre al que quería encontrar era aquel sargento gurkha que tenía su mismo rostro, no al comandante Buchanan. Pero rápidamente se dio cuenta de que escapar no sería tan fácil.

–Buchanan se la tenía jurada a la casa Linwood –le dijo a Iris–. No solo a padre o madre, sino a todos nosotros. Esa es la única explicación que se me ocurre para que usara un alfiler de sombrero de madre para matar a Culpepper. Quiere que uno de nosotros pague por ello. Y probablemente también busca que uno de nosotros sea ahorcado por el asesinato de padre.

Roger hizo una pausa y frunció el ceño. Esa idea requería un examen más detallado. ¿Qué podía hacer Buchanan para que culparan a uno de ellos del asesinato de su padre?

–Su testamento. Aquel rectángulo de cenizas debajo de la alfombra en el estudio de padre. ¿Por qué alguien se tomaría la molestia de destruirlo allí, cuando simplemente podía habérselo llevado? Ese acto no fue más que una puesta en escena, ¿no crees, Iris? Se suponía que debíamos encontrar el testamento quemado. Se suponía que debíamos pensar que ese había sido el motivo del asesinato de padre.

–En ese caso, eso es algo a tu favor –respondió Iris–. El inspector Mowbray no te iba a mirar con el mismo recelo si se suponía que ibas a ser tú el único heredero según los términos del nuevo testamento.

–Nunca le conté esa parte. ¿Para qué? ¿Para que presione aún más a Alan y Caroline? No, los tres estamos en el mismo barco. –Roger se detuvo al ver una mirada culpable en el rostro de Iris–. Iris –le dijo–, no le habrás…

–Por supuesto que se lo conté. Él me preguntó y no pensé que fuera un secreto.

Roger soltó un gruñido de frustración, se levantó y se pasó ambas manos por el pelo.

–¡Ese maldito testamento! Ojalá nunca hubiera encontrado esas cenizas; ojalá nunca hubiera oído rumores de que padre pretendiera cambiarlo. ¿Qué tiene de malo el actual, si se puede saber? Una división en tres partes tras el usufructo vitalicio de madre: perfectamente sensato y razonable. Linwood Hall me importa un bledo. Y dudo que a Alan o a Caroline tampoco les importe demasiado, o estarían construyendo sus vidas aquí en Inglaterra en lugar de en el extranjero.

Todo esto no era más que la manera que había elegido su padre de controlarlos, de asegurarse de que ninguno de ellos escapara jamás de su sombra.

El sonido de una leve tos devolvió a Roger a la realidad. Davey, todavía con el lápiz en la mano, lo miraba con expresión de curiosidad.

–Disculpad –dijo el artista–. No he podido evitar oíros. ¿Qué quieres decir con eso de que el testamento de tu padre dividía la herencia en tres partes? Caroline me dijo que pretendía dejárselo todo a ella.

–Me refería a la nueva versión del testamento, claro –dijo Caroline cuando Roger la recogió en Pickering y le preguntó al respecto–. Padre quería dejarme Linwood Hall a mí. Me escribió para decírmelo, y si aún tuviera la carta, te la enseñaría, pero se la entregué a Culpepper cuando aún creía que era James Oglander jr. Lo siento. En ese momento pensé que podría ser importante hacer valer mis derechos, pero ahora ya no lo veo así.

Algo estaba mal.

Roger juntó las cejas mientras el automóvil se adentraba a toda velocidad en el campo abierto, camino de Linwood Hall. Las nubes borrascosas se agolpaban en el cielo, oscureciendo la tarde demasiado brillante y dorada, y el estado de ánimo de Roger podía compararse con una tormenta.

–Padre me dejó claro que pensaba dejarme Linwood Hall a mí –dijo–. Eso fue el pasado septiembre. Esa fue la primera vez en la que él se acercó mí, así que no es algo que vaya a olvidar fácilmente, te lo aseguro.

Concentrado como estaba en la carretera, no podía ver a Caroline en el asiento de atrás. Pasó un momento antes de que ella hablara.

–Debiste malinterpretar sus palabras.

–Nadie malinterpreta las palabras de padre.

Roger giró la mirada hacia el asiento del copiloto.

–¿Iris?

Iris estaba al corriente de todo, por supuesto; Roger se lo había contado el mismo día en que habló con su padre. Pero la notó extrañamente distraída. Ella repitió sus palabras sin mucho entusiasmo, lo que probablemente no convenció en absoluto a Caroline, y luego se dejó caer con elegancia en su asiento para fijar la mirada al frente.

¿Por qué estaban discutiendo sobre el testamento de su padre ahora, en ese preciso momento? Por un lado, parecía totalmente irrelevante cuáles podían haber sido sus verdaderas intenciones. En opinión de Roger, su padre había perdido ese derecho el día que había decidido… robarles los hijos a esas madres e instalarlos en las frías e inhóspitas estancias de Linwood Hall. Sí, eso era exactamente lo que había hecho, y Roger no estaba seguro de querer perdonarle. Por otro lado… ¿por qué Caroline le contaría algo así a Davey? Esa pregunta era como una piedra en el zapato: insignificante, pero que no dejaba de molestar hasta que te sentabas un momento a quitártela.

La primera gota de lluvia, grande y pesada, cayó sobre el capó del coche justo cuando Linwood Hall apareció ante sus ojos, evaporándose rápidamente por el calor del motor que se ocultaba debajo. Roger aceleró la marcha al tiempo que la lluvia se hacía más intensa, apresurándose para llegar al patio antes de que el chaparrón se convirtiera en diluvio. Iris, que normalmente habría insistido en parar para subir la capota de lona al primer signo de lluvia, no dijo nada, y tampoco lo hizo Caroline.

Las ruedas chirriaron al entrar en el patio a toda prisa. Iris y Caroline corrieron hacia el interior mientras Roger se ocupaba del coche. Cuando finalmente entró, la lluvia ya estaba cayendo con fuerza. El estruendo de la puerta cerrándose tras él fue respondido por el de un trueno, y la fría penumbra de Linwood se apoderó de su ropa empapada por la lluvia, calándole hasta los huesos.

Iris hablaba con Alan en medio del vestíbulo de la entrada. Se quedaron en silencio ante la llegada de Roger, y Alan levantó la vista con una expresión de extraña perplejidad.

–¿Qué pasa? –preguntó Roger, sintiendo el agobio de los innumerables contratiempos del día.

–Padre vino a verme el primer día de la exposición –respondió Alan–. Me dijo que tenía la intención de dejarme Linwood Hall y la mayor parte de la finca únicamente a mí.

Iris

Iris recordaba muy bien el día en que Roger Linwood entró por primera vez en las oficinas de Hammond & Oakes Engineering, alto y orgulloso, caminando como un león entre chacales. Como secretaria privada de Mr. Hammond, sabía mejor que nadie hasta qué punto el veterano ingeniero se sentía amenazado por este joven y apuesto rival. Roger nunca sabría que su error al coger los planos para su entrevista con Thomas Sopwith, de Sopwith Aviation, no fue producto de su precipitación, sino de un acto deliberado de sabotaje por parte del receloso Mr. Hammond. Iris había acudido en su ayuda porque, si era sincera, Roger Linwood le había robado completamente el corazón, aunque ella nunca lo admitiría en voz alta.

Una chica tenía su orgullo, después de todo.

Cuando Roger le comentó que su padre había fallecido y que quería que viniera con él a Yorkshire para el funeral, hizo todo lo posible por ocultar su ansiedad. Si el resto de la familia Linwood era, por poco que fuera, como Roger, la pobre Iris Morgan, que solo servía para adornar el brazo de un hombre o para escribir cartas con buena letra, estaba perdida.

Allí estaba Alan Linwood, bajando la escalinata, con sus penetrantes ojos azules y marcados rizos dorados, como la imagen en una vidriera del arcángel Miguel expulsando a Satanás del cielo. Roger había bromeado sobre la posibilidad de que se hubiera convertido en un salvaje en las selvas de Perú, pero Iris creyó ver detrás de aquella plácida y tranquila sonrisa de Alan un indicio de que Roger no iba tan desencaminado. Su tío Reuben le había advertido sobre hombres como Alan: hombres que son discretamente agradables, no por tener un espíritu manso, sino porque saben sin lugar a dudas que pueden permitirse ser amables.

Y finalmente apareció Caroline, eclipsando al propio sol, de pie en el umbral, diciéndole a ese tal Brewster, con rotunda firmeza, que no pensaba aprovecharse de su estima por la familia. Iris se fijó de inmediato en el porte y el estilo de Caroline. Era una mujer que fácilmente podría haber hecho gala de su sensualidad, pero a la que nunca se le había ocurrido hacerlo porque tenía armas mucho mejores en su arsenal: inteligencia, educación y el tipo de dignidad que uno esperaría más en una duquesa viuda que en una chica de su misma edad.

El profesor. La futura parlamentaria. El pionero de la ingeniería. Los tres gigantes moldeados por Sir Lawrence Linwood. ¿Y quién era Iris Morgan a su lado?

Pero a medida que pasaron los días, Iris empezó a notar algo interesante en Roger y sus ilustres hermanos.

Cuanto más cerca estaban de Linwood Hall, más hablaban de su padre, y cuando pasaban bajo la sombra de sus muros, esos titanes altos y resplandecientes parecían encogerse de repente, dejando la anterior confianza dar paso a la inseguridad. Cada vez que tomaban una decisión, giraban ligeramente la cabeza, como si buscaran la aprobación de una presencia invisible, como si su padre nunca hubiera muerto y siguiera detrás de ellos, empujándolos por caminos que no querían recorrer y juzgando cada uno de sus movimientos.

—O haber quedado completamente irreconocible por el gas mostaza —oyó murmurar a Roger mientras se encontraban junto al baúl del comandante Buchanan y trataban de discernir qué aspecto podría tener en la actualidad.

Pensó en el ataúd cerrado del funeral, en un cuerpo irreconocible tras varios fuertes golpes con una maza medieval.

¿Y si se suponía que no pudieran reconocer el cadáver?

¿Y si, después de todo, Sir Lawrence Linwood seguía vivo?

Era septiembre del año anterior y la quiebra de Sopwith Aviation acaparaba la atención de los periódicos. Iris y Roger estaban cenando en el club de Roger, y si Iris había creído que Roger iba a quedar devastado por la noticia, estaba muy equivocada. De hecho, se sentía lleno de energía y esperanza. Él estaba seguro de que resurgirían de sus cenizas. Empezarían desde cero con una nueva empresa y, aprendiendo de sus errores pasados, llegarían más lejos que nunca.

Iris estaba a punto de preguntar qué repercusiones tendría todo eso para los acreedores de Mr. Sopwith cuando un asistente se acercó a Roger y le susurró algo al oído. Iris recordó la sorpresa de Roger y la premura con la que dejó caer el tenedor y se alejó de la mesa. Una emergencia familiar, pensó Iris; algo le había sucedido a su padre, o tal vez algo peor. Pero cuando Roger regresó, parecía pensativo y apagado, más que desconcertado o abatido por la pena.

—Era mi padre —le informó—. Se ha enterado del cierre de Sopwith Aviation y me ha dicho que no siguiera con los otros ingenieros, que espera que me aventure por mi cuenta.

—¿Y lo harás?

Iris tenía plena confianza en Roger, pero sabía que una empresa así requeriría una cantidad considerable de capital. Y a pesar de la enorme riqueza de los Linwood, Roger parecía tener acceso a muy poca parte de ella.

—Supongo que no me queda otra.

Roger bajó la vista hasta el plato. Su expresión era de dolor. Llevaba menos de tres meses en Sopwith Aviation, pero Iris sabía que ya había hecho amigos allí, amigos con los que esperaba trabajar durante mucho tiempo en el futuro.

—Roger, cariño —dijo Iris lánguidamente—. ¿Por qué? ¿Qué le importa a tu padre cómo decidas ganarte la vida?

—Padre dice que el señor de Linwood Hall no puede estar al servicio de otra persona.

Iris tardó un momento en entender lo que le decía.

—¡Roger! No me estarás diciendo que...

—Padre quiere hacerme su único heredero.

–No está… No estará enfermo, ¿verdad?

–¿Padre? –Roger se rio–. ¡Nada más lejos! Ese hombre vivirá hasta los cien años, ¡ya lo verás! Para cuando herede la propiedad, ya no la necesitaré para nada, pero mi padre habrá visto por sí mismo de qué pasta estoy hecho y, al fin y al cabo, eso es lo único que realmente le importa.

–Nadie malinterpreta las palabras de padre –oyó Iris decir a Roger, seguido de un–: ¿Iris?

Iris reaccionó lo suficiente como para responder:

–Parecía bastante claro.

A continuación, volvió a sumergirse en sus pensamientos.

Sabía que su postura no era precisamente la que se debía esperar de una dama. La parte trasera de su vestido estaría llena de feas arrugas cuando finalmente saliera del coche, pero no le importaba lo más mínimo.

Iris nunca había tratado de parecer especialmente inteligente, se contentaba con dejar esa brillantez a Roger, pero en ese momento había atrapado una idea enorme, y muy peligrosa: una idea que amenazaba con devorarla por completo.

A su lado, Roger estaba interrogando a Caroline sobre algo que ella le había contado a Davey, sobre ser la heredera elegida por Sir Lawrence Linwood, e Iris no podía evitar tener la sensación de que había un significado más oscuro en todo eso.

¿Y si Sir Lawrence Linwood siguiera vivo?

¿Y si lo que Sir Lawrence Linwood pretendía era asegurarse de la idoneidad de su heredero?

En ese momento rodeaban el valle hacia Linwood Hall e Iris pudo ver, por encima de la puerta, destellos de las casas de piedra del pueblo más abajo, enclavadas entre los retorcidos tejos. Unas nubes oscuras se cernían sobre ellos, amenazando tormenta. Aquel día soleado en que ella y Roger se habían detenido aquí de camino a la casa, cuando ella la vio por primera vez, quedaba ahora muy lejos. En aquel momento, había pensado que había algo romántico en su geometría azarosa y asimétrica, y Roger le había hablado del Camelot de su infancia, pero ahora, bajo la sombra de la tormenta que se avecinaba... pudo reconocer Linwood Hall en su elemento.

Iris no esperó a que Roger la ayudara a salir del coche cuando se detuvieron en el patio. Salió corriendo hacia la puerta principal, llegando tan solo un segundo antes que Caroline y abriéndola de golpe.

Caroline dijo algo sobre llegar justo a tiempo para evitar empaparse, pero Iris no estaba escuchando.

¿Dónde estaba Alan?

Allí estaba, mirando el fuego en el vestíbulo. Levantó la vista al ver acercarse a Iris y se puso de pie. Iris hizo un gesto con la mano, ignorando su saludo.

—Alan. Cuando se leyó el testamento de tu padre, el día del funeral, ¿qué esperabas oír?

—¿Cómo? No puedo decir que esperara nada, la verdad. Mi padre no creía en la primogenitura...

—¡Alan! Ahora no es el momento de ser amable. Dime la verdad, tu padre te habló o te dio alguna idea sobre lo que pensaba hacer con la propiedad, ¿no es así? ¿Qué te dijo?

Si Iris estaba en lo cierto...

—Padre vino a verme el primer día de la exposición. Me dijo que tenía la intención de dejarme Linwood Hall y la mayor parte de la finca solo a mí.

Por primera vez, al mirar a los Linwood —Alan de pie frente a ella, con el ceño fruncido por la consternación; Roger entrando, huyendo de la lluvia, con un vapor húmedo escapando de sus anchos hombros, y Caroline, mirándolos desde la galería de arriba como Julieta en su balcón—, Iris no vio a tres esplendorosos titanes, sino a tres ratas de laboratorio avanzando a tientas por un laberinto.

Por supuesto, a todos les habían dicho que Linwood Hall era su derecho de nacimiento.

Era el premio en el centro del laberinto, lo que les impulsaba a seguir adelante, atravesando un oscuro túnel tras otro. ¿Y por qué les iba a decir Sir Lawrence Linwood algo así, si no es para construir él mismo el laberinto y para, incluso ahora, tomar notas mientras ellos lo recorrían?

Roger

—¿Padre, vivo? ¡Iris! ¿Se puede saber de dónde has sacado una idea tan descabellada?

Habían subido a la habitación de la torre, el Camelot de la infancia de Roger, con el viento aullando a través de las aberturas que servían de ventana. Tuvieron que apiñarse en el centro de la sala para evitar la lluvia que caía con fuerza, y Roger se dio cuenta de que nunca había estado en Camelot con un tiempo tan salvaje, solo cuando hacía sol. Iris había insistido en verlo de inmediato, a pesar del mal tiempo, y, nada más llegar arriba, le había soltado esta idea francamente ridícula.

¿Realmente era tan ridícula? A pesar de su propia sensatez y en contra de toda lógica, una parte de su cerebro agarró esa idea como las mordazas de un torno industrial y empezó a darle vueltas para hacerla encajar con todas las pruebas y hechos conocidos.

—Su navaja de afeitar ha desaparecido —dijo Iris—. Estoy dando por hecho que tenía una navaja de afeitar, ya que parece tener todos los demás objetos que la mayoría de los hombres necesitan para arreglarse la barba. Sentí que algo no estaba bien en su vestidor la primera vez que lo vi, pero no ha sido hasta ahora, cuando se me ha ocurrido que aún podría estar vivo, que me he dado cuenta de lo que era.

Roger se frotó el rostro. El viento arrastraba con él las palabras de Iris, haciendo que resultaran difíciles de atrapar o de creer. Este momento, allí plantados, en medio de un Camelot azotado por la tormenta, escuchando a la chica que amaba decirle que el hombre al que habían enterrado hacía menos de dos semanas seguía vivo, le parecía como sacado de un sueño.

–Tanto tú como Alan y Caroline actuáis como si él siguiera vivo –continuó Iris–. Todavía sigue determinando vuestros actos.

–¡Eso no quiere decir nada, Iris! Nos ha dejado su huella, eso es todo.

Y, sin embargo, su mente seguía aferrándose a esa idea.

Iris trató de decir algo más, pero Roger levantó una mano para que guardara silencio. Necesitaba pensar. Cerró los ojos. Sus oídos se llenaron con el estruendo de la tormenta y se encontró de nuevo en el precipicio que había imaginado cuando la noticia sobre su ascendencia le explotó en la cara. Hasta ese instante, se había negado a ello, pero sabía que era el momento de hacer frente a esta tormenta que se desataba en torno a las figuras de Sarah Whistler, Vimala Gurung y Matsudaira Izumi. Podía sentir la furia del temporal a su alrededor, y las palabras del capitán Amberley, pronunciadas en la calidez y seguridad de su club londinense, le volvieron a la mente:

«La madre naturaleza burlándose de la insensatez humana».

Y en el ojo del huracán estaban esas tres mujeres, todas ellas procedentes de entornos muy diferentes, pero con una cosa en común: eran extranjeras. Roger se imaginó a una joven Sarah Whistler, agarrada al brazo de su padre mientras él la guiaba por los placeres del Londres victoriano, con los ojos radiantes por la esperanza a pesar de que su padre ya tenía planeado abandonarla. Se imaginó a Vimala Gurung soportando el viaje de Nepal a Inglaterra con una esperanza similar, reforzada por la seguridad que le podía haber transmitido su hermano –ese sargento gurkha sin nombre de la fotografía de Buchanan, con el mismo rostro de Roger– de que se dirigía hacia una vida mejor. Se imaginó a Matsudaira Izumi jugando con el pequeño Alan en la habitación infantil, con la esperanza de ser admitida en esta familia tan poco ortodoxa tras su propia contribución a ella.

Pero Matsudaira Izumi lo sabía, ¿no es así? Ella había aceptado ese acuerdo siendo plenamente consciente de que lo único que anhelaba su padre era tener un hijo de su propia sangre. Eso era lo que Sarah Whistler también había dicho, y madre se lo había confirmado: padre quería tener hijos. No había habido ningún tipo de pasión detrás de sus aventuras amorosas. Todas habían sido fría y cuidadosamente calculadas, siempre con ese singular objetivo en mente.

Si la muerte y el testamento del padre fueron una prueba, un experimento, ¿acaso podría haber comenzado hacía treinta años, antes de que ninguno de ellos naciera?

A Roger se le revolvió el estómago al considerar todo lo que aquello implicaba. Se sintió como uno de sus propios proyectos de ingeniería: cuidadosamente diseñado, sin duda, y celosamente atendido; pero, al fin y al cabo… privado de la esencia humana. El precipicio imaginario se desmoronó bajo sus pies y Roger se obligó a dar un cuidadoso paso atrás en su imaginación.

«La insensatez humana».

Abrió los ojos.

Iris lo miraba con nerviosismo. Su habitual pretensión de ser meramente decorativa había desaparecido y Roger vio lo que siempre había sabido que era: una mujer, una mujer de verdad, un apasionado ser de carne y hueso lleno de vitalidad, con sus propias ideas. Es posible que madre hubiera sido una mujer de verdad en algún momento, pero padre la había doblegado hasta destrozarla –y Roger no quería ni imaginarse cómo– porque, si se trataba de un experimento, necesitaba la supervisión médica de cerca de un profesional cualificado sobre el que padre tuviera el control total. ¿Acaso el experimento había comenzado mucho más tiempo atrás, cuando padre se casó con madre?

¿Seguía su padre controlándolo todo, tal como afirmaba Iris?

Las piezas empezaban a encajar. Los engranajes empezaban a girar. Buchanan había llegado a Yorkshire hacía siete meses, en septiembre, cuando Sopwith Aviation acababa de quebrar y su padre le había llamado para ofrecerle el premio gordo de Linwood Hall. Debió ser entonces cuando su padre ultimó el plan. Una carta para Caroline, ya que resultaba difícil contactar con ella y parecía poco probable que viniera de visita. Luego, esperar pacientemente a que Alan regresara de Perú. Y, mientras tanto, Buchanan estaba… ¿dónde? ¿En la casa, prisionero en alguna habitación secreta que aún no habían encontrado? Hasta el momento del supuesto asesinato…

Roger recordó el rostro franco y afable de la fotografía que encontraron en el baúl, y comprendió que Buchanan no era el villano en esta historia, sino la víctima: un tipo sencillo y transparente que solo trataba de encontrar su antiguo amor y tal vez rememorar una época en la que no tenía cicatrices de guerra. El cuerpo que habían encontrado en el estudio no era el de padre: era el de Buchanan.

La policía había tomado las huellas dactilares del cadáver y había asumido que eran las de su padre, y las huellas dactilares reales de su padre, esparcidas por todo el estudio, quedaron registradas como «no identificadas».

Su padre había asesinado al comandante Buchanan.

Era más fácil centrarse en esa verdad que siquiera tratar de considerar las implicaciones de todo el experimento, pero Roger se obligó a hacerlo.

El experimento había sido el motivo por el que el su padre actuó como lo hizo con Sarah Whistler, Vimala Gurung y Matsudaira Izumi… y, más tarde, con el comandante Buchanan, el profesor Matsudaira y Edwin Culpepper. Todo lo que le había hecho a su madre y a ellos.

Los había fabricado. Moldeado. Autómatas, lejos de ser seres humanos…

No.

Eran seres humanos, independientemente de su origen. Tenían derecho a la dignidad humana.

La tormenta en la mente de Roger empezó a intensificarse, convirtiéndose en un monzón tropical de los que tanto admiraba el capitán Amberley, pero Roger había dejado de sentir miedo.

Esta era su tormenta.

La domeñaba; usaba su poder para impulsarse hacia adelante, hacia su ojo, donde la verdad le esperaba en forma de tres figuras: no las mujeres a las que su padre había destrozado, sino sus hijos: Alan, Caroline y el propio Roger.

Roger se volvió hacia Iris.

—Ve a buscar a Alan y Caroline. Tráelos aquí arriba. Tienen que saberlo.

Caroline

Caroline siempre había sabido que solo estaba interpretando un papel. Tal vez había sido más fácil para Alan y Roger: ellos eran hombres y los roles que su padre había asignado no eran tan diferentes de lo que la sociedad esperaba de ellos y de lo que ellos esperaban de sí mismos. Nunca se les negó ninguna posibilidad. Pero Caroline era una mujer y, en su caso, era necesario hacer una declaración explícita acerca de lo que podía o no podía desear en la vida. Su padre la empujaba en una dirección mientras la sociedad la empujaba en otra; entre ambas fuerzas, Caroline siempre había sido consciente, de una forma incómoda, de que sus decisiones podrían no pertenecerle.

Siempre había sido consciente de que cuando su padre los empujaba a alcanzar la grandeza, no era porque los amara y deseara lo mejor para ellos, sino porque su éxito alimentaba su vanidad.

«Tampoco fue como ser criados como un experimento de ganadería».

Sí, lo fue, se dijo a sí misma con firmeza, luchando contra el mismo horror que leía en los ojos de Alan, el mismo horror que había dado lugar al fuego que ahora veía en los de Roger.

Era exactamente lo mismo, incluso peor. A eso se redujo todo. Siempre había tenido claro, en lo más profundo de su ser y en el fondo de su mente, que, en lo que respecta a su padre, no eran mejores que los cerdos que llevaba cada año a la feria agrícola. Todo lo que querían era la medalla del primer puesto.

Ella entendía mejor la furia de Roger que la desolación de Alan.

—Es como en *El rey Lear*, ¿no es cierto? —dijo, y su voz le sonó áspera incluso a ella misma.

Levantó el tono y declamó:

—«Puesto que ahora vamos a desprendernos de nuestra soberanía, a la vez que de las rentas de las tierras y el gobierno del Estado, ¿de cuál de vosotras podremos decir que más nos ama?».

—Caroline —murmuró Alan—, este no es el momento.

Se había acercado a una ventana abierta, sin importarle quedar empapado por la lluvia; daba la impresión de querer encerrarse en su propio mundo.

Caroline se dio la vuelta y se dirigió a la ventana opuesta. Era un rincón más seco, pues quedaba de espaldas en lugar de frente al viento, y desde allí podía vislumbrar, a través de la oscuridad y la neblina, la amplia extensión de páramos azotados por la lluvia que se extendía desde Linwood Hall. Incluso, si lo intentaba con fuerza, podía imaginarse la figura desaliñada del rey Lear, tambaleándose entre los brezos, con su fiel bufón siguiéndole los pasos nerviosamente, mientras maldecía al cielo por la traición de sus dos hijas mayores.

Acto tercero, escena segunda.

Caroline respiró hondo y se obligó a volver al principio de la obra. Acto primero, escena primera.

«¿De cuál de vosotros podremos decir que más nos ama?».

Aquí entraba Alan, un Alan imaginario con traje isabelino, para presentar ante su padre sus logros académicos, pero ¿era eso suficiente? La historia puede tener valor a la hora de arrojar luz sobre la política actual, pero esa era una preocupación de los consejeros: un gobernante debe mirar siempre hacia el futuro. A continuación, Roger, con su mirada futurista y sus máquinas y su absoluta falta de malicia. No, un gobernante tenía que ser más sagaz. Y, por último, la propia Caroline, en el papel de Cordelia… huyendo a Francia porque no podía ofrecer a su padre la obediencia que él exigía de ella.

«El soldado Harding, héroe de guerra, reclutado a la fuerza, mirando fijamente las filas de heridos: "No era para eso para lo que estaba hecho"».

¿Fue realmente una casualidad que un gatito lisiado se hubiera escondido entre los arbustos que rodeaban Linwood Hall aquel hermoso día de verano hacía ahora quince años?

«Que este gato te sirva de lección».

Ese gato tullido había sido un ensayo.

Caroline se dio cuenta de que su padre no era el actor principal. Él era el director, asignando a las personas que lo rodeaban los papeles que les correspondían, ensayando con sus tres actores principales hasta que repetían el texto sin darse cuenta de que esas palabras habían sido escritas para ellos por otra mano hacía mucho tiempo.

Lo que hacían fuera del escenario no le importaba más que un gatito lisiado.

Estaba Oglander sr., el fiel sirviente de la familia (¿Gloucester?), llamado a jugar el papel de testigo porque nadie iba a cuestionar su integridad. El profesor Matsudaira, el antiguo cómplice (¿Kent?), quien volvía al escenario décadas después de su supuesta salida definitiva, un personaje peligroso por lo que sabía. Su madre, en el rol de bufón sometido, que proporcionaba la atención médica necesaria para el espectáculo, maltratada hasta tal punto que creería en la más insensata alucinación si padre le decía que era cierta, incluso si eso ocurría dentro de la misma «alucinación».

Y luego estaba Edwin Culpepper. La marioneta. El actor llamado a interpretar al rey Lear.

Culpepper blandiendo el testamento de padre. El rey Lear desplegando un mapa de Gran Bretaña. Un reino dividido en tres, o en tantas partes como herederos sigan en el escenario al final de la escena.

–Las últimas palabras de Culpepper –dijo Caroline–. Alan, ¿las recuerdas? «No asesinato». Habíamos estado hablando de Vimala Gurung y Matsudaira Izumi, y en ese momento asumí que Culpepper se refería a una de ellas, pero ahora creo que se refería a padre, porque, por supuesto, fue padre quien lo contrató, y él sabía que el asesinato y el funeral eran una farsa.

Se volvió para mirar alrededor de la habitación, el Camelot de paredes blancas de su infancia: su escenario para los ensayos. Alan seguía encastrado en la ventana opuesta, de espaldas a ella, mirando fijamente hacia la salvaje oscuridad que se extendía más allá. Roger e Iris estaban de pie junto a la estrecha escalera que descendía hacia el interior de la casa, sin ser conscientes de cómo se aferraban el uno al otro.

–Ese era el papel de Edwin Culpepper –dijo Caroline–. Tenía que asegurarse de que todos supiéramos que el testamento tal y como se había leído no representaba los últimos deseos de nuestro padre, y debía dar a entender a cada uno de nosotros que Linwood Hall estaba destinado a ser solo nuestro, que era algo por lo que teníamos que luchar. Tenía que hacerse con la carta que padre me había enviado, si aún la tenía, porque era una prueba física de su estratagema. Y él debía asegurarse de que todos supiéramos cómo luchar. Cómo apoderarnos de Linwood Hall. La cláusula incitándonos a encontrar el asesino.

En la imaginación de Caroline, el escenario se vacía de todos los actores, excepto de su madre. Entra su padre, portando la maza aún manchada con la sangre del comandante Buchanan. La madre, horrorizada, da un respingo al verlo, pero padre la detiene con un simple gesto autoritario. Le tiende la maza. Mecánicamente, su madre da un paso adelante y pone sus manos alrededor de la empuñadura.

«Esto es un sueño, Rebecca. No es real. Lávate las manos y métete a la cama».

Por supuesto que era un sueño. Tenía que serlo. Sir Lawrence se lo había dicho.

Un picor en las muñecas de Caroline surgió y se extendió por ambos antebrazos: el dolor fantasma de unas garras de gato de hacía quince años, acompañado por el cosquilleo de una sangre imaginaria resbalándole por la piel. Si Alan no hubiera recordado a Matsudaira Izumi, si Roger no hubiera encontrado el reloj de Buchanan, si la propia Caroline no se hubiera topado con Sarah

Whistler en el mausoleo… habrían encontrado la maza donde la habían dejado para que ellos la encontraran, y Caroline sabía a la perfección, por su ensayo con Purrcia, lo que se esperaba que hicieran entonces. ¿Por qué usar el alfiler del sombrero de madre para asesinar a Edwin Culpepper si su madre estaba bajo custodia policial? Porque el alfiler del sombrero cerraba el círculo alrededor de ellos tres.

«Tendrás que hacer cosas peores que esto a las personas a las que llamarás amigos, así que es mejor que te acostumbres».

Alan

«Todo esto te daré si te postras y me adoras».

Alan apoyó la mano contra la piedra que conformaba la ventana y miró hacia el campo que se extendía más allá de la cortina de lluvia. Era prácticamente la misma vista que padre habría contemplado desde la ventana de su estudio: el valle, el pueblo, las granjas, los páramos, todas las tierras de las que él era amo y señor. Alan siempre había pensado que el ateísmo de su padre tenía más que ver con el orgullo, con su renuncia a colocar a ningún ser por encima de él mismo, que con cualquier convicción teológica real.

Roger lo había expresado de manera muy brutal, diciendo que padre los había criado como si fueran cerdos. Y ahora Caroline sugería que toda su vida había sido una larga lección que culminaba en esta última prueba. Era monstruoso.

Alan se inclinó hacia la lluvia, sintiendo las afiladas gotas como agujas sobre el rostro. Tuvo que parpadear para apartarse la lluvia de los ojos, pues le empañaba la visión del mundo que se extendía a sus pies. Quería marcharse de allí, volver a Perú, a Machu Picchu, con su ayudante Matheson; contemplar el Urubamba y oírle hablar de la tentación de Cristo en el desierto.

«Todo esto te daré si te postras y me adoras».

No le resultó gran sorpresa. Padre siempre los ponía a prueba. Y las pruebas no siempre habían sido meramente académicas, ¿verdad? Esos codiciados viajes a Malton, el premio mensual por buen comportamiento... Si el criterio se hubiera basado únicamente en los idiomas, las matemáticas o los conocimientos de historia, Alan habría sido el único de los tres que habría salido de Linwood Hall antes de ir a la universidad.

Pero tal y como eran las cosas…

—No puedo leer nada de lo que pone aquí —dijo padre, arrojando dos páginas de sumas sobre la mesa de la biblioteca. Una tinta violeta oscura se extendía por ellas, ocultando todo lo que Alan y Roger habían escrito con tanto esmero. Pero la tercera página, la de Caroline, solo estaba ligeramente manchada de tinta, lo que permitía leer la mayoría de sus sumas. Su padre le espetó:

—Bien hecho. Vendrás conmigo en mi próximo viaje a Malton.

—No es justo —exclamó Roger, volviéndose a continuación para mirar con ira a Caroline—. Lo has hecho a propósito.

Había sido Caroline quien había volcado el tintero y arruinado sus tareas escolares y, al parecer, iba a ser recompensada por ello.

—Ha sido un accidente —protestó Caroline—. Lo juro. Yo…

—¿Un accidente, Caroline? —Su padre pareció enfadado y decepcionado—. Y yo que pensaba que habías aprendido a obrar en tu propio beneficio. Veo que lo mejor será que repitamos la prueba.

Padre quería que compitieran entre ellos y no le importaba cómo ganaran, siempre y cuando sus actos fueran deliberados. Linwood Hall, al igual que aquellas codiciadas excursiones a Malton, era el premio, y el precio, sus almas. Se suponía que debían luchar por ello, tal vez incluso matar por ello, y su padre sería el árbitro final que decidiría quién pasaba, quién se quedaba atrás y quién se llevaba el premio al final.

Alan contempló el paisaje empapado. Había caído la noche y tenía que entrecerrar los ojos para distinguir las siluetas de las lejanas granjas. Todo parecía pequeño a esta distancia.

«Todo esto te daré si…».

Roger tenía razón: padre los había criado como cerdos de concurso. Y Caroline tenía razón: esta era su prueba final. Y si ambos tenían razón, entonces lo primero tenía que ser parte de lo segundo. En realidad, ¿por qué su padre había ido a la India tan pronto después del nacimiento de Alan? ¿Había sido fruto de la casualidad que eligiera a Vimala Gurung como madre de su siguiente sujeto experimental?

La distancia aportaba claridad.

—La Restauración Meiji —dijo Alan—. Padre tenía un interés especial en que la estudiáramos, ¿os acordáis? El profesor Matsudaira me dijo que ellos se habían conocido en algún tipo de acto académico...

—En una cena en honor a Sir Francis Galton —oyó decir a Caroline—. Y donó mucho dinero para la investigación eugenésica.

Eugenesia. Cría. La idea de que se debe animar a procrear a los considerados idóneos, no así a los no idóneos. Puede que padre no estuviera de acuerdo con quiénes debían ser considerados no idóneos, pero sus principios eran los mismos, y no menos repugnantes por haber llevado a una conclusión distinta.

—Padre siempre pensó que el Imperio británico tenía mucho que aprender de los gurkhas —prosiguió Alan—. Y siempre alababa los Estados Unidos. No creo que hubiera considerado tener hijos con Sarah Whistler, Vimala Gurung o Matsudaira Izumi si no hubieran sido descendientes de un pueblo al que admiraba. Las seleccionó. Las eligió por su pedigrí.

La idea de padre era reunir a todas las razas del mundo y fusionarlas en un único *Übermensch* que estuviera por encima de los demás. No solo estaba poniendo a prueba su valía como sucesores: estaba poniendo a prueba las fortalezas que debían haber heredado de sus respectivas madres, en combinación con su propia sangre. O, dicho de otro modo, estaba probando tres combinaciones de sangre para encontrar al heredero perfecto.

En el exterior, la tormenta empezaba a amainar. La lluvia ya no entraba en la habitación y Alan tuvo que asomarse un poco más para sentirla en la cara. El atardecer había llegado y vuelto a desaparecer tras la espesa capa de nubes, dejando paso a la noche. Sin embargo, a pesar de la oscuridad, Alan seguía siendo consciente de la extensión de los terrenos que rodeaban Linwood Hall. El pueblo, el valle, las granjas, los páramos. Todas las tierras sobre las que su padre había sido amo y señor, distantes, sí, pero sin posibilidad de escapar.

Padre no estaba eligiendo a uno de ellos para entregarle el premio de Linwood Hall. Todo lo contrario. Estaba seleccionando a uno de ellos para que fuera el premio que pretendía otorgar a Linwood Hall. Al fin y al cabo, eso era lo único que realmente le importaba, lo único que amaba tanto como a sí mismo.

Linwood Hall.

Alan se dio la vuelta. Miró a Caroline, de pie en la ventana opuesta, con su elegante y moderno corte de pelo realzando sus rasgos japoneses. Miró a Roger, con ese aire extraño y exótico que solo ahora habían identificado como su herencia nepalí. Y allí estaba Iris, con su recién adquirida respetabilidad, descendiente de los bajos fondos de Spitalfields. ¿Qué pensaría padre de ella?

–¿Qué…? –empezó a decir Roger, pero Alan sabía exactamente a dónde quería ir a parar.

–¿Qué vamos a hacer al respecto, no?

–No podemos darnos la vuelta y marcharnos sin más –dijo Caroline.

Alan pensó en Miss Whistler, meditabunda sobre las cuentas de su rosario, y en el comandante Buchanan, pudriéndose en la cripta de su padre debajo de ellos. Pensó en el rostro pálido y aterrorizado de Edwin Culpepper, paralizado por un instante bajo el resplandor de los faros de Roger. No. No podían dejar todo y marcharse, y no solo porque padre nunca lo permitiría. Alan se quedó mirando esos rostros tan familiares, reunidos de nuevo en su Camelot, y añadió:

–Os diré lo que vamos a hacer. Vamos a darle a padre exactamente lo que quiere.

Oglander sr.

James Oglander sr. odiaba a Sir Lawrence Linwood. El «sr.» estampado al final de su nombre se lo recordaba cada vez que entregaba una tarjeta de visita, y la fotografía con marco negro colgada en la pared de su oficina se lo recordaba cada vez que la miraba, lo cual ocurría a menudo. Jimmy, su único hijo y el esperado sostén de su vejez –el alegre y risueño Jimmy, con el diablo en la sonrisa y todos los ángeles del cielo en el corazón– lo miraba desde la fotografía, con su sonrisa domesticada por el fotógrafo hasta convertirla en algo insulso y respetable. Oglander habría dado cualquier cosa por ver cómo esa sonrisa se ampliaba hasta convertirse en aquel descaro tan propio de su Jimmy.

En cambio, los tres hijos de Linwood habían ido a la guerra y habían regresado ilesos. No era justo.

Oglander abrió el cajón inferior de su escritorio y se sirvió un trago de whisky, aunque apenas eran las ocho de la mañana. Había pasado la noche en la oficina en lugar de volver a la casa vacía, donde aún resonaban las risas de Jimmy y los gritos exasperados de su querida Ellen: «¡Eres peor que tu padre!». Ellen se había tomado la muerte de Jimmy aún peor. Le dijeron que había sido la gripe española, pero Oglander sabía que la había matado su corazón roto, por muy tonto y romántico que le pudiera parecer a Sir Lawrence Linwood.

El maldito Sir Lawrence Linwood.

El whisky le quemó la garganta y le recordó que lo último que había comido había sido medio sándwich ayer por la tarde, justo antes de que la tormenta azotara la ciudad. Más allá de su ventana, la mañana era ahora tan brillante como la promesa de Dios, como si Jimmy y Ellen le sonrieran desde el cielo. La vida regresaba a Pickering tras una noche oscura y silenciosa. Hombres y mujeres cruzaban el viejo mercado de ganado, atendiendo sus quehaceres diarios, algunos con prisa, otros con un paseo relajado, todos con la vista al frente.

No, recordó Oglander por enésima vez desde que ese resentimiento oculto se había apoderado de su mente. No era justo. No había sido culpa de Sir Lawrence que su familia sobreviviera a la guerra y Jimmy no y, desde luego, tampoco la había sido de los hijos de Linwood. Solo los había visto de pasada durante los años que había trabajado con Sir Lawrence, pero, a juzgar por su trato durante las últimas dos semanas, parecían ser buenos muchachos.

Jimmy se habría llevado muy bien con cualquiera de ellos.

El teléfono de la oficina exterior estalló en un grito agudo y ensordecedor, haciendo que Oglander diera un respingo en su asiento. Aún no había nadie más allí, y Oglander dudó un momento antes de arrastrarse para contestar él mismo la llamada.

Era Alan.

—Tenemos que idear algo para la defensa de mi madre —dijo Alan, una vez que dejaron atrás las formalidades—. Volveré a Perú tan pronto como termine la exposición en el Museo Británico, así que es probable que no esté aquí para el juicio.

—Estoy convencido de que no llegará a eso —le aseguró Oglander. Seguro que Mowbray entraría pronto en razón. Por otra parte, siempre es mejor no dar nada por sentado.

—También está el tema de qué hacer con Linwood Hall —continuó Alan—. Tenemos que asegurarnos de que todo lo relacionado con la voluntad de mi padre quede resuelto ahora, antes de que me vaya. O, si no es el caso, es importante que alguien aquí sepa qué es lo que quiero que se haga y pueda tomar decisiones en mi nombre. ¿Le importaría acercarse a Linwood Hall, Mr. Oglander? Mañana a primera hora, si puede. Me resultará más fácil mostrarle así mis intenciones sobre ciertas cosas. La iglesia en ruinas al pie del acantilado, por ejemplo. Me gustaría que se restaurara.

–Alan, teniendo en cuenta que la finca se va a vender y que los beneficios se repartirán entre usted y sus hermanos, ¿realmente sería aconsejable dedicar tiempo y dinero a un proyecto así?

Hubo una pausa en el teléfono, y Oglander imaginó a Alan removiéndose incómodo contra el escritorio de Sir Lawrence, casi como si volviera a ser un niño.

–Tengo alguna que otra idea –dijo Alan por fin– acerca de cómo seguir adelante con todo esto. He pensado que no sería una buena idea vender la casa a un particular. Creo que lo mejor sería donarla a la Iglesia para que una orden de monjas la pueda convertir en un convento. Sé que el testamento de mi padre indica que hay que venderla, pero no especifica por cuánto, ¿verdad? Ninguno de nosotros necesita el dinero desesperadamente y, en cualquier caso, nuestro padre nos enseñó a valernos por nosotros mismos.

Oglander dudó de que Sir Lawrence hubiera aprobado la idea. Una cosa era no necesitar ayuda, pero desdeñarla activamente era otra muy distinta. Por otro lado, Sir Lawrence ya no estaba y Alan había lanzado su propuesta con más humildad de la que Sir Lawrence jamás habría sido capaz.

–Es un tema complicado –añadió Alan con tono de disculpa–, especialmente dada la situación de madre.

Oglander apartó de su mente el recuerdo de Sir Lawrence exigiéndole una reunión el día mismo día de su muerte.

–Por supuesto. ¿Mañana a primera hora, entonces? Me acercaré y veremos qué podemos hacer.

Brewster

Giles Brewster vivía para Sir Lawrence Linwood, y seguía haciéndolo ahora que Sir Lawrence Linwood ya no estaba. Era solo cuestión de tiempo que uno de sus hijos le siguiera los pasos, y la pregunta que se hacía todo el pueblo era cuál de ellos sería. Personalmente, Brewster prefería a Mr. Roger, que había tenido la amabilidad de proporcionarle el automóvil que ahora funcionaba como taxi del pueblo y que una vez le había hablado sobre la industria, la economía y otras cosas que Brewster entendía que eran necesarias para sobrevivir en el nuevo siglo. Sí, para Brewster, estaba claro que el futuro de Linwood Hollow debía estar en manos de Mr. Roger Linwood. ¿Qué necesidad tenía Linwood Hollow de dioses, si podían elegir los suyos propios?

Brewster entró en el patio de Linwood Hall, salió del coche y abrió la puerta trasera del taxi para que Mr. Oglander pudiera bajarse. Ambos eran sirvientes de la casa Linwood, cada uno a su manera, si bien, por lo general, rara vez habían tenido un motivo para intercambiar más de dos de palabras. Brewster no podía olvidar que la última vez que Mr. Oglander había venido de visita se habían encontrado a Sir Lawrence Linwood muerto en su estudio.

Esperó que la historia no se repitiera hoy. Sin embargo, en lugar de dirigirse inmediatamente a la puerta, Mr. Oglander se detuvo donde estaba y se quedó mirando al cielo, con los ojos fijos en una forma negra y rígida que descendía y ascendía a través del interminable azul. En esa dirección, sabía Brewster, estaba el mar del Norte, más vasto aún que los páramos, aunque no tanto como el propio cielo. El viento sopló sobre los antiguos muros de piedra del patio, despeinándolos, y, por un momento, Brewster olvidó todo, excepto la maravilla de poder volar.

–Debe tratarse de Mr. Roger –le dijo al abogado–. Tiene un pequeño avión que guarda en uno de los graneros en desuso.

–¿Es eso cierto? –musitó Mr. Oglander, todavía hipnotizado por la visión, y Brewster no podía culparlo.

–Sí, así es. Impresionante, ¿no le parece? ¡Y pensar que hoy en día algo así es posible! Uno se queda sin aliento.

Mr. Oglander asintió distraídamente y Brewster se quedó a su lado para ver cómo la avioneta giraba con elegancia alrededor de un cúmulo de nubes. ¿Cómo debía ser estar allí arriba? La avioneta dio un giro repentino sobre sí misma y Brewster sintió por un momento como si el suelo hubiera desaparecido bajo sus pies. A su lado, oyó cómo Mr. Oglander dejaba escapar el aire en un silbido lento de admiración.

Seguían mirando el avión cuando se abrió la puerta y apareció Miss Caroline.

–¡Mr. Oglander! No le esperaba. ¿Ha ocurrido algo?

Mr. Oglander apartó la mirada de las acrobacias aéreas de Mr. Roger y respondió:

–En absoluto. Alan me pidió que pasara por aquí.

–¿Alan? –Miss Caroline pareció confundida–. Tiene que ser un error. Alan se fue esta mañana. Se llevó su equipaje, no creo que vuelva.

–Debería haber llamado al taxi –dijo Brewster–. Podría haberle ahorrado la molestia de cargar con sus maletas hasta la estación de tren.

Pero Miss Caroline se encogió de hombros y añadió:

–Oh, Roger lo llevó… en su avioneta. –Levantó la vista para ver cómo la avioneta planeaba hacia un campo cercano–. Roger me dijo que había un barco que zarpaba de Liverpool hacia Sudamérica en menos de una semana, y que Alan no quería esperar más tiempo. Es un poco tarde para encargarse de todo por telegrama o por teléfono, así que Roger se ofreció a llevarlo en su avión para que pudiera ocuparse de ello en persona. Dijo que de ese modo se ahorraría el tiempo y las molestias de ir en tren. Me dio la impresión de que Alan finalmente se había hartado de todo y había decidido volver a sumergirse en su trabajo.

Caroline había empezado a atravesar el patio mientras hablaba, y Brewster la siguió. Era como seguir a Sir Lawrence Linwood. Uno no hacía preguntas. Simplemente, se dejaba llevar.

Mr. Oglander, algo más indeciso, los siguió más allá del portón.

–Esto no tiene sentido –dijo–. Teníamos una cita. Alan debió llamarme si había cambiado de planes. ¿Y qué hay de su exposición en el Museo Británico? No puede abandonarla sin más.

Brewster ignoró sus quejas. Le pasó por la cabeza que el avión se acercaba desde el noreste, la dirección opuesta a Liverpool, pero sin duda Mr. Roger tenía sus razones. Debió haber dado una vuelta hacia el norte antes de volver a casa para disfrutar mejor del milagro del vuelo. Tenía que ser eso.

Habían llegado al campo, y el avión de Roger se había detenido en medio de la ondulante hierba. Brewster vio a Mr. Roger bajar de un salto de su asiento –la «cabina de pilotaje»– y quitarse el casco con un gesto. Se quedó paralizado al verlos acercarse y su rostro adoptó una expresión de nerviosa aprensión que a Brewster le pareció totalmente ajena a la estirpe de Sir Lawrence Linwood. Miss Caroline, en cambio, pareció no darse cuenta.

–¡Roger! –gritó ella–. Mira quién ha venido a visitarnos. Al parecer, Alan había concertado una cita y se olvidó por completo. ¿Te dijo algo al respecto?

–No –respondió Mr. Roger, mirando fijamente al frente.

Algo iba mal. Brewster notó cómo una sensación extraña y punzante de alarma comenzaba a apoderarse de él, sin que pudiera explicársela. Todo lo que podía ver era la cara de Mr. Roger, que comenzaba a adquirir un llamativo rubor rojo. Roger, se dio cuenta Brewster, estaba mintiendo, pero ¿acerca de qué?

–Eso es un agujero de bala –dijo repentinamente Mr. Oglander, con una voz que rompió el estupor como una jarra de agua fría.

Se había subido al costado del avión y observaba el asiento del pasajero. Brewster vio que miraba hacia arriba, donde el conjunto superior de alas cruzaba el cuerpo del avión, y se encontró siguiendo la mirada del abogado.

–¿Es eso sangre?

Brewster imaginó el aparato volando en círculos entre las nubes, en algún lugar sobre la amplia extensión del mar del Norte. Pero esta vez, al ponerse boca abajo, un cuerpo sin vida se deslizaba de uno de los asientos del avión y se estrellaba contra el ala antes de caer a las gélidas aguas treinta metros más abajo…

La claridad era peor que la niebla. Oyó a Miss Caroline gritar:

–Roger, ¿qué has hecho?

Y, entonces, una gran forma negra se abalanzó sobre Brewster. Reaccionó instintivamente, girándose para saltar sobre la silueta que pasaba a toda velocidad. Rodaron por la hierba –Brewster era vagamente consciente de que Mr. Oglander gritaba y Caroline entraba en estado de histeria– antes de darse cuenta de que la gran silueta negra era Mr. Roger Linwood, y el mundo que había construido en su mente en torno al legado de Sir Lawrence Linwood se hizo añicos en un millón de pedazos ensangrentados.

Lady Linwood

Rebecca, Lady Linwood, temía por su vida. Temía por ella casi tanto como había temido a su marido, el difunto Sir Lawrence Linwood, a quien seguía temiendo incluso ahora. Ella sabía, racionalmente, que debía haber habido un tiempo en el que no había sido así, en el que no vivía a su sombra y en el que ella misma elegía su camino. Su recuerdo de aquella época parecía más una historia que otra mujer le hubiera contado que algo vivido por ella misma. También recordaba vagamente casos de rebeliones fallidas, pero habían ocurrido hacía mucho tiempo y le resultaba más fácil ignorar las cicatrices.

Lo primero que la atrajo hacia él fue su intelecto, y fue ese mismo intelecto formidable lo que la mantuvo cautiva durante sus años de matrimonio. Y un intelecto como ese nunca podría ser silenciado realmente, ni siquiera por la muerte. Sabía perfectamente que él debía haber previsto todo lo que había ocurrido tras su fallecimiento y había planificado todo en consecuencia. Si ella estaba en un calabozo por su asesinato, solo podía ser porque él había querido que ella acabara sus días de esa manera. ¿Y por qué no? Le había dado todo lo que tenía a Sir Lawrence Linwood, y ahora que él se había ido, ¿qué más le quedaba?

Así que fue toda una sorpresa cuando la liberaron y la acompañaron de vuelta a su hogar en Linwood Hall. No era lo que Sir Lawrence hubiera querido.

De pie en el patio, miró hacia arriba, hacia la negra fachada, en busca de las ventanas de la habitación de Sir Lawrence y la suya. Linwood Hall parecía más alto de lo que ella recordaba, y más torcido. El viento le azotaba el vestido y las nubes que pasaban a toda prisa detrás de la casa hacían que pareciera que fuese a derrumbarse sobre su cabeza. Nunca salía de la casa si lo podía evitar. A Sir Lawrence no le gustaba que lo hiciera.

Brewster, con el mismo aspecto devastado que el día del asesinato de Sir Lawrence, había tenido la amabilidad de acompañar a Caroline con su taxi para ir a recogerla a Pickering. Intentaron llevarla por los escalones de la entrada hacia las fauces abiertas de la casa, pero Lady Linwood se negó a moverse.

–¿Por qué estoy aquí de vuelta? –preguntó.

Caroline miró a Brewster, luego se volvió hacia ella y dijo:

–Porque Mowbray sabe que tú no mataste a padre, por supuesto.

Lady Linwood pensó en la maza que había servido como prueba en su contra, cómo la sangre se le había pegado a las manos al cerrar el puño sobre su mango. Recordó haberse frotado las manos después de eso, hasta que le quedaron rojas e irritadas.

–Mowbray no sabe nada de nada –dijo con brusquedad.

Caroline la miró fijamente, con la misma expresión de curiosidad que cuando la había visitado en la cárcel, como si se tratara de una curiosidad científica tras una vitrina. Estaba a punto de hablar, pero Brewster exclamó:

–¡Han arrestado a Mr. Roger por el crimen!

–¿Roger? Imposible.

–No pinta demasiado bien para Roger –dijo Caroline, con aire de alguien que trata de evitar un tema desagradable–. Entra. Hablaremos de todo ello tranquilamente una vez que nos hayamos sentado a tomar una taza de té.

Pero Lady Linwood se negó. Las ventanas de Linwood Hall parecían ojos, los ojos de Sir Lawrence Linwood, mirándola fijamente. Él le habría exigido descubrir todo lo que era necesario saber antes de permitirle seguir adelante.

Suspirando, y con múltiples interjecciones angustiadas de Brewster, Caroline le explicó rápidamente que Roger había llevado a Alan en su avión, pero había regresado solo y había varios indicios de que se había cometido un acto violento en pleno vuelo.

–Roger insiste en que se vio obligado a llevar a Alan a Liverpool a coger un transatlántico, pero Mowbray no se cree ni una sola palabra. Yo tampoco estoy segura. Roger nunca fue muy bueno ocultando la verdad, y está claro como el agua que está mintiendo descaradamente.

–No sabemos si le hizo algo a Mr. Alan, realmente –insistió Brewster–. Quizá llevó a Mr. Alan a... no sé... Whitby, por ejemplo. O a Scarborough. Y Mr. Alan le pidió que no dijera que era allí a donde habían ido.

Sin embargo, eso no explicaba la sangre que había descrito Caroline.

«Estaba de rodillas en el estudio de Sir Lawrence, fregando y fregando y fregando y...».

Una vez más, pero con más dudas, Lady Linwood dijo:

–Imposible.

–Debido a la actitud tan sospechosa de Roger –continuó Caroline–, la policía decidió registrar su habitación. Encontraron un par de guantes manchados de sangre, esos guantes finos de algodón que Alan usa para manipular las piezas más delicadas en su trabajo. Pero la sangre era de Roger. Supongo que pretendía colocarlos en algún lugar para que pareciera que Alan había matado a padre y lo había hecho con los guantes puestos.

Lady Linwood asintió lentamente con la cabeza. Creyó haberlo entendido.

Eso la hizo sentirse más segura de sí misma.

–Así que Roger finalmente decidió tomar cartas en el asunto, ¿no? Y ha acabado saliendo mal parado. Sir Lawrence estaría decepcionado.

No por lo que se suponía que Roger había hecho, no, sino porque lo habían pillado. La principal queja de Sir Lawrence con respecto a su hijo menor era que Roger, a pesar de todos sus sueños para el futuro, carecía de la ambición y la crueldad necesarias para salir al mundo y hacer realidad esos sueños. Si Roger realmente había urdido su propio ascenso sobre Linwood

Hall, todo debía formar parte del plan que Sir Lawrence Linwood tenía para sus hijos.

Pero Caroline tenía sus dudas.

—Tú no crees que Roger haya matado a padre, ¿verdad?

Lady Linwood volvió a mirar a Caroline y luego a Brewster. Los dos estaban terriblemente ansiosos por escuchar qué era lo que opinaba ella.

—¿Qué importa lo que yo crea? —Suspiró y se dio la vuelta para subir los escalones que conducían a la puerta principal—. Parece que tanto Alan como Roger han quedado fuera de juego, lo que te convierte en la única heredera de Linwood Hall y de todas las propiedades.

¿Acaso había planeado Caroline la caída de sus hermanos? Tal crueldad despiadada era de esperar de una criatura educada por Sir Lawrence Linwood.

Siempre había dicho que los criaba para sobrevivir y prevalecer en un mundo despiadado y cruel.

Pero Caroline lloraba.

—¡Nunca quise que ocurriera! ¡No de esta manera!

Lady Linwood se detuvo en el último escalón y se volvió de nuevo. Caroline parecía una criatura desvalida y dócil sobre las losas del patio, con Brewster junto a ella, retorciendo sus dedos blancos y vermiformes. Casi parecía que estuvieran hechos el uno para el otro.

—Oglander dice que he satisfecho la última cláusula del testamento de padre —continuó Caroline—. Pero lo único que he hecho es quedarme ahí sentada y dejar que todo me cayera en las manos. Todo ha sido por accidente y mi conciencia no me permite aceptar nada de eso.

Sir Lawrence Linwood se habría horrorizado.

—No vuelvas a decir eso —le recriminó Lady Linwood—. No hay accidentes, solo oportunidades. Esta nación no puede permitirse una líder que actúe de forma totalmente accidental o que no sea capaz de aprovechar las oportunidades que se le presentan.

–¡Pero yo no quiero tener nada que ver con el gobierno! –exclamó Caroline e, inmediatamente después, se tapó la boca con una expresión de culpa.

Lady Linwood volvió a bajar los escalones y se acercó con paso firme.

–¿Qué has dicho?

La expresión de Caroline pasó del horror al desafío.

–He dicho que no quiero meterme en política. No me importa si eso es lo que padre esperaba de mí. Él ya no está, así que ¿qué más da? Quiero dedicarme a los escenarios, al teatro. Voy a ser actriz. Es lo que me gusta hacer y lo que siempre he querido. Siempre he odiado escribir para los periódicos, y creo que odiaría aún más el Parlamento. En realidad, estos dos últimos años me he estado preparando para los escenarios, no escribiendo para los periódicos parisinos. Padre no lo sabía, nunca lo habría entendido.

Lady Linwood miró fijamente a los ojos de Caroline, buscando algún significado detrás de esa rebelión, y Caroline apartó la mirada.

–No me merezco Linwood Hall –añadió Caroline–. Sé que es así. Y no lo me lo quedaré. Alan había comentado que quería donarlo a una orden de monjas, y creo que eso es lo que haré, en su memoria.

El plan que Caroline acababa de exponer para el legado de Sir Lawrence Linwood pasó más desapercibido que el hecho de que Caroline le hubiera desviado la mirada. Como un avergonzado sirviente reprendido.

Bueno, al menos Caroline tenía razón en una cosa: Sir Lawrence Linwood nunca lo habría tolerado.

¿Y qué se podía decir al respecto?

Nada.

Dándole la espalda, Lady Linwood subió las escaleras principales con toda la dignidad que pudo reunir, entrando en una casa impregnada de la presencia espectral de Sir Lawrence Linwood. A pesar de toda su planificación y su formidable intelecto, el legado de Sir Lawrence Linwood había recaído en el más pobre y débil de sus herederos, y ahora sería destrozado y desechado.

Bajó la mirada hacia sus manos y se las frotó de nuevo.

Por primera vez desde que Sir Lawrence la había adiestrado para no hacerlo, Lady Linwood lloró.

Davey

David Fitzgerald Thompson –Davey para sus amigos– observó cómo los trabajadores de la taquilla salían de la oficina situada al otro lado de la calle. En el momento en que el más veterano del grupo cerraba la puerta con llave, otro de ellos llamó su atención y Davey levantó su taza a modo de saludo. Su nombre era Jefferies; se habían conocido ese mismo día en ese mismo salón de té, donde Jefferies solía almorzar. Jefferies le devolvió el saludo con la cabeza y luego se dio la vuelta para seguir a sus amigos al *pub* que había más arriba en la calle. Davey los vio marcharse y luego se recostó con un suspiro. El cierre de la taquilla al final del día significaba que por fin podía relajarse.

Habían pasado veinte años desde la última vez que visitó Liverpool y no lo echaba de menos.

Una sombra se acomodó en el asiento frente a él: Iris Morgan, con un vestido inusualmente sobrio, apenas contrarrestado por un collar de cuentas turquesa. Esa chica estaba hecha para los colores vibrantes, no para los grises y los marrones anodinos con los que esperaba pasar desapercibida entre la multitud.

Ella le dedicó un gesto con la cabeza y él le dijo:

–Ya ha pasado un día y no hay señales de Sir Lawrence Linwood. ¿Estás absolutamente segura de que está vivo y asesinando gente desde las sombras?

–Creo que ese hombre es capaz de cualquier cosa –dijo Iris, mirando hacia la calle.

Tal vez lo era. Davey había oído lo suficiente de Sir Lawrence Linwood a lo largo de los años como para formarse una imagen de él como un tutor severo con grandes ambiciones para su descendencia. Siempre había asumido que no era más que el deseo natural de un padre que sus hijos tuvieran lo mejor en la vida, una manera de expresar su amor. Ahora que había visto el retrato del gran hombre, lo entendía mejor.

La pintura al óleo, con sus prolongadas sesiones, los retoques y las esperas a que la pintura se seque antes de pasar a la siguiente fase, brindaba al artista numerosas oportunidades para formarse una impresión de su modelo. Esa impresión quedaba reflejada en las pinceladas del artista, le gustara o no, y otros artistas podían percibirla. Davey vio crueldad en la línea de la boca de Sir Lawrence. El rostro había sido sutilmente perfilado para dar una impresión de arrogancia, orgullo, ira y desprecio. ¡Pobre Caroline! Entendió que probablemente ella hubiera estado restando importancia a sus problemas en lugar de exagerarlos.

Sin embargo, insinuar que aquel hombre podía estar haciendo algo así…

Davey abrió su cuaderno, pasando página tras página de los bocetos de la escena que podía contemplar desde aquella ventana y de las personas a las cuales había visto entrar y salir por las puertas al otro lado de la calle, hasta llegar a las múltiples versiones de Sir Lawrence Linwood que había creado a partir del retrato: Sir Lawrence con el cabello teñido de oscuro, con gafas, con la cabeza o la barbilla completamente afeitada, o con la barba y el bigote recortados en distintos estilos. Ni Davey ni Iris habían visto nunca al hombre en persona y dependían de sus bocetos, basados en un retrato del hombre en su juventud, para reconocer a alguien que seguramente estaría disfrazado, probablemente para hacerse pasar por Alan.

De los próximos barcos que iban a transportar pasajeros a América, los tres primeros con oficinas en Liverpool eran, por orden: el *Nomadic*, el *Aurora* y el *Henrietta*, todos ellos barcos de diferentes compañías navieras, ninguno de ellos especialmente lujoso. La oficina de billetes frente a Davey era de la línea naviera *Aurora*; Iris y Alan habían pasado el día observando las otras dos.

Esperaban que Sir Lawrence apareciera en cualquiera de estas oficinas para reservar un pasaje de última hora a nombre de Alan.

Recorrían a toda velocidad los valles desde Malton en el coche de Roger; Iris conducía mientras Alan le explicaba el plan a Davey.
—Roger le está contando a la policía que así es como voy a tratar de salir del país. Por lo tanto, la mejor manera, y la más sencilla, de limpiar el nombre de Roger es que aparezca un «Alan Linwood» en alguna lista de pasajeros. O al menos que los empleados recuerden que un tal «Alan Linwood» había tratado, con o sin éxito, de reservar ese pasaje. Si tenemos suerte, padre intentará esa maniobra en las tres taquillas, quizá incluso en algunas más.
—¿Y si no es así? Tengo la impresión de que este plan tiene demasiadas posibilidades de salir mal.
—Lo sé. Pero sigue siendo nuestra mejor opción.

Davey se había mostrado incrédulo cuando Caroline le explicó el plan y la historia. Pero Caroline había sido muy persuasiva y Alan había logrado que pareciera racional; además, Roger ya estaba en la cárcel por el supuesto asesinato de Alan, así que ¿qué otra cosa podía hacer?
—¿Y si no aparece? —preguntó Davey a Iris—. Tiene cincuenta mil libras en el bolsillo y, según todos los indicios, estaba completamente dispuesto a dejar que el destino decidiera quién se quedaba con Linwood Hall. Podría perfectamente decidir dejar colgado a Roger y permitir que Caroline haga lo que quiera con Linwood Hall.
—No lo hará —dijo Alan desde atrás—. Si padre realmente quisiera dejar las cosas en manos del destino, no habría organizado todo esto. Y si hay algo que padre adora es el pequeño reino personal que se ha creado en Linwood Hall y en las tierras circundantes. Es muy posible que esto sea la única cosa que haya amado de verdad. Es una extensión de sí mismo. Su inmortalidad. Hemos reescrito el papel de Caroline y sus planes para Linwood Hall pa-

ra que representen todo lo que él odia, y puedes estar seguro de que sabemos lo que odia.

Davey no lo dudaba. Había aprendido de sus conversaciones con Caroline que la presencia de Sir Lawrence Linwood lo impregnaba todo en su vida y, según Iris, lo mismo ocurría con Roger. Los compañeros de Alan en sus expediciones a Perú probablemente murmuraban lo mismo acerca de él a sus espaldas.

—Todo esto es su experimento —continuó Alan—, y nosotros le hemos dado un resultado con el que no puede vivir. Hemos hecho que Roger parezca el sucesor ideal: astuto, ambicioso y lo suficientemente despiadado como para deshacerse de su propio hermano para conseguir lo que quiere, mientras que, a la vez, le concedemos el premio a Caroline como una especie de casualidad, un accidente fortuito. Su «victoria» no exhibe nada de la supuesta superioridad que la prueba pretendía medir y recompensar mediante la herencia.

—Caroline mencionó que su padre ya había intervenido en otras ocasiones —añadió Iris—. Algo acerca de ganarse el privilegio de acompañarlo a Malton cuando ella derramó tinta sobre vuestras tareas escolares, y cómo luego lo volvió a perder cuando admitió que había sido un accidente, ¿no es así?

Alan asintió con la cabeza.

—Y con tanto en juego, padre tendrá que intervenir.

Afuera, las sombras de la calle se alargaban rápidamente. Aún no había empezado a atardecer, pero Davey ya percibía los matices violetas del crepúsculo filtrándose en el cielo. ¿Cuánto tiempo había pasado desde la última vez que se había visto envuelto en algo más importante que una simple disputa de egos entre profesionales del teatro? Debería estar en los muelles plasmando esa vida moderna y no mirando esa misma taquilla durante horas interminables con la esperanza de atrapar a un asesino.

Él estaba hecho para llevar una vida tranquila, en absoluto para soportar este tipo de tensión. Si no fuera porque Caroline se lo había pedido…

Davey veía mucho de sí mismo en la pobre Caroline. Comprendía la presión que suponía haber sido moldeado para algo que iba en contra de lo que uno realmente deseaba hacer en la vida, y Caroline necesitaba un padre mejor que aquel hombre que rezumaba tanta arrogancia y crueldad en aquel cuadro.

—¿Y si —dijo Davey—, en vez de eso que dices, Sir Lawrence decide asesinar a Caroline y cargarte a ti el muerto? La policía tendría que dejar libre a Roger, ya que este nuevo asesinato «demostraría» que estás vivo y que probablemente también estás detrás de todos los demás asesinatos. Eso haría que todo volviera a ser como él quiere, ¿no?

Ese temor había ido en aumento durante toda la tarde, con la sensación de hallarse completamente fuera de su terreno, y se acentuó por el gesto de preocupación que surcó la frente de Alan.

—Se nos ha pasado por la cabeza —dijo Iris, apartando la vista de la ventana—. Caroline es consciente del peligro en el que se encuentra y está siendo cauta.

Eso apenas logró tranquilizar a Davey. Había algo de recelo en la impasibilidad de Alan, como si midiera cada paso para no pisar una mina, y Davey volvió a sentirse como si estuviera en altamar, tratando desesperadamente de no hundirse.

—Padre tendrá que dar forma a la coartada de Roger de alguna manera —prosiguió Alan—; de no hacerlo, la policía seguirá sospechando de él. Tiene que obrar de manera que no se pueda negar la inocencia de Roger sin ponerse en contacto con él para poner en común sus versiones.

Davey volvió a pensar en el retrato que había visto en Linwood Hall y en el personaje que le describían tanto las historias de Caroline como la visión de aquel otro artista hacía tantos años. Sir Lawrence Linwood, a quien no le importaba cuántas vidas aplastaba y destruía para lograr lo que él quería. Y lo que él quería era un único heredero, determinado por esta prueba final, y para que ese heredero fuera Roger, este tendría que quedar completamente redimido y exonerado. Roger también tendría que ser el único heredero superviviente, al no haberse cumplido la cláusula del testamento de su padre que exigía que encontraran a su asesino.

—Por lo tanto, es necesario que Caroline muera, ¿no es así?

Ni Iris ni Alan respondieron de inmediato, y su vacilación le indicó que sabían exactamente que así era. Sentía como si una fuerte corriente lo hubiera agarrado por los tobillos y lo estuviera arrastrando mar adentro. Había demasiadas maneras de que este plan saliera mal. Se levantó bruscamente, derribando la silla y haciendo que su cuaderno de bocetos rodara por el suelo.

—Entonces, ¿qué estamos haciendo aquí? —dijo, casi gritando—. ¡Deberíamos estar de vuelta en Yorkshire, protegiendo a Caroline, en lugar de intentar adivinar en cuál de estas oficinas de venta de pasajes se dignará aparecer Sir Lawrence Linwood!

—Caroline sabe cuidarse sola —dijo Iris, posando una mano sobre su brazo, tratando de tranquilizarlo, mientras Alan se agachaba para recoger el cuaderno de bocetos.

Davey se sacudió el gesto de Iris.

—¡Célebres últimas palabras!

—Es más seguro así —insistió Iris, olvidándose por completo de su habitual «cariño»—. Podría pasar cualquier cosa si intentáramos detenerlo justo en el momento en que tratara de tirotear, apuñalar o… o lo que sea que esté planeado hacerle a Caroline. Pero sabemos que primero vendrá aquí, porque si Alan se deja ver por aquí, eso hará que Mowbray se aleje de Pickering. De manera que pensará que es más seguro ir tras Caroline en ese momento, pero si lo atrapamos aquí antes de que llegue tan lejos…

La mesa dio un brinco al recibir un violento impacto desde abajo. Un instante después, apareció Alan frotándose la cabeza. Puso el cuaderno de bocetos de Davey sobre la mesa, abierto por una de las últimas páginas.

—Este —dijo Alan, señalándolo—. ¿Dónde lo has visto?

Davey miró. Era una de las personas que había visto entrar y salir de la taquilla, pero sin duda no era Sir Lawrence Linwood, ya que era demasiado delgado, bajo y joven para interpretar ese papel.

Davey recordó que tenía la piel tan bronceada por el sol como Alan, que contrastaba con su aire apacible y erudito de alguien que parecía haber pasado la vida entera entre libros.

–Es Matheson --sentenció Alan--. Uno de mis asistentes. No hay ningún motivo para que esté aquí, lejos del Museo Británico. Ya tenemos preparado el viaje de vuelta a Perú y aún queda más de un mes para eso. A menos que... a menos que...

–A menos que esté cumpliendo tus órdenes, o lo que él cree que son tus órdenes, para reservar un pasaje a tu nombre en el próximo barco a América –dijo Iris, terminando su frase, pálida como la cera.

Miss Whistler

La oficina del inspector Mowbray en la comisaría de Pickering estaba tenuemente iluminada y era lúgubre, con las persianas bajadas para mantener ese efecto. Miss Sarah Whistler estaba tan absorta en su propio dolor que apenas podía reparar en nada más. Mowbray, por su parte, un viejo oso canoso que ella recordaba vagamente del funeral de «aquel hombre», cerró la puerta tras ella, se aseguró de que estuviera cómodamente sentada y le ofreció un té en una vieja taza, con un platillo que no hacía juego. Se quedó detrás de su escritorio mientras ella tomaba un sorbo para probar el té; si bien era fácil imaginarlo gritándole a una multitud para someterla, sus ojos eran amables.

Había sido lo suficientemente discreto como para no revelar a nadie que estaba ahora involucrada en una investigación por asesinato. Y ella le estaba muy agradecida por ello. Sabía sin lugar a dudas que, por muy inocente que ella fuera, cualquier indicio de un escándalo así sería una mancha para la escuela y podría significar el fin de la vida que se había construido durante los últimos treinta años. Por teléfono, el inspector le había propuesto reunirse con ella en Sheffield el sábado, en su tiempo libre. En cambio, ella había preferido acercarse a Pickering de forma inmediata, tan pronto como terminaran las clases del viernes, para quitarse el asunto de encima lo antes posible. Además, quería encontrarse con el hombre que había asesinado a su hijo.

—Me he acostumbrado a odiar a Sir Lawrence Linwood —le dijo al inspector—. A «ese hombre». Ya ni siquiera recuerdo lo que es no tener una parte de mi mente ocupada pensando en todo lo que me ha hecho. Parece un acto inútil, ahora que está muerto, y sin embargo no puedo evitarlo. En cambio, encontrarme con Alan y permitir que él me conociera tal y como fui… eso hizo que todo mereciera la pena.

Y ahora Alan estaba muerto, ese joven tan valiente, con todas las virtudes de «aquel hombre» y ninguno de sus defectos. Había sido arrojado al mar del Norte por su medio hermano, Roger Linwood, a quien Sarah recordaba del funeral como un joven excepcionalmente alto, de tez morena y aspecto vagamente extranjero. Sin duda era el hijo de la amante india de «aquel hombre» y, a pesar del asesinato, Sarah no podía sentir nada más que lástima por él. Tal vez eso cambiara una vez que lo hubiera visto y hablado con él, pero lo dudaba. Todo lo que había sucedido, ella lo achacaba a «aquel hombre». Sir Lawrence Linwood.

Tras las cortesías de rigor, el inspector dijo:

—Debe comprender que, sin un cadáver, tenemos que proceder con mucha más cautela. Roger Linwood insiste en que llevó a su hermano a Liverpool en su avión y tenemos que considerar la posibilidad de que esté diciendo la verdad.

—¿Quiere decir que Alan podría estar vivo y estaría tratando de huir del país tras matar a su padre?

Sarah no pudo evitar sonreír al imaginar a Alan golpeando con una maza la cabeza de «aquel hombre» para luego emprender la huida hacia el sol poniente. ¡La esperanza es lo último que se pierde!

El inspector asintió.

—Hábleme de su encuentro con Alan Linwood.

Sarah lo recordaba muy bien. Recordaba el recelo en el rostro de Alan. La alegría por aquel encuentro había caído toda de su lado: la incomodidad de Alan había sido más que evidente. Eso también había sido obra de «aquel hombre». Le había pedido a Alan que fuera benevolente con él, no porque creyera ni por un instante que lo mereciera, sino porque esperaba librarlo del odio obsesivo que ella misma había cargado durante las tres últimas décadas.

—Y supongo que no ha vuelto a hablar con él desde entonces, ¿verdad?

Sarah negó con la cabeza.

El inspector Mowbray le hizo algunas preguntas más sobre su paradero a principios de semana –¡como si pudiera estar en cualquier otro sitio que no fuera el Santa Úrsula, con todo el ajetreo del comienzo del nuevo trimestre!– y si había oído hablar alguna vez de Edwin Culpepper o Harold Buchanan. Le respondió que ambos nombres eran nuevos para ella. Recordaba al profesor Matsudaira como un caballero tímido y reservado que visitaba Linwood Hall ocasionalmente cuando ella vivía allí.

Finalmente, el inspector Mowbray concluyó la entrevista y la condujo hacia la celda donde se encontraba recluido Roger Linwood.

—Puedo concederle diez minutos –le indicó–, y si le comenta algo que le llame la atención…

—¡Señor, señor!

Uno de los agentes se acercó corriendo y apartó a un lado al inspector Mowbray. Algún asunto policial, sin duda. Sarah sabía que era mejor no entrometerse. Aun así, le resultó intrigante ver cómo la sorpresa y la consternación se reflejaron en el ceño fruncido del inspector de policía.

—¿Sheffield? –dijo el inspector Mowbray en voz tan baja que Sarah apenas pudo oírlo–. ¿Estás seguro?

Eso captó su atención.

Mowbray se acercó a ella de nuevo.

—Miss Whistler, ¿está absolutamente segura de que no ha tenido ningún contacto con Alan Linwood durante la última semana?

—Completamente. ¿Qué ocurre?

—Acabamos de recibir la confirmación de que ha sido visto esta mañana en una oficina de telégrafos de Sheffield, enviando instrucciones a uno de sus ayudantes del Museo Británico para que se desplace a Liverpool y reserve un pasaje en un barco con destino a Río de Janeiro a su nombre. Así que permítame que se lo vuelva a preguntar: ¿está segura de que no ha tenido ningún contacto con Alan Linwood durante la última semana? Porque me parece una coincidencia bastante extraña que, de todas las ciudades de Inglaterra, haya elegido hacerlo precisamente en la que vive su madre.

–¿Confirmación? Así que ya estaba al corriente de esto antes.

–Por favor, responda a la pregunta, Miss Whistler.

Por supuesto que estaba diciendo la verdad. ¿Cómo se atrevía a dudar de su palabra? Sarah estaba a punto de decirle todo eso cuando le vinieron varios pensamientos a la vez. En primer lugar, que Alan, después de todo, estaba vivo. No se trataba de un rumor infundado sin corroborar. La policía lo había comprobado y confirmado su veracidad. Con toda seguridad, más pronto que tarde darían con el asistente y él les contaría su versión.

En segundo lugar, si Alan se atrevía a dejarse ver por una oficina de telégrafos, no había motivo para que no hiciera lo mismo en una taquilla de venta de pasajes. Incluso le había dicho a su asistente que reservara el billete a su nombre. ¿Por qué? Sheffield estaba más cerca de Liverpool que Londres; si lo que quería era un pasaje en un barco de Liverpool, lo habría conseguido mucho más rápido si hubiera ido directamente allí.

En tercer lugar, la revelación de que todo esto no era más que una artimaña. Por supuesto que era una artimaña. Así que era cierto que Alan le había dado su merecido a «aquel hombre», y ahora estaba intentando desviar la atención de la policía hacia Liverpool mientras él huía… quizá desde Southampton, o Bristol, o cualquiera de los puertos a los que se llega por Sheffield.

Y el cuarto y último pensamiento fue una nota mental, para acordarse de hablar más tarde con su guía espiritual sobre la completa y absoluta falta de horror o de remordimiento que sentía ante la idea de que Alan hubiera cometido un asesinato por el simple hecho de que la víctima había sido «aquel hombre».

–Supongo que no tiene sentido seguir ocultándolo por más tiempo –mintió–. Sí. Hablamos esta mañana y luego otra vez justo antes de salir para venir aquí. Me puse tan contenta de verlo. Me dijo que se dirigía a Liverpool y que eso formaba parte de su plan para atrapar al asesino de «aquel hombre». No tenía motivos para pensar que estaba mintiendo.

La boca del inspector Mowbray se crispó detrás de su bigote y Sarah sospechó que en esa boca se había esbozado una de esas palabras que no se suelen pronunciar delante de una dama.

—Le voy a conceder el beneficio de la duda —refunfuñó—, pero si encuentro el más mínimo indicio de que sabía exactamente lo que estaba tramando, acabará colgando a su lado, ¿me ha entendido?

Podía colgarla mil veces si eso significaba que Alan iba a estar sano y salvo. Sarah sonrió:

—Perfectamente, inspector.

Miss Sarah Whistler parpadeó bajo la luz del sol al salir de la comisaría. El cielo era una magnífica mezcla de rojo y dorado en el oeste, fundiéndose con el intenso índigo y violeta del este. Dios estaba en su cielo; todo estaba bien en el mundo. Al regresar a la estación de tren, pasó por delante de las oficinas de Oglander & Marsh y atravesó el verde césped del viejo mercado de ganado, donde se detuvo para admirar la alta cruz de piedra que conmemoraba la última coronación. No se había percatado de nada de eso cuando se dirigía a la comisaría. Saber que Alan estaba vivo había cambiado el mundo ante sus ojos.

Se preguntó si Roger formaba parte del plan de Alan. Sin duda así debía ser, pero no podía preguntárselo sin revelar a los policías que la escuchaban que, en realidad, no sabía nada y que había mentido acerca de haber visto a Alan antes. Quizá valía la pena hacerle una visita a Caroline en Linwood Hall, a pesar de haber jurado nunca volver a poner un pie en ese horrible lugar, y preguntarle al respecto.

Sí. Si Caroline sabía algo, se lo contaría; y si no, bueno, estaría bien hablar con alguien que compartiera su mismo interés personal por las novedades, y no un simple interés académico por el estado de su alma.

–Linwood Hollow –le dijo con firmeza al vendedor de billetes y, a continuación, se sentó a esperar.

Solo llevaba cinco minutos sentada, absorta en sus pensamientos, cuando empezó a sentir que la observaban.

Miró a su alrededor en la sala de espera. Un anciano caballero dormitaba en un rincón, mientras que, en el otro, una dama aún más anciana permanecía erguida, dejando que el golpeteo de sus agujas de tejer marcara el paso de los segundos, como un reloj. Los pasajeros más jóvenes e impacientes preferían esperar en el andén. Pudo ver a un caballero desaliñado apoyado contra la ventana exterior, con la nariz hundida en su periódico, mientras una joven y agobiada madre trataba de mantener alejado a su hijo del borde del andén.

Nadie parecía prestarle mucha atención. Sarah volvió a bajar la mirada hacia su regazo. Sus dedos encontraron las cuentas de su rosario y empezó con sus rezos habituales.

Acababa de mentirle a la policía. Más concretamente, había dado un falso testimonio, y no se arrepentía.

La sensación de estar siendo observada no desapareció.

El anciano soltó un pequeño ronquido y la anciana dejó de tejer el tiempo suficiente para resoplar con desaprobación. En el exterior, a la joven y agobiada madre y a su hijo se les unió un hombre alto y de aspecto sombrío. Parecían estar discutiendo sobre algo. El caballero desaliñado con el periódico se había alejado. Y, sin embargo, la sensación de estar siendo observada permanecía.

¿Podría ser Alan?

Cuando el tren en dirección norte a Linwood Hollow y Whitby entró en la estación, Sarah se levantó y salió de la sala de espera antes de que el tren se detuviera. Se sentó en un compartimento vacío al final del tren. Nadie más entró; se quedó sola.

El viaje en sí transcurrió sin incidentes, así que decidió que estaba comportándose como una tonta. ¿Quién querría observarla? Se bajó en la estación de Linwood Hollow sintiéndose mucho más dueña de sí misma.

El caballero desaliñado con el periódico también se había bajado del tren.

¿Casualidad?

Había algo en él que le resultaba extrañamente familiar. Bajo una boina poco favorecedora, su cabello era oscuro, con las sienes ya plateadas. Estaba perfectamente afeitado y el reflejo de los cristales de sus gafas dificultaba distinguirle los ojos, pero, por lo demás, tuvo la sensación de que podría tratarse de «aquel hombre» vuelto a la vida.

No podía ser él.

¿O sí?

El hombre sonrió y se le acercó. Se quitó la gorra y las gafas y Sarah quedó paralizada. Incluso con el pelo teñido de negro y la barba afeitada, incluso después de treinta años, no había duda de que esa era su voz, fría y sarcástica.

—Sarah, querida.

«Ese hombre».

Sarah estaba demasiado sorprendida como para resistirse cuando él la tomó firmemente por el brazo. En el interior de su abrigo pudo distinguir el mango de un revólver.

—Por lo general —dijo— me bajo en Levisham y recorro el resto del trayecto a pie, pero cuando oí que pedías un billete para Linwood Hollow, pensé que podría arriesgarme a que me vieran, solo por esta vez. ¿Me acompañas? Voy a necesitar tu ayuda para resolver unos asuntos.

Sir Lawrence Linwood

El experimento no había sido un completo fracaso. Había sacado lo mejor de Roger, demostrando que, detrás de su fachada sencilla y de su aparente dependencia, se escondía una mente más que capaz de la astucia que Sir Lawrence Linwood buscaba en su sucesor. Sin duda, esa fachada no era más que eso: una fachada. Una fachada cautivadora. Ser subestimado tenía un valor estratégico, y Sir Lawrence había comprendido ahora que Roger debía haber estado esperando el momento oportuno y engañándolos a todos desde el primer momento.

El experimento le había revelado a Sir Lawrence a quién quería como heredero. Eso era lo más importante.

Había resultado una molestia que Alan hubiera concertado una cita con Oglander esa mañana. Sin eso, Roger podría haberse salido con la suya. En un experimento científico en condiciones con mil Rogers compitiendo contra mil Alans y mil Carolines, esa mala suerte se vería más que compensada por una clara mayoría de casos en los que Roger saldría victorioso, pero Sir Lawrence no disponía del privilegio de poder repetir la prueba mil veces, ¿verdad?

–En un mundo ideal –le dijo a Sarah Whistler–, el azar no influiría en absoluto. El hombre que depende del azar es débil, pero no es posible eliminarlo del todo. Incluso las mejores técnicas agrícolas pueden llevar a que se pierda una cosecha por una helada inesperada. Un hombre fuerte puede superar la adversidad nueve de cada diez veces en comparación con un hombre débil, que siempre fracasa. Pero existe la décima posibilidad, una entre diez, de que ocurra ese infortunio que ninguna fortaleza personal pueda superar. Me temo que eso es lo que ha pasado con Roger. Por mucho que yo preferiría que los resultados hablaran por sí mismos, está claro que no es el caso.

En realidad, no había tenido la intención de explicarle a Sarah todo lo relacionado con el experimento y todo lo que había tenido que hacer –con Buchanan, Culpepper y los demás– para ponerlo en marcha, pero le sentó bien poder desahogar algunas de sus frustraciones al respecto. Había olvidado lo fácil que era hablar con Sarah, una mente inteligente que escuchaba y entendía todo lo que él tenía que decir. Rebecca era más o menos de esa forma cuando la conoció, aunque eso tuvo que cambiar si quería que le fuese de utilidad en su matrimonio. Era el precio que había tenido que pagar para alcanzar sus objetivos y no podía permitirse sentir ningún arrepentimiento.

Sarah, avanzando a trompicones a su lado a causa de lo que él supuso era el desconcierto propio del estupor, balbuceó:

–Pero… ¿y Alan?

–¿Qué pasa con él?

Sir Lawrence se encogió de hombros. Alan había sido… una opción segura. Brillante. Creativo. Con algunas ideas muy buenas sobre la educación pública. Quizá un poco más dado a la teoría que a la práctica. Y, tal como había demostrado el experimento, no podía competir con Roger.

–¿El inspector de policía te ha contado que lo habían visto, vivo, en Sheffield esta mañana? No seas tan ingenua: ese era yo. Todo forma parte del plan para que Roger se haga con Linwood Hall.

Habían llegado a los terrenos de la antigua iglesia en ruinas, aproximándose por un camino tortuoso para evitar el pueblo. Los últimos vestigios de la luz del día se desvanecían en un crepúsculo violeta; el área quedó tan oscura como una superstición. La vista era mucho mejor desde arriba: uno podía ver a kilómetros de distancia y proclamarse soberano sobre todo ello; uno podía extender los brazos y abarcar el mundo que se abría a sus pies. Aquí abajo, en medio de los retorcidos tejos que se alzaban a su alrededor y con el campanario derruido cerniéndose sobre su cabeza, Sir Lawrence siempre se sentía incómodamente… vulnerable. Aprisionado por esos mismos brazos que antes, desde arriba, se cernían sobre el mundo: atrapado por una pegajosa proximidad que le hacía desear arrancarse la piel.

Se detuvo para mirar hacia lo alto y a su alrededor en busca de testigos, y luego se escabulló hacia el viejo campanario, arrastrando a Sarah con él. Guiado más por el tacto y la familiaridad que por la vista, sacó la vieja llave de su bolsillo y la introdujo en la cerradura. Sería una gran contrariedad que alguien lo descubriera ahora. Cuanto antes terminara y se resolviera todo este asunto, pensó, mejor.

Sarah se detuvo en el umbral, dubitativa. Parecía muy afectada por haber descubierto que había sido él quien había estado detrás del supuesto avistamiento de Alan esa mañana, pero Sir Lawrence sabía por su larga experiencia que se trataba solo de una resistencia irracional, algo arraigado en el subconsciente animal, más allá de todo raciocinio humano. Sarah entró mecánicamente en el campanario y Sir Lawrence la siguió.

La habitación situada en la base del campanario se parecía mucho al estudio de Sir Lawrence. Era una pequeña y austera habitación de piedra gris húmeda, muy fría en invierno y apenas más cálida el resto del año. La había equipado con luz eléctrica mucho tiempo atrás y, hasta hacía quince días, el frío había favorecido sus propósitos. Una escalera de hierro subía hasta el campanario y, en su base, una trampilla daba acceso al pasadizo secreto entre Linwood Hall y el Collier's Arms. Había una mesa de madera tosca, con una silla igual de tosca y un estrecho catre con un robusto armazón de hierro.

Sarah vio los grilletes sujetos a la cama y se quedó paralizada.

—No son para ti —le dijo Sir Lawrence—. Son para Rebecca, aunque hace tres o cuatro años que no me ha hecho falta traerla aquí.

Sarah se limitó a mirarlo como si estuviera delante de algún tipo de monstruo.

–También me vinieron muy bien con el comandante Buchanan –continuó Sir Lawrence, acompañándola hasta la escalera–. Tenía que mantenerlo con vida, pero sin que me fuera un estorbo, y los sedantes de Rebecca no eran suficiente. Habría hecho lo mismo con Edwin Culpepper, pero necesitaba la cama para mí, así que lo até aquí. Tampoco es que pudiera dormir demasiado con sus molestos quejidos. Debería haberlo matado en cuanto terminó el trabajo por el que le había pagado, pero pensé que podría volver a serme útil más adelante. Pero, de algún modo, logró desatarse mientras yo estaba ocupándome de Matsudaira… Bueno, uno debe afrontar sus infortunios y sacar de ellos lo mejor posible. Solo espero haberle enseñado bien a Roger cómo hacerlo, ahora que va a ser el dueño de Linwood Hall.

Apartando de una patada las cuerdas con las que había atado a Culpepper a la escalera, Sir Lawrence abrió la trampilla y le indicó a Sarah que bajara delante de él. Ella se resistió. El impacto inicial de encontrarse con él y la posterior conmoción al comprender que Alan realmente estaba muerto parecían estar cediendo, por lo que el suave empujón con el que había logrado que entrara en esa habitación ya no era suficiente para hacerla bajar al pasadizo.

–¿Qué va a pasar ahora? –preguntó ella–. ¿Por qué estoy aquí? Ya tienes lo que querías, no me necesitas.

–«Necesidad» es una palabra muy inadecuada para los usos que le damos. –Le propinó otro empujón–. Vamos. El tiempo es oro, y estaré encantado de explicártelo mientras caminamos.

Con cautela, tanteando cada paso, Sarah se adentró en la oscuridad, y Sir Lawrence fue tras ella. Encendió su linterna eléctrica y se la entregó; a continuación, le indicó el camino hacia las escaleras que subían al mausoleo y a la casa.

–Verás, podrías decir que «necesito» que me ilumines el camino, pero eso no es estrictamente cierto, ¿verdad? –le dijo–. Podría llevar la linterna yo mismo perfectamente sin tu ayuda. Se trata simplemente de optimizar los recursos de los que dispongo. Quiero tener una mano libre para sujetar el revólver, y es de sentido común querer tener la otra mano libre para cualquier eventualidad que pueda surgir.

Empezaron a subir las escaleras. Más allá de la sombra de Sarah, la luz temblaba y oscilaba, un fastidioso recordatorio de su inestabilidad. La mano libre de Sir Lawrence se deslizaba por la rugosa pared de piedra en una ilusión de equilibrio mientras mantenía su revólver apuntándole a la espalda.

—Lo mismo ocurre con lo que estamos a punto de hacer —continuó diciendo—. Tengo que quitar a Caroline de en medio si quiero que Roger tenga el control exclusivo de Linwood Hall. Podría simplemente empujarla por las escaleras y hacer que pareciera un accidente, pero ¿no sería mucho mejor si pudiéramos decir que tú, la madre de Alan, la mataste como parte de un plan que habíais urdido juntos? Eso reforzaría la ilusión de que Alan está vivo y es el responsable de mi asesinato, exonerando así a Roger, y, por supuesto, nos libraríamos de Caroline, que ha resultado ser la más decepcionante de los tres.

Habían alcanzado la entrada del mausoleo. En ese lugar, el pasadizo daba un giro brusco antes de continuar subiendo otro tramo de escaleras hasta la cocina. Sir Lawrence podía oír la respiración de Sarah, ahora un poco más pesada debido al esfuerzo de la ascensión.

—Necesitarías que admitiera que hubo una conspiración —dijo ella— y yo nunca…

—Ahí está esa palabra otra vez. «Necesitar». No «necesito» que hagas nada, Sarah, nada más que estar aquí en este preciso momento y, fíjate, ya estás haciendo exactamente eso. Rebecca le dirá a la policía lo que yo le diga, y seguirá pensando que estoy muerto porque creerá lo que yo le diga que crea. Ella sabe hacer lo que se le dice.

Sarah se dio la vuelta para mirarlo. Le pareció vislumbrar una expresión de horror —bueno, de más horror aún que la que llevaba puesta desde que él se le acercó en la estación de tren— antes de que el haz de la linterna eléctrica lo dejara medio ciego.

–¡Pretendes matarme! –gritó Sarah.

–Hubiera creído que eso era evidente… –empezó a decir Sir Lawrence, parpadeando, tratando de borrar las manchas que le impregnaban la visión. Sabía que algo así podía pasar y estaba preparado para ello; sin embargo…

Antes de que pudiera terminar la frase, le pareció ver un destello turquesa –la linterna eléctrica reflejándose en un collar de cuentas– y un rostro pequeño y muy blanco, como el de una muñeca de porcelana, con unos labios pintados de rojo y unos ojos oscuros y enfadados. Un par de manos delgadas se estrellaron contra su pecho y, de pronto, se encontró tambaleándose al borde de un escalón de piedra, agitando los brazos para intentar recobrar el equilibrio.

El revólver se disparó, arrancando esquirlas del techo de piedra sobre sus cabezas.

Y, un segundo después, se precipitaba hacia la oscuridad.

Mowbray

El inspector Clarence Mowbray, de la policía de Pickering, odiaba a Sir Lawrence Linwood, y con razón. El hombre era el origen de no una, sino de cuatro investigaciones por asesinato, dos de ellas acerca de su propia muerte. Sí, no había ninguna duda al respecto. El último cadáver era, de nuevo, el de Sir Lawrence Linwood, y el Dr. Filgrave estaba haciendo todo lo posible por encontrar una explicación a su error con respecto al primero.

–Nunca había examinado a Sir Lawrence –se justificó el médico–. ¿Cómo iba a imaginar que no era él? Todos dijeron que lo era, no es mi trabajo identificar cadáveres.

–Olvídelo –suspiró Mowbray–. Ya resolveremos eso más tarde. ¿Y qué me dice de este?

–Lesiones compatibles con una caída desde una escalera de piedra muy empinada, de nueve metros de altura.

Filgrave resopló con desgana. Era fácil prever un gran revuelo a raíz de este asunto y Mowbray comprendía que Filgrave estuviera dispuesto a darlo por bueno, sin más, con tal de zanjarlo rápido.

–Cuello roto, cráneo fracturado. Probablemente ya estaba muerto antes de llegar abajo. Todo muy claro. Dudo que una autopsia formal revele algo distinto de lo que acabo de exponer.

–Eso coincide con lo que dijeron las señoras, en caso cualquiera.

Según las palabras de Sarah Whistler, Sir Lawrence tenía la intención de simular el asesinato de Caroline Linwood utilizando a la propia Miss Whistler como chivo expiatorio. Se había alejado corriendo de él, consciente de que no le quedaba mucho hasta encontrar el vestíbulo de los sirvientes y a alguien que la ayudara. Les dijo que no fue hasta que se topó con Miss Morgan que se dio cuenta de que no la estaban persiguiendo, así que las dos mujeres volvieron para investigar. Tal vez ella lo había empujado por las escaleras en su intento por escapar o tal vez había tropezado y se había caído solo. No lo sabía.

Miss Morgan se mostró un poco menos comunicativa en cuanto al motivo por el que se encontraba en la casa, cuando se suponía que había regresado a Londres inmediatamente tras el arresto de Roger Linwood.

Mowbray miró el cuerpo tendido en el suelo del pasadizo y les indicó a dos agentes que se lo llevaran, bajo la supervisión del doctor Filgrave. Acababa de poner el pie en el escalón inferior cuando oyó el ruido de unas botas y vio la luz de una linterna eléctrica que se movía en la oscuridad por encima de él.

–¿Atkinson? ¿Qué pasa? Un poco más rápido y tendremos que hacerte una autopsia a ti también.

–Es Alan Linwood, señor –gritó el agente Atkinson desde donde se había detenido en las escaleras–. Está aquí, señor. Vivo.

Mowbray dejó escapar la respiración en un gruñido exasperado. ¿Nadie de esta familia se moría cuando le tocaba?

–Pues tendrá que dar muchas explicaciones. Reúne a las damas: Miss Linwood, Miss Morgan, Miss Whistler y Lady Linwood. Ve a buscar también al tipo del teatro, Mr. Thompson. Llévalos a todos de vuelta a la comisaría. Quiero tener unas palabras con todos ellos, y supongo que también necesitaremos a Roger Linwood allí.

–Debería acusarlos a todos de interferencia y obstrucción de la justicia –gritó, mirando alrededor de la habitación.

Los malhechores principales –Alan, Roger y Caroline Linwood e Iris Morgan– estaban ahora reunidos ante él, tratando de mostrar—se avergonzados por puro decoro, aunque ninguno, salvo Caroline Linwood, conseguía ser ni por asomo convincente.

Caroline Linwood sonrió y extendió las manos de una forma calculadamente apaciguadora.

—No teníamos demasiadas opciones, inspector. ¿Nos habría creído si hubiéramos acudido a usted primero?

—Nunca lo sabremos, ¿verdad?

Mowbray se dijo a sí mismo que, si se le hubiera planteado la idea, podría haberla confirmado con un examen más detenido del primer cadáver, sin importarle que llevara más de quince días pudriéndose en su cripta. O quizá podrían haber sacado a Sir Lawrence de su escondite con un esfuerzo coordinado. ¿Pero habría hecho todo ese esfuerzo solo por lo que dijeran los hermanos Linwood? Especialmente teniendo en cuenta esa fantástica historia de un «experimento» de treinta años de duración y todo lo que implicaba. Solo eso fue suficiente para provocarle un fuerte dolor de cabeza, e incluso con la evidencia de que Sir Lawrence Linwood había aparecido muerto hacía menos de una hora, su reacción inicial fue la incredulidad.

—Si usted se hubiera dejado ver con sus hombres, padre se habría dado cuenta de que el juego había terminado —dijo Roger Linwood—. Lo habría abandonado todo y se habría escapado a cualquier agujero perdido en medio de la nada que hubiera tenido ya elegido de antemano para su retiro. Nunca lo habrían encontrado, y estaríamos de vuelta en donde empezamos. Para que nuestro plan funcionara, padre tenía que pensar que el experimento aún no había acabado, que todavía tenía alguna esperanza de arreglar las cosas a su gusto.

Roger Linwood no era muy dado a mentir, y esa afirmación sonaba más veraz que cualquier otra cosa que hubiera dicho desde su detención.

Astuto cabrón.

Mowbray había tenido la impresión de que las mentiras que le había contado y la forma en que las había contado eran demasiado obvias, como si en realidad esperara que lo descubrieran. Ahora todo cobraba sentido para Mowbray. No hacía falta ser un mentiroso consumado para engañar: una mentira transparente en la dirección opuesta funcionaba igual de bien.

–Nuestro padre nos ha estado diciendo lo que quería de nosotros durante toda nuestra vida –dijo Alan Linwood–. Si lográbamos dar la impresión de que Roger finalmente había logrado encarnar todos sus ideales…

–¿Incluyendo su sangre en sus manos?

–Es lo que padre hubiera querido.

Mowbray miró fijamente a Alan Linwood, y Alan Linwood le devolvió la mirada sin abandonar la calma. Miss Morgan, a su lado, trataba de fingir indiferencia concentrándose en sus uñas, pero su actitud contrastaba fuertemente con la de los Linwood: la indiferencia de ellos era genuina, y daba aún más la impresión de ser antinatural debido a ese contraste.

Toda la familia era antinatural, pensó Mowbray. ¿Qué otra cosa cabría esperar, dada la forma en que fueron educados?

–Esperábamos encontrar a padre en una de las oficinas de los transatlánticos en Liverpool –prosiguió Alan Linwood–. No nos imaginamos que podría utilizar a uno de mis ayudantes como peón en su partida…

–Del mismo modo que había utilizado a Edwin Culpepper –añadió Miss Morgan.

Le enviamos un mensaje a Caroline con una advertencia y regresamos lo más rápido que pudimos. Fue una suerte que dispusiéramos del coche de Roger y que él le hubiera enseñado a Iris a conducirlo.

Roger Linwood tomó la mano de Miss Morgan entre las suyas. Una pequeña sonrisa se esbozó entre ambos, lo que, dado su estado de ánimo actual, le revolvió el estómago a Mowbray.

–Alan se quedó conmigo –dijo Caroline Linwood– mientras Davey e Iris registraban la casa. El resto ya lo conoce.

¿Seguro?

Mowbray los observó a los cuatro, uno tras otro. Roger Linwood parecía sincero y aliviado, sin aspecto de ocultar de ningún subterfugio, al menos en ese momento; por otra parte, había permanecido encerrado en una celda hasta hacía menos de una hora y no sabía nada de lo que realmente había ocurrido fuera. Caroline Linwood podría engañar al mismísimo san Pedro en las puertas del cielo, y no tenía sentido intentar sorprenderla en un descuido. Y Alan Linwood se ocultaba tras una máscara fría e impasible, sin mostrar ningún tipo de emoción.

Mientras tanto, Miss Morgan seguía inspeccionándose las uñas… Una excusa muy oportuna para evitar mirarle a los ojos.

—Ha tenido mucha suerte —dijo Mowbray, dirigiéndose a Miss Morgan— de que Miss Whistler tratara de zafarse de Sir Lawrence en el momento en que lo hizo. Llevaba un arma, y me atrevo a decir que no habría dudado en dispararles a todos ustedes una vez que se hubiera dado cuenta de la trampa a la que lo habían arrastrado.

—Sí —murmuró Miss Morgan, aún sin atreverse a cruzarle la mirada—. Mucha suerte.

—Me sorprende que no empezaran por registrar inmediatamente el pasadizo de los sirvientes. Debían saber que así es como él intentaría entrar.

—Era cuestión de tiempo. Íbamos a ponernos a ello cuando apareció Miss Whistler.

¿Acaso pudo ver un rubor subiendo a las mejillas de Miss Morgan o era tan solo colorete?

—En ese caso, me pregunto cómo es que Mr. Thompson había logrado registrar la mitad de las habitaciones de la planta superior mientras tanto.

Roger Linwood pasó de cogerle la mano a Miss Morgan a rodearle los hombros con el brazo en un gesto protector; le dirigió una mirada de desconcierto a Mowbray mientras sus hermanos permanecían impasibles.

Mowbray sacudió la cabeza. ¿Qué importancia tenía? ¿Qué más daba si Sir Lawrence había sido empujado o si simplemente había tropezado? No tenían pruebas ni en un sentido ni en otro, tan solo el testimonio de Miss Whistler. Si Miss Whistler lo hubiera empujado, incluso el abogado más incompetente la habría librado alegando defensa propia, y dada su trágica historia –por no hablar de los asesinatos que se le atribuían a Sir Lawrence Linwood–, la opinión pública habría considerado que se había hecho justicia. Este tipo de justicia privada iba en contra de todo lo que él creía como policía, pero… no podía dejar de estar de acuerdo. Sí, que Dios le ayudase, porque estaba de acuerdo.

–Bien –dijo, levantándose bruscamente–. Haré que preparen sus declaraciones para que las firmen y, después de eso, espero que podamos poner fin a este lamentable asunto. Ahora, si no les importa salir de mi oficina, tengo mucho trabajo que hacer.

Epílogo

Iban a tardar más de un año en restaurar de forma adecuada la iglesia al pie del acantilado y tal vez toda una vida en volver a llenarla. Alan lo había convertido en una especie de proyecto personal, pero como pasaba mucho tiempo fuera de casa, fue Roger quien, una vez instalado en Linwood Hall, se encargó de supervisar la reconstrucción. Caroline se involucró poco en todo el asunto, ocupada como estaba con los escenarios londinenses, aunque visitaba con frecuencia a sus hermanos.

Esa cálida mañana de primavera, un año después de los acontecimientos que habían cambiado sus vidas, una joven alta y elegante, con el cabello oscuro y brillante peinado en un distinguido corte moderno que acentuaba lo exótico de sus rasgos, recorría el sendero excavado en el acantilado que iba desde Linwood Hall hasta la pequeña iglesia. Se trataba, por supuesto, de Caroline Linwood. Tras pasar un año actuando en los teatros de Londres, había desarrollado una especie de habilidad inconsciente para atraer la atención hacia ella, y ahora irradiaba una felicidad recién descubierta.

Al pie del sendero, detrás de un retorcido tejo, su hermano Roger estaba enfrascado en reafirmar sus planes para el futuro... es decir, estaba besando a Iris, su futura esposa. Formaban una bonita pareja: Roger, alto y moreno, con cierta actitud pícara y despreocupada; Iris, pequeña y elegante, chic, muy a la moda, que incluso Caroline, pese a su presencia escénica, tenía dificultades para igualar.

Caroline dio la vuelta al árbol con tal rapidez que provocó que ambos se sobresaltaran.

—¡Eh! ¡A ver si miras por dónde vas!

Roger frunció el ceño al mirar a su hermana en una perfecta imitación de alguien que, de vez en cuando, aún se les aparecía en sueños a ambos. Pero no era más que una imitación y, quizá consciente del efecto que estaba produciendo, rápidamente esbozó una sonrisa alegre.

—¿Qué te parece? —dijo, señalando con la cabeza la iglesia, que seguía envuelta en andamios—. Davey se ha ofrecido a surtir el lugar con lo que Alan llama las «estaciones de la cruz», con la condición de que se le pague solo en cerveza. Pero si te has pasado a verlo de camino aquí, ya estarás al corriente de ello. Siempre y cuando no acabemos tratando de recrear Notre Dame, no tardaremos mucho en tenerlo todo listo.

—Supongo que eso es lo que has venido a ver —añadió Iris.

—Estaba buscando a Alan —respondió Caroline, mirando las manchas de carmín en el bigote de su hermano—. Pensé que estaría con vosotros.

Roger se llevó un dedo a los labios y susurró:

—Está dentro. Viene aquí todas las mañanas y se piensa que no estoy al corriente.

Mientras Iris se volvía a aplicar el maquillaje que se le había borrado por culpa de Roger, ellos dos se acercaron sigilosamente a la entrada de la iglesia y dirigieron la mirada hacia las frías sombras en su interior.

Aún quedaba mucho por hacer ahí dentro.

El espacio estaba vacío y, aunque se había sustituido el techo, no se habían cambiado las ventanas. No muy lejos de donde estaría el altar, Alan estaba arrodillado en silencio, rezando, con las cuentas de su rosario balanceándose entre sus manos entrelazadas. Acababa de regresar de otra expedición arqueológica a través de la selva peruana y su piel estaba tan morena como la caoba. La luz de la mañana que entraba por los ventanales vacíos perfilaba su silueta en oro y hacía que su cabello, decolorado por el sol del sur, brillara como un halo.

Estaba rezando por el pasado. Tanto Roger como Caroline lo sabían instintivamente. Ninguno de los dos sabía muy bien qué opinar del fervor religioso de su hermano, pero agradecían su pertenencia a un tipo modesto y sin pretensiones: cuando Alan rezaba, lo hacía discretamente.

Roger y Caroline lo observaron durante un rato y luego regresaron al cementerio para reunirse con Iris.

—Me ha cedido la propiedad de Linwood Hall —dijo Roger—. A cambio, yo le ayudaré a financiar sus expediciones, dentro de lo razonable, a medida que surjan. Dice que así tiene más sentido, ya que yo estoy aquí todo el tiempo y él no. Supongo que eso me convierte en el rey Arturo.

—¿Significa eso que yo soy Ginebra? —preguntó Iris.

—Oh, vaya —dijo Caroline—. Ginebra no es nada divertida. De pequeños, yo siempre era Merlín.

—Cariño, te he visto sobre el escenario y te aseguro que puedes ser quien tú quieras.

Caroline sonrió ante el cumplido, luego se volvió y miró hacia la iglesia.

—Entonces, ¿os casaréis aquí, una vez que las obras hayan terminado? —dijo.

—Alan sugirió lo mismo —se rio Roger—, pero no. Ya hemos esperado lo suficiente. Los padres de Iris se pondrían hechos una absoluta furia, y yo aún estoy tratando de convencerlos de que no soy una especie de monstruo ladrón de hijas.

Iris solo sonrió.

—Papá tiene una idea bastante inamovible de cómo debería ser nuestra boda —comentó—. No me atrevería a llevarle la contraria.

—Y todo lo que el padre quiere —respondió Roger con un guiño— se le sirve en bandeja. ¿No es así? De hecho, Caroline, ya están murmurando improperios sobre nuestra luna de miel en Nepal, pero será maravilloso conocer por fin a algunos miembros de la familia que no sabía que tenía. Yo… –La sonrisa se desvaneció de sus labios–. Hasta ahora, Vimala Gurung no ha sido más que un nombre en un viejo informe de una investigación –añadió en voz baja–, y me gustaría conocer mis orígenes.

Una sombra pareció cernirse sobre su pequeña reunión. Todos pensaron no en el padre de Iris, sino en otro hombre: el hombre que había creado este distanciamiento entre ellos y sus raíces, cuya influencia aún se sentía en la deferencia que los aldeanos mostraban hacia la familia, a pesar de los esfuerzos de los hermanos, y en otros cientos de pequeños detalles ineludibles.

–A veces me pregunto… –susurró Caroline, mirando hacia la pequeña torre que ahora albergaba el estudio de Roger–. Me pregunto qué seríamos si nuestro padre no nos hubiera convertido en lo que somos…

–¿Acaso importa? –Alan había salido de la iglesia y ahora se encontraba detrás de ellos–. Nada justifica las atrocidades que cometió a lo largo de su vida. Madre ha acabado en un hospital psiquiátrico por su culpa, y no quiero ni imaginar qué le hizo para que terminara así. En cuanto a Vimala Gurung, Miss Whistler y Matsudaira Izumi…

Alan guardó silencio cuando los cuatro se volvieron para mirar el viejo campanario que aún se alzaba sobre la estructura a medio construir de la iglesia. Ahora sabían el significado de la pequeña habitación encerrada en su base: la habitación donde Sir Lawrence Linwood había convertido a su esposa en lo que era.

Para Caroline, el horror residía en reconocerse en aquella figura trágica: una figura que bien podía representar a cualquiera a quien el poder establecido considerara útil pero, de algún modo, menos merecedor de la dignidad humana.

Para Roger, aquella revelación había significado repulsión en estado puro. Mirando a su futura esposa, imaginando su propia mano levantada como tantas veces lo había estado la de su padre… No, era algo inimaginable. Y, sin embargo, no podía pensar en su madre sin que le viniera a la mente.

Para Alan, en cuyos oídos aún resonaban de vez en cuando las angustiosas protestas de su madre, no cabía ninguna duda de que, en algún momento, él también había sido tocado por el mal. Sacudió la cabeza ante tal pensamiento.

—Hay cosas —dijo— que es mejor dejar en manos de Dios.

Aunque ni Roger ni Caroline creían en el dios de Alan, ambos estaban de acuerdo con ese principio. No les correspondía a meros mortales juzgar el valor de sus semejantes, y era mejor no enredarse en el enmarañado reino de las relaciones humanas.

Aquella sombra seguía sobre ellos, hasta que Iris los sacó del hechizo:

—Bueno, queridos, está muy bien llorar por lo mal que os han tratado, pero no vayamos a caer en el tedio, ¿no os parece? No podéis cambiar lo que os ha tocado vivir, así que lo mejor es seguir adelante con ello. Y en lo que a mí respecta, no me vendría mal una taza de té.

Una vez restituida la luz, los cuatro emprendieron el camino de vuelta hacia la casa situada más arriba.

Notas históricas

Linwood Hall y el pueblo de Linwood Hollow son lugares ficticios. En mi imaginación, se encuentran en algún punto de la línea ferroviaria que va de Pickering a Whitby, antes o después de Levisham. Esta línea ferroviaria estaba conectada en origen a la red ferroviaria general mediante una prolongación desde Pickering hasta Rillington Junction, que se cerró al tráfico de pasajeros en 1930 y, finalmente, se clausuró por completo en la década de 1960. Independiente de la red ferroviaria del Reino Unido, la línea Pickering-Whitby existe ahora como el North Yorkshire Moors Railway, y ofrece al público la experiencia de viajar por los páramos en vagones de tren antiguos (tuve el placer y el privilegio de vivir esa experiencia en mayo de 2019 y la disfruté muchísimo).

La comisaría de Mowbray en Pickering fue demolida en la década de 1960 y se construyó una nueva un poco más abajo, en la carretera de Malton. Kirkham Lane, una callejuela secundaria en la época en que se desarrolla esta historia, forma parte hoy en día de una de las principales arterias que se extienden hacia el norte en dirección a Whitby. Lo que aquí se describe como un viejo mercado de ganado se conoce ahora como Smiddy Hill. El césped sigue ahí, al igual que el Club Liberal y la cruz de piedra (la cruz del mercado) que conmemora a Eduardo VII y la coronación de Jorge V. El Black Swan sigue abierto, si bien solo conozco el pub Horse Shoe a través de fotografías antiguas.

Uno de los factores que condujo a la quiebra de la Sopwith Aviation Company en septiembre de 1920 fue el exceso de aviones absurdamente baratos en el mercado, causado por la venta por parte del ejército estadounidense de sus excedentes de avionetas Curtiss JN-4. Este era, por supuesto, el mismo avión con el que Roger quería impresionar a Thomas Sopwith, y aunque estoy seguro de que Sopwith sabía exactamente por qué su empresa estaba pasando por dificultades, confío en que no se lo hubiera echado en cara a Roger. Thomas Sopwith, comendador de la Orden del Imperio Británico, se convirtió en Sir Thomas Sopwith en 1953.

La Escuela de Estudios Orientales pasó a denominarse Escuela de Estudios Orientales y Africanos en 1938 y, actualmente, se la conoce como la SOAS University of London. El centro contribuyó a la formación de traductores y oficiales de inteligencia militar durante la Segunda Guerra Mundial. Sus instalaciones actuales se encuentran en Thornhaugh Street, en Bloomsbury.

Algunos lectores quizá reconozcan el club londinense de Roger como el Royal Automobile Club, que sigue ocupando las mismas instalaciones en Pall Mall hasta el día de hoy.

El Malton Repertory Theatre es una invención mía. En la actualidad, la oferta de espectáculos teatrales de Malton corre a cargo del Milton Rooms, fundado en 1930, y del Malton & Norton Musical Theatre, fundado en 1948. Sin embargo, hasta donde yo sé, lo más parecido a un escenario teatral en 1921 habría sido el Exchange Hall Picture Hall, fundado en 1915 en lo que hoy es el Palace Cinema.

El primer reestreno profesional de *Ruddigore* tras su estreno original en 1887 tuvo lugar en 1920, en Glasgow, al que siguió otra temporada en Londres en octubre de 1921. No sé qué habría hecho falta para que un teatro provincial como el Malton Repertory pudiera producir legalmente un musical de Gilbert y Sullivan en 1921, pero espero que los lectores me perdonen esta licencia, o bien asuman que el Repertory quizá no era tan profesional como pretendía aparentar.

El Santa Úrsula es ficticio, al igual que el salón de té sufragista donde Caroline se reúne con Miss Whistler para su segundo encuentro.

Los ejercicios de latín relacionados con Balbus y su dragón están tomados de *Un cuento enmarañado*, de Lewis Carroll, que tiene más que ver con las matemáticas que con el latín o los dragones. En aquella época, la eugenesia era una ciencia muy popular y es bien sabido que muchas personalidades famosas de la época la defendían. Pero aunque la teoría en su forma más pura parece bastante razonable, el requisito de clasificar a los seres humanos como «deseables» o «indeseables» no lo es en absoluto, y su aplicación ha dado lugar a atrocidades como el Holocausto y a intentos de justificar genocidios. La Sociedad de Educación Eugenésica se convirtió en el Instituto Galton en 1989 y, según su sitio web, ha rechazado la teoría y la práctica de la eugenesia en favor del estudio de la genética médica.

No hace falta decir que los personajes que aparecen en esta historia son ficticios. Sin embargo, se mencionan varios personajes históricos y sus obras: Guillermo el Conquistador, Eduardo I, Enrique VII, Isabel de York, Jacobo I, Lady Astor, la condesa Markievicz, Hiram Bingham III, Friedrich Nietzsche, las siete de Edimburgo, Gilbert y Sullivan, William Shakespeare, R. M. Ballantyne, Sir Thomas Sopwith, Molière, Eduardo VII, Jorge V, Emily Davies, Millicent Fawcett, Emmeline Pankhurst, Abraham Lincoln, Henry Morton Stanley, David Livingstone, sir Francis Galton, Thomas Hobbes y Samuel Taylor Coleridge.

Agradecimientos

Me gustaría dar las gracias a los que respaldaron esta novela, que me han demostrado más fe y paciencia de la que merezco. En particular, quiero dar las gracias a los sospechosos habituales de Inkshares –Adam, Avalon, Noah, Kevin, Kurt, Kaitlin y Pam–, quienes, además de la fe y la paciencia antes mencionadas, también han trabajado incansablemente para hacer posible este libro. Para que un libro llegue a las librerías y bibliotecas hay mucho trabajo detrás, del que solo tengo una vaga idea, y es gracias a su arduo trabajo que mi conocimiento de esos detalles prácticos sigue siendo tan felizmente impreciso. Gracias también a Tim, de Dissect Designs, por su brillante trabajo en la cubierta, y a Daryl, de la Biblioteca Pública de Los Ángeles, por su ayuda y estímulo. Y, por último, es preciso dar las gracias al personal y a los voluntarios del Museo Beck Isle de Pickering: si alguna parte de esta novela se siente más real y envolvente, es gracias a que me ayudaron compartiendo su historia conmigo.

Índice